Veronika May
DER DUFT VON EISBLUMEN

Das Buch
Seit vielen Jahren lebt Dorothea von Katten alleine, umgeben von einem prachtvollen Garten, in einer riesigen Villa. Auch wenn die 88-Jährige es sich nicht zugesteht, bräuchte sie dringend jemanden, der nach ihr sieht. Da steht Rebekka vor ihrer Tür: Sie soll ihre Sozialstunden bei der adligen Dame ableisten. Notgedrungen lassen sich die beiden unterschiedlichen Frauen auf das Abenteuer ein, und Rebekka zieht in die »Chauffeurwohnung« des Anwesens. Ab da beginnt für die Mittdreißigerin ein ganz neues Leben – abseits von Karriere und Großstadt wird Rebekka auf sich zurückgeworfen und muss zum ersten Mal für jemand anderen als sich selbst Sorge tragen. Als Rebekka in der Villa auf Hinweise stößt, dass die alte Dame ein Geheimnis aus ihrer Vergangenheit hütet, prallt ihre Neugierde jedoch an der Verschlossenheit der alten Frau ab – über diesen Teil ihres Lebens schweigt Frau von Katten eisern. Und dann ist da noch Taye, der junge Gärtner aus Kapstadt. Rebekka und er sind nach und nach voneinander angezogen, auch wenn sie sich zunächst vehement dagegen wehrt …

Über die Autorin
Veronika May ist das Pseudonym von Heike Eva Schmidt, die als erfolgreiche Roman- und Fernsehautorin arbeitet. Sie lebt im Süden Deutschlands zwischen Seen und Bergen. Ihre Ideen sprudeln beim Entdecken der Natur oder nachts, wenn sie am Sternenhimmel nach Kassiopeia sucht.

Veronika May

DER DUFT VON EISBLUMEN

Roman

DIANA

Der Verlag weist ausdrücklich darauf hin, dass im Text
enthaltene externe Links vom Verlag nur bis zum Zeitpunkt
der Buchveröffentlichung eingesehen werden konnten.
Auf spätere Veränderungen hat der Verlag keinerlei Einfluss.
Eine Haftung des Verlags ist daher ausgeschlossen.

Verlagsgruppe Random House FSC® N001967

Originalausgabe 09/2016
Copyright © 2016 by Diana Verlag, München,
in der Verlagsgruppe Random House GmbH,
Neumarkter Straße 28, 81673 München
Redaktion: Alexandra Baisch
Umschlaggestaltung: t.mutzenbach design, München
Umschlagmotive: © Whiteaster, Oliay, iABC,
Zenina Anastasia, wacomka/shutterstock
Satz: Leingärtner, Nabburg
Druck und Bindung: GGP Media GmbH, Pößneck
Printed in Germany
Alle Rechte vorbehalten

ISBN 978-3-453-35881-2

www.diana-verlag.de
Besuchen Sie uns auch auf www.herzenszeilen.de
 Dieses Buch ist auch als E-Book lieferbar

*In Erinnerung an eine Sommernacht
unterm Sternenhimmel*

Prolog

Rebekka Winter fand ihren Nachnamen schon immer sehr passend. Sie war kein Sommertyp – die aufblühende Natur, das wild wuchernde Gras und die Bäume mit ihrem förmlich explodierenden Blättergrün irritierten sie eher, als dass sie Rebekka erfreuten. Wenn sie sich an den Garten ihrer Großmutter erinnerte, sah sie sich selbst als Kind, das sich die Hände an dornigen Brombeerranken zerkratzte und dem Brennnesseln juckende rote Haut bescherten. Wie sollte man diesem Wildwuchs im Sommer jemals Herr werden? Ihrer Großmutter machte das nichts aus; sie liebte es, den Tag zwischen Beeten und Sträuchern zu verbringen. Pflanzen brauchten Pflege und Aufmerksamkeit. Als Kind hatte Rebekka dafür zu wenig Geduld und als Erwachsene zu wenig Zeit.

Wäre ihr Leben ein Garten, so fände man dort nur säuberlich geharkte Beete vor, akkurat angelegte Quadrate, auf denen nur wenige Pflanzen wuchsen – robust, leicht zu pflegen und in der Lage, auch die kältesten Monate des Jahres zu überstehen. Glatte graue Kiesel würden die schnurgeraden Wege säumen, weniger Dekoration als vielmehr eine Warnung, die Pfade ja nicht zu verlassen und die sorgfältig angelegten Muster, die Rebekka mit einem Rechen jeden Tag aufs Neue in den Sand zöge, nicht durcheinanderzubringen. Umgeben wäre der Lebensgarten von einer hohen Mauer, die schon lange dort stünde und deren Steine, mit Moos und Flechten überzogen, jeden Blick ins Innere verwehrten.

Rebekka hatte die Mauer eigenhändig errichtet, als Schutz vor unerwünschten Besuchern, vor Gedanken und Gefühlen, die nur störten, die über ihre sorgsam angelegten Wege trampelten und alles durcheinanderbrachten.

Solange sie sich in diesem Garten befand, fühlte Rebekka sich sicher. Dass durch die dicken Steinwände, die sie um sich errichtet hatte, zwar niemand hinein-, sie selbst jedoch auch nicht hinauskonnte, merkte sie lange Zeit nicht. Rebekka saß in einer selbst erbauten Festung, und ihr Fenster zur Welt war das ganze Jahr über mit Eisblumen überzogen, einer hauchdünnen eisigen Schicht, die niemals zu schmelzen schien.

Erst als die Mauer zu bröckeln begann und Rebekka gezwungen war, ihren eigenen Garten zu verlassen und den einer älteren Frau zu betreten, die Besucher ebenso fernhalten wollte wie sie, erkannte Rebekka, dass man sein Herz nicht mit einer Dornenranke schützen konnte, ohne dass sich die spitzen Enden irgendwann ins eigene Fleisch bohrten. Und dass jedes Geheimnis, egal wie dick die Mauer war, irgendwann wie eine wuchernde Pflanze ans Licht drängte.

1

Feuerdorn (Pyracantha)

Aus dem Lautsprecher des Radioweckers ertönte *Strawberry Fields* von den Beatles und riss Rebekka aus dem Tiefschlaf. Mit einem Ächzen schlug sie die Augen auf und drehte mühsam den Kopf in Richtung der Leuchtziffern. Halb sieben, eine absolut inakzeptable Zeit für ihren Kreislauf, aber wenn die Arbeit rief, konnte sie auf den nun wirklich keine Rücksicht nehmen. Sie taumelte unter die Dusche und dann in die Küche.

»*Wer kommt denn da, wer kommt denn da, wer ist die schöne Dame …*«, schallte ihr eine heisere Stimme entgegen, die wie eine zerkratzte Schellackplatte aus den Fünfzigerjahren klang.

»Wieso bist du schon so fit, verflixt?«, murmelte Rebekka, musste aber grinsen, als sie das schwarze Baumwolltuch von der geräumigen Voliere zog und in dunkle Knopfaugen sah, die deutlich wacher waren als ihre graugrünen. Sie gehörten einem Beo, dessen orangefarbener Schnabel und gelber Hautlappen am Kopf einen leuchtenden Gegensatz zu seinem blauschwarzen Gefieder bildeten.

Rebekka warf die Espressomaschine an, ehe sie für ihr gefiedertes Haustier einen Apfel klein schnitt. Der sprechende Vogel war das Einzige, das Rebekka von ihrem Vater geblieben war, ehe der sich vor siebzehn Jahren Hals über Kopf nach Südamerika aufgemacht hatte. »Sich selbst finden« nannte er das. »Mutter und Tochter sitzen lassen« war wohl der passendere Ausdruck. Rebekka hatte damals gerade ihr Abitur bestanden, und statt sich aufs Studium zu konzentrieren, musste sie ihre aufgelöste Mutter trösten und ab und zu einen Vogel hüten, der andauernd quasselte. Vier Jahre später hatte Rebekkas Mutter wieder geheiratet, und weil ihr neuer Mann Jürgen drohte, den ungezogenen Beo am Tag nach der Hochzeit in den Bräter zu stecken, zog das Tier bei Rebekka ein. Bis heute erinnerte der Vogel sie an den seltsamen Humor ihres Vaters, der ihm den Namen »Beo Lingen« gegeben hatte, frei nach dem Lieblingsschauspieler von Rebekkas Großmutter. Ihre Oma konnte alle Lieder von Theo Lingen im Schlaf mitsingen, und dass ihr Idol durch einen Vogel verunglimpft wurde, zu dessen Repertoire neben ein paar Liedchen vorzugsweise Unverschämtheiten gehörten, hatte die alte Dame Rebekkas Vater nie verziehen. Doch für Rebekka war der Beo ein fester Bestandteil ihres Lebens geworden, den sie nicht mehr missen mochte, und so kraulte sie ihm ausgiebig sein glänzendes Gefieder, was er mit behaglichem Glucksen quittierte, ehe sie ihm die Apfelschnitze gab und sein geliebtes Körnerfutter in die Schale füllte.

In diesem Augenblick klingelte Rebekkas Handy. Beim Blick aufs Display erkannte sie, dass die Anruferin ihre Mutter war. Der Beo hob den Kopf aus seinem Napf. »*Kein Schwein ruft mich an ...*«, trällerte er, während Rebekka mit einem stummen Seufzer den Anruf annahm. »Mama.«

Die atemlose Stimme ihrer Mutter drang ihr ins Ohr. »Guten Morgen, mein Schatz. Wie geht's dir?«

»Ganz okay, aber ...«

»Ach, du glaubst ja gar nicht, was für einen Stress ich gerade habe. Jürgen hat gestern ...«

Rebekka unterbrach den hektischen Redefluss ihrer Mutter. »Entschuldige, aber ich habe gleich einen wichtigen Termin in der Agentur. Lass uns heute Abend telefonieren, ja?«

»Du hast immer einen wichtigen Termin, Becky«, tönte es etwas verstimmt zurück.

»Ich habe einen Job, Mama. Und morgens ist es nun mal immer etwas hektisch. Ich bin weder geduscht noch geschminkt und muss mich wirklich beeilen. Ich melde mich später, versprochen! Hab dich lieb!«

Hastig legte Rebekka auf. Da kratzte ein Schlüssel im Türschloss und Isa, Jurastudentin im neunten Semester und Rebekkas Putzhilfe, kam in die Küche. Sie zog sich den Fahrradhelm so schwungvoll vom Kopf, dass ihr weißblond gefärbtes Haar kurz senkrecht in die Höhe stand. »Hallo Becky«, rief sie und ging zur Voliere. »Na du Federvieh, wie geht's dir?«

Begeistert wippte der Beo auf seiner Stange.

»Ich sehe, ihr zwei habt Spaß.« Rebekka umarmte Isa flüchtig, was Begrüßung und Abschied zugleich war, denn die Zeit drängte.

Nachdem sie in einen dunkelgrauen Bleistiftrock, ein cremefarbenes Seidentop sowie einen anthrazitfarbenen Blazer geschlüpft war und ihre immer noch verschlafenen Füße in passende Slingpumps gezwängt hatte, widmete Rebekka sich vor dem Badezimmerspiegel ihren dunkelbraunen Haaren, die wie jeden Morgen in fröhlichen Korkenzieherlocken nach allen Seiten abstanden und sich trotz diverser Haarpflegeprodukte weigerten, glatt oder wenigstens ordentlich frisiert zu bleiben. Mit einer ganzen Armee von Haarklammern zwang Rebekka sie in einen halbwegs formellen Knoten, bevor sie sich sorgfältig schminkte. Ihre graugrünen Augen wurden mit einem Hauch roséfarbenem Lidschatten und schwarzer Wimperntusche betont, auf die Lippen kam ein dezenter Rosenholzton. Etwas Rouge auf die Wangen, um Morgenfrische vorzutäuschen – fertig. Zufrieden musterte sie sich im Spiegel.

»Du siehst super aus!«

Rebekka erschrak, doch der Spiegel hatte nicht plötzlich angefangen zu sprechen wie bei Schneewittchens Stiefmutter, es war Isa.

Rebekka lächelte. »Ich habe heute eine ziemlich knifflige Präsentation.«

Isa grinste. »Tja, meine Liebe, das kommt davon, wenn Frau es mit kaum 35 Jahren in die Vorstandsetage schafft.«

»Du wirst schon sehen, wie das ist, wenn du dein Jurastudium mit *summa cum laude* abschließt und alle Kanzleien sich um dich reißen.«

»Was bin ich froh, dass ich bis dahin noch putzen gehen darf«, lachte Isa und drehte den Hahn auf, um den Eimer zu füllen. Mit dem »Wasser marsch!«-Ruf ihres Beos im Ohr, verließ Rebekka die Wohnung. Dass Beo Lingen auch das Schimpfwort kannte, das sich auf »marsch« reimte, hörte sie nicht mehr.

Sie fuhr mit dem Aufzug in die Tiefgarage und kramte dabei nach ihrem Autoschlüssel für den schwarzen Geschäftswagen, den sie seit drei Monaten fahren durfte. Rebekka mochte das Gefühl, in dieses Raumschiff mit Allradantrieb einzusteigen und das satte Brummen des Motors zu hören. Ihre Mutter hatte beim Anblick des Wagens geschaudert. »Ist der nicht eine Nummer zu groß für dich, mein Schatz?«

Rebekka hatte sich auf die Zunge gebissen, um keine pampige Antwort zu geben. Die Worte ihrer Mutter waren gut gemeint gewesen, hatten Rebekka aber einen Stich versetzt. Wie der helle Strahl einer Taschenlampe in einem Keller drangen sie genau in die dunkelste Ecke von Rebekkas Innerem vor, in dem ihre geheimen Ängste lauerten: dass der Job eine Nummer zu groß für sie war und ihr Traum von einer erfolgreichen und erfüllenden Karriere wie eine Seifenblase platzen könnte, weil sie Fehler machte, die sie das Wohlwollen ihrer Chefs kosteten ...

Doch das hätte Rebekka niemals zugegeben, deshalb hatte sie energisch den Kopf geschüttelt. »Mach dir mal keine Sorgen um mich, Mama. Sonst bleibt am Ende für Jürgen nichts mehr übrig!«

»Ach, Becky. Kannst du dich nicht ein bisschen bemühen? Jürgen ist doch wirklich ein lieber, umgänglicher Mensch.«

Nur schade, dass er es so gut verbirgt, dachte Rebekka. Aber sie hatte sich zu einem Lächeln gezwungen und genickt. Es war das Leben ihrer Mutter, die einen Ehemann brauchte, um sich nicht allein und nutzlos zu fühlen. Und Jürgen genoss die Fürsorge und schleppte Rebekkas Mutter im Gegenzug auf Kreuzfahrten oder in teure Restaurants. Dass ihre Tochter es vorzog, Urlaub und Essen lieber selbst zu bezahlen, konnte – oder wollte – ihre Mutter nicht verstehen.

Das Piepsen der Türverriegelung riss Rebekka aus ihren Gedanken. Eilig schnallte sie sich an.

»Na, Commander, dann wollen wir mal«, sagte sie und begleitet von den üblichen Piepsgeräuschen beim Ausparken steuerte sie aus der Tiefgarage.

Egal wie früh sie am Morgen losfuhr, nie gelang es ihr, der Rushhour zu entkommen, und während sie hinter einer endlosen Schlange glänzender Karossen an einer der vielen roten Ampeln stand, dachte Rebekka ernsthaft darüber nach, lieber gleich im Geschäftswagen auf dem Agenturparkplatz zu schlafen.

Fünfundvierzig Minuten und drei Baustellen später stand sie vor dem Eingang der Agentur. *Circumlucens* prangte in milchigen Buchstaben an der gläsernen Tür, die sich lautlos öffnete, sobald man herantrat. Rebekkas Chef war sehr stolz auf sein kleines Latinum und hatte deshalb als Name für seine Agentur den lateinischen Begriff für »ringsumher leuchtend« gewählt.

Die Auftraggeber der Agentur waren allesamt dicke Fische in der deutschen Unternehmenslandschaft und bescherten Rebekka und ihren Kollegen volle Auftragsbücher. Angefangen bei der aufwendigen Imagekampagne für eine Großbank, die nach der Finanzkrise ihren Ruf wiederherstellen wollte, bis hin zum Großkonzern für Reinigungsmittel, der im Fernsehen für sein neues Waschmittel warb. Es war Rebekkas Idee gewesen, den Werbespot in Brasilien zu drehen, weil darin weiße Bettlaken und blauer Himmel eine wesentliche Rolle spielten, während in Deutschland nasses Novemberwetter herrschte. Sie hatte von den Flügen bis zum Kameramann alles organisiert. Wer allerdings nach Rio de Janeiro mitgeflogen war – angeblich, um den Dreh zu »begleiten« – und sich an der Copacabana ein paar schöne Tage gemacht hatte, war der Juniorchef der Agentur.

Der Werbespot lief danach sechs Monate lang im Vorabendprogramm der großen Privatsender, und bei der Weihnachtsfeier des Kunden wurde im Zuge des gelungenen TV-Spots auch Rebekkas Name erwähnt. Sie hatte daraufhin vor Freude fast ebenso geleuchtet, wie der Agenturname *Circumlucens* versprach.

Endlich im Bürogebäude angekommen, stöckelte Rebekka durch die weiträumige Lobby, deren blendend weißer Fußboden sie täglich zu der Frage veranlasste, wie zum Teufel man es schaffte, ihn sauber zu halten? Es musste eine ganze Armee von Putzleuten am Werk sein, die Rebekka jedoch nie zu Gesicht bekam. Gute Geister der Nacht, die erst auftauchten, wenn die Räume verlassen und alle Telefone und Stimmen verstummt waren.

Sie steuerte den Fahrstuhl an, der sie in einer Geschwindigkeit, die Rebekkas Magen morgens nicht so ohne Weiteres vertrug, in den fünften Stock brachte – zu den Chefbüros. Texter, Grafiker und die Kollegen der Planungsabteilung saßen eine Etage tiefer. Bis vor einem halben Jahr hatte auch Rebekka allmorgendlich die »Vier« im Aufzug gedrückt. Ihr Ziel war es jedoch schon immer gewesen, eines Tages nicht nur im Stockwerk, sondern auch in ihrer Position aufzusteigen. Sie hatte fast nicht mehr daran geglaubt, denn die beiden Agenturchefs schienen sie trotz ihrer hervorragenden Arbeit nicht richtig wahrzunehmen. »Sie sind wie eines dieser Steppenponys, Rebekka – zäh und zuverlässig«, hatte der Seniorchef einmal zu ihr gesagt. Das war seine Art, die Mitarbeiter zu loben. Rebekka aber wollte kein Steppenpony sein, sondern beweisen, dass sie ein erstklassiges Rennpferd war. Also arbeitete sie noch härter und zog schließlich den Millionenauftrag einer Autofirma an Land. Zunächst tat sich in ihrer Karriere trotzdem nichts, dann aber war die Konkurrenz auf sie aufmerksam geworden und hatte einen Headhunter auf sie angesetzt. Doch ehe Rebekka sich auch nur überlegen konnte, das Angebot anzunehmen, hatte van Doorn mit einer Gegenofferte gekontert, die sie nicht ablehnen konnte: als erste Frau in der Agenturgeschichte von *Circumlucens* im Vorstand zu sitzen. Rebekka unterschrieb sofort. Aus dem struppigen, zähen Pony war endlich ein kostbarer Vollblüter geworden.

Seitdem war Rebekkas Tag in ihrem neuen Büro im fünften Stock von Verbraucheranalysen, Budgetsummen und Gewinnzahlen bestimmt. Endlich war sie dort angelangt, wohin sie schon als Studentin immer gewollt hatte. Auch wenn der Job jeden Tag eine Herausforderung darstellte – für ihre Unabhängigkeit zahlte Rebekka diesen Preis gerne.

Jürgen, der zweite Mann ihrer Mutter, vertrat die Ansicht, ein Job sei nur dann etwas wert, wenn man sich den Rücken krumm arbeitete und nichts als Pflichten und Mühsal damit verband, aber Rebekka mochte ihre Arbeit und hatte Spaß daran, weil sie ihrem Leben eine feste Struktur und Sinn gab.

Schwungvoll trat sie aus dem Aufzug und atmete tief durch, damit sich ihr rascher Herzschlag beruhigte. Seit sechs Monaten preschte ihr Organ regelmäßig los, sobald sie den Flur betrat, an dessen Wänden großformatige moderne Bilder hingen, die ohne erkennbares Motiv nur grelle Neonfarben und ein paar schwarze Linien zeigten. Rebekka fand sogar Gefallen an ihrem Herzgalopp, bewies der Adrenalinstoß doch, dass immer neue und spannende Aufgaben auf sie warteten. Sie war oft so aufgeregt wie vor einem Date. Dass dieses Pochen jedoch kein bisschen dem Gefühl beim Anblick eines Geliebten glich – ja nicht einmal den Empfindungen beim Betrachten eines bunten, duftenden Blumenstraußes, eines tapsigen Kätzchens oder hoher Berggipfel bei Sonnenaufgang –, bemerkte Rebekka nicht. Kein Wunder, war es doch mehrere Monate her, dass sie all diese Dinge zum letzten Mal erlebt hatte.

»Guten Morgen, Kindchen. Ich habe die *Complete-Fit*-Präsentation für Sie«, tönte es fröhlich von der Tür her.

»Miss Moneypenny!«, begrüßte Rebekka erfreut die kleine, leicht untersetzte Frau Mitte fünfzig, die in der offenen Bürotür stand und in der linken Hand einen Aktenordner hielt. Ihre blondierten Haare trug sie zu einer etwas altmodischen Frisur hochgesteckt, die »Bienenkorb« genannt wurde und ausgezeichnet zu ihrem Twinset und der Perlenkette passte.

Miss Moneypenny, die eigentlich Renate Schöffer hieß, aber von allen nur mit ihrem Spitznamen angesprochen wurde, war Chefsekretärin und die gute Seele der Agentur. Mit dem Instinkt eines Muttertiers, das ihr bedrohtes Junges mitten in der Kalahari aufzieht, hatte die resolute Frau Rebekka zu ihrem Schützling erklärt, was Rebekka insgeheim rührte und genoss. Jetzt zauberte Moneypenny hinter ihrem Rücken einen Kaffeebecher hervor, dem ein köstlicher Duft nach Arabicabohnen entströmte.

»Sie sind ein Engel«, rief Rebekka.

»Ich weiß. Und Sie brauchen eine Stärkung. Van Doorn junior will unbedingt die *Complete*-Fitnessstudiokette an Land ziehen und wird für den Pitch die gesamte Agentur bis hinunter zum Kopier-Praktikanten einspannen!«

Rebekka nickte. In der Werbebranche bedeutete ein Pitch, mit einem Dutzend anderer Agenturen um einen Kunden und dessen lukrativen Auftrag zu buhlen. Jeder legt sich ins Zeug, vom Texter bis zum Grafiker arbeiten alle die Nächte durch, um das Beste vom Besten für die Präsentation abzuliefern. Die Chefs rennen zwei Tage vorher mit hochroten Köpfen durch die Flure, alle Nerven sind zum Zerreißen gespannt und die Kaffeemaschine läuft 24 Stunden nonstop. Für Rebekka fühlte es sich jedes Mal aufs Neue an, als stünde sie kurz vor einem Marathon – oder einem Flug ins All. Sie verspürte weder Müdigkeit noch Erschöpfung – sie war nur von dem Willen getrieben zu gewinnen. Wie alle in der Agentur. Im Idealfall kamen die Chefs nach der Präsentation mit stolzgeschwellter Brust und einer Flasche Champagner für die Angestellten zurück. Manchmal jedoch verlor die Agentur den Wettbewerb, dann blieben die Bürotüren besser geschlossen. Rebekka setzte jedes Mal ihren vollen Ehrgeiz ein, damit es nicht dazu kam. Und so würde es auch diesmal sein, daher streckte sie die linke Hand nach den Papieren und die rechte nach dem Kaffee aus.

»Heizen Sie dem Junior ruhig ein bisschen ein, wenn

er wieder seine seltsamen Ideen durchsetzen will«, feuerte Moneypenny sie an.

Tatsächlich war Rebekka dafür zuständig, die oft hochfliegenden Pläne der kreativen Köpfe in der Agentur zugunsten der nüchternen Kostenplanung zu zügeln. Obwohl der Job ihr den Ruf als Spaßbremse eingebracht hatte, war Rebekka nach dieser Herausforderung so süchtig wie andere nach Nikotin oder Schokolade.

Die Sekretärin lächelte sie an. »Ich bringe Ihnen mittags was vom Bioladen mit. Nicht, dass Sie mir vom Fleisch fallen, Kindchen.«

»Danke, Moneypenny. Was würde ich nur ohne Sie machen?«

»Als wandelndes Röntgenbild durch meine Träume spuken. Deswegen hole ich Ihnen auch noch einen Nachtisch dazu«, gab die Ältere munter zurück. Sie ging aus dem Büro, und Rebekka beugte sich über die Papiere.

Tatsächlich merkte Rebekka vor lauter Arbeit selbst kaum mehr, ob sie genügend aß oder nicht. Ihre Mahlzeiten bestanden aus etwas Obst oder einem Fertigsalat, den sie sich morgens schnell noch im Supermarkt holte. Wenn sie abends nach Hause kam, war sie zu müde, um noch viel Hunger zu verspüren. Zudem gab ihr Kühlschrank nicht viel mehr her als ein Käsebrot oder ein Fertiggericht für die Mikrowelle. Sie achtete nur darauf, dass immer frische Äpfel und genügend Körnerfutter für Beo Lingen vorhanden waren, weshalb ihre stets peinlich sauber gehaltene Küche wirkte wie eine Kulisse aus einem Ikea-Prospekt. Das war nicht immer so gewesen, erst seit Sebastian vor einem halben Jahr ausgezogen war. Er und Rebekka hatten sich in der Agentur kennengelernt und waren ein knappes Jahr lang ein Paar gewesen, ehe sie zusammenzogen. Zwei Jahre hatten sie in dieser Wohnung zusammengelebt, bis Sebastian erst den Arbeitgeber und gleich danach die Freundin gewechselt hatte. Rebekka war bis zum Schluss ahnungslos gewesen, dass hinter seinen »Außenterminen« in Wirklichkeit seine Neue steckte, weil sie selbst sowieso immer bis spät in die Nacht in der Agentur geblieben war. Da Sebastian seine Möbel mitgenommen und Rebekka bisher weder die fehlenden Regale noch die Stühle ersetzt hatte, klafften seitdem überall gähnende Lücken, die der Wohnung das Aussehen eines schadhaften Gebisses verliehen.

Rebekka zwang sich jedoch, keinen Gedanken daran zu verlieren – diese drehten sich inzwischen sowieso von früh bis spät um Zahlen und Kalkulationen. Die Zukunft der Agentur war auch ihre, und daher war sie bereit, alles dafür zu tun.

Als sie zum Meeting eilte, begrüßte sie der Seniorchef, Peter van Doorn, ein dynamischer Endfünfziger mit wallendem, schneeweißem Haar und stets so tief gebräunt, als käme er gerade vom Skifahren oder aus der Karibik. »Diese Präsentation für *Complete-Fit* hat für uns höchste Priorität«, raunte van Doorn vertraulich, als sie den Konferenzraum betraten, »und ich erwarte von Ihnen als Strategin eine Spitzenpräsentation. Sie wissen, da steckt ein Megabudget dahinter.«

Rebekka nickte und spürte den vertrauten Adrenalinstoß, der sie zuverlässiger aufweckte als eine ganze Kanne Espresso. Sie ignorierte das schnelle Pochen ihres Herzens und schaltete den Beamer ein. »Dann wollen wir mal!«

»Da haben Sie aber heute eine toughe *Performance* geliefert, Frau Winter!« Nach dem vierstündigen Meeting tat van Doorns Anerkennung so gut wie eine warme Dusche nach einem Tausendmeterlauf, auch wenn sie seine Vorliebe für Anglizismen hasste. Rebekka lächelte erschöpft. »Tut mir leid, dass ich dem Juniorchef die Idee mit dem *Playmate des Jahres* als Model für die Fitnesskette ausreden musste. Die ist für die Kampagne nicht zu bezahlen.« Und mit ihrem Silikonbusen in etwa so geeignet wie ein Kampfhund, der für Tierschutz werben soll, dachte Rebekka.

Der Seniorboss zuckte mit den Schultern. »Nun, über das Budget müssen Sie ja am besten Bescheid wissen, nicht wahr?« In diesem Augenblick bog der Juniorchef um die Ecke und steuerte auf sie zu. Im Gegensatz zu seinem Vater kleidete sich Ralf van Doorn liebend gern »flippig«, weshalb er heute zu einer khakifarbenen Bermuda ein schwarz-weiß-gepunktetes Hemd und Sneakers kombiniert hatte. Auf dem Kopf trug er einen karierten Hut, der zwei Nummern zu klein war und ihm das Aussehen einer Comicfigur verlieh.

Die dunklen Knopfaugen des Juniors musterten Rebekka mit einem undefinierbaren Blick. Hochachtung? Herablassung? »Mit Ihrer Entscheidung haben Sie sich keine Freunde gemacht, Frau Winter.«

»Ich bin nicht für Freundschaften zuständig, sondern fürs Budget«, gab Rebekka zurück und entschwand in ihr Büro, wo eine frische Tasse Kaffee auf sie wartete. Sie verzichtete diesmal auf den Zucker – diesen jungen Schnösel soeben mundtot gemacht zu haben, war süß genug gewesen.

Zu Rebekkas Überraschung stand ein goldgelber Kuchen auf dem Küchentisch, als sie am Abend nach Hause kam. »Hast du etwa gebacken?«, fragte sie Beo Lingen, der in seinem Käfig saß und das nach Zitrone duftende Gebäck gierig beäugte.

»Nein, ich«, sagte Isa hinter Rebekka.

»Isa! Bist du noch einmal gekommen oder war meine Wohnung so schmutzig, dass du immer noch da bist?«

Die junge Frau sah Rebekka ernst an. »Den Kuchen habe ich für dich gemacht. Zum Abschied«, sagte sie leise.

Rebekka starrte sie verständnislos an.

»Meinem Vater geht's nicht gut, und ich werde für einige Zeit zurück nach Hause ziehen«, erklärte Isa. »Ich habe dir ja erzählt, dass er nach der Operation ziemlich schwach auf den Beinen war – und seit Mamas Tod vor zwei Jahren hat er eben nur noch mich.«

Rebekka erinnerte sich nur vage an Isas Bericht über

ihren Vater und musste sich zerknirscht eingestehen, dass sie anscheinend nicht richtig zugehört hatte, als die Studentin von ihm erzählt hatte. Sie wusste nicht einmal, was ihm genau fehlte.

»Natürlich, ich verstehe«, presste Rebekka hervor, obwohl sie am liebsten ihrem Entsetzen freien Lauf gelassen hätte. Sie brauchte Isa! Nicht so sehr für die Sauberkeit ihrer Wohnung, die Studentin war vielmehr zumindest ein Mal die Woche eine willkommene Gesellschaft für den Beo. Und auch Rebekka hatte die lockeren Gespräche mit Isa genossen, denn sie waren eine angenehme Abwechslung zu den harten, faktenbezogenen Diskussionen im Job. Wäre sie nicht so von ihrer Arbeit eingenommen gewesen, hätte sie erkannt, dass Isa einer der wenigen Menschen war, zu denen sie noch regelmäßig Kontakt hatte. Ihre Freundinnen waren entweder verheiratet und bekamen gerade ihr erstes oder zweites Kind, oder sie arbeiteten ebenso viel wie Rebekka. Sie hielten nur noch per WhatsApp und E-Mail Kontakt. Und nun würde auch Isa mehrere hundert Kilometer wegziehen. Die junge Frau sah Rebekka zerknirscht an.

»Tut mir leid, dass ich dich so plötzlich hängen lasse, Becky. Aber heute kam sein Anruf ...«

»Unsinn! Dein Vater ist jetzt wichtiger als der chaotische Zustand meiner Wohnung und dieser profilneurotische Vogel«, widersprach Rebekka und deutete zum Käfig. Aber insgeheim verstand sie nicht, wie Isa ihr Studium offenbar ohne zu zögern kurz vor dem Abschluss auf Eis legen konnte, um ihren alten Herrn zu pflegen, statt nach einer Lösung zu suchen, die sie nicht wertvolle Berufschancen kosten würde. Doch als Rebekka behutsam vorschlug, Isa bei der Suche nach einem Pflegedienst oder einem Platz in einem Heim für ihren Vater behilflich zu sein, schüttelte die junge Studentin energisch den Kopf.

»Das würde ich nicht übers Herz bringen. Ich fühle mich verantwortlich für meinen Vater. Er hat so viel für mich getan – jetzt bin ich mal dran.«

Rebekka schluckte. Von dieser Seite hatte sie es noch nie betrachtet. Vielleicht deswegen, weil ihr Erzeuger nie etwas für sie getan hatte? Erst war er voll in seinem Job aufgegangen und so gut wie nie zu Hause gewesen, und plötzlich war er für immer verschwunden. Rebekka war ihm nichts schuldig. Und was passieren würde, wenn ihre Mutter einmal Hilfe bräuchte, darüber hatte sie sich ehrlich gesagt noch keine Gedanken gemacht. Zu irgendetwas musste Jürgen schließlich gut sein. Isa riss Rebekka aus ihren Gedanken: »Jetzt muss ich aber wirklich los. Mach's gut, Becky. Und pass auf dich auf!«

»He, das ist eigentlich *mein* Text«, sagte Rebekka und drückte Isa beiläufig einen Extraschein in die Hand. »Trink mal in deiner Heimatstadt einen Kaffee auf mich, okay?«

»Das ist aber mehr als einer«, sagte Isa mit erstickter Stimme.

Die zwei Frauen umarmten sich lange. Dann gab es nichts mehr zu sagen, und Rebekka wurde das Herz schwer.

»*Aaabschied ist ein schweres Schaf*«, krächzte Beo Lingen, und Rebekka musste trotz ihrer Wehmut lachen. »Es heißt ›ein scharfes Schwert‹, du dummes Vieh«, schalt sie den Vogel, um den Kloß in ihrem Hals loszuwerden.

Doch als die Tür hinter Isa zufiel, wusste sie, dass sie mehr als nur eine Putzhilfe verloren hatte. Nun rollten doch ein paar Tränen. Rebekka öffnete die Tür des Vogelkäfigs, und ihr Haustier flatterte sofort heraus. Doch statt wie sonst ein paar Runden durch die geräumige Wohnung zu segeln, landete der Beo auf ihrer Schulter und rieb seinen Schnabel zutraulich an ihrer Schläfe, so als wollte er seinen Menschen trösten.

»Ich heule nicht meinetwegen«, versicherte Rebekka ihm schniefend, »sondern weil *du* ab jetzt die ganze Woche alleine bist!«

Am nächsten Morgen saß Rebekka gerade vor einer neuen Kalkulation und überlegte, ob sie in der Mittagspause rasch zu Beo Lingen nach Hause fahren sollte, als van Doorn sie in sein Büro rief. »Wir haben den Auftrag für *Complete-Fit* sang- und klanglos verloren, Frau Winter. Können Sie sich das erklären?« Der Seniorchef musterte Rebekka eisig über seinen Schreibtisch hinweg, der die Ausmaße eines Fußballfeldes besaß.

Obwohl sie wusste, dass jede Präsentation ein Roulettespiel war, fuhr Rebekka die Nachricht wie ein Faustschlag in den Magen.

Ihr Boss funkelte sie an. »Ich hätte nicht auf Sie hören

sollen, sondern auf meinen Sohn. Ihre Analysen und Argumente, das war doch alles *Bullshit!*«

Rebekka zuckte zusammen. So hart war er noch nie mit ihr ins Gericht gegangen. Allerdings hatte die Agentur auch noch nie eine so große Schlappe erlitten.

»Können wir ... noch nacharbeiten?«, fragte sie stockend.

»Natürlich nicht! Den Kunden hat sich unser Konkurrent *Strategie Plus* geschnappt. Und wissen Sie, mit welchem Testimonial?«

»Dem Playmate?«

»Nein! Mit der Gewinnerin von dieser Topmodel-Show! Da hätten wir ja auch mal draufkommen können, oder?«

Hätte, hätte, Fahrradkette, schoss es Rebekka durch den Kopf. Außerdem war es nicht ihre Aufgabe, die passenden Werbegesichter herauszusuchen.

»Ich bin enttäuscht, Frau Winter! Manchmal frage ich mich wirklich, ob Sie unsere Agenturphilosophie verstanden haben.« Mit einer unwilligen Handbewegung schickte ihr Chef sie hinaus. Die Audienz war zu Ende.

Eine Viertelstunde und einen starken Espresso später hatte Rebekka eine To-do-Liste vor sich liegen.

- Beruhige dich!
- Atme!
- Geh noch mal zum Chef. Sprich mit ihm durch, was schiefgelaufen ist.
- Entschuldige dich. (Warum eigentlich? Egal!)
- Zieh einen neuen Kunden an Land!!!

Punkt eins und zwei hatte sie bereits einigermaßen erfolgreich abgehakt. Blieben nur noch drei, vier und fünf – was deutlich schwieriger werden würde. Doch es half nichts. Rebekka schnappte sich die Mappe mit den *Complete-Fit* Unterlagen und schickte sich an, den Gang nach Canossa hinter sich zu bringen.

Der führte sie allerdings nur bis vor die Toilettentüren. Wie immer, wenn sie aufgeregt war, meldete sich ihre Blase. Das fehlte noch, dass sie auf van Doorns Ledersessel hin und her rutschte, weil sie dringend mal für kleine Werberinnen musste. In fliegender Hast drückte Rebekka die Klinke. Dass sie statt der linken Tür zur Damentoilette, die rechte erwischte, merkte sie nicht. Da alle Toiletten nur mit Kabinen ausgestattet waren – Urinale fand der Juniorchef »so was von Achtziger« – fiel Rebekka ihr Irrtum nicht auf. Doch nachdem sie die Spülung gedrückt und ihren Rock wieder zurechtgerückt hatte, hörte sie die Tür aufklappen und gleich darauf van Doorn »ich habe nicht viel Zeit« sagen. Zuerst hätte Rebekka am liebsten »falsche Tür« gerufen, aber erstens war sie gerade in der denkbar schlechtesten Position, um ihren Vorgesetzten abzukanzeln, und zweitens kam ihr schnell der Verdacht, dass *sie* die Türen verwechselt haben könnte, denn nun ertönte auch noch die näselnde Stimme des Juniorchefs. »Wie hat sie reagiert?«, fragte er, und obwohl Rebekka ihn nicht sehen konnte, hätte sie wetten können, dass er vor dem Spiegel stand und seinen albernen Hut zurechtrückte.

»Tja. Ich habe ihr gesagt, dass sie unsere Philosophie

wohl nicht versteht. Damit war sie erst mal schachmatt gesetzt.«

Rebekka hielt die Luft an. Redeten die beiden Chefs etwa von ihr?

Der nächste Satz von van Doorn junior räumte sämtliche Zweifel aus: »Ich hab dir gleich gesagt, dass ich sie nicht im Vorstand haben will! Du hast sie nicht im Griff und jetzt, wo wir die Bewerbung ...«

Den Rest des Satzes konnte Rebekka nicht verstehen, weil der Wasserhahn aufgedreht wurde und das Rauschen die Worte des Juniors übertönte. Inzwischen saß sie mit angezogenen Beinen auf dem geschlossenen Klodeckel, damit man ihre Füße unter dem Türspalt nicht entdeckte, und betete, Vater und Sohn entging, dass eine der Toilettentüren den roten Halbkreis für »besetzt« zeigte. Rebekka würde ihre Tonlage niemals so weit senken können, dass man sie für einen Mann hielt. Raus konnte sie aber erst recht nicht, daher blieb sie notgedrungen hocken. Der Wasserstrahl versiegte.

»... mussten unsere Frauenquote pushen, nach dieser Sache mit dem Sexismusvorwurf! Die Winter zu befördern war die einzige Möglichkeit, einem Shitstorm zu entgehen und keine wichtigen Kunden zu verlieren, das weißt du genau«, sagte van Doorn senior gerade.

Rebekka erinnerte sich nur vage an den Skandal, von dem ihr Chef sprach, weil sie in die Kampagne, die für Aufruhr gesorgt hatte, nicht eingebunden gewesen war. Die Kollegen hatten vor etwa einem Jahr für eine Plakatwerbung eines Knödelteig-Herstellers offenbar das Motiv einer recht freizügig gekleideten Frau und den Spruch »Klöpse statt Möpse« verwendet.

Bei Facebook und Twitter hatte es einen Aufschrei gegeben, vor allem, weil herauskam, dass keine einzige Frau an der Entwicklung der Kampagne beteiligt gewesen war. »Peter van Testosteron« und »Macho-Agentur« waren noch die freundlichsten Bezeichnungen in den Kommentaren gewesen. Zu allem Überfluss war *Anna*, eine feministische Zeitschrift, darauf aufmerksam geworden und hatte der Agentur ihre Titelgeschichte gewidmet, mit der Überschrift »Kreativität aus der Hose«.

Die Erinnerung und Peter van Doorns Bemerkung fügten sich wie zwei Puzzleteilchen in Rebekkas Kopf zusammen: Sie war also nicht in den Vorstand befördert worden, weil ihre Chefs endlich erkannt hatten, wie gut sie war, sondern als Alibi. Als wollte der Juniorchef das bestätigen, hörte Rebekka ihn sagen: »Du weißt, wer seit Kurzem mein Favorit für den Vorstandssitz ist. Und er hat inzwischen super Kontakte in die Politik. Die nächste große Wahlkampagne ist uns so gut wie sicher!«

»Aber wir können die Winter nicht einfach absägen! Was, wenn sie gleich zu irgendeinem dieser feministischen Blättchen rennt? Außerdem ist sie eine gute Kalkulatorin und der Agentur in dieser Hinsicht ja durchaus nützlich!«

Rebekka hörte das Rattern, mit dem ein Papiertuch aus dem Spender gezogen wurde. »Ich sage ja nicht, dass wir sie abschießen sollen, Dad! Aber der verlorene

Pitch von *Complete-Fit* ist doch ein guter Anlass, sie in die zweite Reihe zurückzupfeifen! Ich meine, wir wussten doch von Anfang an, dass *Strategie Plus* den Auftrag inoffiziell längst in der Tasche hatte.«

Dann wurde die Klinke heruntergedrückt. Sekunden später schlug die Tür zu und hinterließ nichts als dröhnende Stille.

Geschlagene zwei Minuten saß Rebekka bewegungsunfähig wie ein verschrecktes Karnickel auf dem Toilettendeckel. Sie empfand zunächst überhaupt nichts. Der Schock machte sie taub und blind. Erst nach und nach tröpfelte die Erkenntnis in ihr Bewusstsein: Die freundliche Miene ihres Seniorchefs war nichts weiter als eine Maske. Dahinter lauerte die Fratze der Boshaftigkeit.

Die Bosse wollten jemand anders – und Rebekka sollte klein gehalten werden. Dafür war ihnen nicht mal eine Lüge zu schade. Doch beweisen konnte sie gar nichts. Am liebsten hätte Rebekka dem Seniorboss sofort die Kündigung auf den Tisch geknallt. Aber wo sollte sie hin? Die Werbebranche ähnelte einem Dorf. Jeder kannte jeden, und vor allem kannten alle Peter van Doorn. Er war eine Art Zeus im Olymp dieser Scheinwelt aus TV-Spots, Zeitungsanzeigen und Onlinebannern, und keine namhafte Agentur würde Rebekka mehr einstellen, wenn sie beim Gottvater persönlich in Ungnade gefallen war.

Reflexartig griff Rebekka zum Handy – doch wen sollte sie anrufen? Ihre Mutter? Nein, undenkbar. Die hätte ihr wahrscheinlich nur nahegelegt zu kündigen und sich lieber einen netten Mann zum Heiraten zu suchen. »Wie oft habe ich dir gesagt, dass du nicht glücklich wirst, wenn deine Karriere an erster Stelle steht, Beckylein?«

In diesem Moment sehnte Rebekka sich nach einer guten Freundin, die sie verstehen würde. Eine, die sie tröstete und ihr versicherte, dass sie toll war, egal, was ihre Chefs von ihr dachten. Doch so jemand existierte in Rebekkas Leben nicht. Jedenfalls nicht mehr. Früher in der Schule und auch später im Studium hatte es zwei, drei gute Freundinnen gegeben, doch nachdem sie ihren Uniabschluss in der Tasche hatten, trennten sich ihre Wege. Irgendwann war die Telefonnummer, die Rebekka wählte, nicht mehr vergeben, und sie machte sich nicht die Mühe, die neue herauszufinden. Umgekehrt war das genauso.

In diesem Augenblick wurde Rebekka klar, dass sie zwar den Karrieregipfel erreicht hatte, es dort oben aber verdammt kalt und einsam war.

Endlich schaffte sie es aufzustehen, die Kabinentür aufzuschließen und aus der Herrentoilette zu wanken. Zum Glück waren alle Bürotüren geschlossen. Rebekka hätte niemandem in die Augen sehen können.

»Unverschämtheit! Wir sollten alle Frauen zum kollektiven Aufstand mobilisieren. Wir sollten die Zeitschrift *Anna* informieren! Diese … Testosteron-Büffel!« Miss Moneypenny stand neben dem Schreibtisch und glühte vor Empörung. Rebekka lächelte müde. »Das scháffen nicht mal Sie. Wir sind doch alle vom Chef abhängig!«

Die Sekretärin tätschelte Rebekka aufmunternd die Schulter und verließ das Büro, doch eine halbe Minute später war sie wieder da. »Hier«, sagte sie und zog verstohlen einen silbernen Flachmann aus der Tasche ihres Twinsets. Auffordernd hielt sie Rebekka das Fläschchen unter die Nase, dem ein scharfer, aber aromatischer Geruch entströmte. »Danach werden Sie sich besser fühlen.«

Rebekka nahm einen ordentlichen Schluck. Weißes Feuer schoss ihr die Kehle hinunter, und gleich darauf breitete sich eine wohlige Wärme in ihrem Magen aus. »Tut gut«, murmelte Rebekka und genehmigte sich gleich noch einen Schluck.

Hastig nahm Moneypenny ihr den Flachmann aus der Hand. »Vorsicht, Kindchen! Das ist ein Hausrezept meiner Großmutter! Die konnte so leicht nichts umwerfen, nicht einmal ihr Selbstgebrannter, aber sie war auch ungefähr doppelt so breit und drei Mal so schwer wie Sie!«

Mit diesen Worten ließ die Sekretärin das Corpus Delicti wieder in ihrem adretten Jäckchen verschwinden. Gerade noch rechtzeitig, denn schon wurde die Tür aufgerissen, und van Doorn junior kam, ohne anzuklopfen, hereinspaziert. Rebekkas Blick klebte jedoch an der Person, die neben ihm stand, und ein paar Sekunden lang hoffte sie verzweifelt, es möge eine durch Moneypennys alkoholhaltigen Seelentröster bedingte Fata Morgana sein. Leider vergeblich.

»Ich brauche euch ja nicht vorzustellen«, sagte der Junior. »Wir sind alle sehr glücklich, unseren ehemaligen Kollegen zurückgeholt zu haben. Er wird ab dem Ersten als neuer Kreativchef sowie Vorstandsmitglied wieder in unserem Hause tätig sein.«

Rebekka starrte den blonden, hochgewachsenen Mann mit den nebelgrauen Augen an. Da half auch kein Schnaps mehr.

»Hallo, Rebekka«, sagte Sebastian.

2

Knallerbsenstrauch
(Symphoricarpos albus)

Rushhour. Wütend schlug Rebekka auf das schwarze Lenkrad. War in dieser verdammten Stadt eigentlich jemals *kein* Stau?

Kurz schloss sie die Augen und versuchte, das Bild von Sebastian in ihrem Büro aus dem Kopf zu bekommen. Er hatte sich ihr gegenüber ausgesprochen freundlich verhalten, doch für Rebekka war seine Anwesenheit wie der Stachel einer Biene gewesen, der immer noch in ihrem Fleisch steckte und beständig sein schmerzendes Gift abgab. Kaum waren ihr Ex und der Juniorchef aus ihrem Büro abgezogen, hatte sie Hals über Kopf ihre Sachen gepackt und war geflohen. In Richtung Moneypenny hatte sie nur noch etwas von »heute mal pünktlich Feierabend machen« gemurmelt.

Nun stand Rebekka eingekeilt zwischen anderen Autos auf dem Zubringer und fragte sich, wie sie es ertragen sollte, Sebastian in Zukunft jeden Tag sehen und mit ihm sprechen zu müssen. Allein bei dem Gedanken brach ihr der Schweiß aus. Doch was war die Alternative – ihren Job kündigen? Rebekka schüttelte bei dieser Vorstellung den Kopf. Damit würde sie nicht nur schlagartig ihr Einkommen verlieren, sondern auch jegliche Struktur in ihrem Leben. Wollte sie wirklich Tag und Nacht zu Hause sitzen – zur Untätigkeit verdammt und nichts mit sich anzufangen wissen, bis sie vielleicht eine neue Stelle gefunden hatte? Falls sie überhaupt noch jemand einstellen würde, denn die Jobs in ihrer Branche waren heiß umkämpft. Apropos heiß, dachte Rebekka und wischte sich über ihre feuchte Stirn. Im selben Moment ließ sie ein schriller Piepton zusammenzucken. Das Geräusch kam von ihrem Auto, und nun sah sie auch, dass einige Lichter am Armaturenbrett hektisch blinkten. Eine grellrote Schrift sprang ihr förmlich entgegen: »*AirCon Error*«. Rebekka brauchte eine Weile, bis sie verstand, dass soeben die Klimaanlage ihren Geist aufgegeben hatte. Draußen herrschten ungefähr 30 Grad, und auch im Inneren stieg die Temperatur unaufhaltsam. Sie war in den vergangenen 15 Minuten keinen Zentimeter vorwärtsgekommen, dafür hatte sie langsam das Gefühl, in einer Saunakabine zu sitzen. Immerhin in einer komfortablen Sauna, denn es gab Radio und CD-Player, aber selbst Cool and the Gang konnten nicht verhindern, dass Rebekka inzwischen die Bluse am Rücken klebte. Außerdem löste sich ihre Hochsteckfrisur, und ihre Haare verwandelten sich in eine Art zerzaustes Vogelnest. Rebekka versuchte, tief einzuatmen, wie die Pilateslehrerin es vor gefühlten hundert Jahren einmal im Kurs demonstriert hatte, aber sie klang eher wie eine Hochschwangere in den

Presswehen, und ihre Hände krampften sich vor Anspannung so heftig um das Steuer, dass ihre Knöchel weiß wurden. »Ruhig bleiben, alles geht vorbei, auch dieser Stau«, summte Rebekka vor sich hin und versuchte, sich eine blühende Bergwiese vorzustellen. Enzian, Alpenrosen und bunte Schmetterlinge dazwischen. Dazu Vogelzwitschern, das die Luft erfüllte ...

»Herr Weißenberg? Nee, ich stehe im Stau! Ja, ja, verstehe. Nein, wir müssen *outsourcen*, der Profit ist zu *low*. Okay, ich schicke Ihnen die Sachen per Mail von meinem *mobile phone*!«

Das, was da durch die geöffneten Autofenster an Rebekkas Ohren drang, war nicht das Röhren eines Hirsches inmitten der blühenden Alpenlandschaft vor ihrem inneren Auge. Es war ein schwitzender Mittfünfziger mit Halbglatze in einem silbergrauen, offensichtlich teuren Anzug. In seiner dicken Hand, an deren kleinem Finger ein protziger Siegelring steckte, hielt er ein flaches Telefon, in das er mit unmenschlicher Lautstärke hineinbrüllte. Er stand neben seinem Auto, dessen glänzende Stoßstange sich vor Rebekkas Nase befand und das noch eine Nummer größer und dunkler war als ihr eigener Geschäftswagen. Der Mann war ebenfalls dem Berufsverkehr zum Opfer gefallen, allerdings dachte er nicht daran, sich deswegen von seinen wichtigen Geschäften abbringen zu lassen.

Rebekka ließ das Fenster auf ihrer Seite herunter und lehnte sich ein Stück heraus.

»Entschuldigung, würde es Ihnen etwas ausmachen

leiser zu sprechen? Ich und mindestens ein Dutzend andere Leute interessieren uns nicht besonders für Ihren unglaublich wichtigen *Deal*«, sagte sie, als der Anzugträger gerade eine kurze Gesprächspause einlegte, und bemühte sich, die Gereiztheit in ihrer Stimme zu unterdrücken. Der Mann fuhr zu ihr herum, und seine Augen weiteten sich eine Sekunde überrascht, als er sah, wer da in dem schweren dunklen Wagen saß. *Eine Frau! Was macht die denn mit so einem dicken Auto?*, schien sein Blick zu fragen. »Hören Sie mal, junge Frau, was bilden Sie sich ein? Ich hab gleich die nächste *TelKo*! Wenn Sie schon mit der Karre Ihres Mannes zum Shoppen fahren, dann kommen Sie mir gefälligst nicht so, ja?«

Seine Worte rauschten in Rebekkas Ohren, und sie merkte, wie ihre imaginäre Bergwiese mit all den Blumen darauf schlagartig verdorrte.

Das also sahen die Leute in ihr: eine gelangweilte Ehefrau, die mit dem Wagen ihres Mannes spazieren fuhr. Als hätte Rebekka nicht jahrelang geackert, um ihr eigenes Geld zu verdienen, einen eigenen Geschäftswagen zu fahren – und auf keinen Fall so zu werden wie ihre Mutter: unmündig und abhängig von einem Mann.

Benommen blickte Rebekka zu dem dicken Mann hoch. Sein großer, feuchter Mund, aus dem Speicheltröpfchen der Empörung sprühten, schien immer größer zu werden, dann verschwamm sein Gesicht und wurde zu dem von Peter van Doorn. Wortfetzen zogen wie Nebelschwaden durch Rebekkas Kopf. »Wir haben sie damals gebraucht ... Alibi ...«

Und dann tauchte auch noch Sebastians Gesicht auf, und sie hörte ihn sagen, es sei aus zwischen ihnen, weil er sie nicht liebte, sie nicht zusammenpassten, und er außerdem vor ein paar Wochen diese andere Frau kennengelernt habe ...

Ruckartig zog Rebekka den Kopf aus dem offenen Fenster zurück. Ihre rechte Hand drückte wie ferngesteuert den Startknopf und mit einem tiefen, hungrigen Brummen erwachte der Motor zum Leben.

»Hey, machen Sie den Motor aus! Ich versteh ja kein Wort mehr«, brüllte der dicke Manager, der immer noch neben seinem Wagen stand, doch Rebekka schenkte ihm keine Beachtung. Sie legte den ersten Gang ein und gab Gas. Ihr Auto schoss mit einem Satz nach vorne und rammte das Heck des vor ihr stehenden Wagens. Sie sah, wie der Mund des dicken Anzugtypen aufklappte, und ein nie gekanntes Gefühl der Befreiung überkam sie. Knirschend legte Rebekka den Rückwärtsgang ein und setzte ein Stück zurück, ehe sie erneut in den ersten Gang schaltete. Sie drückte das Gaspedal durch, und der Motor heulte auf. Das Blech kreischte förmlich, als sich diesmal ihre Stoßstange förmlich in den vorderen Wagen bohrte. Durch den Aufprall drückte ihr der Sicherheitsgurt ruckartig die Luft aus der Lunge. Wie beim Autoscooterfahren!, konnte Rebekka gerade noch denken, dann öffnete sich mit einem abrupten Schlag der Airbag und presste sie in ihren Sitz zurück. Gleich darauf wurde auch schon ihre Fahrertür aufgerissen, und ein paar Hände lösten hektisch ihren Anschnallgurt, ehe Rebekka von jemandem, den sie nicht sehen konnte, ziemlich unsanft aus dem Wagen gezerrt wurde. Stattdessen sah sie jedoch den schwitzenden Geschäftsmann von vorhin. Er hatte keinen Blick mehr für sein Handy, sondern starrte mit hervorquellenden Augen auf das zerbeulte Hinterteil seiner Angeberlimousine, wobei sich seine Lippen in stummer Fassungslosigkeit bewegten, als wollte er sein Auto beschwören, doch bitte wieder heil zu werden. Rebekka konnte sich das Lachen kaum verkneifen, doch dann merkte sie, dass die Person hinter ihr mit ihr sprach.

»Bist du in Ordnung? Hast du dir wehgetan?« Eine zweite Stimme, etwas tiefer als die erste, fragte dann: »Hallo? Kannst du uns hören?«

Rebekka nickte mechanisch und drehte den Kopf, um zu sehen, wer da so aufgeregt auf sie einredete. Sie erblickte eine Frau, nur wenig jünger als sie, die neben einem etwa gleichaltrigen Mann stand. Beide hatten lange Haare, der Mann trug einen breitkrempigen Lederhut und die junge Frau einen bodenlangen Batikrock mit einem Top, das ihre gebräunten Schultern frei ließ. Ihre großen dunklen Augen musterten Rebekka besorgt. »Ist alles okay?«, fragte die junge Frau erneut, und Rebekka zwang sich zu einem Nicken.

»Das glaub ich ja wohl nicht. Haben Sie das gesehen? Die ist mir hintendrauf gefahren. Einfach so! Im Stau! Obwohl alle stehen, ist die mir einfach hintendrauf gefahren!« Der Dicke im Anzug hatte sich bisher im Hintergrund gehalten. Wahrscheinlich dachte er, Rebekka wäre verletzt, und hatte entweder keine Lust gehabt, Erste Hilfe zu leisten, oder er konnte kein Blut sehen. Doch nun, da er sich offenbar überzeugt hatte, dass ihr nichts passiert war, kam er wie ein wilder Stier herangestürmt und fuchtelte mit seinem dicken Zeigefinger vor Rebekkas Gesicht herum. »Sie!«, schnaubte der Mann. »Ich werde Sie verklagen! Ich hole die Polizei! Ich ...«

Rebekka konnte ihn nur anstarren, sie musste sich noch von der Bekanntschaft mit dem Airbag erholen.

»Hey, Mann, jetzt beruhigen Sie sich mal«, schaltete sich der junge Mann ein, der Rebekka aus dem Wagen gezogen hatte. »Ist doch nur ein Blechschaden!«

»Nur ein Blechschaden? NUR? Sagen Sie mal, geht's noch? Das ist mein Geschäftsauto, und ich muss zum Flughafen und diese dusslige Kuh ...«

»Hey, das reicht!«, fiel ihm die junge Frau im gebatikten Rock heftig ins Wort. »Kein Grund für frauenfeindliche Äußerungen! Man kann über alles reden!«

»Ha, von wegen! Die ist doch völlig durchgeknallt, die Schnalle! Aber die Polizei ist schon unterwegs!«

Rebekka lauschte der aufgebrachten Stimme des Dicken, als ginge sie das gar nichts an, als wäre sie nur Zuschauerin bei einem Theaterstück. Auch dass immer mehr Leute aus ihren Autos ausgestiegen waren und zu ihr herübergafften, nahm sie nur wie durch Watte wahr. Probehalber drehte sie ihren verspannten Nacken, der beim zweiten Aufprall scheinbar doch etwas gelitten hatte, denn sofort durchzuckte sie ein stechender Schmerz. Ihr Blick fiel auf einen mattsilbernen VW-Bus, der bereits einige Jahre auf dem Buckel und ein paar Schrammen hatte und hinter ihrem glänzenden Neuwagen stand. Er musste dem jungen Pärchen gehören. Rebekkas Augenmerk galt einem Aufkleber, den eine rote Rose zierte. Genau so eine hatte sie vorhin in Gedanken am Rande ihrer imaginären Sommerwiese gesehen. Sie kniff die Augen zusammen, um die Schrift entziffern zu können, die den Aufkleber zierte: »Zwischen den Dornen der Rose verbirgt sich ihr Duft.«

Was für ein dämlicher Kitsch, dachte Rebekka. Doch dann musste sie daran denken, wie lange sie nicht mehr an Blumen geschnuppert hatte. Weil sie überhaupt keine Zeit hatte, einmal durch einen Park oder über eine Blumenwiese zu laufen. Stattdessen rannte sie einer Karriere hinterher, die sie nach oben katapultiert hatte. Und nun hockte sie auf einem eisigen, einsamen Gipfel, wo es keine Blumen oder Schmetterlinge und nicht einmal Wolken gab.

»Keine Sorge, die Polizei hat sicher nicht viel gegen dich in der Hand. So wie du aussiehst, hast du im Leben noch nicht mal 'nen Joint geraucht«, sagte der junge Mann beruhigend. Rebekka wollte etwas erwidern, eine schlagfertige Bemerkung machen, die zeigte, dass sie sich im Griff hatte. Stattdessen legte sie den Kopf an die Schulter der jungen Frau und brach in Tränen aus.

»Wenn das nur ein Auffahrunfall wäre – nun gut. Das hätte man mit viel gutem Willen noch als Versehen, notfalls als grobe Fahrlässigkeit im Straßenverkehr auslegen können. Aber Sie haben den Rückwärtsgang eingelegt und Ihren Vordermann ein zweites Mal gerammt! Vorsätzlich! Damit ist eine Rechtswidrigkeit nicht mehr zu leugnen, und wenn der Richter schlechte Laune hat, legt er Ihnen gleich noch einen gefährlichen Eingriff in den Straßenverkehr zur Last. Aus dieser Sache kann ich Sie nun wirklich nicht mehr straffrei herauspauken, Frau Winter.«

Rebekka sank noch ein Stück tiefer in die weichen Polster des burgunderroten Sofas, das die halbe Wand in der Kanzlei einnahm und perfekt mit den dunkelbraunen Regalen harmonierte. Sie fühlte sich wie ein gescholtenes Kind, und trotzdem tat es ihr immer noch nicht leid, dass sie diesem Angeber hintendrauf gefahren war. Aber das sagte sie vorsichtshalber nicht laut. Ihr Anwalt rieb sich seinen fast weißen, perfekt gestutzten Vollbart und musterte sie prüfend. »Wir könnten höchstens auf Burn-out mit akuter Depression plädieren.«

»Auf keinen Fall«, protestierte Rebekka. »Ich bin doch nicht verrückt. Außerdem wirft mich mein Chef sofort raus, wenn er annimmt, ich wäre nicht mehr voll leistungsfähig. Er hat mich ja schon schräg angesehen, weil ich nach dem ... ähm, *Zwischenfall* am nächsten Tag etwas später in die Agentur kam. Aber ich musste meinen Wagen nach der Reparatur noch schnell aus der Werkstatt holen ...«

Michael März, seit 35 Jahren Rechtsanwalt und mit komplizierter Klientel mehr als vertraut, seufzte. »Sie werden demnächst noch einmal später in Ihre Agentur kommen, Frau Winter.« Er wedelte mit einem Schreiben, das den Stempel des Amtsgerichts trug. »In drei Wochen findet Ihre Gerichtsverhandlung statt.«

»Und deswegen, Herr Richter, plädiere ich bei meiner Mandantin auf Freispruch wegen eingeschränkter Schuldfähigkeit aufgrund eines etwas … labilen Allgemeinzustands.«

Rebekkas wütenden Blick ignorierend blickte März den Vorsitzenden Richter an. Der Anwalt wirkte in diesem Moment wie ein Klassenstreber, der soeben fehlerlos vor dem Lehrer Schillers *Glocke* aufgesagt hatte. Tatsächlich hatte Richter Peißenberg eine gewisse Ähnlichkeit mit Rebekkas früherem Schuldirektor. Der Jurist war bereits Ende fünfzig, hielt sich aber sehr gerade, und seine militärisch kurz geschnittenen, eisgrauen Haare betonten seine hohe Stirn noch zusätzlich. Seine flinken hellen Augen hinter der randlosen Brille schienen Angeklagten wie Zeugen bis auf den Grund ihrer Seelen zu blicken. Rebekka begann, sich unwohl zu fühlen. Dabei hatte sie gedacht, die Gerichtsverhandlung wäre ein Klacks, eine reine Formalität. Zum Glück war ihr Fall zu unspektakulär für Zuschauer. Nicht einmal einer von den alten Leutchen, die ihr Rentnerdasein gerne bei Prozessen fristeten, um später bei Kaffee und Kuchen in der Gerichtscafeteria die Fälle zu diskutieren, war anwesend.

Die Zeugen, darunter auch der Geschädigte, waren gehört worden, und nun stand nur noch das Urteil aus. Rebekka würde wohl nicht umhinkommen, ein saftiges Bußgeld zu zahlen, aber sie hoffte, die Sache in ein paar Tagen ad acta legen und vergessen zu können. Als sie jedoch in das Gesicht des Richters schaute, beschlich sie eine vage Vorahnung, dass die Dinge nicht ganz so glatt laufen könnten, wie sie es sich ausgemalt hatte.

»Unsinn! Jeder Zweite redet sich heutzutage vor Gericht mit einem Burn-out heraus. Neumodischer Quatsch, wenn Sie mich fragen. Wer ausgebrannt und erschöpft ist, fährt einem anderen Auto nicht aus heiterem Himmel mit Karacho auf die Stoßstange – vorsätzlich.«

Rebekka verdrehte die Augen. Der Jurist schien seine ganz eigenen Ansichten über Psychologie zu haben – und nicht damit hinter dem Berg zu halten.

»Herr Richter ...«

»Einspruch abgelehnt, Herr Anwalt. So jemand schaltet auch nicht in den Rückwärtsgang, um den Vordermann gleich darauf noch einmal zu attackieren.«

»Ich habe nicht den Vorder*mann* attackiert, sondern dessen Auto. Der Fahrer war längst ausgestiegen und hat die ganze Warteschlange mit seinem Handygespräch beschallt«, schaltete Rebekka sich ein. Sie hatte es satt, dass die beiden Juristen über ihren Kopf hinweg von ihr sprachen, als wäre sie ein ungezogener Dackel, der gerade die Hausschuhe von Herrchen zerkaut hatte und bei dem man nun darüber beriet, ob er auf die Hundeschule geschickt oder lieber gleich eingeschläfert werden sollte.

Richter Peißenbergs Kopf schoss bei Rebekkas ungefragtem Einwand verblüfft nach vorne, ehe sich seine Augen verengten und er sie scharf ins Visier nahm.

»Ach. Und deswegen schrotten Sie seinen Wagen? Weil er telefoniert hat? Wer sind Sie, eine Art Robin Hood der Stauopfer?«

»Herr Richter, was meine Mandantin damit sagen will«, wagte Rebekkas Anwalt noch einen Vorstoß, wurde aber gleich wieder zum Schweigen gebracht.

»Ihre Mandantin hält besser mal den Ball flach. Ich habe hier die Akte, nach der Frau Winter in diesem Jahr bereits zwei Mal wegen deutlicher Geschwindigkeitsübertretung und dem Überfahren einer roten ...«

»Dunkelgelben!«, knurrte Rebekka, aber weil der Anwalt ihr sanft, aber spürbar auf den Fuß trat, sagte sie nichts weiter.

»... Ampel auffällig geworden ist«, fuhr der Richter beharrlich fort. »Ganz abgesehen davon, dass Sie am Tag des Auffahrunfalls Alkohol getrunken hatten, Frau Winter. Zwar eine geringe Menge, aber es reichte offensichtlich, um Sie die Contenance verlieren zu lassen.«

Schuldbewusst erinnerte sich Rebekka an den kleinen silbernen Flachmann, der den selbst gebrannten Schnaps von Moneypennys Großmutter enthielt. Dummerweise hatten die beiden Polizisten, die trotz Stau ziemlich schnell am Unfallort eingetroffen waren – an die Lautsprecherdurchsage »Bitte bilden Sie eine Mittelgasse für das Einsatzfahrzeug« erinnerte Rebekka sich noch deutlich –, sofort gerochen, was Sache war. Noch ehe sie Rebekkas Daten aufnahmen, musste sie in den Alkomat pusten, obwohl das junge Pärchen energischen Protest gegen diese »Bevormundung mündiger Bürger« eingelegt hatte. Erst nachdem die beiden Uniformierten angedroht hatten, ihren VW-Bus nicht nur nach dem Warndreieck, sondern auch nach illegalen Substanzen abzusuchen, waren die beiden bereit gewesen, den Rückzug anzutreten. Sie hatten Rebekka noch aufmunternd zugelächelt, ehe sie sich in den Bus verkrochen hatten. Kurz darauf hatte dezent Bob Marleys *I shot the Sheriff* aus den offenen Fenstern geschallt.

Der Alkoholtest hatte keine nennenswerten Promillewerte ergeben, also war ihr Fall nur eine Bagatelle und kein Grund, so ein Fass aufzumachen, fand Rebekka. »Können wir bitte die Diskussion beenden, ich muss nämlich zur Arbeit«, sagte sie genervt.

Der warnende Blick ihres Anwalts kam zu spät. »Da werden Sie noch ein bisschen warten müssen«, sagte der Richter, und sein Ton verhieß nichts Gutes.

»Es ergeht folgendes Urteil: Frau Rebekka Winter wird wegen des Straftatbestands der Sachbeschädigung gemäß Paragraph 303 StGB verurteilt«, ratterte der Richter monoton herunter. Rebekka fragte sich gerade, ob sie das Strafmaß überhört oder der Richter es vergessen hatte, da beugte Peißenberg sich vor und sprach sie nun direkt an.

»Frau Winter, ich weiß, dass Sie darauf setzen, von mir eine Geldstrafe zu bekommen. Sie wollen zahlen und die

Sache dann möglichst schnell vergessen. So läuft das aber nicht. Ich spreche hiermit nach Paragraph 59 StGB eine Verwarnung mit Strafvorbehalt aus.«

Rebekka blickte ihren Anwalt ratlos an. Als hätte sie einen Knopf bei einem Automaten gedrückt, ratterte der los: »Dieser Paragraph tritt in Kraft, wenn nach einer gesamten Würdigung von Tat und Täterpersönlichkeit besondere Umstände vorliegen, die die Verhängung einer Strafe entbehrlich machen.«

Strike, dachte Rebekka zufrieden. Der Richter war doch vernünftiger, als sie gedacht hatte. Doch weit gefehlt. »Ich verpflichte Sie stattdessen dazu, Sozialstunden zu leisten, Frau Winter. Und zwar einhundertzwanzig an der Zahl. Wo sie dies tun, steht Ihnen frei. Wir haben hier genügend Altenheime, Krankenhäuser und Kindergärten. Sie haben zwei Wochen Zeit, sich zu entscheiden, ansonsten wird das Gericht festlegen, in welcher sozialen Einrichtung Sie arbeiten.«

»He, Moment mal, das können Sie nicht machen!«, schrie Rebekka auf.

»Doch, ich kann. Zwar wendet man die gemeinnützige Arbeit eigentlich nur im Jugendstrafrecht an, aber hinsichtlich Ihres reichlich kindischen Verhaltens halte ich in diesem Ausnahmefall Sozialstunden auch im Erwachsenenstrafrecht für angemessen.«

»Moment mal! Ich darf ja wohl wenigstens wählen, ob ich nicht lieber zahlen will. Meinetwegen überweise ich auch die doppelte Summe Bußgeld an ein Waisenhaus, aber mein Job erlaubt keine … *gemeinnützige*

Arbeit!« Sie konnte nicht verhindern, dass die letzten beiden Worte etwas schrill klangen.

Ihr Anwalt war offenbar vom Urteil des Richters derart überfahren, dass er nur stumm zwischen ihm und Rebekka hin und her schaute, als würden die beiden Pingpong spielen.

»Ich sage Ihnen mal was, Frau Winter. Sie sind eine ambitionierte junge Frau. Leider scheinen Sie vollkommen gestresst zu sein und ihre persönlichen Probleme an Unbeteiligten auszulassen. Aber egal, ob jemand Sie genervt hat oder nicht, es steht Ihnen nicht zu, sich im Straßenverkehr wie im Wilden Westen zu benehmen.«

Mit einem »Also, jetzt reicht es aber« und dem »Einspruch, Euer Ehren«, überschrien Rebekka und ihr Anwalt sich gegenseitig.

Peißenberg rutschte unbeeindruckt in seinem Richterstuhl nach vorn und blickte Rebekka direkt in die Augen. »Lernen Sie, wieder Mensch zu sein, Frau Winter. Keine Maschine. Sonst brennen Ihnen nämlich bald wieder die Sicherungen durch! Wenn Sie die Sozialstunden ableisten, wird das Strafverfahren gegen Sie eingestellt.« Er lehnte sich zurück. »Falls Sie sich aber weigern, mein Urteil anzunehmen, überlege ich mir, ob ich Ihnen aufgrund Ihrer bisherigen Verkehrsdelikte, der Anklagepunkte und Ihrer mangelnden Einsicht nicht noch richtig Ärger mache.«

»Der hat mich komplett auflaufen lassen! Darf ein Richter so etwas überhaupt?« Immer noch fassungslos hockte Rebekka nach der Verhandlung in März'

Anwaltskanzlei, der ihr soeben eine Tasse starken Kaffee reichte. Rebekka spürte, wie ihre Hände zitterten und sie beinahe die heißdunkle Flüssigkeit verschüttete. Hilfe suchend sah sie März an. »Ich kann doch nicht hundertzwanzig Stunden in irgendeinem Altersheim oder Kindergarten verbringen! Das sind, selbst wenn ich Vollzeit arbeite, etwas mehr als drei Wochen! Das ist mein Jahresurlaub!« Obwohl Rebekka bisher nie an das Wort »Urlaub« gedacht hatte, sah sie jetzt auf einmal einen weißen Sandstrand vor sich, an den türkisgrün-blaue Wellen mit kleinen Schaumkronen schwappten, während eine sanfte Brise die erhitzten Körper der Badegäste kühlte. Leider war Rebekka nicht unter ihnen, weil sie sich nämlich einen riesigen Wagen aus Edelstahl durch einen endlosen Flur schieben sah, aus dem der Geruch von verkochtem Gemüse stieg. An den Türen rechts und links des Ganges würden die Namen der Altersheimbewohner stehen, denen sie das Mittagessen brachte ...

Energisch versuchte Rebekka, diesen Gedanken zu verdrängen, stattdessen tauchte aber nun ein Bild vor ihrem inneren Auge auf, wie sie auf einem Spielplatz stand, umringt von einem Dutzend Kinder, die Rebekka soeben an einen grellbunt bemalten Marterpfahl banden, während sie brüllend um sie herumtanzten und sie mit Matsch aus dem Sandkasten bewarfen ...

»Frau Winter, hören Sie mir überhaupt zu?«, riss ihr Anwalt sie aus ihrer ganz persönlichen Becky-Horror-Picture-Show.

Benommen blickte sie März an. »Das ist alles ganz unmöglich. Ich kann mit Kindern überhaupt nicht umgehen. Der Sohn einer früheren Freundin ging bei jedem Treffen entweder mit der Sandschaufel auf mich los oder er fing an zu heulen, sobald ich nur an ihrer Haustür geklingelt habe.«

»Vielleicht war er in einer schwierigen Phase?«

»Zwei Jahre lang, und nur bei mir? Unwahrscheinlich. Ich glaube, Kinder mögen mich einfach nicht. Mit Senioren ist es übrigens das Gleiche. Erst neulich hat mich ein alter Mann beim Einparken gefragt, wieso ich Auto fahre, statt zu Hause für meinen Mann und meine Kinder Essen zu kochen. In dem Augenblick hätte ich mir auch eine Sandschaufel gewünscht. Keine guten Voraussetzungen also.«

»Tja, tut mir leid. Ihre Strafe liegt bis zu einem gewissen Grad im Ermessen des Richters. Pech, dass Sie ausgerechnet bei Peißenberg gelandet sind, Frau Winter. Er ist bekannt für seinen Dickkopf und seine – ich nenne es mal vorsichtig – *pädagogisch-kreativen Urteile*. Den werden Sie nicht umstimmen können.«

»Können wir nicht in Revision gehen?«

März sah sie lange an. »Möchten Sie am Ende zweihundert Sozialstunden aufgebrummt bekommen?«

»Scheiße«, murmelte Rebekka, aber so leise, dass ihr Anwalt es nicht hören konnte. Außerdem klopfte es in dieser Sekunde an März' Bürotür, und ein dunkelhaariger Mann in Rebekkas Alter betrat den Raum. Seine helle Leinenhose und das weiße Hemd waren maßgeschneidert und bestimmt nicht billig gewesen, und auch sein Haarschnitt war ein bisschen zu sehr Marke »zufällig-elegant«, um von einem Zehn-Euro-Friseur zu stammen.

»Darf ich vorstellen? Thomas Benning, mein Kanzleipartner«, sagte März zu Rebekka. Der junge Anwalt schüttelte Rebekka die Hand und warf ihr einen entschuldigenden Blick zu, weil er sich sogleich etwas atemlos an März wandte. »Entschuldigen Sie die Störung, aber ich müsste morgen spontan freinehmen und zu meiner Großmutter fahren.«

»Geht es ihrem Herzen wieder schlechter?«, fragte März besorgt.

»Nein, sie hat nur gerade ihre neue Haushaltshilfe hinausgeworfen. Die dritte innerhalb von zwei Wochen. Erstaunlich, dass ihre bisherige Haushälterin es fast 30 Jahre bei ihr ausgehalten hat. Dummerweise fällt Therese mit ihrem Bandscheibenvorfall aber noch mindestens vier Wochen aus. Und meine Großmutter hat nichts Besseres zu tun, als sich mit sämtlichen Aushilfen anzulegen. In ein paar Monaten hat sie ihren siebenundachtzigsten Geburtstag, den sie nicht mehr erleben wird, wenn sie so weitermacht. Weil sich nämlich niemand mehr um sie kümmert, wenn sie alle vergrault!«

»Eine erstaunliche alte Dame«, murmelte der Anwalt nachdenklich.

»Ich würde den Begriff ›eigensinnig‹ vorziehen«, sagte Benning und sah leicht erschöpft aus. »Die leichte Herzattacke vor zwei Monaten hat ihr körperlich zugesetzt, aber ich kann einfach nicht jeden Tag vier Stunden Fahrtzeit einplanen und nach ihr sehen. Dabei bräuchte sie dringend jemanden, der ein paar Stunden am Tag für sie da ist, jetzt, da Therese ausfällt. Vor allem jemanden, der sie von Dummheiten abhält. Sie will einfach nicht einsehen, dass sie sich schonen muss. Preußische Disziplin nennt *sie* es ...«

»Was ist mit ihrer Verwandtschaft?«

Benning seufzte. »Ihr Erstgeborener, mein Onkel, ist schon tot, und meine Eltern leben sechshundert Kilometer weit weg. Großmama hat nur jemanden für ihren Garten, aber das ist natürlich kein Ersatz für eine Haushälterin. Und ich kann doch nicht vier Wochen Urlaub nehmen, bis Therese wieder gesund ist!«

»Auf keinen Fall! Ich brauche Sie hier in der Kanzlei«, rief März, und der junge Anwalt nickte resigniert und fuhr sich mit einer Hand durchs Haar, das danach nicht mehr so schick gestylt aussah wie zuvor.

März rieb sich die Nase. »Ihre Großmutter bräuchte also für ein paar Wochen eine Hilfe, die ihr im Haus zur Hand geht und sie ein bisschen im Auge behält, bis ihre Angestellte wieder fit ist?«

Benning nickte. »Obwohl Großmutter Dorothea sich mit Händen und Füßen gegen jegliche ›Bevormundung‹ wehrt, wie sie mir vorgestern am Telefon an den Kopf geworfen hat. Aber ich mache mir einfach schreckliche Sorgen, dass sie sich übernimmt und niemand da ist, wenn ihr etwas passiert.«

Die drei Menschen im Büro schwiegen einen Moment.

Benning, weil ihn das Vorbringen seines Anliegens erschöpft hatte, März, weil er nachdachte, und Rebekka, weil sie sowieso nicht richtig zugehört hatte, sondern grübelte, wie sie das Ableisten der karitativen Stunden in diversen Kinderhorten oder Seniorenheimen doch noch irgendwie vermeiden konnte.

Mit einem Mal schmunzelte März und wandte sich an seine verurteilte Klientin. »Frau Winter, wollten Sie Ihren Jahresurlaub nicht schon immer einmal in einer alten Villa aus der Jahrhundertwende mit einem eigenen Seegrundstück verbringen?«

Rebekka starrte ihren Anwalt an. März zuckte die Schultern: »Nun schauen Sie nicht so – Herrn Bennings Großmutter ist in der Sozialstunden-Lotterie quasi der Jackpot!«

Sommer 1946

Lieber Iggy,

im Traum höre ich immer noch das Klappern der Würfel. Sie springen über die Tischplatte, rollen und stoßen aneinander, und nie bleiben zwei mit der gleichen Zahl nach oben liegen. Ich habe die Würfel immer geliebt, die Vater schnitzte, tagein, tagaus und stets mit derselben Präzision, damit niemand behaupten konnte, einer von ihnen wäre gezinkt. Ich mochte es, die mit feinem Schmirgelpapier rundgeschliffenen Ecken in meiner Handfläche zu spüren und mit geschlossenen Augen meine Fingerspitzen in die eingebrannten und mit Farblack ausgemalten Augenzahlen gleiten zu lassen. Doch die Würfel waren mehr als nur ein Spielzeug, sie sicherten den Lebensunterhalt für meine Familie nach einem Krieg, der uns nicht nur unser Haus, die Heimat und alles, was bisher so vertraut gewesen war, genommen hatte, sondern auch meine unbeschwerte Kindheit unter Bombenhagel und Trümmern begrub. Ich versuche, nicht mehr daran zu denken. Nicht an das gute Geschirr, die Bleikristallgläser und den Schmuck, den meine Mutter im Garten unter der großen Eiche vergraben hatte, in der sinnlosen Hoffnung, dass irgendwann alles wieder wie vorher wäre. Und auch nicht an die rußigen Fetzen, die früher die Gardinen meines Mädchenzimmers gewesen waren und die durch die zerborstenen Scheiben des Hauses wehten und uns wie Geisterhände nachzuwinken schienen, als wir mit nichts als zwei Koffern und einem Leiterwagen zum letzten Mal die Auffahrt hinuntergingen.

Die Augen meiner Mutter waren vom Weinen ganz rot und geschwollen, während das Gesicht meines Vaters so weiß wie ein frisch gestärktes Laken war, der Mund zu einem schmalen Strich zusammengepresst. Die Köchin, die Waschfrau und der Gärtner waren schon seit mehr als einer Woche nicht mehr bei uns erschienen, vielleicht waren sie geflohen, vielleicht verschanzten sie sich auch in dem kleinen Nachbardorf und hofften, die Soldaten würden einfach vorbeiziehen. Wir aber ahnten, dass uns keine Wahl blieb als die Flucht – es gab bereits Gerüchte, der Einmarsch der Roten Armee stünde kurz bevor, sodass wir in aller Eile das Haus und die Stadt verlassen mussten. Doch als wir die helle, gewundene Straße entlanggingen und unser Haus endgültig hinter den mächtigen Bäumen verschwand, die die Allee säumten, waren die Schritte meiner Eltern so steif und widerwillig gewesen, als wären sie Marionetten, die an unsichtbaren Fäden fortgezogen würden.

Trotz des Abschieds vom vertrauten Leben und dem Verlust von allem, was bisher mein Zuhause gewesen ist, war das Schicksal mit mir noch gnädig. Ich wusste, was mit anderen Frauen passiert war. Ich sah es an ihrem Blick, den erloschenen Augen und hochgezogenen Schultern. Wie Schatten huschten sie durch die zerstörten Straßen, als wären sie auf der Suche nach ihrem früheren Ich oder ihren Seelen, die die Soldaten ihnen geraubt hatten. Als

Vergeltung für all die Brüder, Söhne und Freunde, die auf den Schlachtfeldern geblieben waren. Es gab Gerüchte über unvorstellbare Gräueltaten, und ich weiß, welch großes Glück ich hatte, nichts dergleichen erlebt zu haben. Es hätte viel schlimmer kommen können, meine Eltern und ich hätten nicht nur unser Haus, sondern auch unser Leben verlieren können. Doch wenn man erstmals auf der Straße in einer völlig fremden Stadt steht, und in den Blicken der Bewohner bestenfalls Verachtung und schlimmstenfalls blanker Hass liegt – auf die Neuankömmlinge, die Schmarotzer, die auch ihren Teil der sowieso schon knappen Lebensmittel beanspruchen –, ist das trotzdem ein schreckliches Gefühl. Als hätten wir uns unser Schicksal ausgesucht, als wären wir gerne hier in der Fremde!

Wir wollten keine Nassauer sein, nicht das »Flüchtlingspack«, das man anspuckte und mit Schimpfwörtern überschüttete. Daher schnitzte mein Vater Tag und Nacht, um seiner Familie aus eigener Kraft wenigstens etwas zu essen zu beschaffen. Damals mussten alle arbeiten, sogar die Kinder. Aber so sehr ich die Würfel mochte, habe ich es doch gehasst, sie fremden Leuten verkaufen zu müssen. Bis zu diesem heißen Sommertag im Juli.

Mit klopfendem Herzen stieß ich damals die Tür zu dem Gasthaus auf, in dem ich in der vergangenen Woche so viele Abnehmer gefunden hatte wie nie zuvor. Die Kneipe galt als Umschlagplatz für Schwarzmarktware, und Händler wie Kunden, die ein gutes Geschäft gemacht hatten, blieben gerne noch ein bisschen, um etwas zu trinken oder ein Spiel zu spielen. »*Dafür braucht man nicht nur Glück, sondern auch einen ganz besonderen Würfel*«, *hatte ich damals mit dem Mut der Verzweiflung in die Runde gerufen. Zu meiner Überraschung hatten die Leute lachend nach den Würfeln gegriffen und mich anständig bezahlt.*

Eine Woche später steuerte ich daher erneut die Kneipentür an. Über der Stadt hatte sich eine schwülwarme Gewitterstimmung breitgemacht, in der Luft lag eine elektrische Spannung, als würde der Blitz jeden Augenblick irgendwo einschlagen. Auch im Inneren der Spelunke herrschte eine merkwürdige Atmosphäre, und die Gäste schienen mit angehaltenem Atem auf irgendetwas zu warten, das ihr Leben wie ein ohrenbetäubender Donnerschlag erschüttern würde.

Ich blieb am Eingang stehen. Der Mut verließ mich, und ich traute mich nicht, meinen Spruch, mit dem ich neulich die Würfel angepriesen hatte, zu wiederholen. Stumm und verschüchtert stand ich gegen den Türrahmen gedrückt, bis ich Dich sah. Dein breites Lächeln überstrahlte das trübe Licht des Raumes, und unwillkürlich lächelte ich zurück. Du kamst auf mich zu, sprachst mich an, und meine anfängliche Scheu verwandelte sich schnell in Faszination, denn obwohl Du ein völlig Fremder für mich warst, hatte ich das Gefühl, Dich schon lange zu kennen. Als ich Dir das später einmal gestand, hast Du nur ganz ernst genickt.

»*Ich kenne dich auch. Aus meinem Träumen, aber ich habe nichts davon gewusst, bis ich dich gesehen habe*«, *sagtest Du, ehe Du sanft mein Gesicht in Deine kräftigen Hände genommen und mich geküsst hast. Diese Erinnerungen werde ich besitzen, solange ich lebe.*

Deine Thea

*

Dorothea von Katten musste nur die Augen schließen, um seine Lippen erneut auf ihren zu spüren, als wäre es gestern gewesen. Sie wusste noch genau, wie leicht ihr damals alles plötzlich vorgekommen war. Der Krieg war vorbei, sie war siebzehn Jahre alt, und das Leben lag noch vor ihr wie ein Traum, an dessen Ende ein neuer Tag stehen würde. Doch als sie die Augen öffnete, zeigte der Spiegel nicht das Gesicht eines jungen Mädchens mit langen rotblonden Haaren und glatter Haut, das damals zwar bitterarm, aber glücklich gewesen war. Ihr sah eine sechsundachtzigjährige Fremde mit schlohweißen Haaren entgegen, in deren Augen Verwunderung über diesen Anblick stand. Dorotheas Hände wanderten über Falten und Runzeln, die das Leben in die weiche, welke Haut ihres Gesichts gegraben hatte.

Inzwischen besaß sie mehr Geld, als sie sich jemals erträumt hatte, doch ihr Herz hätte ihr vor ein paar Wochen beinahe den Dienst versagt. Es wäre ihr egal gewesen. Schließlich hatte sie es seit beinahe siebzig Jahren nicht mehr gespürt – seit dem Tag, an dem ihre Welt in Scherben gegangen war.

3

Heckenrose (Rosa canina)

»Sie werden sehen, wenn meine Großmutter sich erst einmal an Sie gewöhnt hat, ist sie ganz zauberhaft«, versicherte Thomas Benning Rebekka. Unwillkürlich schielte die junge Frau auf seine Nase, um zu sehen, ob sie wegen dieser Lüge wuchs wie bei Pinocchio, aber das Gesicht des Anwalts blieb unverändert. Wahrscheinlich bekamen Juristen das Pokerface gratis zum ersten Staatsexamen dazu, dachte Rebekka. Rechtsanwalt März hatte zehn Minuten mit Engelszungen auf sie eingeredet, bis Rebekka das Gefühl hatte, die Ableistung der verordneten Sozialstunden bei Dorothea von Katten sei keine Betreuung einer Seniorin, sondern Wellnessurlaub in einer riesigen Villa am See.

»Die alte Dame besitzt sogar einen eigenen Bootssteg und einen riesigen Garten – ach, was sag' ich – das ist ein Park. Mit Blumen- und Gemüsebeeten ... Dort können Sie sich wunderbar von Ihrem Arbeitsstress erholen, Frau Winter«, schwärmte März nun.

Er erinnerte Rebekka an einen alternden Animateur im Club Robinson. Doch was blieb ihr anderes übrig, als zuzustimmen? Natürlich erschienen vier Wochen mit einer alten Frau in einem herrschaftlichen Anwesen erstrebenswerter als acht Stunden täglich umgeben von schreienden Kindern – oder wahlweise ein Vierzehnstundentag mit ihrem Exfreund Sebastian in der Agentur samt ihren Chefs, für die sie sowieso nur die Quotenfrau war.

Trotzdem äußerte sie Bedenken: »Ihre Großmutter hat bisher offenbar jede Hilfe abgelehnt. Was macht Sie so sicher, dass Sie mich akzeptieren wird?«, fragte sie Thomas Benning. Sein Lächeln war das eines Satyrs. »Weil ich ihr diesmal drohen werde, sie entmündigen zu lassen, wenn sie sich nicht endlich zusammenreißt. Immerhin bin ich Jurist«, antwortete er, und unwillkürlich bekam Rebekka Mitleid mit der alten Dame, der genauso das Messer auf die Brust gesetzt wurde wie ihr selbst.

»Okay, ich mache es«, sagte sie daher entschlossen und blickte März an.

»Wunderbar. Ich informiere meine Großmutter, wenn ich morgen bei ihr bin. Sie können gleich nächste Woche anfangen, je eher, desto besser«, sagte Benning. Geradezu euphorisch schüttelte er Rebekka erneut die Hand.

»Ich begleite Sie noch hinaus«, bot März an, aber Rebekka lehnte ab. Sie war in Gedanken schon in der Agentur und überlegte, wie sie es ihrem Boss schmackhaft machen konnte, dass sie der Agentur beinahe einen Monat lang fernbleiben musste. Einen familiären Notfall konnte sie nicht ins Feld führen – private Probleme seiner Mitarbeiter waren für van Doorn ungefähr so interessant, als wäre auf Hawaii ein Surfbrett umgefallen. Vielleicht sollte Rebekka die paar Wochen stattdessen als »kreative Auszeit« betiteln?

Sie hätte sich keine Sorgen machen müssen. Ihre wohlformulierte Anfrage wurde von beiden van Doorns mit geradezu beleidigendem Gleichmut aufgenommen.

»Sie haben in letzter Zeit sowieso nicht mehr richtig *performt*«, warf ihr der Juniorchef an den Kopf. Sein Vater dagegen schenkte Rebekka ein so strahlendfalsches Lächeln, als hätte er ein radioaktives Gebiss im Mund. »Machen Sie mal 'ne Kopfpause, Frau Winter. Danach läuft's auch wieder mit Ihrer Power. Ich bin sicher, unser neuer Mitarbeiter wird Ihren kurzzeitigen Verlust mehr als wettmachen.«

Er grinste Sebastian an, der soeben den Flur entlangkam und mit seinem durchtrainierten Körper, der in einer dunkelblauen Hose samt blütenweißem Hemd steckte, den Anschein erweckte, als wäre er einem Katalog für Kreuzfahrten entsprungen. Zu ihrem Ärger meldete sich bei seinem Anblick erneut der vertraute Schmerz in ihrem Brustkorb.

»Du machst Urlaub?«, fragte er, und sie hörte die Verwunderung in seinem Tonfall. »Urlaub« war für die Werbebranche ein ebenso fremder Begriff wie *Quadraturamplitudenmodulation* für den Volksstamm der Pygmäen.

»Ich nehme mir eine Kreativpause«, gab Rebekka

möglichst würdevoll zur Antwort. »Überstunden habe ich ja mehr als genug angesammelt.«

»Oh«, sagte Sebastian, »und wer macht inzwischen die strategische Planung?«

»Na, du«, erwiderte Rebekka zuckersüß. »Dass du das prima beherrschst, hast du ja bei deinem Auszug aus unserer Wohnung bewiesen. Immerhin hast du es geschafft, dass ich bis zur letzten Minute nichts von deinem Vorhaben oder gar deiner neuen Freundin wusste. Wenn das mal keine perfekte Strategie war!« Hoch erhobenen Hauptes verließ sie die Agentur, obwohl sie beinahe spüren konnte, wie die Blicke von Sebastian und ihren Chefs Löcher in das Rückenteil ihres Blazers brannten.

Trotz der Erleichterung, die Agentur eine Zeit lang hinter sich zu lassen, fühlte sich Rebekka wie ein aus dem Nest gefallener Vogel mit zerzaustem Gefieder, als sie – ihre Panik nur mühsam im Zaum haltend – in der Kanzlei aufschlug, um zusammen mit Thomas Benning zur Villa seiner Großmutter zu fahren. Sie blieb im Flur vor der angelehnten Tür zu März' Büro stehen und atmete tief durch. Ihr Herz pumpte schon wieder mit Turbogeschwindigkeit, und ihr Mund war trocken. Wie sollte sie die nächsten vier Wochen mit einer fast Siebenundachtzigjährigen überstehen? Was redete man überhaupt den ganzen Tag mit alten Leuten? Würde sie am Ende für Frau von Katten kochen müssen? Rebekka war eine miserable Köchin, die den Vorteil von

Delis und Salatbars zu schätzen wusste. März hatte etwas von Gemüsebeeten gesagt, und Rebekka dachte mit Grausen an Schnecken im Salat, fade Zucchini und erdverkrustete Möhren, die sie ernten und dann für die alte Dame pürieren musste …

An dieser Stelle rief sie sich energisch zur Ordnung. Benning hatte versichert, seine Großmutter sei noch etwas geschwächt wegen des Infarkts, ansonsten aber voll auf der Höhe. Also brauchte Rebekka sich keine Sorgen zu machen, sondern konnte sich auf die Zeit in einem herrschaftlichen Haus freuen, das um die Jahrhundertwende gebaut worden war und eine kleine Kutscherwohnung besaß, in der sie logieren würde. Isa hätte das sicher unendlich romantisch gefunden. Rebekka nahm sich vor, jeden Tag im See zu schwimmen, danach ein paar Pilates-Übungen zu machen und den Tag so gelassen wie Buddha zu starten …

»… aber so ist meine Großmutter eben«, hörte Rebekka in diesem Augenblick Thomas Benning durch die angelehnte Bürotür sagen. Mit angehaltenem Atem blieb sie stehen und lauschte. Zu ihrem Ärger dämpfte er seine Stimme jetzt zu einem Murmeln, und sie konnte seine Worte nicht mehr verstehen. Gerade als sie sich etwas näher an den Türspalt heranpirschte, hob der junge Anwalt erneut zu sprechen an. »Dann muss Frau Winter sie eben ein wenig herumschieben. Wie ich Großmutter Thea kenne, behagt ihr das nicht, aber sie wird das am nächsten Tag schon vergessen haben.«

Rebekka stand regungslos vor dem Kanzleiraum. Die beiden Anwälte hatten sie hereingelegt. März hatte mit einer feudalen Villa und dem Seegrundstück gelockt, und Benning war es gelungen, Rebekka vorzugaukeln, seine Großmutter wäre »zauberhaft«. Doch seine Worte gerade eben hatten entlarvt, was in Wahrheit auf sie wartete: Dorothea von Katten war eine vergessliche alte Frau, die im Rollstuhl saß.

Eine Welle des Mitleids für die alte Dame überschwemmte Rebekka, ehe die Realität sie einholte. Wie sollte sie mit einer über achtzigjährigen Frau zurechtkommen, die offenbar nicht nur schrullig, sondern auch noch gelähmt war? Am liebsten hätte Rebekka sich umgedreht und wäre davongerannt. Aber wohin? Sie konnte ja schlecht in die Agentur zurück und rufen: »April, April, mein Urlaub war gar nicht ernst gemeint!«

Und zu Hause bei Beo Lingen herumsitzen war auch keine Lösung, weil der Richter darauf bestehen würde, dass sie ihre Strafe verbüßte und den gemeinnützigen Dienst leistete, egal wo. Noch während Rebekka verzweifelt grübelte, ob sie sich nicht einfach bis zur Rente krankschreiben lassen sollte, ging die Tür auf, und Rebekkas Anwalt kam in Begleitung von Thomas Benning heraus.

»Ach, da sind Sie ja, Frau Winter«, rief März erfreut. »Das trifft sich gut, ich brauche Herrn Benning nämlich dringend in der Kanzlei. Aber Sie haben ja sicher ein Navi im Auto, sodass Sie das Haus seiner Großmutter auch alleine finden, nicht wahr?«

Rebekka starrte die beiden Männer stumm an. Sie sollte ohne jeden Beistand zu dieser hilfsbedürftigen alten Frau fahren, die sie noch nie gesehen hatte? Was, wenn Dorothea von Katten beim Anblick einer Fremden Zeter und Mordio schreien würde?

»Großmama weiß, dass Sie kommen, ich habe sie vorhin angerufen«, erklärte der junge Jurist.

Rebekka verdrehte die Augen. Einer vergesslichen Verwandten am Telefon etwas zu sagen, war ungefähr ebenso wirksam, wie Wasser in einem Sieb auffangen zu wollen. März und Benning nahmen ihr entgeistertes Schweigen jedoch als Zustimmung. »Gut, dann ist ja so weit alles klar. Ich werde mich darum kümmern, dass Ihnen der Aufenthalt bei Frau von Katten als Sozialdienst angerechnet wird und wir den Richter damit zufriedenstellen«, sagte März, und ehe Rebekka noch eine Antwort einfiel, wandte er sich schon an seinen Kompagnon. »Wir müssen dringend den Fall Schulz durchgehen, Sie wissen ja, er ist ein schwieriger Mandant ...« Auf ihn einredend, zog März Benning in sein Büro. Der drehte sich noch einmal um und lächelte Rebekka aufmunternd zu, dann schloss sich die Kanzleitür hinter ihnen, und Rebekka stand mit ihrer sozialen Buße namens Dorothea von Katten im Flur da. Im Geiste sah Rebekka Richter Peißenberg eine Flasche Champagner köpfen und auf die alte Dame trinken.

»Sie haben Ihr Ziel erreicht«, gab die monotone Stimme des Navigationsgeräts Auskunft. Allerdings war das »Ziel« das Ende einer Sackgasse, die rechts und links von meterhohen Hecken gesäumt war. Rebekka schaltete die Zündung aus und wischte sich nach einer fast dreistündigen Autofahrt, die sie einem liegen gebliebenen Lkw und einer Baustelle auf der Autobahn zu verdanken hatte, den Schweiß von der Stirn. Die Klimaanlage im Wagen funktionierte inzwischen zwar wieder, aber sie war umso nervöser geworden, je mehr sich der rote Punkt auf dem Display ihres Routenplaners dem »Seeweg« näherte, den Thomas Benning ihr als Adresse genannt hatte.

Wenigstens hatte sie ihren Führerschein behalten dürfen, aber nur, weil ihr Anwalt mit einem schriftlichen Antrag bei Gericht darauf verwiesen hatte, dass Rebekka Frau von Katten im Notfall zum Arzt fahren musste.

Eine Tatsache, die Rebekka nicht beruhigte. Was, wenn die alte Dame während ihrer Anwesenheit noch einen Herzinfarkt bekäme? Ihrer Mutter hatte Rebekka erst gar nichts von dem Zwischenfall erzählt, der ihr die gerichtlich aufgebrummten Sozialstunden beschert hatte. Stattdessen hatte sie am Telefon etwas von einem neuen »Projekt in der älteren Zielgruppe« gemurmelt und war fast dankbar gewesen, als ihre Mutter nicht weiter nachgefragt, sondern sofort begonnen hatte, von Jürgens mannigfaltigen Wehwehchen zu erzählen. Unbezahlter Sozialdienst, dachte

Rebekka. Endlich hatten sie und ihre Mutter etwas gemeinsam.

Seufzend löste Rebekka den Anschnallgurt und begegnete dem wachen Blick Beo Lingens, der sie durch die Stäbe seines Käfigs mit dunklen Knopfaugen musterte. Zum Glück schien der Vogel, dessen Voliere sicher im Fußraum verstaut war, die Autofahrt besser überstanden zu haben als seine Besitzerin.

»*Eins, zwei, drei, vier, fünf, sechs, sieben, wo ist meine Braut geblieben?*«, intonierte er gut gelaunt das Lied von seinem Beinahe-Namensvetter Theo Lingen.

Rebekka fasste durch das Gitter und tätschelte ihm seinen schwarz glänzenden Kopf, ehe sie ausstieg und beide Türen weit öffnete, damit dem Vogel nicht zu heiß wurde. Langsam ging sie an der etwa vier Meter hohen, undurchdringlichen Hecke entlang, deren dichte Zweige jeglichen Blick auf das versperrten, was dahinter lag. Einzig ein Spitzdach mit schwarzen Schieferschindeln und einem leicht verbogenen Wetterhahn ragte über den oberen Rand hinaus. Ein Stück weiter versperrte ein schmiedeeisernes Tor den Zugang zum Grundstück, und so sehr Rebekka auch suchte, sie konnte keine Klingel finden.

»Hallo? Ist jemand da? Frau von Katten?«, rief sie. Doch alles blieb still und erinnerte Rebekka an das Schloss von Dornröschen, in dem alle Anwohner in tiefem Schlaf lagen. Nur dass sie kein Prinz war, und die alte Dame wahrscheinlich in ihrem Rollstuhl im Haus saß und Rebekkas Rufen nicht hörte. Seufzend suchte sie nach einer Möglichkeit, das Tor zu öffnen, und fand tatsächlich einen Riegel, der sich mit einiger Mühe zurückschieben ließ. Lautlos schwangen die schmiedeeisernen Torflügel auf, und Rebekka wartete darauf, dass gleich eine Alarmanlage losschrillen würde. Doch nichts passierte. Also stieg sie wieder ins Auto, und gleich darauf knirschten die Reifen auf dem erstaunlich ordentlich geharkten Kies der Auffahrt.

Das Haus der von Kattens war eine zweistöckige, wunderschöne alte Villa. Die roten Klinkersteine leuchteten in der späten Nachmittagssonne und bildeten einen reizvollen Kontrast zu den weißen Sprossenfenstern. Trotz seiner warmen Ausstrahlung erschien Rebekka das Gebäude riesig. Es musste unzählige Zimmer besitzen, sodass Rebekka sich unwillkürlich fragte, wie nur eine Person diesen Kasten bewohnen konnte.

Sie parkte den Wagen im Schatten neben einem niedrigen Schuppen, dessen verwitterte Holzfront in der Sonne beinahe silbrig schimmerte. Anschließend erklomm sie die geschwungene Steintreppe der Villa, die sie vor eine rot gestrichene Haustür aus massivem Holz mit einem altmodischen Türklopfer führte. Endlich entdeckte sie etwas versteckt an der Seite eine Klingel. »D. v. K.« stand in schnörkellosen Buchstaben auf einem kleinen Schild. Rebekka drückte auf den Knopf, und im Inneren des Hauses erschallte ein melodischer Dreiklang, sonst geschah nichts. Sie läutete erneut und benutzte nach einem dritten Versuch, bei dem sich immer noch nichts rührte, auch den Türklopfer, aber genauso gut hätte sie versuchen können, Dornröschen höchstpersönlich an die Haustür zu bekommen. Rebekka bekam allmählich Angst. War Frau von Katten am Ende etwas passiert und sie lag hilflos neben ihrem Rollstuhl irgendwo in diesem riesigen Haus – ganz allein und unfähig, sich bemerkbar zu machen?

Rebekka überlegte kurz, dann beschloss sie, um das Haus herumzugehen. Wahrscheinlich machte sie sich viel zu viele Gedanken, und die alte Dame hatte sie einfach nicht gehört. Vielleicht stand ja eine Terrassentür oder ein Fenster offen, sodass sie ins Haus gelangen und nach ihrer künftigen Arbeitgeberin suchen konnte. Sie lief um die Längsseite der Villa und hielt den Atem an. Eine hölzerne Veranda und ein Balkon im Obergeschoss gingen auf einen weitläufigen Garten hinaus. Eine mächtige Blutbuche streckte ihre Zweige über eine wahre Farbenpracht aus roten, rosa, blauen und gelben Blüten aus. Beim genaueren Hinsehen entdeckte Rebekka, dass sich in den zahlreichen Beeten Pflanzen und Blumen drängten, die sie zwar vom Sehen aus dem Blumenladen, aber bis auf Anemonen, Gladiolen und Rittersporn nicht mit Namen kannte. Zwei geschmiedete Rundbögen schäumten förmlich über vor Rosen mit dicken pinkfarbenen Köpfen, und daneben protzte ein Büschel purpurfarbene Blumen, die einen herbsüßen Duft verströmten. Schmetterlinge gaukelten durch die Luft, und mit lautem Summen krochen unzählige Bienen eifrig in Blütenkelche und wieder heraus, die dünnen Beinchen gelb von Staub. Ein Bild wie aus ihrem Traum von der Blumenwiese damals im Stau, dachte Rebekka.

Es hätte das Paradies sein können, würde nicht im Inneren des großen Hauses eine einsame, gelähmte Frau sitzen, die diesen Farbenrausch nur noch von ferne bewundern konnte. Zu ihrem eigenen Erstaunen fühlte Rebekka einen heißen Kloß in ihrer Kehle aufsteigen, wenn sie sich vorstellte, wie die alte Dame voller Sehnsucht durch die dicken Glasscheiben auf ihren Garten blickte, die bunten Blumen zu verschwommenen Farbklecksen verzerrt, wie bei einem Aquarell von Monet ... Meine Güte, dachte Rebekka, wahrscheinlich hatte ihr Anwalt doch recht gehabt und sie stand tatsächlich kurz vor einem Burn-out, wenn sie schon anfing, über ihre eigenen Metaphern zu heulen. Aber wo war Frau von Katten? Rebekka betrat die ebenerdige Terrasse und spähte durch eins der großen, wenn auch fest verschlossenen Fenster, konnte aber niemanden entdecken. Langsam wurde ihr mulmig. Vielleicht sollte sie doch lieber Benning anrufen. Vielleicht wusste er als Enkel, was zu tun war. Als Rebekka sich umwandte, vernahm sie plötzlich ein Rascheln über sich, und gleich darauf krachte ein kleiner Ast zwei Meter neben ihr zu Boden, das eine Ende säuberlich abgesägt. Erschrocken machte Rebekka einen Satz und blickte zu dem großen Apfelbaum, neben dem sie gerade noch gestanden hatte und an dessen Zweigen die ersten Früchte reiften. Sie entdeckte eine lange Leiter, die am Stamm lehnte und sich irgendwo im dicht belaubten Geäst verlor. Ein Paar derbe Gummistiefel mit Erdklumpen unter den Sohlen tauchten auf einer der oberen Sprossen auf, dann folgte das Hinterteil einer Gestalt in ausgebeulter Latzhose mit Grasflecken und einem weiten, karierten Hemd darüber. Das musste wohl der Gärtner sein, von dem der Neffe der alten Dame in März' Kanzlei gesprochen hatte.

Rebekka trat zwei Schritte auf die Leiter zu. »Entschuldigen Sie, Frau von Katten hat auf mein Klingeln hin nicht geöffnet und auch auf mein Klopfen nicht reagiert. Vielleicht ist ihr ja etwas passiert«, rief sie und hörte selbst, wie aufgeregt sie inzwischen klang.

Den Gärtner schien das nicht zu beeindrucken. In enervierender Langsamkeit stieg er Sprosse für Sprosse herunter, und obwohl er ihr immer noch den Rücken zudrehte, sah Rebekka, dass er auch nicht mehr der Jüngste war, denn seine kurzen Haare, die unter einem schäbigen Strohhut hervorlugten, waren weiß. In seiner Hand, die in einem unförmigen Gartenhandschuh steckte, hielt er eine schmale Säge, die er nun achtlos ins Gras fallen ließ.

»Bitte beeilen Sie sich doch, ich habe Angst, dass der alten Dame etwas passiert ist, schließlich sitzt sie im Rollstuhl«, drängte Rebekka.

»Das wüsste ich aber«, erwiderte der Gärtner mit einer überraschend hellen Stimme. Er war endlich am Boden angekommen und drehte sich nun erstaunlich wendig zu Rebekka um. Zwei durchdringend blaue

Augen blitzten in einem faltigen Gesicht auf, in dem noch die Spuren der ehemaligen Schönheit der Jugend zu erkennen waren, und der breite Mund mit schmalen, aber fein geschwungenen Lippen hatte sich zu einem spöttischen Lächeln verzogen. »Ich weiß zwar, dass mein geschätzter Enkel mich am liebsten im Haus anbinden würde, mich jedoch verbal gleich in einen Rollstuhl zu verfrachten, finde ich etwas anmaßend.«

Rebekka starrte den vermeintlichen Gärtner, der sich als schlanke, ältere Frau entpuppte, begriffsstutzig an. »Frau von Katten?«, stotterte sie.

»Ganz recht. Ich habe gerade meine Obstbäume beschnitten. Niemand macht das heutzutage noch so, wie es sich gehört. Dabei gelangt durch den Sommerschnitt mehr Sonne an die Früchte, sie reifen besser und bekommen eine schöne Farbe. Zudem trocknet eine lichte Krone schneller ab, das schützt den Baum vor Pilzkrankheiten.« Sie musterte Rebekka kritisch. »Was gucken Sie denn so?«

»Sie, äh, Sie sehen so … fit aus.«

»Ja, wie denn sonst? Frische Luft, meine Liebe, das hält jung! Merken Sie sich das. Dann braucht man auch nicht dieses – Botox!«

»Ich bin nicht gebotoxt!«, schnappte Rebekka zurück.

»Wenn Sie weiter so grimmig dreinschauen, müssen Sie aber wohl darüber nachdenken, sonst gräbt sich die Zornesfalte zwischen Ihren Brauen bald dauerhaft ein.«

Na toll, dachte Rebekka. Hatte sie wirklich vor Kurzem noch Mitleid mit der alten Frau gehabt und sich Sorgen gemacht? Dabei hatte der liebe Gott Dorothea von Katten und ihre spitze Zunge offenbar vor sechsundachtzig Jahren erschaffen, um schon mal für Dieter Bohlen zu üben.

Die alte Dame fixierte sie immer noch. »Sie sind also diese Frau, die auf mich aufpassen soll, weil Sie das Gericht sonst ins Gefängnis schickt.«

Rebekka setzte ihr Eisschranklächeln auf. »Mein Name ist Rebekka Winter, und Sie werden mich wohl oder übel akzeptieren müssen, Frau von Katten. Soviel ich weiß, hat Ihr Enkel gedroht, Sie ansonsten zu entmündigen«, gab sie zuckersüß zurück.

»Tja, ich fürchte, da sitzen wir beide im selben Boot«, sagte Dorothea von Katten, und auf einmal blitzte ein spitzbübisches Lächeln in ihrem Gesicht auf, das ihre blauen Augen funkeln ließ. Eine Sekunde lang sah sie nicht mehr wie eine knapp Siebenundachtzigjährige aus, sondern wie ein junges Mädchen. Doch schon legte sich wieder die Maske der Unnahbarkeit über ihre Züge, und sie drehte sich abrupt um. »Kommen Sie. Ich zeige Ihnen, wo Sie wohnen.«

Herbst 1947

Lieber Iggy,

gerade habe ich meinen abgewetzten Lederkoffer abgestellt und mich umgeschaut. Das hier wird also in den kommenden Monaten mein Zuhause sein. Das winzige Kutscherhaus klebt wie ein Schwalbennest an der Villa mit ihrem grünen Kupferdach. Im Vergleich zu den hohen Räumen der herrschaftlichen Villa mit ihren Seidentapeten und dem kunstvollen Deckenstuck wirken die Zimmer hier geradezu winzig. Im Flur kann ich nicht einmal die Arme nach oben strecken, ohne mit den Fingerspitzen an die Zimmerdecke zu stoßen. An den Ecken wellt sich die Tapete, und der eine oder andere getrocknete Wasserfleck, der sich mit einem gelblichen Rand verewigt hat, zeugt davon, dass einige Stellen im Dach des Häuschens offenbar dringend erneuert werden müssten. Soviel also zu dem großzügigen Angebot meiner Verwandten, mich in der Villa am See aufzunehmen. Abgeschoben hat man mich – in die Wohnung für das Dienstpersonal. Am besten wäre ich wohl unsichtbar.

Gleichzeitig weiß ich, dass ich keine Wahl habe. Für die Eltern bin ich durch eigene Schuld zu einer Last geworden. Wie du weißt, haben die Würfel schon bald nichts mehr eingebracht, und weil Vater zu krank war, um im Kohlebergbau oder einer Fabrik zu schuften, hatten meine Mutter und ich versucht, uns mit Näharbeiten zu ernähren. Doch wer brauchte nach dem Krieg schon Näherinnen? Daher hatte ich beschlossen, mich als Sekretärin und Dolmetscherin bei den Amerikanern zu bewerben. Du weißt ja, dass mein Englisch ziemlich passabel ist, und kurz nach dem Krieg wurden Übersetzer gebraucht. Ich hatte die Zusage schon erhalten, doch kurz bevor ich die Stelle antreten konnte, sah ich mich gezwungen, fortzuziehen. In dem kleinen Städtchen, in dem meine Eltern nach der Flucht ein neues Leben begonnen haben, kannte man sie inzwischen, und das, was ich getan habe, hätte sich schon bald wie ein Lauffeuer verbreitet, wäre ich geblieben. Daher hat mein Vater seine Schwester gebeten, mich zu beherbergen, zumindest so lange, bis Gras über die Sache gewachsen ist.

An einem kühlen Sommermorgen stand ich also am Bahnhof, in der Hand einen kleinen, schäbigen Koffer mit meinen wenigen Habseligkeiten. Das Kostbarste war die Haarbürste mit den weichen, vanillefarbenen Borsten und dem Elfenbeingriff, die ich auf die Flucht mitgenommen hatte und die über die ganzen Kriegsjahre hinweg mein größter Schatz gewesen war.

An dem langen, tristen Bahnsteig, dessen rissiger Belag aussah wie mit wulstigen Narben überzogen, war mir die Bürste als das Einzige erschienen, das mich noch an das fröhliche Mädchen von früher erinnerte. Dieses Mädchen hatte nichts gemein mit der verzweifelten jungen Frau, die an jenem nebelverhangenen Morgen mit Tränen in den Augen am Bahngleis stand und die

Sekunden bis zum Abschied zählte. Meine Mutter hat mich in eine letzte Umarmung gezogen, doch mir war der Abstand, den sie dabei hielt, schmerzlich bewusst. Als hätte sie Angst gehabt, mich zu berühren, oder als wäre mein Vergehen ansteckend. Dann kündigte eine weiße Dampfwolke auch schon den herannahenden Zug an. Ich stieg ein und sah mich nicht mehr um. Die Erleichterung im Gesicht meiner Mutter hätte ich nicht ertragen.

Wenigstens hatten die Bomben den kleinen, beschaulichen Ort verschont, an dessen Rand das Herrenhaus meiner Verwandten steht. Trotzdem sind die vergangenen Jahre auch hier nicht spurlos vorübergegangen. Viele Männer sind von den Schlachtfeldern nicht zurückgekehrt, und die müden, leeren Augen ihrer Mütter, Verlobten oder Ehefrauen zeugen von ihren Verlusten. Auch mein Cousin Georg ist mit kaum neunzehn Jahren »für Führer, Volk und Vaterland gefallen« wie meinem Onkel und der Tante in einem pathetischen Schreiben mitgeteilt wurde.

Die Trauer hat aus meiner Tante, die früher immer frischen Hefeteig in einer Schüssel vor dem Ofen und ein Lächeln auf den Lippen gehabt hatte, eine Frau mit harten Gesichtszügen gemacht, die keine Kraft mehr für Gefühle oder ein freundliches Wort zu haben schien. Schweigend hat sie mich gemustert, ehe sie fast widerwillig meine ausgestreckte Hand ergriff und murmelte, ich solle am besten gleich auspacken. Dann führte sie mich in das ehemalige Kutscherhaus und verschwand nach dem knappen Satz, »ab jetzt findest du dich ja alleine zurecht«. Meinen Onkel habe ich nicht einmal zu Gesicht bekommen.

Also schluckte ich meine Tränen tapfer hinunter wie bittere Medizin und ging zwei zaghafte Schritte durch den schmalen Flur. Durch die erste Türe links kommt man in ein Badezimmer, das beinahe vollständig von einer Wanne aus gelblich weißem Porzellan eingenommen wird. Man kann sich kaum umdrehen, ohne sich die Hüfte an ihrem Rand anzustoßen. Warmes Wasser kommt über einen Boiler, der in einer Ecke des Badezimmers steht und mit Holz befeuert wird. Der Wasserhahn des Waschbeckens spuckt rostiges, braunrotes Wasser, wenn man an den erbärmlich quietschenden Armaturen dreht. An der Wand hängt ein Spiegel, dessen verflecktes, halb blindes Glas vorhin ein bleiches, verängstigtes Mädchengesicht zeigte, das ich erst nach längerem Anstarren als meines erkannt habe. Ich bin schnell vor der Verzweiflung in meinen eigenen Augen geflohen.

Im nächsten Zimmer fiel mein Blick als Erstes auf ein schmiedeeisernes Bettgestell. Sein abgeblättertes Weiß findet sich auch an der etwas schiefen Kommode links daneben. Auf ihr steht eine Lampe mit einem schweren, gläsernen Schirm, der an eine Glockenblume erinnert. Die hölzernen Dielen des Fußbodens sind abgeschabt, aber sauber. Eine warme Sommerbrise, die zum geöffneten Fenster hereinwehte, blähte die leicht zerschlissenen Musselinvorhänge wie Wolkensegel, und mir war gleich ein bisschen wohler. Der Raum strahlte das Echo einer Gemütlichkeit aus, die ich vielleicht wieder heraufbeschwören konnte, wenn ich nur fest genug daran glaubte.

In der Küche steht ein Kohlenherd, ähnlich dem, auf dem Mutter früher auch immer gekocht hat, ehe unsere Familie vor den anrückenden Russen fliehen musste. Ich habe ihr oft beim Kochen zusehen dürfen, sobald ich groß genug war, um mir nicht leichtsinnig die Finger zu verbrennen. Die Herdplatten besaßen mehrere herausnehmbare Ringe, die mithilfe eines eisernen Schürhakens beiseitegezogen wurden, um die Töpfe in die Öffnung einzuhängen.

Bei der Erinnerung an das stets munter flackernde orangegelbe Herdfeuer und den köstlichen Duft, der aus den gefüllten Töpfen aufgestiegen ist und die Küche erfüllt hat, musste ich lächeln. Aber würde ich mich überwinden können, für mich allein in dieser Küche zu kochen?

Die Kacheln des Fußbodens haben ein schwarz-weißes Rautenmuster, das durch die vielen Füße, die im Laufe der Jahrzehnte darauf herumgelaufen sind, sichtbare Schrammen davongetragen hat. Ob auch die schweren Stiefel der Männer in den braunen Uniformen durch diese Küche gepoltert sind?

Mein Vater hat seinen Schwager oft genug gewarnt, aber der war fest davon überzeugt, dass Deutschland ein tausendjähriges Reich bevorstand, in dem Wohlstand herrschen und vor allem diejenigen im Überfluss leben würden, die mit der Politik konform gingen. Ich erinnere mich noch gut an die Männer mit Hakenkreuz-Binden, die bei einem meiner früheren Besuche in der prächtigen Villa ein und aus gegangen sind. Und an das Parteibuch meines Onkels, das dieser stets offen und stolz im »Salon« liegen ließ. Kurz vor Ende des Krieges, als absehbar war, dass es für Deutschland keine Hoffnung mehr geben würde, sei dieses Buch plötzlich verschwunden – und der Tisch habe einen Brandfleck gehabt, der zuvor nicht da gewesen war. Das hat zumindest mein Vater erzählt. Ich glaube, die Träume meines Onkels vom »Endsieg« sind genauso rasch zersplittert wie die Baracke im Niemandsland des Schlachtfeldes, in der sein Sohn vergeblich Schutz vor dem Gewehrfeuer des Feindes gesucht hat.

Und doch gehören meine Verwandten zu denen, die ihr Haus behalten konnten, obwohl auch sie zwei Jahre lang Flüchtlinge aufnehmen mussten. Inzwischen steht die Villa am See ihnen wieder komplett zur Verfügung, wie auch immer mein Onkel das bewerkstelligt haben mag.

»Es gibt immer Menschen, die alles behalten dürfen, obwohl sie unrecht getan haben, während anderen alles genommen wurde, was ihnen je etwas bedeutet hat«, habe ich meine Mutter kurz vor meiner Abreise zu Vater sagen hören und ihre Verbitterung dabei beinahe fühlen können. Wenigstens waren Tante und Onkel bereit gewesen, mich aufzunehmen, als mein Vater sie gefragt hat.

Ach, Iggy, wenn ich mich umblicke, sehe ich dunkelgraue Spinnweben, die in den Ecken hängen und davon zeugen, dass die Bewohner der zerrissenen Netze längst fort oder zu Staub zerfallen sind. Das gesamte Häuschen atmet eine Einsamkeit, die auch mir die Luft abschnürt. Ich fühle mich hier so verlassen wie noch nie in meinem Leben. Alle sind fort und nichts ist geblieben. Alles geht dahin, die Zeit, die Liebe – vielleicht auch der Schmerz. Eigentlich sollte dies ein Trost für mich sein, aber das Einzige, was ich fühle, ist Leere.

Deine Thea

*

4

Stechpalme (Ilex aquifolium)

Die schmale Küche des Kutscherhäuschens sah aus, als hätte sich eine Horde Käthekrusepuppen darin ausgetobt: Spitzenvorhänge vor dem Fenster, bestickte Kissen auf der hölzernen Eckbank und eine Kupferkanne auf dem reichlich ramponiert wirkenden Gasherd.

»Die Kaffeemaschine …?«, fragte Rebekka hoffnungsvoll.

Dorothea von Katten blickte sie an, als hätte die junge Frau sie nach einem Haussklaven gefragt. »Eine Kaffeemaschine!«, wiederholte die alte Dame empört. »So etwas kommt mir nicht ins Haus.«

Klar, dachte Rebekka seufzend, ihre künftige Arbeitgeberin trank wahrscheinlich nur dünnen Hagebuttentee wie bei alten Leuten üblich, die ihren Geschmackssinn spätestens mit dem siebzigsten Geburtstag verloren hatten. Um keine spitze Antwort zu geben, zog sie das Tuch von Beo Lingens Käfig, den sie vorläufig auf dem niedrigen Regal hinter der Tür abgestellt hatte. Der schwarze Vogel blinzelte und beäugte dann neugierig die ungewohnte Umgebung. Rebekka vergewisserte sich, dass der Riegel seiner Käfigtüre gut verschlossen war, denn ihr gefiedertes Haustier startete immer mal wieder Ausbruchsversuche und ließ sich dann nur mit viel Überredungskunst und mehreren Leckerbissen zurück in sein Zuhause locken. Dorothea von Katten hatte sich derweil an Rebekka vorbeigeschoben und öffnete mit einem energischen Ruck eine der Türen des etwas windschiefen Küchenbuffets, das förmlich »Nachkriegszeit« schrie. Zu Rebekkas Verblüffung zog die alte Dame etwas hervor, das wie zwei aufeinandergestapelte Porzellankannen aussah, die miteinander verwachsen waren.

»Eine sogenannte Seihkanne«, erklärte sie. »Oben sitzt ein Behälter, in dem sich ein Kaffeefilter befindet. Nach dem Durchlaufen des Kaffees nehmen Sie den oberen Teil weg und gießen den Mokka aus der unteren Kanne ein.«

Zeitverschwendung, dachte Rebekka und überlegte, ob sie sich im nächsten Elektromarkt nicht eine kleine, aber funktionale Maschine kaufen sollte. Dorothea von Katten schien ihre Gedanken zu erraten, denn sie musterte Rebekka streng. »Bei gewöhnlichen Kaffeemaschinen fließt viel zu heißes Wasser auf das feine Pulver. Das zerstört Aromen nicht nur aufgrund der Hitze, sondern auch weil das heiße Wasser immer wieder auf dieselbe Stelle trifft. Das Aroma verbleibt also in den Randbereichen des Filters, und außerdem werden mehr Bitterstoffe gebildet, was auf den Magen schlägt. Solche Maschinen sollten eigentlich verboten werden«, schloss sie.

Rebekka lauschte den Ausführungen mit offenem Mund. Arbeitete die alte Dame heimlich für einen Kaffeekannen-Hersteller?

Frau von Katten lächelte schmallippig. »Nun sehen Sie mich nicht so an. Nur weil ich alt bin, heißt das noch lange nicht, dass ich keinen Geschmack mehr habe.«

»*Jawoll, gnä' Frau*«, schrie Beo Lingen in diesem Augenblick. Die alte Dame drehte sich zu dem schwarzen Vogel um. »Du bist mir ja ein ganz Schlauer«, sagte sie, doch um ihre Augen hatten sich winzige Lachfältchen gebildet. Der Beo legte den Kopf schief und trippelte auf seiner Stange etwas näher an die Käfigstäbe heran. Dorothea von Katten trat zu ihm, streckte dann furchtlos die Hand in die Voliere und strich dem Vogel über dessen glänzendes Kopfgefieder. Und Lingen, sonst ein Ausbund an Zickigkeit, was Fremde betraf, quittierte die Streicheleinheit mit erfreutem Glucksen. Als Rebekkas Exfreund Sebastian einmal dasselbe versucht hatte, war er von dem Vogel kurz, aber schmerzhaft in den Finger gezwickt worden. Vielleicht erinnerte die betagte Frau den Beo ja an Rebekkas eigene Großmutter?

Dorothea von Katten zwinkerte dem Vogel zu, ehe sie sich wieder Rebekka zuwandte. »Außerdem gibt es nichts Besseres für ein schwaches Herz als eine Tasse starken Mokka. Gerade wenn man älter wird. Aber nicht mehr lange und Sie werden das selbst merken.« Mit diesen Worten drehte sie sich um und stolzierte hinaus. Beo Lingen verdrehte den Hals, um ihr nachzublicken.

»Opportunist«, murmelte Rebekka in seine Richtung, ehe sie beschloss, gleich noch zu einem Supermarkt zu fahren. Von der Idee, sich eine Kaffeemaschine zuzulegen, war sie abgerückt, dafür wollte sie dort Espresso- oder Mokkapulver kaufen. Sie brauchte jetzt tatsächlich einen starken Kaffee, jedoch nicht wegen eines schwachen Herzens, sondern wegen Frau von Kattens spitzer Zunge.

Mit der dampfenden Tasse in der Hand, von der ein aromatisch-bitterer Geruch aufstieg, wanderte Rebekka durch die restlichen zwei Räume des winzigen Kutscherhäuschens, in die sie zuvor nur rasch einen Blick geworfen hatte. Beo Lingen, den sie aus seinem Käfig gelassen hatte, folgte ihr und segelte vergnügt über ihrem Kopf von Zimmer zu Zimmer. Das Schlafzimmer sah aus, als hätte man dort seit sechs Jahrzehnten nichts verändert. Ein Bett mit verschnörkeltem schmiedeeisernem Gestell, eine altmodische Lampe aus den Fünfzigerjahren und eine Kommode mit verzogenen Schubladen standen in dem Raum. Einzig ein moderner Einbauschrank verwies darauf, dass inzwischen das dritte Jahrtausend angebrochen war. Am schönsten war jedoch der Wohnraum, eigentlich eher ein Wintergarten mit verglaster Front, die auf den Garten hinausging. Bestimmt war er erst später angebaut worden, um den Bewohnern etwas mehr Platz in dem winzigen Häuschen zu bieten. Ein kleiner Ofen mit Sichtfenster sorgte dafür, dass der Raum auch bei kühleren

Temperaturen behaglich warm sein würde, und Rebekka freute sich darauf, heute Abend zum ersten Mal in die züngelnden Flammen zu blicken. Sie musste Frau von Katten unbedingt fragen, wo das Holz lagerte.

Rebekka staunte über die Farbenpracht, die hinter dem gepflegten Rasen aufflammte. Dorothea von Katten hatte noch kein Wort darüber verloren, welche Pflichten Rebekka hier erwarten würden, und kurz keimte die Hoffnung in ihr auf, mit ein wenig Gartenarbeit davonzukommen, anstatt die Putzfrau ersetzen zu müssen. Richter Peißenberg müsste ja nicht erfahren, dass ihr »Sozialdienst« aus ein paar Minuten Unkrautzupfen am Tag bestand. Gleich darauf fiel Rebekka aber ein, dass es hier irgendwo einen Gärtner gab, der wohl kaum scharf darauf war, jemanden wie Rebekka als Hilfe zu bekommen, die ahnungslos giftige Blumen für einen hübschen Strauß pflücken und nützliche Pflanzen für Unkraut halten und herausreißen würde. Darüber hinaus wirkte Dorothea von Katten viel rüstiger, als ihr Enkel sie beschrieben hatte, und schien kaum auf Hilfe angewiesen. Und nach all dem, was Rebekka gesehen und gehört hatte, zweifelte sie zudem daran, dass die alte Dame sich von jemandem – geschweige denn ihr – bei der Versorgung unter die Arme greifen lassen würde. »Vielleicht können wir beide uns ja darauf einigen, dass wir uns einfach gegenseitig in Ruhe lassen, bis mein Sozialdienst beendet ist«, erklärte Rebekka dem Beo.

Beschwingt durch diesen Gedanken beschloss sie, sich eine zweite Tasse des starken Mokkagebräus zu gönnen, das aus der alten Porzellankanne tatsächlich besser schmeckte als jeder Filterkaffee aus der Maschine. Aus dem Supermarkt hatte sie außerdem ein paar Lebensmittel sowie eine Packung Zucker mitgebracht, von dem sie jetzt großzügig zwei Löffel in ihre Tasse schippte.

»*Zucker im Kaffee und im Herzen alle Tage lang Amor, das ist wunderbar Señor*«, erklang es heiser, als sie umrührte. Der Beo war inzwischen auf den Küchenschrank geflattert und äugte zu ihr herab. Der Cha-Cha-Cha-Rhythmus und der Text, den Rebekkas Großmutter als »flott« bezeichnet hätte, ließen darauf schließen, dass der Vogel das Lied vor längerer Zeit von einer der alten Schallplatten aus dem großmütterlichen Fundus gelernt hatte.

»Falsches Thema, Lingen«, knurrte Rebekka, ohne sich nach dem Vogel umzudrehen. Ihre gute Laune verflog schlagartig, denn Liebe war das Letzte, woran sie momentan denken wollte. Wenn sie ehrlich war, hatte sie gehofft, mit jedem Kilometer, den sie zwischen sich und ihren Exfreund brachte, würde auch die Erinnerung an ihre Beziehung in weitere Ferne rücken. Mit Sebastians Auftauchen in der Agentur war sie Rebekka wieder schmerzlich präsent geworden. Vor allem nachts, wenn keine Arbeit Ablenkung bot, die Stadt ihre bunten Lichter ausgeknipst hatte und in Schweigen verfallen war, krochen die Bilder in Rebekkas Kopf und legten sich um ihr Herz wie die Schlingen einer Giftpflanze. Besonders die Erinnerung an Sebastians Gesicht, auf dem kein Bedauern zu sehen war, als er mit seinem Koffer in der Tür gestanden hatte. Dann war er fort gewesen und Rebekkas »Warum« war unbeantwortet im luftleeren Raum hängen geblieben. Bis sie einige Zeit später erfuhr, dass da längst eine Neue gewesen war.

Als sie Sebastian daraufhin zur Rede stellte, hatte der nur gesagt: »Es tut mir leid, aber ich liebe sie.« Vier Worte wie Kugeln aus dem Magazin einer Pistole, die er abgefeuert hatte und die mitten in Rebekkas Herz trafen. Hätte sie mehr um ihn kämpfen sollen? Aber nach einem langen Tag in der Agentur war sie einfach zu müde gewesen, gegen sein Schweigen anzureden, zu erschöpft, um die Unnahbarkeit in seinem Gesicht fortzuküssen, und vielleicht auch zu blind, um zu sehen, dass er innerlich längst aus der Wohnung und ihrem Leben ausgezogen war.

Nach seinem tatsächlichen Auszug hatte sie Abend für Abend auf ihrer schicken Designercouch gekauert, sich in die weichen Polster gedrückt und ihr Handy angestarrt, verzweifelt darauf gewartet, dass es klingeln möge und Sebastians Stimme an ihr Ohr dringen und ihr sagen würde, er habe sich geirrt, alles sei nur ein dummes Missverständnis gewesen und die andere bedeute ihm nichts …

Doch das Display ihres teuren Smartphones war schwarz geblieben. Trotzdem hatte sie nicht aufhören können zu hoffen, denn solange sie hoffte, musste sie nicht weinen. Bis ihr an einem Gewitterabend klar wurde, dass Sebastian nicht zu ihr zurückkommen würde. In strömendem Regen war sie durch die Straßen gelaufen, bis sich Tränen und Regen auf ihrem Gesicht nicht mehr voneinander unterscheiden ließen. Erst nach einer Stunde hatte sie klatschnass und zitternd ihre Wohnungstür aufgesperrt und war zum ersten Mal seit Langem froh um ihre Wohnung gewesen, auch wenn niemand außer einem exzentrischen Beo sich über ihr Kommen freute.

Inzwischen war der Kummer beinahe unsichtbar geworden, doch die Kränkung über Sebastians damalige Kaltschnäuzigkeit saß immer noch tief. Natürlich hätte sie sich ablenken und sich mithilfe des Internets oder einer Dating-App in eine ebenso flüchtige wie unverbindliche Affäre stürzen können, um darin Bestätigung zu finden. Doch wozu? Um sich danach noch einsamer und leerer zu fühlen? Nein danke, dachte Rebekka schaudernd.

»Noch einen Ton über die Liebe, und du kommst in die Wurst«, erklärte sie dem schwarzen Vogel daher. Der balancierte auf der oberen Kante des Küchenbuffets und knirschte begeistert mit dem Schnabel, dankbar für ihre Aufmerksamkeit. »Dämliches Federvieh«, sagte sie zärtlich und setzte sich auf die Eckbank. Der rechteckige Tisch hatte schon bessere Zeiten gesehen, aber mit seiner mattweißen Platte und der schmalen Schublade wirkte er wenigstens nostalgisch – »Vintage-Look«, wie ihr bescheuerter Junior-Agenturchef sagen würde. Welcher Slogan ihm wohl dazu einfallen würde? Zu ihrem Ärger merkte Rebekka, dass ihre Gedanken schon wieder zu ihrem Job schweiften. Um sich von solchen Grübeleien abzulenken, die garantiert nur zu weiteren Erinnerungen an Sebastian führen würden, zog Rebekka probehalber an der eingelassenen Schublade im Tisch, doch die klemmte und wollte sich nicht öffnen lassen. Erst als sie etwas energischer daran rüttelte, ruckte die Schublade Zentimeter für Zentimeter aus ihrer Schiene, fast so, als berge sie ein Geheimnis, das sie nicht preisgeben wollte. Zu Rebekkas Enttäuschung fand sie jedoch bis auf einen etwas vergilbten Notizblock, dessen linierte Seiten vollkommen leer waren, sowie zwei poröse Gummibänder nichts Aufregendes oder Geheimnisvolles darin.

»War wohl nichts mit finsteren Familienmythen der von Kattens«, sagte Rebekka seufzend zum Beo, der ihr Tun neugierig aus seinem Käfig beäugte, in den er erstaunlicherweise freiwillig zurückgekehrt war. Sicherheitshalber fuhr Rebekka mit den Händen noch einmal in die Ecken der Schublade. An der linken Seite ertasteten ihre Finger etwas Raues im Holz. Für einen Riss war es zu breit, außerdem fühlte es sich so an, als wäre es geschwungen. Waren das eingeritzte Zeichen? Rebekka beugte sich tief über das herausgezogene Schubfach, während sie versuchte zu sehen, um was es sich bei ihrer Entdeckung handelte. Mit Müh und Not konnte sie im Sonnenlicht, das durch das Küchenfenster fiel, ein paar Linien entdecken, die jemand offenbar ins Holz geritzt hatte. Ein senkrechter Strich wie der Buchstabe »I«, dann ein »D« und ein Kreis, der wohl ein »O« darstellen sollte.

»Ido?«, murmelte Rebekka ratlos, »was soll das denn bedeuten?« Dann fiel ihr ein, dass »I do« im Englischen für das traditionelle Heiratsversprechen, »ja, ich will«, stand. Aber warum sollte das jemand in die Seite einer Schublade ritzen? Oder das »DO« stand für die beiden Anfangsbuchstaben von »Dorothea«, immerhin gehörte ihr ja die Villa, und vielleicht hatte der Tisch früher in der Küche des Herrenhauses gestanden. Aber was bedeutete das »I« davor?

Wahrscheinlich ging ihre Fantasie mit ihr durch, und es war nur das Werk eines gelangweilten Kindes gewesen, dachte Rebekka kopfschüttelnd und schob die Schublade mit einiger Mühe wieder zu. Sie sollte aufhören, so neugierig zu sein, und stattdessen lieber ihre Sachen auspacken. Danach würde sie wohl nicht umhinkommen, mit Frau von Katten ihre Pflichten abzusprechen. Allein der Himmel wusste, was die alte Dame noch an verbalen Giftpfeilen in ihrem Köcher hatte, die für ihre künftige Helferin bestimmt waren. »Es sind nur knapp vier Wochen«, murmelte Rebekka durch zusammengebissene Zähne, doch sie konnte nicht verhindern, dass ihr bei dieser Zahl mehr als mulmig zumute war. Vierundzwanzig Tage hörte sich nach gar nicht so viel Zeit an – Moses hatte laut Bibel immerhin fast doppelt so lang auf dem Berg Sinai verbracht. Rebekka konnte dennoch nicht umhin, ihn zu beneiden. Sie hatte das dumpfe Gefühl, die Zehn Gebote von Gottvater persönlich wären ein Klacks gegen das, was sie noch von Dorothea von Katten zu erwarten hatte.

Eine Stunde später stand sie in der prächtigen Eingangshalle der alten Villa, deren Boden ein kompliziertes Fliesenmuster aus weißen und grauen Ornamenten zierte. Rebekkas Blick wanderte zu dem auf Hochglanz polierten Treppengeländer, und ihr wurde flau im Magen bei der Vorstellung, dass sie die nächste Zeit für den Glanz des alten Holzes zuständig sein sollte. Dorothea von Katten legte den Kopf schief und fixierte Rebekka streng.

»Frau Winter. Ich wollte Sie nicht hier haben, und hätte mein überbesorgter Enkel mir nicht mit allerlei Konsequenzen gedroht, wären Sie mir gar nicht erst ins Haus gekommen.«

Rebekka verdrehte im Geiste die Augen und war kurz davor, der alten Dame Kontra zu geben, da fuhr diese fort: »Aber nachdem wir nun eine Zeit lang aufeinander angewiesen sein werden, möchte ich Sie mit einigen Aufgaben betrauen. Sie sind schließlich nicht wegen der Sommerfrische hier.«

»Gut, dass Sie es sagen«, erwiderte Rebekka, doch Frau von Katten überhörte geflissentlich den Sarkasmus in ihrer Stimme.

»Jeden Montag wird der Hausmüll und mittwochs der Bioabfall abgeholt. Ihre Aufgabe ist es, die Tonnen jeweils pünktlich in die Einfahrt zu stellen. Ich kann es nicht ausstehen, wenn die Sachen wochenlang in der Tonne gammeln, haben Sie verstanden?«

Rebekka nickte und machte sich im Geiste eine Notiz. »Immer donnerstags werde ich Ihnen eine Liste mit

Einkäufen geben, die Sie bitte für mich erledigen«, fuhr die alte Dame fort. Immerhin hatte sie diesmal eine Bitte formuliert. »Ach ja, und alle vierzehn Tage muss die Bettwäsche zur Wäscherei. Meinetwegen können Sie Ihre Sachen auch einmal dazu tun.«

Das war alles?, dachte Rebekka erfreut und wähnte sich schon auf der sicheren Seite, als Frau von Katten sie scharf ins Visier nahm. »Das alles erledigen Sie zusätzlich zu den anfallenden Arbeiten im Haushalt. Eigentlich ist das ja Therese vorbehalten, aber da ihre Bandscheiben zurzeit nicht mitmachen ...«, sagte die alte Dame und kniff missbilligend die Lippen zusammen.

Wie konnten Thereses Bandscheiben es nur wagen, sich gegen Frau von Katten zu stellen, dachte Rebekka spöttisch, da fuhr diese schon fort: »... werden Sie zwei Mal die Woche hier sauber machen. Und zwar Eingangsbereich, Küche und Salon.«

Rebekka hatte es befürchtet, doch sie nickte und biss die Zähne zusammen. In Wahrheit hasste sie nichts mehr als Putzen. Nicht ohne Grund hatte sie seit mehreren Jahren selbst eine Haushaltshilfe. Gehabt, dachte Rebekka traurig und bei dem Gedanken, nach den vier Wochen bei Dorothea von Katten schließlich in ihre verlassene Wohnung zurückzukehren, durch die keine Isa mehr fröhlich mit Putzeimer, Wischmopp und einem breiten Lächeln wirbeln würde, wurde ihr schwer ums Herz.

»Junge Frau, hören Sie mir zu?«

»Äh, natürlich, Frau von Katten.«

»Ich habe Sie gefragt, ob Sie sich das alles merken

können. Diese Frage hätte ich mir wohl sparen können, wenn ich Sie so ansehe.«

»Ich soll zwei Mal in der Woche putzen. Montag normaler, Mittwoch Biomüll. Für die Abholung der Bettwäsche sorgen und jeden Donnerstag Ihre Einkaufsliste abarbeiten. Habe ich etwas vergessen?«

»Hm, touché. Ich hoffe, Sie haben in Ihrem Leben schon einmal ein Staubtuch in der Hand gehabt und wissen, dass man alte Möbel nicht mit irgendwelchen billigen Chemieprodukten aus dem Drogeriemarkt sauber macht!«

»Ich habe bis vor einigen Jahren meinen Haushalt selbst erledigt, und zu meinen Möbeln zählen auch die antike Kommode meiner Großmutter und ein Sekretär aus dem frühen achtzehnten Jahrhundert. Beide sind noch am Leben – im Gegensatz zu meiner Oma.«

Dorothea von Katten schnaubte. »Also gut. Aber Sie kümmern sich ausschließlich um die untere Etage. Die oberen Räume sind für Sie tabu, verstanden?«

Ehe Rebekka eine passende Replik einfiel, ertönte ein fröhliches »Hallo, zusammen! Na, haben Sie sich schon aneinander gewöhnt?«

Rebekka drehte sich um und sah Thomas Benning auf sie zusteuern, der es offenbar nach Feierabend noch zu seiner Großmutter geschafft hatte. Anders als in der Kanzlei trug er heute ein legeres Hemd zu dunkelblauen Jeans. Nur auf seine teuren Schuhe hatte er nicht verzichtet. Sie versuchte ein verkrampftes Lächeln. »Wir arbeiten daran.«

»Dass du ja nett zu Frau Winter bist, Großmama«, sagte der junge Anwalt.

»Und wenn nicht? Entmündigst du mich noch heute oder verklagst du mich dann wegen Beleidigung?«, gab die alte Dame zurück und funkelte ihren Enkel an.

Benning lachte. »Wegen Sittenwidrigkeit!« Er hakte seine Großmutter unter. »Ich mache mir doch nur Sorgen um dich«, sagte er, und seine Stimme bekam einen liebevollen Klang, während er das Herrenhaus ansteuerte. »Trinken Sie einen Kaffee mit uns?«, fragte er Rebekka über die Schulter gewandt.

»Nein danke, ich muss noch fertig auspacken«, murmelte sie. In Wirklichkeit wollte sie so schnell wie möglich aus Frau von Kattens Dunstkreis verschwinden, ehe diese noch anfing, Feuer zu spucken. Rebekka zweifelte nicht daran, dass die alte Dame auch dazu fähig wäre.

5

Zweiblättriger Blaustern
(Scilla bifolia)

Im Schlafzimmer des Kutscherhäuschens kniete ein Mann auf dem Boden vor der alten Kommode. Rebekka sah nur seinen breiten, muskulösen Rücken und zwei lange Beine in abgewetzten Jeans, auf dem Kopf trug er eine graue Baseballkappe. Sie blieb wie angewurzelt stehen. Ein Einbrecher!, schoss es ihr durch den Kopf. Der Typ wollte offenbar die Schubladen der Kommode durchwühlen, denn er stemmte gerade ächzend die linke Schulter gegen das hölzerne Fach und zerrte an dessen geschwungenem Griff.

Er würde nichts finden, Rebekkas Reisetaschen lagen immer noch unausgepackt im Kofferraum ihres Wagens. Aber wie sollte sie mit diesem Kerl fertigwerden, der hier eingedrungen war und sich wahrscheinlich als Nächstes das Herrenhaus vornehmen würde? Rebekkas Hand tastete nach ihrem Handy, doch zu ihrem Schrecken stellte sie fest, dass es ebenfalls noch im Auto lag. Am besten machte sie sich einfach lautlos aus dem Staub und informierte Frau von Katten, ehe er sie entdeckte. Mit angehaltenem Atem trat sie langsam einen

Schritt rückwärts, Richtung Tür. Im selben Moment drehte der Mann sich um. Seine Augen, die die Farbe von Bitterschokolade hatten, weiteten sich bei Rebekkas Anblick überrascht, und auch sie starrte ihn an. Er war jünger, als sie vermutet hatte, höchstens achtundzwanzig, und seine Haut hatte den Ton von sehr hellem Milchkaffee. Mit seinen vollen Lippen, den ausgeprägten Wangenknochen und dem schmalen Gesicht wirkte er wie eine jüngere Ausgabe von Lenny Kravitz – nur dass er nicht singen, sondern sie überfallen wollte.

Mit einer geschmeidigen Bewegung erhob er sich aus der Hocke, und Rebekka sah, dass er sie um fast einen Kopf überragte. Im Augenwinkel erblickte sie einen alten Besen, der zwischen Türrahmen und Wand lehnte, und schnappte ihn sich.

»Keinen Schritt weiter!«

»Sonst steigst du auf deinen Besen und fliegst zum Fenster raus, oder was?«, fragte der Typ grinsend.

Rebekka schnappte nach Luft. Er sprach Deutsch mit einem leicht englischen Einschlag – und schien sie vor allem überhaupt nicht ernst zu nehmen. Während sie noch überlegte, ob sie ihm den Besenstiel über den Kopf ziehen oder lieber in den Solarplexus rammen sollte, streckte der junge Mann die Hand aus. »Hallo, du musst Rebekka sein. Ich bin Taye. Frau von Katten hat mich beauftragt. Ich soll mir die Kommode ansehen. Das Ding ist alt, und die Beine sind verzogen. Ich soll mich darum kümmern, dass es nicht mehr ... wie sagt man? Schwankt.«

»Wackelt«, korrigierte ihn Rebekka reflexartig, verzichtete jedoch darauf seine Hand zu ergreifen. In ihrem Kopf herrschte Chaos. Frau von Katten kannte diesen Taye – und der kannte ihren Namen? Dann musste er ...

»Ich bin übrigens der Gärtner und helfe Frau von K. in ihrem blühenden Garten Eden«, sagte Taye und entblößte beim Lächeln eine Reihe strahlend weißer Zähne.

»Oh, äh ...«, war alles, was Rebekka herausbrachte. Der junge Mann musterte sie, und in seinen Augen blitzte es amüsiert auf. Verärgert setzte Rebekka an, ihm ein paar passende Worte zu sagen, in denen der Begriff »Privatsphäre« eine nicht unwesentliche Rolle spielte, da klopfte es leicht an die offene Tür und gleich darauf standen Thomas Benning und seine Großmutter im Zimmer. War heute Tag der offenen Tür, oder wie?, dachte Rebekka.

»Ich sehe, Sie haben sich bereits kennengelernt«, schmetterte die alte Dame. »Taye repariert die alte Kommode«, erklärte sie ihrem Enkel.

Thomas Benning musterte den jungen Gärtner. »Reparieren? Ich dachte, Frau Winter muss sie nur etwas herumschieben. Der Fußboden ist an dieser Stelle besonders uneben.«

Rebekka runzelte die Stirn. Irgendwie hatte sie das Gefühl, gerade ein Déjà-vu zu erleben. »Haben Sie so etwas Ähnliches nicht zu Ihrem Chef in der Kanzlei gesagt?«, vergewisserte sie sich.

Benning nickte. »Ich war mir nicht sicher, ob die alten Möbel Ihren Ansprüchen genügen würden. Leider kenne ich meine Großmutter gut genug, um zu wissen, dass sie es nicht schätzt, wenn man etwas verändert. Selbst wenn es nur darum geht, eine wacklige Kommode herumzuschieben. Ich hatte gehofft, sie würde vergessen, wo das Möbelstück ursprünglich stand.«

Rebekka ging ein Licht auf. »Meine Güte! Und ich dachte, Sie meinten mit ›herumschieben‹ Ihre Großmutter!«

»Falsch. Denn sonst hätte mein Enkel ›abschieben‹ gesagt«, schaltete Frau von Katten sich ein.

»Ich bin bis zu meiner Ankunft davon ausgegangen, sie wäre gelähmt«, rief Rebekka vorwurfsvoll und deutete auf die alte Dame, die zwar zart gebaut war, aber durchaus aufrecht im Zimmer stand.

Benning hob die Hände und blickte zerknirscht. »Aber nein. Meine Großmutter braucht nur ein wenig Unterstützung – keine Pflegerin.«

Frau von Katten funkelte ihren Enkel an. »Noch bin ich nicht tot. Ihr braucht also nicht in der dritten Person über mich zu reden.«

»Natürlich, Großmama. Entschuldige.«

Rebekkas Blick flog zu Taye. Der junge Gärtner sah aus, als könnte er sich nur mühsam das Lachen verkneifen. Unwillkürlich fühlte sich Rebekka, als würde er sie verspotten, daher war ihr Tonfall schärfer als beabsichtigt, als sie sich an ihn wandte. »Und *Sie* könnten das nächste Mal Bescheid geben, ehe Sie hier unangemeldet aufkreuzen, und zweitens ...« Hier gingen ihr leider die Argumente aus.

Taye musterte Rebekka sekundenlang schweigend, ehe er nickte. »Ich werde mich daran halten. Vor allem an das ›zweitens‹.« Mit diesen Worten drehte er sich um und ging.

Unverschämter Typ, dachte Rebekka erbost.

»Ziemlich unverschämt, der Typ«, bemerkte Thomas Benning im selben Moment an seine Großmutter gewandt. Die winkte ab.

»Ach was, Taye versteht nur manchmal Dinge nicht richtig. Seine Muttersprache ist schließlich Englisch.«

Von wegen, dachte Rebekka. Wahrscheinlich spielte der junge Gärtner der alten Dame gegenüber den Naiven, um auf diese Weise ihren verbalen Attacken zu entgehen. Gar nicht dumm, dachte Rebekka, vielleicht hätte sie vorhin behaupten sollen, ihre Muttersprache sei Italienisch. Allerdings wäre sie nach ein paar saftigen Flüchen und dem Satz »Quanto costa questa pizza?« mit ihrem Wortschatz bereits am Ende gewesen, was Frau von Katten garantiert dazu verleitet hätte, ihr das Leben erst recht schwer zu machen.

»Wollten Sie nicht auspacken?«

Verlegen, weil die alte Frau sie schon wieder beim Wandernlassen ihrer Gedanken erwischt hatte, nickte Rebekka und sah zu, dass sie zum Auto kam, um endlich ihr Gepäck auszuladen. Das Angebot von Thomas Benning, ihr beim Tragen zu helfen, lehnte sie ab, und zu ihrer Erleichterung war die ältere Dame samt Enkel verschwunden, als sie mit zwei Reisetaschen und einem Beautycase zurückkam.

Sorgfältig hängte Rebekka ihre gebügelten Blusen über die hölzernen Kleiderbügel im Schrank und faltete alle T-Shirts noch einmal, ehe sie sie in die Kommodenschubladen legte. Beim Anblick ihrer Markenjeans, der empfindlichen Blusen und den Hosen aus feinstem Leinen überkamen Rebekka jedoch Zweifel, ob sie die richtigen Sachen eingepackt hatte. Um für Frau von Katten zu arbeiten, hätten es wahrscheinlich zwei Billigjeans und ein Paar Gummistiefel getan – plus ein paar robuste Latexhandschuhe fürs Saubermachen. Rebekka verdrängte den Gedanken an schmutziges Wischwasser und nasse Putzlappen und machte sich an das Auspacken der zweiten Tasche. Unter dem Stapel mit Kaschmirpullovern lag ihre Unterwäsche. Deprimiert starrte Rebekka auf den Hauch aus Seide und Spitze. Wozu hatte sie eigentlich so viel Geld für perfekt sitzende BHs und zarte Pantys bezahlt? Außer dem Beo sah sie sowieso niemand darin. Da nutzten auch die fünfeinhalb Kilo nichts, die sie aus Kummer über Sebastians Auszug verloren hatte. Obwohl dieser Verlust Po und Taille bei ihr in Richtung ihrer persönlichen Idealmaße geformt hatte, konnte Rebekka sich nicht darüber freuen. Sie war trotzdem eine Verliererin – die Frau, die Sebastian verlassen hatte, weil er sie nicht genügend liebte.

Ob es je wieder einen Mann geben würde, der über ihre Haut streichen und sie allein mit seinen Fingerspitzen zum Erschauern bringen würde – und den sie genauso begehrte wie er sie? Wollte, ja *konnte* sie sich überhaupt noch einmal verlieben, nach all dem Kummer, den sie durchgemacht hatte? Oder war Liebe sowieso nur eine Täuschung, eine verzerrte Wahrnehmung von sich und dem anderen – wie in einem Spiegelkabinett auf dem Jahrmarkt?

Um die düsteren Gedanken loszuwerden, warf Rebekka rasch den Rest ihrer Sachen in die unterste Kommodenschublade und ging in den Wohnraum, um nach einer Steckdose für ihr Handyladekabel zu suchen. Dabei blieb ihr Blick an dem kleinen Ofen hängen, und ihr fiel ein, dass sie Frau von Katten noch um etwas Feuerholz bitten wollte. Als Rebekka nach draußen trat, konnte sie die alte Dame jedoch nirgends sehen. Am Rand eines kleinen Schuppens neben der gekiesten Auffahrt entdeckte sie aber säuberlich aufgestapelte Holzklötze und beschloss, Frau von Katten würde sicher nichts dagegen haben, wenn sie sich ein paar davon nahm. Wozu sonst war der Ofen wohl in dem kleinen Kutscherhäuschen installiert worden?

Beim näheren Betrachten sah Rebekka jedoch, dass das Brennholz zu groß für ihre kleine Ofentür war. Sie würde die runden Stücke vorher in handliche Scheite spalten müssen. Leise fluchend stemmte Rebekka die verzogene Tür des Schuppens auf. Vielleicht befand sich in seinem Inneren eine Axt? Sie hatte zwar noch nie in ihrem Leben Holz gehackt, aber genügend Filme gesehen, in denen kernige Naturburschen Klötze in der Größe von Wagenrädern mit einem einzigen, wohlgezielten Schlag in handliche Stücke spalteten. Leider gab es nirgendwo auch nur die Spur eines Beils. Rebekka sah sich in dem staubigen Halbdunkel des Schuppens um, durch dessen Ritzen das Sonnenlicht schmale Streifen auf den festgestampften Lehmboden malte. In einer Ecke erspähte sie den Umriss einer Kiste. Vielleicht bewahrte die alte Dame ihr Werkzeug ja dort auf? Vorsichtig trat Rebekka näher und sah, dass es sich um eine Art Seemannstruhe in einer dunklen, undefinierbaren Farbe handelte. Der gewölbte Deckel hatte Messingbeschläge, und Rebekka konnte nicht erkennen, ob er ein Muster besaß oder Alter und Feuchtigkeit die verwaschenen Schattierungen von Braun bis Rotschwarz auf die Oberfläche gemalt hatten. Die ebenfalls messingbeschlagenen Schlösser waren von klumpigen, grauen Spinnweben bedeckt, und Rebekka hoffte inständig, dass nicht plötzlich eins dieser achtbeinigen Tiere, aufgebracht über die Störung, über ihre Hand huschen würde. Sie hielt den Atem an und klappte mit spitzen Fingern die lose sitzenden Scharniere nach oben, ehe sie den Deckel aufstemmte. Mit einem Ächzen gab dieser nach und öffnete sich wie ein dunkler Schlund. Im Inneren der Truhe lag jedoch weder ein Beil noch anderes Werkzeug, sondern lauter kleine Würfel aus dunklem Holz. Sie füllten fast ein Drittel der Truhe, und ihre leicht verblassten, weißen Punkte, die in einem wilden Durcheinander die Zahlen von eins bis sechs zeigten, schienen

Rebekka wie helle, kleine Augen anzustarren. Sie hörte ihren eigenen erstaunten Ausruf. Wozu um alles in der Welt brauchte man so viele Würfel? So viele Gesellschaftsspiele besaß doch nicht einmal eine Großfamilie!

Neugierig beugte sie sich über die geöffnete Seemannstruhe und nahm ihren Fund näher in Augenschein. Jetzt fiel ihr auf, dass die hölzernen Kuben unterschiedlich groß waren. Bei einigen sahen die Augenzahlen etwas schief aus, zum Beispiel war bei einem der Punkt für die Eins nicht exakt in der Mitte, während auf dem Würfel, der danebenlag, bei der Drei der obere Punkt etwas zu dicht ins Eck gerutscht zu sein schien. Fast als wären sie handbemalt, dachte Rebekka und kratzte probehalber mit dem Fingernagel an einem der Punkte herum. Tatsächlich splitterte etwas weiße Farbe ab, und statt der drei Augen zeigte der hölzerne Kubus jetzt eine etwas verunglückte Zweieinhalb. Schuldbewusst steckte Rebekka das beschädigte Corpus Delicti in ihre Hosentasche, während sie grübelte, wer die Geduld aufgebracht hatte, all diese Würfel zu bemalen – und vor allem, wozu? Zwar waren sie nur aus einfachem dunkelbraunen Holz gefertigt, aber bestimmt waren sie in mühsamer Kleinarbeit hergestellt worden.

Nachdenklich streckte Rebekka die Hand aus und befühlte die Ecken und Kanten der kleinen Holzquader. Unwillkürlich kamen dabei Erinnerungen an ihre Kindheit hoch. Bei jedem Mal »Mensch ärgere Dich nicht« oder einem anderen Gesellschaftsspiel hatte sie die Würfel mit einem heiligen Ernst geworfen, immer in der Überzeugung, sie würde die benötigte Augenzahl für den Sieg bekommen, wenn sie es sich nur fest genug wünschte. Dass es manchmal geklappt hatte, war für Rebekka die Bestätigung gewesen, dass ein eiserner Wille alles beeinflussen konnte. Daher hatte sie es immer als ihre eigene Schuld angesehen, wenn sie doch einmal verloren hatte, weil ihre Willenskraft scheinbar nicht stark genug gewesen war und sie sich einfach nicht genug angestrengt hatte, den Würfel zu lenken. Wie oft war sie wütend aufgesprungen und in ihr Zimmer gerannt, hatte sich dort aufs Bett geworfen, in der Überzeugung, eine Verliererin zu sein? Von ihren Eltern war sie nie ernst genommen worden. »Das Kind ist derart ehrgeizig, nicht einmal beim Spielen kann sie lockerlassen«, hatte ihre Mutter Bekannten oft lachend erzählt. Sie hatte nicht geahnt, dass es für ihre Tochter nie ein Spiel gewesen war. Als Einzelkind musste Rebekka nie mit Geschwistern konkurrieren, trotzdem hatte sie schon damals Kämpfe geführt, wenn auch nur gegen sich selbst.

Wie sehr doch ein so kleiner Gegenstand über Glück oder Unglück für ein paar Stunden eines Kinderlebens entscheiden kann, dachte Rebekka, während sie ihre Hand tiefer in die Flut der leise klackernden Würfel tauchte und mit einer Lust zwischen ihnen herumwühlte, die sie zuletzt als kleines Mädchen beim selbstvergessenen Spiel im Sandkasten empfunden hatte.
 »Was machen Sie denn da?«

Mit einem Schrei riss Rebekka ihre Hand zurück und ließ den Deckel der Truhe los, der daraufhin mit lautem Knall zufiel und sie in eine Wolke aus Staub und Spinnweben hüllte. Hustend drehte sie sich um und erblickte Dorothea von Katten, die lautlos in der offenen Schuppentür aufgetaucht war und nun mit wütender Miene und in die Seite gestemmten Händen auf eine Antwort wartete. Rebekka versuchte die flirrenden Staubpartikel wegzuwedeln, die wie Nebelgeister im einfallenden Sonnenlicht um sie herumtanzten und sie in der Nase kitzelten.

»Ich habe nach einer Axt gesucht«, gab sie so würdevoll wie möglich zurück, während sie sich bemühte, einen Niesreflex zu unterdrücken.

»Meine Güte, noch nicht einmal einen Tag hier und schon Mordgedanken! Frau Winter, mir scheint, Sie haben Ihre Aufgabe falsch verstanden.« Thomas Benning war hinter seiner Großmutter aufgetaucht und lächelte Rebekka schelmisch an. Doch weder sie noch die alte Dame hatten momentan Sinn für seinen Humor. »Sie haben hier drin nichts verloren«, gab Frau von Katten Rebekka scharf zu verstehen. »Und ich schätze es nicht, wenn man auf meinem Anwesen herumschnüffelt!«

»Ich habe nicht ›geschnüffelt‹, ich wollte lediglich die Holzscheite draußen klein hacken«, gab Rebekka im selben Tonfall zurück.

Frau von Katten schnaubte. »Wenn ich Holz brauche, sage ich Taye Bescheid. Sie sollen nur die Aufgaben erfüllen, die ich Ihnen aufgetragen habe. Ansonsten überlassen Sie bitte alle Entscheidungen, *wann* ich *was* brauche, mir!«

»Das Holz war für meinen kleinen Ofen im Kutscherhäuschen gedacht. Ich wollte Sie nicht stören und dachte, ich könnte mir einfach ein paar Scheite holen. Hätte ich geahnt, dass es ein Staatsakt wird, hätte ich meine Bitte selbstverständlich schriftlich eingereicht«, erwiderte Rebekka sarkastisch.

»Gute Idee, Frau Winter. Ab jetzt legen Sie mir einfach einen Zettel hin, wenn Sie mich wieder einmal ›nicht stören‹ wollen!«

»Großmama, nun mach mal halblang«, schaltete sich Thomas Benning ein. »Frau Winter hat es doch nicht böse gemeint. Weißt du was, du bittest deinen Gärtner einfach nachher, ihr ein paar Holzscheite zu hacken. Sie wird in Zukunft sicher Bescheid geben, wenn sie etwas aus dem Schuppen braucht, nicht wahr?«

»Natürlich«, knirschte Rebekka und wünschte sich nichts sehnlicher als eine Zeitmaschine, die in der Lage wäre, sie vier Wochen in die Zukunft zu beamen. Sie konnte es kaum erwarten, ihren Wagen aus der gekiesten Auffahrt auf die Landstraße zu lenken und wieder zurück in ihre eigenen vier Wände zu fahren. Doch da die Realität leider anders aussah, stand Rebekka bis dahin noch unter der Fuchtel dieser adligen alten Dame, die sich inzwischen murrend umgedreht und den Schuppen verlassen hatte.

Thomas Benning wandte sich seufzend Rebekka zu.

»Nehmen Sie es ihr nicht übel, meine Großmutter war schon immer etwas eigen mit ihren Sachen.«

Rebekka konnte ihre Neugierde nun nicht mehr bezähmen und deutete auf die alte Truhe. »Wozu braucht sie denn die ganzen Würfel?«

»Die hat ihr Vater angefertigt«, erwiderte Benning. »Meine Großmutter hat mit dem Verkauf die Familie in den ersten zwei Jahren nach dem Krieg ernährt. Sie und ihre Eltern wurden aus Pommern vertrieben, und mein Urgroßvater war damals offenbar schon so krank, dass er nicht mehr arbeiten gehen konnte. Also hat er Würfel geschnitzt, die seine Tochter, also meine Großmutter, verkauft hat. Vor allem an die Amerikaner, die damals die Stadt besetzt hatten. Da war sie gerade mal siebzehn. In den wenigen Spelunken wurde wohl ziemlich viel gespielt.«

Wider Willen war Rebekka von der Vorstellung fasziniert, wie die junge Dorothea von Katten in verrauchten Räumen versucht hatte, die geschnitzten Würfel an den Mann zu bringen. Kaum zu glauben, dass sie nicht sämtliche amerikanischen Soldaten mit ihrer harschen Art vergrault hatte. Aufgrund ihrer Erfahrungen in der Agentur wusste Rebekka: Wenn man etwas zum Verkaufen brauchte, dann war es außer Einfallsreichtum auch Charme. Dorothea von Katten machte jedoch nicht den Eindruck, als wisse sie, dass dieses Wort überhaupt existierte.

»Meine Mutter hat erzählt, Großmutter hätte einmal gesagt, das erste Jahr nach Ende des Krieges wäre das glücklichste ihres Lebens gewesen«, unterbrach Thomas Benning in diesem Moment Rebekkas Gedanken. Er schien eher mit sich selbst zu sprechen als mit ihr. »Aber da muss sie etwas falsch verstanden haben. Ihre Familie hatte damals alles verloren – Heimat, das Haus in der Nähe von Stettin und ihren gesamten Besitz. Meine Großmutter ist als Kind in einem ähnlich großen Haus wie diesem aufgewachsen, ihre Familie hatte seit Generationen Dienstboten und einen eigenen Kutscher. Wie hätte sie nach dem Krieg glücklich sein können, arm, wie ihre Familie plötzlich war – und sie als ehemals höhere Tochter von Kneipe zu Kneipe tingelnd, um Holzwürfel zu verkaufen? Nein, ich glaube, sie hat die späteren Jahre gemeint, nachdem sie in dieses Haus eingezogen war.«

»Wie kam Ihre Großmutter zu der Villa?«

»Oh, die gehörte ihren Verwandten. Meine Großmutter kam zu Tante und Onkel, weil ihre Eltern sich kaum noch selbst ernähren konnten. Da hat sie ihrer Tante eben im Haushalt geholfen, und da deren einziger Sohn im Krieg gefallen war, hat Großmama später das Haus geerbt. Alleine hätte sie es nicht unterhalten können, aber zum Glück hat sie in den Fünfzigerjahren meinen Großvater geheiratet. Er war ein wohlhabender Mann und hat viel dafür getan, dass das Haus auch heute noch in gutem Zustand ist.«

»Wann ist er gestorben?«

»Vor zwölf Jahren.«

Zwölf Jahre lebte die alte Dame also bereits allein in dieser riesigen alten Villa. »Das war für Ihre Großmutter sicher sehr traurig«, sagte sie leise und überlegte, ob Frau von Katten sich wohl nach dem Tod ihres Mannes diese harte, raue Schale zugelegt hatte.

»Um ehrlich zu sein – ich glaube nicht«, sagte Thomas Benning und sah Rebekka offen an. »Mein Großvater hatte sich schon zu Lebzeiten von ihr getrennt und mit einer jüngeren Frau zusammengelebt. Bei seinem Tod hatten er und meine Großmutter keinen Kontakt mehr. Allerdings hat sie einen Großteil seines Vermögens geerbt.«

»Ach so«, murmelte Rebekka, plötzlich verlegen. Die alte Dame würde sicher Gift und Galle spucken, wenn sie wüsste, dass ihr Enkel gerade pikante Details aus ihrem Familienleben zum Besten gab, dachte sie.

»Na ja, ich sollte zusehen, dass ich den Gärtner finde – oder zumindest eine Axt«, versuchte sie abzulenken.

Benning sah erschrocken auf die Uhr. »Meine Güte! Ich muss auch zurück – Abendessen mit einem Klienten«, rief er. Er ergriff Rebekkas Hand und hielt sie eine Sekunde länger fest als nötig. »Alles Gute und lassen Sie sich von meiner Großmutter nicht ins Bockshorn jagen. Sie tut gefährlicher, als sie ist.« Mit einem aufmunternden Lächeln drehte er sich um und eilte aus dem Schuppen.

Rebekka blieb nachdenklich zurück. Sie tastete in der Hosentasche nach dem heimlich eingesteckten Würfel und fühlte seine Kanten in ihrer Handfläche. Irgendwie hatte Rebekka das Gefühl, dieser kleine, hölzerne Kubus berge das Geheimnis einer Vergangenheit, die Frau von Katten ebenso hartnäckig verschlossen hielt wie ihre Truhe.

6

Römische Kamille
(Chamaemelum nobile)

Rebekka strich sich eine vorwitzige Locke aus der Stirn und verfluchte ihre Unbeherrschtheit, die sie das Auto dieses dicken Angebers hatte rammen lassen. Es war ihr vierter Tag unter Frau von Kattens Fuchtel, und Rebekka verdammte Richter Peißenberg mit seiner Schnapsidee, sie durch niedere Arbeit zu einem besseren Menschen machen zu wollen. Inzwischen staubte sie die gefühlt fünfzigste Porzellanfigur ab, die säuberlich aufgereiht auf einer langen Anrichte aus poliertem Nussbaumholz standen, und fühlte sich keineswegs besser, im Gegenteil. Am liebsten hätte sie die Putten, Nymphen und Moriskentänzer gepackt und in einen dunklen Schrank gesperrt. Als wüssten die Figürchen, dass die junge Frau ihnen gegenüber machtlos war, blickten sie mit kalten Porzellangesichtern hochmütig an ihr vorbei, als wäre Rebekka das arme Aschenbrödel und müsste gleich Linsen aus dem Kehricht lesen, während diese allein bei dem Gedanken Schweißausbrüche bekam, was ihr drohte, wenn sie auch nur eine von ihnen beschädigte. Warum jemand solche

Figuren sammelte, hatte Rebekka sowieso noch nie verstanden. Sie wirkten so seelenlos wie der ganze übrige Raum, und Rebekka kam sich vor wie im Museum. Auf ihre vorsichtige Frage, ob Frau von Katten diese Art von Kunst sammelte, hatte die alte Dame den Kopf geschüttelt. »Sie haben meiner Tante gehört«, hatte sie kurz angebunden geantwortet und Rebekka ohne weitere Erklärung stehen lassen. Endlich hatte sie auch das letzte Stück von unsichtbarem Staub befreit und atmete auf, während sie die filigranen Statuen kritisch musterte. »Hässliches Pack«, murmelte Rebekka.

»Lass das nicht Frau von K. hören, sie könnte es übel nehmen!«

Eine Millisekunde lang glaubte Rebekka tatsächlich, einer der Porzellanhirten oder -edelmänner hätte gesprochen, und mit einem kleinen Schrei sprang sie zurück, wobei sie prompt strauchelte. Zwei kräftige Hände umschlossen ihre Schultern und verhinderten so, dass sie hinfiel. Rebekka drehte sich um. »Taye! Haben Sie mich erschreckt.«

»Ah, immerhin weißt du, wie ich heiße. Das unterscheidet dich von Therese, die mich entweder ›Teja‹ oder ›Tacke‹ nennt.«

»Ich hoffe, das ist nicht der einzige Unterschied zwischen uns.«

»Nein. Therese ist doppelt so schnell im Abstauben.«

»Sie können gerne meine Aufgabe übernehmen, wenn Sie meinen, es besser zu können.«

»Nicht doch. Ich finde, du machst dich unheimlich gut als Sauberfee.«

So wie Taye es aussprach, klang es fast wie »Zauberfee«. Seine weißen Zähne blitzten, als er ihr ein ebenso breites wie spöttisches Lächeln schenkte. Rebekka presste die Lippen zusammen und unterdrückte den Impuls, dem vorlauten jungen Gärtner, der sie so stur duzte, zu beweisen, dass ein Staubwedel auch gut als Waffe eingesetzt werden konnte.

»Und ich finde, Sie machen sich gut als Gärtner – draußen im Freien, wenn Sie verstehen, was ich meine ...«

Doch statt den Wink mit dem Zaunpfahl ernst zu nehmen oder gar beleidigt zu sein, brach Taye in lautes Gelächter aus, wobei er noch mehr von seinem strahlenden Gebiss zeigte. Hatte der Mensch wirklich nur 32 Zähne?, dachte Rebekka, doch unwillkürlich musste sie ebenfalls grinsen, sein Lachen war einfach zu ansteckend.

»Okay, ich höre auf dich zu nerven, wenn du dafür das alberne ›Sie‹ bleiben lässt. Ich meine, was sind wir – zwei Rentner bei einer Bingo-Runde?«

»Meinetwegen«, seufzte Rebekka. Er würde sie sowieso weiterhin duzen, dann konnte sie es ihm ebenso gut gleichtun. Außerdem musste sie sich eingestehen, dass sie sich dadurch tatsächlich jünger fühlte, fast wie früher als Studentin. Dass sie in Jeans und einem einfachen, weißen T-Shirt, die Haare endlich einmal nicht in den sonst üblichen Hochsteckknoten gezwungen, sondern lockig über die Schultern fallend, und ohne Make-up und Lippenstift tatsächlich zehn Jahre jünger aussah, war Rebekka nicht bewusst.

Taye sehr wohl. Er hatte Rebekka schon eine Weile beobachtet, ohne dass sie es gemerkt hatte, und der versunkene und gleichzeitig etwas trotzige Ausdruck auf ihrem Gesicht, während sie diese scheußlichen Porzellangestalten von Staub befreite, hatte ihm gefallen.
Genau wie Dorothea von Katten schien sie eine weiche Seite zu besitzen, die sie jedoch mit allen Mitteln vor der Welt verbergen wollte und durch Sarkasmus und Schnoddrigkeit vor anderen schützte.

Ohne etwas von Tayes Gedankengängen zu ahnen, legte Rebekka aufatmend den Staubwedel weg und packte sorgfältig Lappen und Eimer zusammen. Obwohl nur wenige Möbel im Salon standen und sich die alte Dame nie darin aufzuhalten schien, waren dieser Raum und die Küche des Herrenhauses ebenso weitläufig wie der Eingangsbereich, und Rebekka war heilfroh, dass sie sich nicht auch noch um die beiden oberen Etagen kümmern musste, sonst wäre sie aus dem Saubermachen gar nicht mehr herausgekommen. Offenbar bewohnte Frau von Katten tatsächlich nur zwei Räume im ersten Obergeschoss, wobei es sich um ein Wohn- sowie ein Schlafzimmer samt Bad handelte, wie Rebekka einer entsprechenden Bemerkung entnommen hatte.

Der zweite Stock dagegen war völlig verlassen. Rebekka hatte sich gestern heimlich dorthin begeben, als sie sicher sein konnte, dass Frau von Katten im Garten war. Auf Zehenspitzen war sie die zwei geschwungenen Treppen hinaufgeschlichen, die von einem dunkelroten, kratzigen Läufer bedeckt waren, und hatte mit angehaltenem Atem die Klinke der ersten Tür hinuntergedrückt, die von dem langen Flur abzweigte. Wie von Geisterhand war das Türblatt zur Seite geschwungen und hatte den Blick auf einen Raum freigegeben, der wegen geschlossener Fensterläden in einem seltsamen graugelben Zwielicht lag. Sämtliche Möbel waren verhüllt und hatten unter den weißen Leinentüchern riesigen Gespenstern geglichen, die wegen Rebekkas unerlaubtem Eindringen missbilligend zu flüstern schienen. Mit einem mulmigen Gefühl hatte Rebekka die Tür wieder geschlossen und war nach unten gehuscht. Ihr war die Lust auf weitere Erkundungen vergangen, zu bedrückend war die Gegenwart einer längst vergangenen Zeit, die jedoch dort oben stehen geblieben zu sein schien, erstarrt in einem hundertjährigen Schlaf wie der Hofstaat von Dornröschen. Rebekka schüttelte bei dem Gedanken unwillig den Kopf. Wieso musste sie dauernd an dieses Märchen denken?

»Einen Penny für deine Gedanken«, riss Tayes Stimme sie aus ihren Grübeleien.

»Vergiss es, viel zu billig. Was machen ... ich meine, was machst du eigentlich hier drin?«

»Oh, du meinst, ein einfacher Hilfsgärtner hat natürlich draußen zu bleiben?«

Rebekka errötete. »Unsinn. Ich meinte nur ...«

»Hey, das war ein Scherz! Ich suche Frau von K. Ich habe endlich eine schwarze Stockrose aufgetrieben. Schon Goethe hat so eine gepflanzt. Er war Blumenfan. Du weißt schon, wie in seinem Gedicht von dem Mann in seinem Garten ›*Da geht er ohne Säumen, die Seele voll von Ernteträumen*‹ und so weiter.«

»Du kennst Goethe?«, rutschte es Rebekka heraus, und gleich darauf hätte sie sich am liebsten die Zunge abgebissen. Die Fettnäpfchen, in die sie trat, nahmen langsam die Größe eines Kinderplanschbeckens an.

Tayes dunkle Augen blitzten spöttisch. »Du wirst es kaum glauben, aber ich spiele die Rolle des Gärtners nur. Im wahren Leben bin ich Student. Bei Frau von K. verdiene ich mir in den Semesterferien etwas dazu.«

»Ach so«, brachte Rebekka heraus, während sie sich fühlte wie das lebende Beispiel von Vorurteilen. Hastig blickte sie auf ihr Handgelenk. »So spät schon! Ich muss noch dringend ... ich habe ganz vergessen ...« Hastig raffte sie die Putzsachen zusammen und floh, Tayes spöttisches Lächeln im Rücken.

Er blickte ihr nach. »Du trägst doch gar keine Uhr«, murmelte er, aber das hörte Rebekka schon nicht mehr. Und sie sah auch nicht, dass der junge Gärtner ihr nicht folgte, sondern begann, sich in aller Ruhe im Zimmer umzusehen.

Rebekka war in das winzige Kutscherhaus zurückgekehrt und versuchte krampfhaft, Erleichterung zu empfinden, weil sie bis übermorgen von ihren Putzpflichten befreit war. Stattdessen fühlte sie Panik in sich aufsteigen, weil sich der restliche Nachmittag, der Abend sowie der nächste Tag ähnlich einer endlosen Wüste vor ihr erstreckten. Frau von Katten hatte ihr gleich am Anfang klargemacht, dass sie auf Rebekkas Kochkünste keinen Wert legte, sondern sich ihre Mahlzeiten selbst zubereitete. Rebekka war froh darüber, denn auf noch mehr Kritik von der alten Dame konnte sie gut und gern verzichten, aber dadurch fehlte ihr jegliche Motivation, überhaupt zu kochen. Ihre Mahlzeiten beschränkten sich auf Joghurt mit Obst, Tütensuppen sowie ab und an ein belegtes Brot. Immerhin gab es in dem nahe gelegenen Städtchen einen Biomarkt, sodass sich Rebekka einreden konnte, sie würde sich gesund ernähren. Doch im Moment hatte sie nicht einmal Lust, sich einen Kaffee zu brühen. Sie wollte es sich nicht eingestehen, aber trotz des Ärgers, den sie in der Agentur gehabt hatte, fehlte Rebekka ihr Job. Zwei Bücher hatte sie angefangen und wieder weggelegt, und nicht einmal der spannende Thriller im Stapel der DVDs, die sie sich extra mitgenommen hatte, konnte sie fesseln. Der See mit seinen stetig ans Ufer schwappenden Wellen machte sie nur nervös, und sie hatte auch keine Lust, das kleine, blau gestrichene Ruderboot zu benutzen, das am Steg angebunden darauf wartete, zu Wasser gelassen zu werden.

Der Stress ihres täglichen Arbeitslebens war weg, doch statt sich zu entspannen, fühlte sich Rebekka ausgehöhlt und leer. Nichts, was sie tat, schien einen Sinn zu ergeben. Auch jetzt, nachdem es in der Villa nichts mehr zu tun gab und sie wohl oder übel in ihr derzeitiges Zuhause zurückgekehrt war, tigerte sie ruhelos durch die beiden winzigen Räume des Häuschens wie ein Zootier hinter Gittern und wusste nichts mit sich anzufangen.

Normalerweise hätte sie um diese Zeit in der Agentur über irgendwelchen Kalkulationen gesessen, meilenweit vom Feierabend entfernt, aber dennoch zufrieden, weil es eine Herausforderung für sie darstellte, Kundenwünsche und Ideen der Agentur in eine einheitliche Zahlenreihe zu bringen, und die Lösung ihr stets ein Gefühl von Triumph verschaffte. Sie war sich unentbehrlich vorgekommen und dafür gerne bereit gewesen, die Abende statt im Kino oder mit Freunden in den Räumen von *Circumlucens* zu verbringen. Bis sie keine Freunde mehr hatte, höchstens noch flüchtige Bekannte.

Jetzt waren die Stunden nach der Dämmerung die schlimmsten des ganzen Tages. Taye hatte tatsächlich ein paar der Holzklötze in handliche Scheite gespalten und ihr vor die Tür gelegt, aber sie hatte nicht einmal die Energie aufgebracht, sich an ihrem ersten Feuer im Ofen zu versuchen. Sie fühlte sich einsam und in sich selbst eingesperrt. Am ersten Morgen im Kutscherhäuschen der Villa war sie nach einer beinahe schlaflosen Nacht um sechs Uhr früh aufgeschreckt und war in der festen Überzeugung aus dem Bett gesprungen, sie müsse in zwei Stunden zum Meeting in der Agentur antreten. Erst dann hatte sie die fremde Umgebung registriert, und ihr war wieder eingefallen, dass sie quasi zwangsbeurlaubt war. Nach nicht einmal einer Woche ohne ihren Agenturjob fühlte Rebekka sich in der Villa mit ihrem verwunschenen Garten wie aus der Welt gefallen. Vor lauter Resignation schaffte sie es am nächsten morgen nicht einmal, sich anzuziehen, und trug immer noch ihre rotgrau-karierte Schlafanzughose und ein hellgraues T-Shirt.

»Wenn das so weitergeht, sterbe ich noch vor Frau von Katten – und zwar an Langeweile«, teilte sie ihrem Vogel und derzeit einzigem Ansprechpartner mit, der auf seiner Stange saß, mit seinem kräftigen Schnabel vergnügt an einem Körnerkolben nagte und Rebekka keines Blickes würdigte. Frustriert ließ sie sich auf einen der etwas wackligen Küchenstühle fallen. »Vielen Dank, Beo Lingen, jetzt lässt du mich auch noch im Stich!« In diesem Augenblick wünschte sie sich, einfach zu verschwinden. Wem würde ihr Fehlen schon auffallen, wer würde sie überhaupt vermissen? Sie sah sich wie in einem Zeitraffer in fünf, zehn, zwanzig Jahren, aber immer sah sie eine einsame Frau. Ein Zentnergewicht schien auf ihrem Brustkorb zu lasten und ihr die Luft abzudrücken.

Sie musste raus aus dieser engen Küche und dem winzigen Häuschen, sonst würde sie ersticken. Sie sprang auf und war mit drei Schritten aus der Haustür, während der Beo den Kopf hob und ihr verwundert nachblickte. Schwer atmend ließ Rebekka sich auf die steinerne Außentreppe sinken und vergrub den Kopf in den Händen. Wie sollte sie es noch mehr als drei Wochen hier aushalten, ohne durchzudrehen?

»Ist Ihnen nicht gut oder denken Sie nach?« Frau von Katten war lautlos aufgetaucht und hatte sich vor Rebekka aufgebaut. Die ältere Dame war mit einer hellen Leinenhose, einem geringelten Pullover und einem roten Halstuch im Gegensatz zu Rebekka geradezu mondän gekleidet und sah nun streng auf die junge Frau in ihren ausgeleierten Klamotten hinab.

Rebekka hob mühsam den Kopf. »Beides.«

Die alte Dame musterte sie für einen Augenblick. »Was fehlt Ihnen denn?«

Rebekkas Antwort fiel patziger aus, als sie wollte. »Mein Job. Das Gefühl, etwas Sinnvolles zu tun.«

»Ah, Sie finden also, Sie verplempern hier Ihre Zeit.« Es war weder eine Frage, noch ein Vorwurf, sondern eine Feststellung. »Merkwürdig, dabei hat mir mein Enkel erzählt, dass Ihre ... ich will es mal so ausdrücken, *Impulsivität im Straßenverkehr* offenbar daraus resultierte, dass Sie gewaltigen Ärger mit Ihrem Chef hatten.«

»Abgesehen davon, dass Ihr Enkel eine Petze ist, waren es zwei Chefs«, sagte Rebekka dumpf. »Aber eigentlich liebe ich meinen Job in der Werbung.«

»Was genau tun Sie denn dort?«

»Budgets planen, Kosten kalkulieren und mit Kunden darüber verhandeln«, gab Rebekka im Stakkato einen Abriss. Mehr würde die alte Dame sowieso nicht verstehen. Als Dorothea von Katten in Rebekkas Alter gewesen war, war noch eine füllige Frau in weißer Latzhose über die Bildschirme geflimmert, die für ein Waschmittel warb, und Hausfrauen in Kittelschürzen hatten über einen Zeichentrickmann gejubelt, der aussah wie Popeye für Arme und einer Putzmittelflasche entstiegen war.

Die adelige Dame zog eine Augenbraue hoch. »Lassen Sie mich raten, Frau Winter. Sie arbeiten annähernd elf oder zwölf Stunden täglich, ernähren sich hauptsächlich von diesen komischen pürierten Obst- und Gemüsesäften, und ihr Lebensziel besteht darin, irgendwann ganz an der Spitze zu stehen. Sie glauben, dass sie dann endlich zufrieden und glücklich sein werden, stimmt's?«

Rebekka blieb der Mund offen stehen. Nicht nur, weil Frau von Katten ein knappes, aber nicht besonders sympathisches Bild von ihr entworfen hatte, sondern auch – und das musste Rebekka sich ärgerlich eingestehen –, weil sie den Nagel auf den Kopf getroffen hatte.

Die alte Dame schaute die junge Frau kopfschüttelnd an. »Wie sehr die Menschen doch ihren Käfig lieben.«

»Was ist daran falsch? Immerhin bietet ein gewisser Rahmen ja auch Sicherheit«, gab Rebekka hitzig zurück.

»Natürlich. Aber Sie werden dadurch die richtige Welt immer nur durch Gitterstäbe sehen.«

Rebekka blickte die alte Frau an. »Haben Sie es denn anders gemacht?«, fragte sie leise.

Frau von Katten presste kurz die Lippen zusammen. »Nein. Und ich bereue es bis heute.« Dann schien ihr bewusst zu werden, dass sie soeben etwas von sich preisgegeben hatte, und ihr Gesicht verschloss sich wie eine Auster. Mit einer knappen Kopfbewegung bedeutete sie Rebekka aufzustehen. »Kommen Sie mit, ich glaube, ich habe etwas für Sie.« Ohne abzuwarten, ob die junge Frau ihrer Aufforderung nachkam, ging sie energisch davon, und Rebekka blieb nichts anderes übrig, als sich aufzurappeln und ihr zu folgen – barfuß. Sie bog um die Hausecke und war erneut überwältigt von der Pracht des Gartens, der sich wie ein bunter Teppich vor der herrschaftlichen Villa ausbreitete und erst an einer niedrigen Mauer aus grob aufgeschichteten Steinen endete, die den Zugang zum See begrenzte. Ein elegant geschwungener, schmiedeeiserner Bogen, um den sich üppig Efeu rankte, bildete den Durchgang zu einem Holzsteg. Dieser ragte weit in den See hinein und war breit genug, damit eine ganze Familie dort liegen, lesen oder picknicken konnte. Doch Dorothea von Katten hatte scheinbar anderes im Sinn. Sie ging zwischen ihren Beeten umher und pflückte mit flinken Fingern, an denen sie keinen einzigen Ring trug, hier und da einen Stängel oder ein paar Blätter von Pflanzen, die Rebekka nicht einmal vom Namen her kannte.

»Pfefferminze, römische Kamille und Zitronenverbene«, erklärte Frau von Katten kurz angebunden und drückte ihr das Kräuterbündel in die Hand. »Alles ungespritzt und hervorragend für die Zubereitung von Tee geeignet.«

Rebekka sog tief die verschiedenen Aromen ein, die ihr in die Nase wehten. Die herbe, kühle Frische der Minze kam ihr bekannt vor, und auch der Duft von Zitronenverbene war ihr von einem Duschgel vertraut, das sie von Isa zum Geburtstag geschenkt bekommen hatte. Die Erwähnung von Kamille hingegen weckte eher die Erinnerungen an Tage während ihrer Schulzeit, die Rebekka mit laufender Nase und Halsweh im Bett verbracht hatte. Ihre Mutter hatte ein paarmal versucht, sie zu überreden, eine Tasse Kamillentee zu trinken, doch der muffige Geruch, der dem Teebeutel entstieg, hatte Rebekka bereits damals jeden Schluck verweigern lassen.

»Kamille verursacht bei mir eher Brechreiz, als dass sie ihn bekämpft«, erklärte sie Frau von Katten, die bemerkt hatte, wie Rebekka das Gesicht verzog. »Kindheitstrauma«, fügte sie erklärend hinzu.

Die alte Dame schüttelte den Kopf. »Riechen Sie einmal richtig daran«, wies sie Rebekka an. »Die frische römische Kamille duftet ganz anders als diese grässlichen Billig-Teebeutel, mit denen man Sie damals wahrscheinlich gequält hat.«

Rebekka zögerte kurz, dann aber tat sie, wie geheißen und steckte ihre Nase tief in den Bund der Blüten, deren weiße, schmal zulaufende Blätter und gelbe Blütenknöpfe fast wie Gänseblümchen aussahen. Sie verströmten einen warmen, fruchtig-süßen Duft, der Rebekka an einen Spaziergang über eine Wiese erinnerte. Sie schloss die Augen und atmete genießerisch das Aroma eines Sommertages ein.

»Sehen Sie?«, hörte sie wie aus weiter Ferne Dorothea von Katten fragen. »Es wirkt schon.«

Etwas benebelt tauchte Rebekka aus ihrem Blütentraum auf. »Was wirkt?«

»Der Duftzauber der Blumen.« Die alte Dame lächelte, und auf einmal sah sie erneut völlig verändert aus. Die Strenge in ihrem Gesicht und die harten Kanten um Mund und Kinn waren verschwunden, verwischt wie bei einem Aquarell. Ihre Augen strahlten, als sie auf eine Pflanze zuschritt, die aussah wie ein Farn mit winzigen weißen Blüten dazwischen. Dorothea von Katten pflückte eins der grünen Blättchen und zerrieb es zwischen Daumen und Zeigefinger, ehe sie Rebekka ihre Hand hinhielt. Die schnupperte vorsichtig an den Fingerspitzen der alten Dame. »Erinnert mich ein bisschen an die Plätzchen meiner Großmutter ... oder an diesen französischen Schnaps – Pastis«, murmelte sie.

»Anis«, nickte Frau von Katten und musterte Rebekka von oben bis unten. »Sie haben einen guten Riecher, das hätte ich von Ihnen nicht erwartet«, murmelte sie.

»Nicht in Bezug auf Männer«, rutschte es Rebekka heraus, ehe sie nachdenken konnte. Gleich darauf hätte sie sich am liebsten auf die Zunge gebissen. Auch wenn es nur ein einziger Satz war, gab sie damit doch viel von sich preis – und gestand auch, dass sie nicht glücklich war.

Zu ihrer Überraschung erntete Rebekka von der alten Dame jedoch weder eine spitze Bemerkung à la »Das habe ich mir gedacht«, noch ein spöttisches Lächeln. Dorothea von Kattens Blick ging über ihren Garten hinaus auf den See, während sie langsam nickte. »Ich verstehe.«

Wirklich?, dachte Rebekka, doch dann fiel ihr ein, was Thomas Benning über seinen verstorbenen Großvater erzählt hatte. Erinnerte sich die alte Dame an den Tag, an dem ihr Ehemann sie wegen einer anderen, jüngeren Frau verlassen hatte? Wahrscheinlich war es ebenso schlimm für sie gewesen wie später für Rebekka, als Sebastian ein letztes Mal die Tür hinter sich zugezogen hatte. Nachdem sie am Abend seinen Schlüssel im Briefkasten gefunden hatte, war es ihr vorgekommen, als hätte er nicht nur seine Möbel und Kleider, sondern auch ihr Herz mitgenommen. Denn dort, wo es vorher gesessen hatte, pochte und brannte nun eine offene Wunde, die bis heute nicht ganz verheilt war. Sebastians Anblick in der Agentur vor ein paar Tagen hatte den dünnen Schorf, der darüberlag, wieder aufbrechen lassen, als hätte Rebekka ein Pflaster zu schnell und heftig abgerissen, wodurch die Wunde erneut zu bluten begann.

Zu ihrem Ärger spürte sie, wie ihr Tränen in die Augen schossen. Seit sie nicht mehr täglich in der Werbeagentur schuftete und am Abend vor lauter Erschöpfung keinen einzigen Gedanken mehr daran verschwenden konnte, wie es ihr selbst eigentlich ging, schien die Festung um sie herum zu bröckeln. So nah am Wasser gebaut, kannte Rebekka sich gar nicht, aber sie war machtlos gegen die Trauer und die Wut, die immer wieder unvermittelt an die Oberfläche drängten. Damit Dorothea von Katten nicht merkte, wie ihr zumute war, versteckte Rebekka ihr Gesicht in dem duftenden Kräuterbündel.

Die alte Dame musterte sie schweigend. Sie wusste, wie weh ein gebrochenes Herz tat. Hätte sie damals nicht die Magie der Blumen entdeckt und in ihnen eine neue Liebe gefunden, die bis zum heutigen Tag anhielt, Dorothea von Katten wäre nicht in der Lage gewesen, die Zeit in der Villa ihrer Verwandten zu überstehen und bis zum heutigen Tag in diesem viel zu großen, viel zu leeren Haus zu leben.

Frühling 1948

Lieber Iggy,

Heute bin ich durch die windschiefe Tür des Kutscherhäuschens nach draußen gewankt – und diesmal fühlte ich mich wie eine Marionette, deren Fäden ein ungeübter Puppenspieler in groben Händen hält. Wo ist das junge Mädchen mit den leuchtenden Augen und lebhaften Gesten geblieben, das ich noch vor einem Jahr war? Es gibt sie nicht mehr. Man hat mir alles weggenommen, was mir jemals etwas bedeutet hat, sogar die letzte Erinnerung an dich, und es fühlt sich an, als wäre damit auch meine Seele gestorben, obwohl mein Körper weiterlebt. Ich funktioniere nur noch – ich esse, trinke und spreche, ohne jedoch einen Gedanken daran zu verschwenden, was ich tue. Am Ende der Tage, die sich unendlich und in einem Einheitsgrau vor mir auszudehnen scheinen, sehne ich nur noch eins herbei: den Schlaf. Doch oft will er nicht kommen, und dann liege ich mit offenen Augen und schweißnassen Händen unter der schweren Bettdecke und lausche meinem eigenen rasenden Herzschlag, der in meinen Ohren dröhnt. Oft ist am nächsten Morgen mein Kopfkissen feucht von Tränen, die ich jede Nacht weine. Doch ich weine immer lautlos, selbst im Schlaf, während meine Hände vergebens über die Decke streichen auf der Suche nach dem warmen Körper neben mir, den ich so sehr vermisse. Alles, was ich je geliebt habe, ist fort, und obwohl draußen der Frühling Einzug hält und die Sonne jeden Tag ein wenig länger scheint und ein Quäntchen stärker wärmt, ist mein Herz zu Eis erstarrt. Ich bewege mich wie eine Statistin im Theater durch diese Frühlingstage, die für mich nichts weiter sind als eine bunte Kulisse. Ich bin blind für die aufblühende Natur, denn in mir ist alles tot und verdorrt. Oft wünsche ich mir, einzuschlafen und einfach nicht mehr aufzuwachen, doch mein Herz, dieses störrische Organ, schlägt unverdrossen weiter, obwohl es jede Minute schmerzt – von einem unwiederbringlichen Verlust.

Deine Thea

*

»He, Mädchen! Willst du einem alten Mann nicht helfen, statt hier herumzustehen?«

Dorothea zuckte zusammen und blinzelte, als ob sie aus einem tiefen Schlaf erwachen würde. Am Rand eines Blumenbeets kniete der Gärtner ihrer Tante, neben ihm lagen eine kleine Harke und eine schmale Schaufel mit spitz zulaufendem Blatt. Dorothea erinnerte sich daran, dass er »Marten« gerufen wurde. Jetzt drehte er den Kopf und blickte Dorothea an, während sich in seinem wettergegerbten Gesicht, das unzählige Fältchen durchzogen, ein Lächeln abzeichnete. »Na komm schon. Du kannst mir helfen, ein paar Knollen und Zwiebeln einzupflanzen. Dann haben wir im Sommer Gladiolen, Hyazinthen und Freesien!«

Eigentlich war es Dorothea völlig gleichgültig, ob und wie prächtig der Garten im Sommer blühen würde, denn dann würde sie sowieso nicht mehr hier sein. Doch sie wollte den alten Gärtner nicht vor den Kopf stoßen, daher näherte sie sich dem Blumenbeet, vor dem er kauerte, und betrachtete die unscheinbaren runden und länglichen Knollen, die mit ihrem schmutzigen Braun kaum anders aussahen als die Zwiebeln und Rüben, die ihre Mutter immer in der Küche verwendet hatte und die sie ins Gemüse oder in die Suppe gab. Während des Krieges waren sogar diese Zutaten selten geworden, sodass sich Dorotheas Familie oft von einer dünnen Brühe aus Wasser, Kartoffelschalen und der einen oder anderen mickrigen, manchmal schon angeschimmelten Mohrrübe ernährt hatte.

»Kaum zu glauben, dass daraus einmal etwas so Schönes wächst, nicht wahr?«, riss Marten Dorothea aus ihren dunklen Erinnerungen.

»Wie bei der Raupe und dem Schmetterling«, gab sie zurück und bemühte sich um ein Lächeln, das aber eher zu einer gequälten Grimasse wurde. Marten sah die junge Frau prüfend an. »Ich weiß etwas Besseres für dich, als in der Erde herumzuwühlen«, sagte er und erhob sich unvermittelt und mit einer Geschmeidigkeit, die Dorothea dem älteren Mann gar nicht zugetraut hätte. Er bedeutete ihr durch ein Winken, ihm zu folgen, und führte Dorothea um die Ecke der prächtigen Villa, wo ein schmiedeeiserner Rundbogen den Zugang zu einem Teil des Gartens begrenzte. »Hier wächst die

Kletterrose«, erklärte Marten. Dorothea blickte an dem Bogen hinauf und schürzte die Lippen. Außer einer kahlen Ranke mit einigen, kläglichen Seitenästchen sah sie gar nichts. »Wir müssen die Pflanze anregen, möglichst viel neues Holz zu bilden«, erklärte der Gärtner.

Dorothea nickte, obwohl sie nicht verstand, was das heißen sollte. Bisher hatte sie Rosen nur in »Blüte« und »Stiel« unterteilt. Der Alte sah ihr die Ratlosigkeit offenbar an, denn er deutete auf die dicke Ranke, die sich um das Eisen des Bogens geschlungen hatte, und erklärte geduldig: »Das ist der Haupttrieb der Kletterrose. Den müssen wir dazu ermutigen, möglichst viele neue Seitentriebe zu bilden. Daraus wachsen später die Blüten. Daher wirst du jetzt die Seitentriebe kürzen.« Aus den Tiefen seiner dunkelgrünen Gartenschürze zauberte er eine Schere hervor und deutete mit der Spitze auf einzelne, dunkle Knubbel an der Ranke. »Diese kleinen Auswüchse nennt man ›Augen‹. Schneide die Seitentriebe bis auf ein oder zwei Augen zurück. Auf diese Weise erziehen wir die Rose, damit sie die richtige Form bekommt und sich schön über den Rundbogen schließt.« Unwillkürlich musste Dorothea lächeln. Anregen, erziehen – der alte Marten sprach von der Pflanze wie von einem Kind. Als sie ihm das sagte, nickte der Gärtner ernst. »Ich bin überzeugt, dass Pflanzen etwas spüren können. In gewisser Weise besitzen sie eine Seele und merken genau, wie man mit ihnen umgeht. Nicht umsonst spricht man beim Menschen vom ›grünen Daumen‹. Diejenigen, die ihn besitzen, bringen oft

Pflanzen zum Blühen, die schon halb verdorrt waren, während andere es schaffen, sogar die üppigsten Blumenbeete innerhalb kürzester Zeit in eine Wüste zu verwandeln.«

»Was, wenn ich einer von diesen Menschen bin? Dann mache ich der Kletterrose den Garaus, und Sie riskieren Ärger mit meiner Tante«, sagte Dorothea und sah den Alten mit vorgerecktem Kinn an.

Marten sah ihr einen Moment lang in die Augen, ehe er den Kopf schüttelte. »Nein, du machst der Rose nicht den Garaus, Mädchen«, sagte er bedächtig. »Das tun nur diejenigen, die nichts von der Sprache der Pflanzen wissen.« Mit diesen Worten drückte er Dorothea die massive Gartenschere in die Hand und schlurfte davon. Dorothea musterte das dornige Gewächs skeptisch. »Na, dann wollen wir mal«, murmelte sie und setzte die Schere am ersten Trieb an.

Später half sie Marten doch, die unscheinbaren Zwiebelknollen in der Erde zu vergraben, und auch Jahre später konnte sie sich noch an den Geruch der schweren, nassen Erde erinnern. Seltsamerweise war es ihr sofort besser gegangen, und diese Stimmung hatte auch noch angehalten, nachdem Dorothea sich am Abend die Finger mit der Wurzelbürste rot geschrubbt hatte. Trotz aller Mühe war es ihr nicht gelungen, die schwarzen Ränder unter ihren Fingernägeln vollständig zu entfernen, und der missbilligende Blick der Tante beim Abendessen hatte Bände gesprochen. Doch statt eines schlechten Gewissens hatte Dorothea zum ersten Mal seit Monaten so etwas wie eine scheue Freude verspürt. Es war die Vorfreude auf den nächsten Tag, den sie wieder im Garten verbringen würde.

Während der kalte März mit einem letzten Frostschauer davonzog und von einem milden April abgelöst wurde, der Schäfchenwolken und blauen Himmel im Gepäck hatte, weihte der alte Gärtner die junge Dorothea von Katten in die Kunst ein, einen Garten zu bestellen. Sie lernte, die Ballen der Stauden mit dem Spaten zu teilen und alte, verfaulte Wurzelteile zu entfernen, damit die Pflanze mit neuer Kraft erblühen konnte. Bald schoben sich die ersten zartgrünen Triebe von Narzisse, Osterglocke und Anemone durch die dunkle Erde, und der Schlehenstrauch unten am See schäumte über vor weißen Blüten und wetteiferte mit dem alten Apfelbaum, dessen Blüte für einen steten, herben Duft sorgte, der wie ein zarter Schleier über dem Garten hing und Dorothea besonders in der Abenddämmerung nach draußen lockte. Auch die Vögel waren zurückgekehrt und zwitscherten gegen die Stille an, die sich nicht nur während der kalten schwarz-weißen Wintertage, sondern auch in Dorotheas Innerem breitgemacht hatte. Marten und sie arbeiteten meist schweigend. Dorothea hatte wohl die lange brandrote Narbe an seinem Schienbein gesehen und wahrgenommen, dass an Martens linker Hand zwei Finger fehlten, doch sie wollte weder wissen, woher seine Narben stammten, noch, was er erlebt hatte. Der alte Gärtner stellte ihr wiederum keine Fragen. Was er von all den Ereignissen im Winter mitbekommen hatte, wusste sie nicht, und er ließ sich auch nie etwas anmerken. Das Einzige, worüber sie sprachen, waren die Pflanzen und Blumen im Garten. Und langsam, fast unmerklich, wurde der Riss, der durch Dorotheas Leben gegangen war, kleiner, und ihr Herz heilte, auch wenn der Schmerz stets wie ein wildes Tier in einem dunklen Winkel lauerte, bereit, bei der nächsten Gelegenheit erneut hervorzuspringen und sich mit spitzen Zähnen in ihr festzubeißen. Daher verschloss Dorothea von Katten alle Gedanken an die Vergangenheit tief in ihrem Inneren, und irgendwann erschienen ihr die Erinnerungen wie alte, brüchig gewordene Briefe, deren Papier zu feinem Staub zerfiel, sobald man sie aus ihrem schützenden Umschlag herauszog.

7

Alraune (Mandragora)

Rebekka tauchte aus ihrem duftenden Kräuterstrauß auf und bemerkte, dass Dorothea von Kattens Blick in die Ferne gerichtet war. Was sah sie dort? Die Jahre, in denen sie als junges Mädchen durch den Garten gestreift war? Oder die alte Frau von heute, deren Einsamkeit nur durch die Arbeit in den Beeten und an den Stauden gemildert wurde und deren einzige Freude darin bestand, die bunte Fülle ihrer Blumen zu betrachten, wobei sie sich vielleicht fragte, wie viele Sommer sie noch erleben würde?

Mit einer heftigen Kopfbewegung versuchte Rebekka, die düsteren Gedanken zu verscheuchen, aber es wollte ihr nicht gelingen. Ihre dunkle Feindin, die Traurigkeit, hatte sie in ihrer Umklammerung und würde sie so schnell nicht loslassen.

»Ihnen fehlt nicht nur Ihr Job, es geht Ihnen auch sonst nicht gut«, stellte Frau von Katten nüchtern fest und betrachtete Rebekka mit ihren wachen Augen, die im Gegensatz zu ihrem faltigen Gesicht sehr jung wirkten.

»Ach, es ist nur …«, fing diese an, ehe sie verstummte.

Was hätte sie der alten Dame sagen können? Dass sie einfach nicht mehr wusste, wie es weitergehen sollte? Oder dass ihr Frau von Kattens Satz, wie sehr die Menschen ihren Käfig liebten, plötzlich bewusst gemacht hatte, wie leer und sinnlos ihr gesamtes Leben doch war? In den Augen vieler Leute hatte man einen Traumjob, wenn man in der Werbung arbeitete. Kreativ sein, viel Geld verdienen und wenn man Glück hatte, irgendwann seine Idee in einem Kino-Werbespot verwirklicht sehen – das war es, was die meisten mit dieser Art von Arbeit verbanden. Hätte sie nicht durch Zufall herausgefunden, was ihre Chefs in Wahrheit von ihr hielten, und wäre zu allem Überfluss nicht auch ihr Exfreund wiederaufgetaucht, würde Rebekka vielleicht noch genauso denken.

Frau von Katten hatte stumm abgewartet, ob Rebekka ihren Satz fortführen würde. Doch diese zuckte nur hilflos mit den Schultern. »Ich weiß auch nicht.«

»Wenn Sie mich fragen, haben Sie gerade erkannt, dass Ihr Leben ziemlich in Trümmern liegt, junge Frau.«

Überrascht sah Rebekka zu der alten Dame hoch. Die gönnte ihr ein schmales Lächeln. »Ich sehe es in Ihren Augen. Die ganze Zeit haben Sie versucht, stark zu sein, aber auf einmal fehlt einem die Kraft dazu, nicht wahr?« Wie immer redete Dorothea von Katten nicht um den heißen Brei herum, aber ihr Tonfall war ausnahmsweise einmal beinahe freundlich. Schon wieder hatte sie ins Schwarze getroffen, und ehe Rebekka wusste, was sie tat, erzählte sie ihr von der Szene, die sich in der Herrentoilette von *Circumlucens* abgespielt hatte.

»Und dann setzen sie mir zu allem Überfluss noch meinen Ex vor die Nase, der sich jetzt wahrscheinlich als der große Heilsbringer der Agentur feiern lässt. Eigentlich ein Wunder, dass ich nur ein Auto gerammt habe, anstatt meine beiden Chefs zu vergiften«, schloss Rebekka verbittert.

Die alte Dame nickte nachdenklich. »Ist es nicht merkwürdig, dass solche Vollpfosten wie dieser Juniorchef und sein Vater mit ein paar Sätzen dafür sorgen können, dass Ihr gesamtes Leben aus den Fugen gerät? Immerhin sind Sie ja wegen der beiden so in Rage geraten, dass Sie einen fremden Wagen demoliert haben und deswegen zu Sozialstunden verurteilt wurden. Haben Sie sich einmal gefragt, warum Sie anderen Leuten so viel Macht über sich geben?«

Rebekka starrte Frau von Katten an. Ihre Worte trafen sie an einem empfindlichen Punkt. Rebekka konnte jedoch förmlich spüren, wie sich alles in ihr sträubte, darüber nachzudenken. »Woher kennen *Sie* denn den Ausdruck ›Vollpfosten‹?«, fragte sie stattdessen Frau von Katten.

Die lächelte verschmitzt. »Meine Liebe, ich kenne noch vieles andere, worüber Sie staunen würden.«

»Das glaube ich Ihnen aufs Wort«, sagte Rebekka und erhob sich aus ihrer sitzenden Position. Ob es an dem beruhigenden Duft des Kräuterstraußes lag oder an den klugen Worten der alten Dame, jedenfalls fühlte sie sich auf einmal deutlich besser. »Danke«, sagte Rebekka. Sie sah hoch und bemerkte im Blick der alten Frau eine Wärme, die sie vorher noch nie gesehen hatte. Sekundenlang blickten sie sich wortlos an, bis Frau von Katten den kurzen Moment der Vertrautheit beendete. »So, nun muss ich aber dringend meine Sonnenblumen hochbinden«, murmelte sie und wandte sich ab. Rebekka zögerte kurz, dann fasste sie sich ein Herz. »Was halten Sie davon, wenn ich schnell die Kräuter ins Wasser stelle und Ihnen helfe?«

Überrascht drehte die adlige Dame sich um. »Das gehört nicht zu Ihren Aufgaben!«

»Ich weiß, aber ... ich mache das gerne.« Und zum ersten Mal seit ihrer Ankunft in der Villa meinte Rebekka es ernst.

Eine halbe Stunde später waren die haarigen Stängel der Sonnenblumen an kräftigen Bambusstöcken befestigt, sodass ihre schweren Köpfe nicht mehr abzubrechen drohten. Die beiden Frauen hatten schweigend zusammengearbeitet, abgesehen von Frau von Kattens kurzen Anweisungen, wie Rebekka die Blumen anbinden sollte. Der jungen Frau war es ganz recht, nicht reden zu müssen, denn sie dachte immer noch über die Worte der alten Dame nach. Etwas in Rebekka wehrte sich dagegen, dass diese mit ihrer Feststellung recht haben könnte, wie viel Macht andere über ihr Leben hatten. Andererseits musste sie sich widerwillig eingestehen, dass sie durch die Zwangspause in der Agentur jetzt endlich einmal die Möglichkeit zur Muße hatte, anstatt sich jeden Tag blindlings in das Hamsterrad ihres Jobs begeben zu müssen, das sich allmählich in einen Boxring verwandelt hatte. Gleichzeitig aber verspürte Rebekka Angst vor der Leere, weil sie gar nicht mehr wusste, was sie mit freier Zeit anfangen sollte. Wenn sie ehrlich war, hatte sie Frau von Katten auch aus diesem Grund ihre Hilfe bei den Blumen angeboten.

Doch nun waren sie mit dem Hochbinden fertig, und Rebekka sah, wie die alte Dame sich mit einer matten Handbewegung über die Stirn fuhr. Kurz zeigte ihr Gesicht einen Anflug von Erschöpfung, doch als Rebekka fragte, ob alles in Ordnung sei, winkte Dorothea von Katten in gewohnt harscher Manier ab. »Natürlich, was dachten Sie denn? Aber es war nett, dass Sie mir geholfen haben. Sie sind doch keine solche Mimose, wie ich anfangs dachte.«

»Und Sie nicht so ein Drachen«, platzte Rebekka heraus.

Frau von Katten schnappte nach Luft, und Rebekka glaubte schon, sich gleich wieder eine scharfe Bemerkung einzufangen, da rollten die Augäpfel der alten Dame mit einem Mal nach oben, während gleichzeitig ihre Knie einknickten. Mit einem Satz war Rebekka bei ihr und fing sie auf. Frau von Katten sank wie eine Stoffpuppe in ihren Armen zusammen, und Rebekka stellte fest, dass ihr Körper geradezu schockierend zart und leicht war.

»Um Himmels willen, Frau von Katten«, rief Rebekka, doch diese reagierte nicht, denn sie war bewusstlos. »Hilfe!«, schrie Rebekka. »Taye!« Ihr fiel nichts Besseres ein, als nach dem jungen Gärtner zu rufen, und sie verfluchte sich, nicht längst ihre Erste-Hilfe-Kenntnisse aufgefrischt zu haben. Was, wenn Frau von Katten einen Herzanfall hatte und nur Sekunden über ihr Leben entschieden? Gerade als Rebekka beschloss, auf gut Glück eine Herzmassage zu versuchen, kam Taye herbeigerannt, alarmiert von ihrem Schrei. Als er sah, dass sie Frau von Katten behutsam ins Gras hatte sinken lassen und nun neben ihr kniete, während sie die Beine der alten Dame hochhielt, stoppte er abrupt und riss seine braunen Augen auf. »Damn! Was ist passiert?«

»Sie ist einfach zusammengeklappt. Ich habe Angst, dass es wieder ihr Herz ist«, sagte Rebekka und hörte selbst, wie dünn und zittrig ihre Stimme klang. In diesem Moment flatterten die Lider der alten Dame, und sie schlug die Augen auf.

»Haben Sie Schmerzen im Oberkörper? Stiche im Herzen? Oder ist Ihnen schlecht?«, fragte Taye und blickte auf die alte Dame herab, die unwirsch den Kopf schüttelte.

»Unsinn. Mir ist nur ein bisschen schwindlig geworden, das ist alles. Ich kenne die Symptome einer Herzattacke, schließlich hatte ich vor ein paar Monaten schon mal eine.«

»Eben. Und deswegen müssen wir einen Arzt rufen«, bestimmte Rebekka.

»Kommt nicht in Frage«, fauchte Frau von Katten. »Und lassen Sie auf der Stelle meine Beine los«, wies sie die junge Frau an, während sie versuchte, sich aufzurichten. Taye war mit zwei Schritten bei ihr und drückte die ältere Frau behutsam in die liegende Position zurück. »Sie haben einen gebrochenen Kreislauf, Frau von K.«, sagte er in seinem englisch gefärbten Deutsch.

Dorothea von Katten funkelte ihn aus der Horizontalen an. »*Kreislaufzusammenbruch* heißt das. An Ihrem Deutsch müssen Sie noch etwas arbeiten, junger Mann!«

»Und Sie an Ihrer Gesundheit, Frau von K.«, gab der ungerührt zurück, und Rebekka wunderte sich erneut, wie locker Taye mit der adligen Dame umging – und wie wenig sein Tonfall Frau von Katten zu stören schien. Im Gegenteil, Rebekka sah sogar ein kleines Lächeln auf dem bleichen Gesicht der alten Frau, das jedoch sofort erlosch, als der junge Mann sie hochhob, wobei Rebekka unter seinem ärmellosen Shirt die Muskeln an seinen glatten braunen Oberarmen hervortreten sah.

»Lassen Sie mich sofort runter, ich bin doch kein Reisigbündel«, zeterte Frau von Katten. Ohne auf ihre Proteste zu achten, trug Taye sie behutsam ins Haus, und Rebekka folgte den beiden die Treppe hinauf ins Schlafzimmer. Darin standen nur ein schmales Bett samt Nachtkästchen sowie ein altmodischer Kleiderschrank. Die Möbel schienen noch aus dem

19. Jahrhundert zu stammen, denn das Bett stand auf zierlich gedrechselten Füßen und besaß ein ebenso hohes Kopf- wie Fußteil, und der Schrank mit den für diese Zeit typischen Kassettentüren glänzte in einem warmen Kastanienton. Trotzdem strahlte auch dieser Raum etwas Spartanisches aus. Dorothea von Katten protestierte unermüdlich gegen Tayes »unerträgliche Bevormundung«, doch ihr Gärtner stellte sich einfach taub, bis die starrköpfige alte Dame in ihren Kissen lag.

»So. Hier bleiben Sie und ruhen sich aus«, sagte er mit bestimmtem Tonfall, während er beiläufig ihr Handgelenk zwischen Daumen und Zeigefinger hielt und ihren Puls fühlte. »Sie werden jetzt schlafen, und danach macht Rebekka Ihnen einen Tee mit viel Zucker, damit sie wieder auf die Beine kommen!«

Zu Befehl, Herr General, dachte Rebekka empört, doch zu ihrer Verblüffung nickte Dorothea von Katten nur gehorsam und schloss die Augen. Sie musste wirklich erschöpft sein. »Sollen wir nicht doch einen Arzt holen?«, flüsterte Rebekka Taye zu, nachdem sie leise die Tür ins Schloss gezogen hatte. Der zuckte die Schultern. »Ihr Puls ist kräftig und stabil. Ich glaube, es war wirklich nur ein kurzer Anfall von Schwäche. Besser, wir tun, was sie will, sonst bekommt sie am Ende noch einen Kollaps – vor Wut.«

Wider Willen musste Rebekka feixen, obwohl der Zusammenbruch der alten Dame sie furchtbar erschreckt hatte.

»Ich werde auf jeden Fall nach Kreislauftropfen suchen. Wenn sie keine im Haus hat, fahre ich schnell zur Apotheke«, beschloss Rebekka, und Taye nickte. »Gute Idee.« Sie schluckte, dann hob sie den Kopf und sah in seine dunkelbraunen Augen. »Vielen Dank für deine Hilfe.«

Taye zuckte die Schultern und lächelte. »You're welcome.« Damit drehte er sich um und sprang geschmeidig die breite Treppe hinunter. Rebekka sah ihm nach, ehe ihr einfiel, dass sie sich um Frau von Katten kümmern wollte. Behutsam öffnete sie noch einmal die Tür zum Schlafzimmer. Die alte Dame war eingeschlafen. Ihre Brust hob und senkte sich gleichmäßig, und ein entspannter, fast friedlicher Ausdruck lag auf ihrem Gesicht. Im Schlaf wirkten ihre Züge weicher, der sonst so streng zusammengepresste Mund stand ein klein wenig offen. Ihre Hände lagen auf der Bettdecke, und erneut fiel Rebekka auf, wie zerbrechlich sie wirkten. Durch die helle Haut schimmerten die blauen Adern, und einige Altersflecken tummelten sich auf den Handrücken.

Rebekka war bewusst, dass sie Frau von Katten nicht so anstarren sollte, doch sie war fasziniert, weil sie meinte, im Gesicht der schlafenden alten Frau die Züge des jungen, unschuldigen Mädchens Dorothea zu erkennen. Schließlich wandte sie den Blick ab und ging zum Nachtkästchen. Der dicke Teppich dämpfte ihre Schritte. Vorsichtig zog Rebekka die oberste Schublade auf und fand tatsächlich eine Auswahl an Tabletten gegen Bluthochdruck und zur Stärkung des Herzens, aber keine Kreislauftropfen. Vielleicht wurde sie in der Lade darunter fündig. Doch darin lagen nur säuberlich aufgestapelte Leinentaschentücher, alle sorgfältig gebügelt und immer mit demselben Monogramm bestickt: »DvK«. Ein schwacher Lavendelduft ging von ihnen aus, und Rebekka sah vor ihrem inneren Auge ein Mädchen im weißen Leinenkleid, das über eins dieser Tüchlein gebeugt saß, um mit der zierlichen Sticknadel die Anfangsbuchstaben ihres Namens darauf zu verewigen ...

Die Lade klemmte beim Schließen. Offenbar hatte sich ein Stück Stoff zwischen die Schienen geschoben. Rebekka tastete mit der Hand im hinteren Teil des Schubfachs umher, um den Störenfried ausfindig zu machen. Tatsächlich spürte sie gleich darauf etwas Weiches zwischen ihren Fingern und zog es hervor. Es war jedoch kein Tuch, sondern ein schmales Bändchen aus Baumwolle. Seine ehemals weiße Farbe war vergilbt. Für ein Armband erschien es Rebekka viel zu klein. Es hätte nicht einmal einem kleinen Mädchen gepasst, höchstens ... Rebekka stutzte und nahm das Band genauer in Augenschein. Tatsächlich war in den dicken Stoff etwas eingeprägt. Rebekka kniff die Augen zusammen und konnte »v. Katten« entziffern sowie die Zahlen 15.3.1948. Eindeutig ein Geburtsdatum. Das Bändchen hatte wohl ein Säugling getragen. Wahrscheinlich das älteste Kind Dorothea von Kattens, dachte Rebekka und empfand einen Anflug von Rührung, dass die alte Dame es die ganzen Jahrzehnte über aufgehoben hatte. Behutsam schob sie das Stückchen Baumwollstoff an seinen Platz unter den Taschentüchern zurück und schloss anschließend die Schublade, die nun problemlos zurückglitt. Da Rebekka die benötigten Tropfen auch im Badezimmer nicht finden konnte, beschloss sie, rasch in die Stadt zu fahren und eine Apotheke aufzusuchen.

Doch während der ganzen Autofahrt ging Rebekka dieses schmale, vergilbte Bändchen nicht mehr aus dem Kopf. Irgendetwas daran beschäftigte sie wie ein Puzzleteil, das partout nicht ins Gesamtbild passen wollte, aber sie kam nicht darauf, was es war. Erst als sie wieder in der Villa war und im Eingangsbereich die Tüte mit dem Kreislaufmittel auf die geschnitzte Kommode mit den Schwarz-Weiß-Fotos stellte, auf denen offenbar die früheren Bewohner der Villa sowie eine junge Dorothea von Katten mit ihren beiden Kindern abgebildet waren, wusste sie, was ihr die ganze Zeit seltsam erschienen war: Thomas Benning, Frau von Kattens Enkel, hatte erwähnt, dass seine Großmutter erst Mitte der Fünfzigerjahre geheiratet hatte.

Rebekka nahm eins der gerahmten Fotos in die Hand. Es zeigte Frau von Katten und ihre beiden Kinder. Der kleine Junge grinste stolz in die Kamera und hielt dabei eine riesige Schultüte fest umklammert. Das Mädchen war noch so klein, dass es kaum auf seinen speckigen Kinderbeinchen stehen konnte. Dorothea von Katten hielt ihre Tochter an den winzigen Händen fest, während ihr eine Strähne ihrer damals noch blonden Haare ins Gesicht fiel. Rebekka drehte das Bild um. Doch erst, nachdem sie behutsam die kleinen Klammern gelöst hatte, die Foto und Rahmen zusammenhielten, fand sie, was sie suchte: »Dorothea, Ernst und Maria. 1962«, stand in verblasster Schrift auf der Rückseite des Bildes. Das Jahr, in dem der kleine Junge offenbar eingeschult worden war. Das Geburtsarmband, das Rebekka gefunden hatte, trug jedoch das Datum 1948. Dieses Kind müsste auf dem Foto also bereits vierzehn Jahre alt gewesen sein, ein Teenager. Doch auch auf den anderen Bildern konnte Rebekka keine Spur von ihm entdecken. Stammte das Bändchen vielleicht vom Baby der Verwandten, von denen die alte Dame die Villa geerbt hatte? Doch dann fiel Rebekka ein, wie Benning berichtet hatte, dass deren einziger Sohn im Zweiten Weltkrieg gefallen war. Hätte Dorotheas Tante noch einmal ein Kind bekommen, wäre dieses sicher als Erbe eingesetzt worden. Außer der Säugling wäre kurz nach der Geburt verstorben. Aber warum hatte Dorothea von Katten dann dieses Bändchen über all die Jahre zwischen ihren Stofftaschentüchern aufbewahrt?

Ehe Rebekka weiter darüber nachgrübeln konnte, hörte sie die alte Dame von oben nach ihr rufen. Hastig stellte Rebekka das Foto zurück an seinen Platz, schnappte sich das Tütchen mit der Arznei und machte sich auf den Weg, Frau von Katten wieder aufzupäppeln.

»Frau Winter! Sind Sie taub oder sind Ihnen die Füße

eingeschlafen? Warum brauchen Sie so lange, um die Treppe hochzukommen? Ich dachte, *ich* sei die Ältere von uns beiden!«

Seufzend dachte Rebekka, dass der Kauf des Kreislaufmittels offenbar überflüssig gewesen war: Dorothea von Katten hatte wieder zu ihrer alten Form zurückgefunden.

Zwei Tage später stand mittags vor Rebekkas Tür eine Schüssel voll Salat und daneben ein kleines Fläschchen mit herb duftendem Walnussöl. Es hing kein Zettel daran, aber Rebekka ahnte, dass es Frau von Kattens Art war »Danke« zu sagen. Sie richtete die Blätter mit etwas Walnussöl und einem Dressing aus Balsamicoessig, Zucker, einem Klacks Senf und einem Schuss Weißwein an. Es schmeckte köstlich. Als Rebekka sich später bei der alten Frau bedankte, nickte die nur knapp. »Giersch, Löwenzahn, Lindenblätter und etwas Ananas-Salbei – alles frisch gepflückt!«

Rebekka starrte sie an. »Sie meinen – ich habe Blätter von einem Baum gegessen und dazu noch ein paar Dinge, die normalerweise auf einer Kuhweide wachsen?«, fragte sie und bemühte sich erfolglos, das Entsetzen in ihrer Stimme zu verbergen.

»Warum denn nicht? Um diese Jahreszeit schmecken die Kräuter besonders kräftig, sind gut für den Stoffwechsel – und offenbar hat es Ihnen ja geschmeckt, nicht wahr?« Mit diesen Worten stapfte Frau von Katten davon, um sich wieder ihren zahlreichen Beeten zu widmen, und wahrscheinlich noch mehr Bäume abzuernten, dachte Rebekka. Sie beschloss, in Zukunft vorsichtiger zu sein, wenn die alte Dame ihr noch mal eine Mahlzeit spendierte. Am Abend fuhr sie heimlich in den fünf Kilometer entfernten Supermarkt und holte sich eine Tiefkühlpizza. Die schob sie allerdings erst in den Ofen, als sie sicher sein konnte, dass Dorothea von Katten samt ihrer feinen Nase bereits tief und fest schlief.

Ihre Entdeckung des Geburtsbändchens in der Nachttischlade Frau von Kattens und die Frage, wer dieses Kind war, ließen Rebekka auch in den folgenden Tagen keine Ruhe. Ebenso wie die vielen, geschnitzten Würfel in der morschen Truhe schien das Bändchen zu den Erinnerungsstücken der alten Dame zu gehören. Sie bildeten die Mosaiksteinchen zur Geschichte einer Frau, die offensichtlich ein bewegtes Leben hinter sich hatte. Was war wohl geschehen, dass aus dem jungen Mädchen aus gutem Hause, das amerikanischen Soldaten ebenso kühn wie erfolgreich simple Holzwürfel verkaufte, eine alte Frau geworden war, die sich in einer riesigen Villa am See verschanzte und außer ihrer Haushälterin kaum einen Menschen mehr an sich heranließ? Obwohl sie es sich nicht eingestehen wollte, hatte Dorothea von Katten etwas, das Rebekka faszinierte. War es das Gefühl, dass sich hinter der rauen Schale doch noch mehr verbarg? Oder hatte die alte Dame etwas erlebt, dass sie sich in eine selbst gewählte

Einsamkeit zurückgezogen hatte, in der nur noch in seltenen Augenblicken Wärme und Freundlichkeit aufblitzten?

Rebekkas Grübeleien wurden durch das Klingeln ihres Handys unterbrochen. Seit sie die Agentur vor gut einer Woche verlassen hatte, hatte niemand mehr angerufen, und nachdem sie sich hastig gemeldet hatte, hörte sie die Stimme des jungen Anwalts. »Thomas Benning hier, ich hoffe, ich störe Sie nicht?«

»Nein, kein Problem«, erwiderte Rebekka und erwog, Frau von Kattens Enkel über die akute Kreislaufschwäche seiner Großmutter zu informieren, auch wenn die alte Dame sie dafür vierteilen würde. Doch Benning redete schon los, wobei er hastig und atemlos klang – so wie Rebekka früher in der Agentur, wenn ein Termin den nächsten jagte und jede Konversation, die nicht mit dem Job zu tun hatte, ihr wie Zeitverschwendung vorkam. »Gerade habe ich erfahren, dass Großmutter Theas Haushaltshilfe mit ihrer lädierten Bandscheibe noch eine Weile ausfallen wird. Ich weiß, dass das eigentlich nicht zu Ihren Aufgaben gehört, und es ist mir wirklich sehr unangenehm, Frau Winter. Aber da Sie sowieso schon für meine Großmutter tätig sind, könnten Sie vielleicht …?«

Rebekka ahnte, was kam, und seufzte unhörbar. Wenn sie es nicht besser wüsste, hätte sie fast vermutet, dass Richter Peißenberg Therese bezahlte – nur damit Rebekka nicht auf die Idee kam, die Füße hochzulegen.

»Kommt nicht infrage!« Dorothea von Katten, die entgegen Tayes Anweisungen bereits wieder auf den Beinen war und soeben die Treppe herunterkam, funkelte Rebekka an.

»Frau von Katten, Sie dürfen sich nicht anstrengen. Oder wollen Sie gleich wieder einen Kreislaufzusammenbruch riskieren?«

»Ich riskiere gar nichts. Aber Sie sollen nur die untere Etage sauber halten und dabei bleibt es.«

»Aber wer staubsaugt in Ihrem Wohnbereich? Und wer putzt das Bad?«

Die alte Dame kniff missbilligend die Lippen zusammen. »Ich hatte eigentlich erwartet, dass Therese nächste Woche wenigstens diese einfachen Arbeiten wieder erledigen könnte.«

Rebekka bemühte sich, langsam auszuatmen. Sie riss sich nun wirklich nicht um die Aufgabe, aber ablehnen konnte sie nicht. »Ein Bandscheibenvorfall ist etwas Schmerzhaftes und Langwieriges und erfordert absolute Schonung«, dozierte sie mit erzwungener Geduld. »Einen Staubsauger in die Hand zu nehmen, wäre für Thereses Genesung in etwa so förderlich wie ein Marathon für einen verstauchten Fuß!«

»Ich dachte, Sie wären in einer Werbeagentur beschäftigt und nicht in einer orthopädischen Praxis!«

»Der zweite Mann meiner Mutter hatte es vor fünf Jahren an der Bandscheibe. Das war kein Vergnügen, vor allem nicht für meine Mutter.«

»Aber er hat sich wieder erholt?«

»Ich nehme es an. Mama ist jedenfalls voll darin aufgegangen, ihm jeden Wunsch von den Augen abzulesen – und sie hat bis heute nicht damit aufgehört.«

»Da besteht bei Therese keine Gefahr. Ihr Mann ist ein Despot.«

»Na, dann musste sie sich für den Job hier wenigstens nicht umstellen«, rutschte es Rebekka heraus.

Frau von Katten zog die Augenbrauen hoch. »So, so. Sie glauben also, ich bin despotisch? Ich sage Ihnen etwas, Frau Winter: Ich halte einfach viel von Disziplin und Ordnung.«

»Prima, das sollte dann ja auch für Ihre privaten Räume gelten.«

»Wieso sind Sie denn plötzlich so erpicht darauf, noch mehr Pflichten zu übernehmen, junge Frau?«

»Bin ich ja gar nicht«, widersprach Rebekka, ohne nachzudenken.

Frau von Katten kniff ihre blauen Augen zusammen und nahm Rebekka scharf ins Visier. »Sagen Sie nicht, dass mein Enkel dahintersteckt!«

Rebekka seufzte und zuckte die Schultern. Die alte Dame schnaubte gereizt. »Also das ist doch …!«

»Bevor Sie ihn jetzt enterben: Er macht sich Sorgen um Sie. Er meint es nur gut!«

»Von wegen. Thomas ist ein ganz ausgekochtes Juristenschlitzohr! Wenn ich Nein sage, wird er es so auslegen, als wäre ich senil und würde zu einer dieser Personen mutieren, die allen möglichen Kram anhäufen, wie nennt man so jemand doch gleich?«

»Messie.«

»Exakt. Aber ich bin völlig klar im Kopf. Ich will einfach nur meine Ruhe.«

»Das verstehe ich ja, Frau von Katten. Trotzdem muss doch bei Ihnen ab und zu mal durchgesaugt werden. Oder wollen Sie tatsächlich selbst Putzlappen und Staubwedel schwingen?«

Die adlige alte Dame verzog das Gesicht, als hätte Rebekka ihr vorgeschlagen, ein Rudel räudiger Straßenkatzen in ihrer Villa aufzunehmen. »Natürlich nicht!«

»Na also. Daher werde entweder ich diese Aufgabe übernehmen oder Ihren Enkel anrufen, damit er Ihnen eine neue Putzhilfe besorgt – extra für Ihre Privaträume.«

»Das ist Erpressung!«

»Ich würde es als ›Vorschlag zur Güte‹ bezeichnen«, sagte Rebekka und lächelte gezwungen.

»Also gut. Zwei Mal die Woche kommen Sie nach oben zum Staubsaugen und reinigen das Badezimmer.«

»Abgemacht.« Rebekka wandte sich ab und wollte gehen, als sie an der Tür noch einmal Frau von Kattens Stimme hörte. »Dafür, dass Sie Ihren Dienst hier ziemlich widerwillig angetreten haben, geben Sie sich auf einmal erstaunliche Mühe, junge Frau.«

Rebekka drehte sich um und sah die weißhaarige Ältere an, die trotz ihres gestrigen Schwächeanfalls bereits wieder aufrecht und tadellos mit einem grauen Hosenanzug und niedrigen Pumps bekleidet im Eingangsbereich stand. Wie eine der schlanken, aber unverwüstlichen Birken nach einem Sturmwind, dachte

Rebekka und empfand unwillkürlich Bewunderung für die alte Dame, die trotz ihrer Zerbrechlichkeit so sehr darum bemüht war, keine Schwäche zu zeigen. Rebekka lächelte. »Ich halte auch viel von Disziplin, Frau von Katten. Was ich angefangen habe, bringe ich zu Ende – egal in welchem Job.« Damit drehte sie sich um und ging in die Putzkammer. Sie konnte nicht sehen, dass nun auch Dorothea von Katten lächelte.

Als Rebekka wenig später den schweren, altmodischen Staubsauger die breite Treppe in den ersten Stock hochschleppte, fragte sie sich, wie Therese, die beinahe doppelt so alt war wie sie, das drei Mal pro Woche bewerkstelligte. Oben angekommen, atmete Rebekka erst einmal tief ein und aus, ehe sie mit dem Saubermachen anfing. Frau von Katten logierte in Anbetracht ihrer finanziellen Verhältnisse erstaunlich bescheiden, und es wirkte, als hätte sie nicht viel Interesse daran, sich in der Villa zu Hause zu fühlen. Schrank, Bett sowie das zierliche Nachtkästchen, in dem Rebekka das Babyarmbändchen gefunden hatte, waren gut erhalten, aber ziemlich antiquiert. Rebekka fiel auf, dass es keine Fotos oder Gemälde gab. Die Wände waren weiß und leer wie ein unbeschriebenes Blatt Papier. Durch eine schmale Tür links gelangte man ins Badezimmer, das mit seinen schlichten, naturfarbenen Fliesen erstaunlich modern wirkte. Ein ovales Waschbecken und eine ebenerdige Dusche ließen darauf schließen, dass es vor Kurzem erst renoviert worden war. Hier würde Rebekka rasch durchgeputzt haben. Im Gegensatz zum Wohnraum, den sie durchquerte, um ins Schlafzimmer zu gelangen. Dieser Raum wirkte wohnlicher als die übrigen Zimmer. Ihn schmückte ein zierlicher Sekretär aus warm glänzendem, rötlichem Kirschholz, der einem Regal gegenüberstand, das mit Büchern vollgestellt war. Um einen niedrigen Tisch waren zwei wuchtige Sessel gruppiert, deren rissiges, cognacfarbenes Leder davon zeugte, dass in ihnen bereits mehrere Generationen ein gemütliches Sitzplätzchen gefunden hatten. Die Möbel standen auf knarrendem, wenn auch auf Hochglanz poliertem Fischgrätparkett, in dessen Mitte ein kostbarer Perserteppich prangte. Rebekkas Aufmerksamkeit wurde jedoch von dem hohen Bücherschrank angezogen. Ehe sie in der Werbung angefangen hatte – und seitdem nicht nur ihre normale Arbeitszeit, sondern auch einen Großteil ihrer Freizeit für den Job opferte –, war sie ein Bücherwurm gewesen. Schon als Kind hatte sie alles gelesen, was sie in die Finger bekam, am liebsten Abenteuerromane. Stundenlang tauchte sie in andere Welten ab und war dann nicht mehr Rebekka Winter, die mit ihren Eltern in einem Reihenhaus wohnte, durch dessen dünne Wände sie jeden Streit und jeden hässlichen Wortwechsel zwischen ihren Eltern gehört hatte. Für ein paar kostbare Stunden war sie Becky die Freibeuterin gewesen, die zusammen mit Jim Hawkins die Schatzinsel erkundete, war die Dritte im Bunde von Tom Sawyer und Huckleberry Finn oder die unerschrockene Reiterin, die Black Beauty zähmte.

Später hatte Rebekka viele Klassiker der Literatur gelesen, aber nie hatten deren Helden die wilden Piraten und mutigen Räuberhauptmänner aus ihrem Herzen verdrängen können. Nun hatte sie keine Zeit mehr für Bücher, und die Helden ihrer Jugend waren nach und nach verblasst, stattdessen las Rebekka Fachzeitschriften und Artikel über erfolgreiche Businessmenschen, die den Aufstieg geschafft hatten.

Aber jetzt, beim Anblick des hohen Bücherschranks mit seinen braunen, schwarzen und dunkelgrünen Buchrücken, kehrten die Erinnerungen zurück, und Rebekka trat näher, um sich die Titel anzusehen. Sie entdeckte die Gesamtausgabe von Karl May und zog einen der Bände heraus. Dabei bemerkte sie, dass sich zwischen den Schmökern ein längliches, in blassgelben Stoff gebundenes Buch befand. Neugierig angelte sie nach dem Exemplar und hielt gleich darauf ein altmodisches Fotoalbum in der Hand. Nachdem Rebekka sich mit einem verstohlenen Blick über die Schulter vergewissert hatte, dass außer ihr niemand da war, schlug sie es auf und sah, dass es sich um ein Fotoalbum der Familie von Katten handeln musste. Von dunklem Fotokarton umrahmt blickte ihr eine deutlich jüngere Dorothea von Katten in Schwarz-Weiß entgegen. Neben ihr erkannte Rebekka den kleinen Jungen von dem Bild in der Eingangshalle wieder. Auf dem Albumbild schien er ein paar Jahre jünger zu sein, und seine kleine Schwester war offenbar noch gar nicht auf der Welt. Neben Frau von Katten stand ein Mann, der mit seinen dunklen gewellten Haaren, die er streng zurückgekämmt trug, und dem kantigen Gesicht ohne Weiteres den Förster vom Silberwald oder eine ähnliche Rolle in einem Heimatfilm der Fünfzigerjahre hätte spielen können. Das musste Dorothea von Kattens Ehemann sein. Rebekka war beeindruckt, was für ein schöner Mann er gewesen war. Er lächelte mit ebenmäßigen Zähnen selbstsicher in die Kamera und hatte besitzergreifend den Arm um seine junge Frau gelegt.

Als Rebekka neugierig etwas weiter zurückblätterte, fand sie tatsächlich das Hochzeitsfoto der beiden. Während Frau von Katten in ihrem weißen Spitzenkleid und dem kurzen Schleier, der auf ihren hellen Haaren zu schweben schien, zart und zerbrechlich aussah, wirkte ihr künftiger Ehemann in seinem schwarzen Anzug mit Fliege und dem entschlossen vorgereckten Kinn neben ihr wie der dunkle Prinz aus dem Märchen, der gekommen war, um das verlorene Mädchen aus seinem Elfenbeinturm zu holen. Allerdings sah Dorothea von Katten nicht glücklich aus, ja, sie lächelte nicht einmal. Ihr ernster und beinahe abwesender Blick ging knapp an der Kamera vorbei, und sie wirkte auf dem Foto, als wäre sie in Gedanken ganz woanders. Woran die Braut wohl in diesem Augenblick gedacht hatte?

Plötzlich flatterte vor dem Fenster ein Eichelhäher mit schrillem Schrei aus dem Haselnussstrauch auf, und vor Schreck ließ Rebekka das Fotoalbum fallen.

»Verdammt!« Sie bückte sich, um es aufzuheben.

Eine Fotografie hatte sich gelöst und hing nun halb zwischen den Seiten hervor. Vorsichtig blätterte Rebekka das Album an dieser Stelle auf. Zu ihrer Überraschung konnte sie keine leere Stelle entdecken, an der das Bild geklebt haben musste. Alle Fotos befanden sich an ihrem Platz, nur eines, ein Schwarz-Weiß-Porträt von Dorothea von Katten, hatte sich am linken oberen Rand aus einer der mattweißen Fotoecken gelöst. Das andere, kleinere Bild lugte halb darunter hervor. Rebecca fasste mit Daumen und Zeigefinger behutsam die gezackten Ränder und zog es millimeterweise unter der Porträtaufnahme hervor. Frau von Katten würde sie teeren und federn, wenn sie entdeckte, dass Rebekka in einem ihrer Alben gestöbert und dabei eine der Aufnahmen beschädigt hatte. Rebekka warf einen prüfenden Blick auf das Bild. Zum Glück war es weder geknickt noch schmutzig geworden, obwohl es abgegriffen aussah – so, als hätte jemand es oft in der Hand gehalten oder mit sich herumgetragen. Es musste kurz nach dem Krieg entstanden sein, denn die Jahre hatten die Aufnahme mit einem Sepia-Ton überzogen und der Szenerie die Aura einer längst vergangenen Zeit verliehen. Die Schwarz-Weiß-Fotografie zeigte einen etwas altmodischen amerikanischen Jeep, der auf einer Asphaltstraße voller Löcher und Krater stand. Vor dem Militärfahrzeug posierten zwei junge Männer in Soldatenuniformen mit Abzeichen auf den Ärmeln und korrekt gebundenen Kurzkrawatten sowie den typischen »Schiffchen-Mützen« auf dem Kopf. Sie knieten lässig in der Hocke und lachten, während im Hintergrund zwei Kameraden einen Autoreifen vor sich herrollten. Einer von ihnen schnitt dem Fotografen eine Grimasse, der andere aber blickte statt in die Linse auf einen weiteren Soldaten, der sich an der Ladefläche des Jeeps zu schaffen machte. Er hatte den Kopf zur Kamera gewandt, aber er sah über die Schulter und wirkte, als hätte der Fotograf ihn überrascht, während die beiden GIs im Vordergrund selbstbewusst in die Kamera grinsten. Der Linke von beiden hatte kurze helle Haare, die unter seiner Mütze hervorlugten, und ein schmales, interessantes Gesicht. Ein gut aussehender Typ, dachte Rebekka. Ob Frau von Katten genauso gedacht hatte? Oder war sie eher dem anderen zugetan gewesen, mit den dunkleren Haaren und den etwas volleren Zügen? Sein Lächeln war offen und jungenhaft. Anscheinend hatte die alte Dame dieses Foto aufgehoben, es jedoch die ganze Zeit hinter ihrem Porträt versteckt. Rebekka drehte das Bild um. Geschwungene Tintenbuchstaben sprangen ihr ins Auge.

»For Dorothy, eternal love. Iggy«

Einige Sekunden lang stand Rebekka regungslos da. Hatte Dorothea von Katten auf ihrem Hochzeitsfoto deshalb so geistesabwesend gewirkt, weil sie an einen anderen Mann gedacht hatte? An einen, der sie liebte und den sie geliebt hatte? Und wenn ja: Warum hatte sie dann nicht ihn geheiratet? Natürlich wusste Rebekka, welchen Ruf junge Frauen damals genossen, die sich mit den Alliierten eingelassen hatten. »Soldatenliebchen« war wahrscheinlich noch die harmloseste Bezeichnung gewesen. Bestimmt hatte auch Dorothea von Katten die Konsequenzen einer solchen Beziehung gescheut und lieber einen Mann geheiratet, der den Konventionen entsprach.

Nachdenklich schob Rebekka das Foto wieder unter Frau von Kattens Porträt. Welcher von beiden Männern auf dem Foto ihr wohl diese Zeilen hinterlassen hatte – der Blonde oder der Dunkelhaarige?

Sie wurde abrupt aus ihren Gedanken gerissen, als sie unten die Tür der Eingangshalle aufgehen hörte. Gleich darauf erklangen Schritte auf der Treppe, und Rebekka stellte das Fotoalbum hastig an seinen Platz zurück und rückte die Reihe der Abenteuerromane gerade. Ihr gelang es gerade noch, das weiche Tuch zur Hand zu nehmen und vorzugeben, sie wäre voll und ganz mit dem Abstauben der dicken Wälzer beschäftigt, als Taye den Kopf zur Tür hereinsteckte. Seine helle Jeans zierten Gras- und Erdflecken, doch das weiße T-Shirt mit den kurzen Armen war so strahlend sauber, als hätte er es soeben erst angezogen.

»Ich habe Goethes Rose eingepflanzt. Möchtest du sie sehen?«, fragte er und entblößte beim Lächeln seine makellos weißen Zähne.

Mit ihren Gedanken noch in einer anderen Zeit sah Rebekka Frau von Kattens Aushilfsgärtner verwirrt an. »Goethe?«, wiederholte sie fragend.

»Ja, du weißt schon: der nicht nur Gedichte geschrieben hat, sondern auch diese Story über gefährliche Geschäfte mit dem Teufel.«

Taye grinste, und sie kam sich schlagartig ziemlich dämlich vor – wieder einmal. Er schaffte es schon wieder, dass Rebekka, sonst ein Ausbund an Schlagfertigkeit und Coolness, sich in seiner Gegenwart wie ein dummes Schulmädchen fühlte. Gereizt sah sie den jungen Gärtner an. »Ich muss hier erst meinen Pflichten nachkommen«, sagte sie etwas steif.

»Oh Verzeihung, Mylady. Vielleicht später«, sagte Taye und verschwand ebenso rasch, wie er gekommen war. Rebekka schüttelte das Wischtuch hinter ihm her, als könnte sie ihn damit genauso verschwinden lassen wie die dünne Staubschicht auf den Bücherregalen. Doch sein spöttisches Lächeln verfolgte sie noch, nachdem sie alles abgestaubt und endlich die Tür des Salons hinter sich zugezogen hatte.

Eigentlich war Rebekka neugierig auf die schwarze Rose, die angeblich bereits die Zierde im Garten des Dichterfürsten gewesen war, doch es widerstrebte ihr, Taye diesen Triumph zu gönnen.

Also ließ sie die wilde Blumenpracht links liegen, als sie aus dem Herrenhaus trat, und ging stattdessen mit stur geradeaus gerichtetem Blick zu ihrem kleinen Kutscherhäuschen. »Wer bist du – eine Hauptfigur bei Jane Austen? *Stolz und Vorurteil* lässt grüßen!«, spottete eine kleine Stimme in ihrem Kopf, doch Rebekka brachte sie zum Schweigen, indem sie sich an den Küchentisch setzte und ihr Smartphone einschaltete, das sie mit einem melodischen Gong begrüßte. Gleich fühlte sie sich besser, so als hätte dieses viereckige Gerät die Verbindung zwischen ihr und der echten Welt wiederhergestellt. »Ich muss mich schließlich auf dem Laufenden halten«, sagte sie zu Beo Lingen gewandt, der sie aus seinem Käfig heraus interessiert beäugte.

»*Money, Money, Money – must be funny in a rich man's world*«, tönte es zurück. Diese Zeilen hatte der Vogel garantiert nicht von Rebekkas Großmutter, sondern wohl von Isa, die ein glühender ABBA-Fan war – etwas, das Rebekka absolut nicht nachvollziehen konnte. Daher hatte Isa die Songs beim Putzen nur spielen dürfen, wenn Rebekka in der Agentur gewesen war.

»Noch eine Zeile und du kannst im Holzschuppen weitersingen«, drohte sie dem Beo scherzhaft. Der schlug mit den Flügeln und hüpfte nah an das Käfiggitter, damit Rebekka ihn kraulen konnte, was sie ausgiebig tat, ehe sie sich wieder ihrem Smartphone widmete.

Zu ihrer Überraschung hatte sie zwei Mails von ihrer Agentur bekommen. Einmal eine mit der Betreffzeile »Priorität!« samt einem PDF-Dokument im Anhang. Die zweite war Post von Moneypenny, ohne Betreff. Rebekka klickte zunächst auf die Agenturmeldung. »Sie haben Priorität«, stand im Text. Nichts weiter, doch Rebekkas Herz schlug schneller. Bei *Circumlucens* dachte man also noch an sie. Wie eine der Blumen in Frau von Kattens Garten blühte Rebekkas Hoffnung auf, van Doorn senior hätte erkannt, dass sie unverzichtbar war und er nun alles dafür tun würde, sie früher als geplant zurückzubekommen. Genüsslich malte Rebekka sich aus, wie ihr Chef zusammen mit ihrem Rechtsanwalt vor Gericht eine Verkürzung der gemeinnützigen Arbeit durchsetzen und ihr damit eine schnelle Rückkehr in ihren Job ermöglichen würde. Aber warum war der Text der Mail so knapp gehalten? Rebekka war verwirrt, dann aber begann sie zu lächeln. Natürlich, *Circumlucens* war eine Kreativagentur. Wahrscheinlich stand das eigentliche Anliegen im Anhang – eine Methode van Doorns, sich besonders originell vorzukommen. Sollte er, solange Rebekka davon profitierte. Hastig klickte sie auf das PDF. Das Dokument öffnete sich, und Sebastians selbstsicheres Grinsen sprang ihr förmlich von dem Smartphone-Display entgegen. Vor Schreck fuhr Rebekka abrupt von ihrem Stuhl hoch, der daraufhin polternd umfiel.

»*Diebe, Räuber, Mörder*«, plärrte Beo Lingen begeistert. Anders als andere Haustiere liebte er Krach und versuchte regelmäßig, diesen zu übertönen.

»Halt die Klappe, Beo!«, fauchte Rebekka, ehe sie tief durchatmete und den Stuhl wieder an seinen Platz stellte. »Sorry«, murmelte sie an den Vogel gewandt und strich ihm kurz durch die Gitterstäbe über den Kopf. Erneut riskierte sie einen Blick auf ihr Smartphone. Erst jetzt sah sie die fetten Buchstaben, die oberhalb von Sebastians Konterfei prangten: »Priorität – der neue Agenturnewsletter. Neuigkeiten, Neuzugänge, Neuerungen«.

Rebekka hätte sich am liebsten geohrfeigt, weil sie so dumm gewesen war zu glauben, sie wäre tatsächlich persönlich mit der albernen Betreffzeile »*Sie haben Priorität*« gemeint gewesen. Eigentlich hätte sie ihren Boss und dessen missratenen Junior besser kennen sollen. Eher würden die beiden sich identische Tattoos auf den Allerwertesten stechen lassen, als zuzugeben, dass sie eine gute Arbeitskraft vermissten – vor allem, wenn es eine Frau war. Bei Sebastian sah die Sache offenbar anders aus, denn der Newsletter widmete dem »Neuzugang des Monats« ganze zwei Seiten. Nach den ersten vier Sätzen hörte Rebekka auf zu lesen. Sie versuchte sich einzureden, das Display wäre zu klein, doch in Wirklichkeit schmerzte sie jedes Wort des Textes: In wenigen Zeilen hatte ihr Exfreund von der Agentur bereits mehr Lob bekommen als sie in all den Jahren. Mit einem wütenden Wischen ihres Zeigefingers über den Handybildschirm schloss Rebekka die Mail und löschte sie danach komplett. Vor Wut zitterten ihre Finger und daher kam sie mehr aus Versehen auf Moneypennys Mail, die prompt aufploppte.

»*Liebes Kind,*

am besten lesen Sie diesen unsäglichen Newsletter gar nicht erst. Und falls Sie es doch tun, glauben Sie nur die Hälfte von dem, was drinsteht. Ich hoffe, Sie schlagen sich wacker. Alles Gute!«

Unwillkürlich musste Rebekka lächeln, auch wenn die Buchstaben vor ihren Augen verschwammen. Moneypenny war wirklich ein Schatz. Sie hatte genau gewusst, wie sehr sie die Zeilen über Sebastian verletzen mussten. Trotzdem waren ihre Worte kein Trost. Rebekka vermisste ihre Arbeit, aber keiner vermisste sie. Die Erkenntnis traf sie wie ein Vorschlaghammer. All die durchgearbeiteten Nächte, die Anstrengung und ihr verzweifeltes Bemühen, immer noch ein bisschen besser zu werden als beim letzten Mal – es interessierte niemanden. Sie hatte für ihren Job Freundschaften vernachlässigt, ihre Beziehung war in die Brüche gegangen – und wofür? Damit ihr Ex jetzt die Lorbeeren einstrich, die eigentlich ihr zustanden? In einer Aufwallung von blindem Zorn fegte Rebekka ihr Smartphone vom Tisch. Eine liegen gebliebene Papierserviette und ein Messer segelten gleich mit zu Boden. Vergnügt schlug Beo Lingen mit den Flügeln. Zum Glück besaß das Handy eine Schutzhülle, sodass es nicht kaputtging, obwohl das Rebekka in diesem Augenblick sogar recht gewesen wäre. Kurz überlegte sie tatsächlich, ob sie nachtreten sollte, um der vermaledeiten Mail endgültig den Garaus zu machen, aber dann kam sie sich kindisch und dumm vor. Wen, außer sich selbst würde sie mit ihrem kaputten Smartphone bestrafen?

Mit einem Mal fühlte sie sich völlig ausgebrannt, als hätte sie schlagartig jede Kraft verlassen. Mit steifen Bewegungen hob sie den umgefallenen Küchenstuhl auf und ließ sich erschöpft daraufsinken. Minutenlang hockte sie wie betäubt da und starrte vor sich hin, ohne etwas zu fühlen. Sogar der Beo war mucksmäuschenstill. Als Rebekka hochblickte, bemerkte sie, dass der Vogel sie jetzt ängstlich beäugte und dabei unbehaglich von einem Krallenfuß auf den anderen trat. »Mach dir keine Sorgen, ich bin okay«, seufzte Rebekka, aber das war eine faustdicke Lüge. Um ihr Haustier nicht noch mehr zu beunruhigen, schnitt sie ihm eine Apfelhälfte klein, was Lingen liebte. Während der Beo sich auf die Leckerei stürzte, ging sie zur offen stehenden Terrassentür hinaus und dachte darüber nach, wie sie es jemals schaffen sollte, wieder in der Agentur aufzutauchen und ihre Arbeit zu machen. Würde sie wirklich so tun können, als ob nichts gewesen wäre, als hätte sie die verletzenden Bemerkungen ihrer Vorgesetzten auf der Toilette nicht gehört? Wie würde es sein, in Zukunft immer zu wissen, dass Sebastian die Nase vorn haben würde, egal wie sehr sie sich anstrengte?

Vor lauter Grübeln merkte Rebekka gar nicht, dass ihre Schritte sie immer weiter trugen – bis sie vor einem blühenden Beet stand. Erst jetzt registrierte sie, dass sie mitten in Frau von Kattens weitläufigem Garten stand. Wie aus einem bösen Traum erwacht, blickte sie sich um, ausgelaugt von Zorn und Enttäuschung und zu keinem klaren Gedanken fähig. Sie fühlte sich so verletzlich, als hätte man ihr die schützende Haut abgezogen. Doch genau deshalb nahm Rebekka zum ersten Mal den Garten in seiner verschwenderischen Fülle nicht nur mit den Augen, sondern auch mit dem Herzen wahr.

Kein Maler hätte mit seinem Farbkasten schönere Nuancen hervorbringen können als die Natur. Das funkelnde Rot der Anemonen stand neben einer aufrecht wachsenden Pflanze, an deren dickem Stängel zahlreiche Blüten wie Glocken herabhingen, die in einem tiefen Indigoblau glühten. Rebekka hatte keine Ahnung, wie diese Blume hieß, aber sie war auf ihre Art ebenso wunderschön wie all die anderen Pflanzen in Dorothea von Kattens Reich. Langsam wanderte Rebekka weiter. Der Garten erstreckte sich terrassenförmig nach unten und war geschickt durch kleine Hecken und kugelig geschnittene Buchsbäume unterteilt. Rebekka umrundete eine der Hecken und stand auf einmal vor einem hellblau gestrichenen Bauwagen. Ein wackliger Tisch mit einer leeren Tasse darauf sowie zwei weiß gestrichene Korbstühle standen davor und schufen eine heimelige Atmosphäre. Ob der Bauwagen eine Art Sommerzimmer für Frau von Katten war? Auch um das Gefährt herum grünte und blühte es. Etwas, das an eine Pusteblume erinnerte, reckte seine weißgelben Köpfchen der Sonne entgegen, und über all dem lag erneut der zarte Duft, der Rebekka schon bei ihrer Ankunft aufgefallen war. Plötzlich überkam sie ein Gefühl des Friedens, etwas, das sie seit Jahren nicht mehr gespürt hatte. Behutsam strich sie mit einem Finger über die Blütenblätter der Pflanze, die im einfallenden Sonnenlicht wie eine Kugellampe leuchtete.

»Gelbe Wiesenraute«, hörte sie eine Stimme hinter sich. Rebekka zuckte zusammen und drehte sich um. Taye war lautlos herangetreten und musterte für den

Bruchteil einer Sekunde Rebekkas Gesicht. Ihre Augen waren gerötet, und die Locken auf ihrem Kopf standen wild nach allen Seiten ab. Sie sah sehr jung und sehr verletzlich aus, doch Taye war taktvoll genug, nichts zu sagen. Stattdessen deutete er auf die rundköpfige Blume. »Sie duftet, hast du das schon bemerkt?«

Rebekka schüttelte verlegen den Kopf und senkte die Nase in die winzigen Dolden, um den jungen Gärtner nicht anblicken zu müssen. »Benutzt Frau von Katten den Bauwagen ab und zu?«, lenkte sie ab.

Taye lächelte. »*Ich* nutze ihn. Ich wohne den Sommer über darin, während ich Frau von K. im Garten helfe. Jeden Abend ins Studentenwohnheim zu fahren, ist mir zu umständlich. Also bin ich hier vorübergehend eingezogen.«

Rebekka nickte nur schweigend, obwohl sie sich fragte, wieso die alte Dame dem jungen Mann kein Zimmer in ihrer Villa angeboten hatte – Platz genug wäre schließlich. Aber vielleicht war sie zu misstrauisch oder bereits zu eigenbrötlerisch geworden, um jemanden in ihrer Nähe zu dulden. Schließlich wohnte Rebekka ja auch im Kutscherhäuschen, was ihr allerdings ganz recht war. Als sie aufblickte, hatte Taye sich zum Gehen gewandt. »Möchtest du jetzt vielleicht die schwarze Rose sehen?«, fragte er beiläufig über die Schulter.

Am liebsten wäre Rebekka zurück in ihr winziges Häuschen geflüchtet, aber weil sie fürchtete, Taye würde ihre ständigen Absagen langsam persönlich nehmen und sie mit seiner direkten Art deswegen in die Mangel nehmen, nickte sie. Schließlich hatte sie ohnehin nichts zu tun. »Warum nicht?«

Taye schenkte ihr ein strahlendes Lächeln. »Wow! ›Warum nicht‹ – das klingt bei dir schon fast nach Euphorie!« Damit wandte er sich um und lief leichtfüßig voraus. Daher konnte er auch nicht sehen, dass Rebekka ihm hinter seinem Rücken kurz die Zunge herausstreckte. Gleich darauf kam sie sich unsagbar albern vor und folgte ihm daher mit damenhafter Langsamkeit. Taye bog um eine Hecke und schlug einen schmalen, versteckten Pfad ein, der an den westlichen Rand des riesigen Gartens führte.

»Hier. Ist sie nicht prachtvoll?« Taye war vor einem Staudenbeet stehen geblieben und deutete auf eine Blume, deren Blütenblätter tatsächlich denselben mattschwarzen Ton besaßen wie Beo Lingens Gefieder. Allein der Kelch, in dem die Dolde saß, bildete mit seinem cremeweißen Stern einen auffallenden Kontrast. Die Rose, die zu Rebekkas Überraschung einen langen Stängel ohne Dornen besaß, war schön und beängstigend zugleich. Sie wirkte in ihrem Dunkelsein in gewisser Weise der Welt entrückt.

»Woran denkst du?«, fragte Taye leise. Als sie ihm etwas verlegen ihren Eindruck schilderte, erwartete sie einen seiner üblichen Scherze, doch er nickte nur. »Du hast recht. Aber sieh mal«, er nahm den Blütenstängel behutsam zwischen Daumen und Zeigefinger und neigte ihn etwas nach rechts, sodass das Sonnenlicht nun direkt auf die Blume fiel.

»Oh«, brachte Rebekka nur heraus, denn nun schimmerten die Blütenblätter dort, wo sich die Sonnenstrahlen brachen, in einem tiefen Violett mit blutroten Reflexen. Verzaubert betrachtete sie die Rose, und Taye betrachtete Rebekka.

Ohne sich dessen bewusst zu sein, hatten ihre Gesichtszüge jegliche Strenge verloren, und der angespannte Zug um den Mund war verschwunden. Doch nur für ein paar Sekunden, denn als Rebekka Tayes Blick bemerkte, blickte sie ertappt und trat einen Schritt beiseite. »Tja, der olle Goethe hat diese schwarze Rose wahrscheinlich in seinem Garten gepflanzt, nachdem er Charlotte von Stein den Laufpass gegeben hat«, sagte sie. Ihr Tonfall war spöttisch, als wolle sie mit Gewalt eine Distanz zu der träumerischen Rebekka von gerade eben schaffen.

»Nein. Goethe pflanzte sie, nachdem Christiane Vulpius gestorben war. Die nachtschwarze Blume sollte ihn immer daran erinnern, was er Schönes verloren hatte«, sagte Taye und sah Rebekka in die Augen.

Die senkte den Blick, weil sie sich nicht eingestehen wollte, dass seine Worte sie berührten. »Weiß Frau von Katten das auch?«

Taye nickte. »Sie war es, die es mir erzählt hat.«

»Und warum pflanzt sie dann so eine Rose in ihren Garten? Das ist doch ziemlich traurig«, meinte Rebekka.

»Vielleicht hat sie auch etwas verloren, das sie nicht vergessen kann«, erwiderte der Aushilfsgärtner, aber ehe

Rebekka ihn fragen konnte, ob er mehr wusste, wechselte Tayes Tonfall. »Möchtest du mir im Garten helfen oder bist du dir zu fein dafür?«

Eigentlich hatte Rebekka keine Lust, aber sie wollte auf keinen Fall die elitäre Großstadtzicke spielen, die sich die Hände nicht schmutzig machen wollte. »Natürlich bin ich mir nicht zu fein! Ich habe Frau von Katten schon mal im Garten assistiert, aber ...«

»Prima, dann hast du ja Erfahrung und kannst mit mir ein paar Blumenzwiebeln setzen.«

»Was, jetzt im August? Ich habe zwar keine Ahnung, aber macht man das normalerweise nicht erst im Herbst?«

Taye lächelte. »Es gibt besonders empfindliche Zwiebelblumen, die man extra spät im Sommer pflanzt. Frau von K. wünscht sich Kaiserkrone, Steppenkerze und Madonnenlilie in ihrem Garten.«

»Aha«, nickte Rebekka, aber in Wahrheit konnte sie sich nicht einmal ansatzweise vorstellen, was sich hinter diesen Blumennamen verbarg. Taye schien das zu ahnen, denn er grinste. »Warte ab, bis sie blühen, du wirst staunen!«

»Bis dahin bin ich längst weg«, gab Rebekka zurück, und es klang barscher als beabsichtigt.

Taye zog eine Augenbraue hoch. »Schade. Die Madonnenlilie hätte dir gefallen. Weiß wie Wachs und von kühler Schönheit. Hilfst du mir trotzdem?«

Weil sie nicht wusste, was sie von seiner etwas kryptischen Bemerkung über die Lilie halten sollte, nickte Rebekka erneut. Allmählich kam sie sich vor wie einer dieser Wackeldackel, die früher die Hutablagen der Autos geziert hatten. Ihre Großmutter hatte so ein Ding besessen, und Rebekka war beim Autofahren von der stetigen Kopfbewegung dieses Plastikviehs jedes Mal übel geworden, wenn sie auf dem Rücksitz saß und den Dackel im Blick gehabt hatte.

»Vermisst du eigentlich deinen Job?«, wollte Taye wissen, als Rebekka in gebührendem Abstand zu ihm vor dem langen Beet im hinteren Teil des Gartens kniete und sich erklären ließ, wie tief sie die Blumenzwiebeln eingraben sollte. Zu diesem Zweck hatte Taye ihr einen kleinen Handspaten mit spitz zulaufendem Blatt in die Hand gedrückt. Trotzdem waren Rebekkas Hände innerhalb kürzester Zeit dreckverschmiert. Aber die einfache Arbeit und das Gefühl der warmen, krümeligen Erde zwischen den Fingern gaben ihr wie beim letzten Mal mit Frau von Katten das eigenartige Gefühl von nie gekannter Zufriedenheit. Rebekka bejahte Tayes Frage. Ihre Arbeit fehlte ihr, wenngleich sie mit zwei unangenehmen Chefs und enormem Stress einherging, doch das verschwieg sie dem jungen Gärtner.

»Ich mag meinen Job als Strategin. Er ist immer wieder eine Herausforderung – und gibt mir jeden Tag die Möglichkeit, mich zu beweisen«, erklärte sie, als Taye fragte, was sie in der Agentur eigentlich machte.

»Dich beweisen? Das hört sich fast an, als würde dein Boss dir nichts zutrauen.«

Rebekka zuckte zusammen. Taye hatte ohne es zu

wissen einen wunden Punkt berührt. »So war das nicht gemeint«, gab sie etwas spitz zurück.

Er sah sie fragend an. »Wie dann?«

»Es passiert jeden Tag etwas Neues. Ich langweile mich nie«, antwortete Rebekka und merkte zugleich, dass sie wie ein von ihr selbst entworfenes Werbeprospekt klang. Doch sie würde den Teufel tun und Taye die Wahrheit erzählen. Es reichte, wenn sie Frau von Katten gegenüber schwach geworden war. Der junge Gärtner nickte jedoch nur und fragte nicht weiter.

»Und du? Was studierst du eigentlich?«, fragte sie hastig, um von sich abzulenken.

»Zurzeit die Beete hinter dem Haus. Frau von K. möchte im Herbst die schönsten Astern und Dahlien in der ganzen Umgebung haben.«

Rebekka verdrehte innerlich die Augen. Taye schien heute Morgen einen Clown gefrühstückt zu haben. Er bemerkte ihre Miene und lächelte. »O.k., ich bin Medizinstudent und möchte mich später einmal auf Herzchirurgie spezialisieren. Eigentlich studiere ich an der Universität Stellenbosch, wobei die Fakultät für Medizin etwas außerhalb in Tygerberg liegt, aber ich habe die Gelegenheit bekommen, ein Auslandssemester in Deutschland zu absolvieren. Danach beginnt mein Praxisjahr im Groote Schuur Hospital in Kapstadt. Dort wurde übrigens die weltweit erste Herztransplantation durchgeführt.«

»Oh«, brachte Rebekka nur heraus. Sie hätte bei Taye alles erwartet, von Geologie bis zu Landschaftsarchitektur, nur nicht Medizin. »Warum nichts mit Pflanzen, wenn du dich schon so gut damit auskennst?«, wollte sie wissen.

Taye lächelte. »Blumen sind mein Hobby. Ihre Schönheit hilft mir, all das Hässliche zu vergessen, das ich im Studium oft zu Gesicht bekomme. Und es ist gut, mal wieder etwas in die Erde zu setzen, nachdem man wochenlang nur Wunden genäht hat.«

Unwillkürlich blickte Rebekka auf seine Hände mit den langen, feingliedrigen Fingern und bemerkte zum ersten Mal, wie schmal aber kräftig sie waren. Als sie hochsah, begegnete sie Tayes Blick und wurde gegen ihren Willen rot. »Das ist toll, ich meine, ich kann kein Blut sehen und deswegen käme so etwas für mich nicht infrage. Aber ich finde das total bewundernswert, Chirurgie überhaupt, und dass du dich später noch spezialisieren willst – und dann noch auf so ein hochkompliziertes Organ …«, stotterte sie, weil sie Tayes Augen, die so verteufelt ruhig waren, aus dem Konzept brachten. Woher nahm er eigentlich in seinem Alter schon diese innere Sicherheit?

»Ja, das Herz ist ein komplexes Ding«, sagte er jetzt und lächelte. »Es hält uns am Leben und weiß meist noch vor dem Verstand, ob wir jemanden lieben oder Angst vor etwas haben. Die Ärzte können inzwischen ein Herz wieder zum Schlagen bringen und es sogar in einen anderen Körper verpflanzen. Nur wenn es aus Liebe bricht, kann kein Mediziner helfen. Eigentlich merkwürdig, nicht wahr?«

Rebekka nickte nachdenklich. Nach Sebastians Auszug war sie morgens oft mit einem Stechen in der Brust aufgewacht, das sich angefühlt hatte, als würde jemand in ihrem Inneren langsam und mit Bedacht eine Messerklinge umdrehen. Mit der Zeit war der scharfe Schmerz zu einem dumpfen Pochen geworden, das sich immer seltener meldete. Erstaunt stellte Rebekka fest, dass sie seit Tagen nicht mehr an Sebastian gedacht hatte – bis sie den verflixten Newsletter ihrer Agentur angeklickt und sein Konterfei samt des Lobliedes auf ihn entdeckt hatte. Aber das, was ihren rasenden Herzschlag ausgelöst hatte, war kein Liebeskummer mehr, sondern Wut: auf Sebastians unsägliche Arroganz und auf ihre Chefs, die das auch noch befeuerten.

»Vorsicht, du darfst die Blumenzwiebel nicht mit Gewalt in die Erde drücken. Wir wollen sie doch zum Blühen bringen und nicht umbringen«, unterbrach Taye ihre Gedanken.

»Entschuldigung«, murmelte Rebekka, wobei ihr selbst nicht klar war, ob ihre Worte an Taye oder die Zwiebel gerichtet waren, und bettete die unscheinbare braune Knolle behutsam in die ausgehobene Mulde.

»Pflanzen merken, wenn man ihnen wohlgesonnen ist«, sagte Taye, und Rebekka musste über seine altmodische Ausdrucksweise lächeln. »Hey, I mean it«, lachte er zurück. »Das hat man sogar wissenschaftlich nachgewiesen!«

Rebekka schüttelte den Kopf. »Ich dachte immer, das wäre nur eine erfundene Story.«

»Nein, es ist wahr. Und ich glaube fest daran. Wieso auch nicht? Eine Pflanze wächst und stirbt. Sie ist also lebendig. Und alle Lebewesen können Schmerz und Freude empfinden. Vielleicht nicht so wie wir, aber dennoch.« Taye tätschelte kurz die nächste Blumenzwiebel, bevor er sie mit Erde bedeckte. Eine Geste, über die Rebekka schmunzeln musste.

»Du interessierst dich also beruflich fürs menschliche Herz und in der Freizeit für die Seele der Pflanzen«, zog sie ihn auf. Taye lächelte. »Nicht nur für die der Pflanzen. Ich interessiere mich überhaupt für Menschen. Im Allgemeinen und – im Besonderen«, fügte er hinzu und sah Rebekka erneut direkt in die Augen.

Ehe sie noch Zeit hatte zu überlegen, ob sein letzter Satz auf sie gemünzt und vor allem ernst gemeint war, ließ eine krächzende Stimme sie erschrocken hochfahren. »*Das ist die Liebe der Matrooosen*«, sang es über ihrem Kopf, und als Rebekka aufblickte, sah sie zu ihrem Schrecken Beo Lingen, der fröhlich auf dem Ast eines Obstbaumes über dem Asternbeet wippte.

»Was ist das denn?«, fragte Taye amüsiert, während er zu dem ungezogenen Federvieh hinaufsah. Interessiert blickte der Beo zurück und stieß einen anerkennenden Pfiff aus.

Doch Rebekka war nicht in Stimmung, die beiden einander vorzustellen. »Du kleines Mistvieh, wie bist du schon wieder aus deinem Käfig rausgekommen?«, rief Rebekka zu dem Vogel hoch.

Taye lachte. »Vielleicht hat einer seiner Freunde eine Feile in das Paket mit dem Vogelfutter geschmuggelt?«

Doch Rebekka war nicht nach Scherzen zumute. »Er hat mit dem Schnabel die Käfigtür geknackt«, sagte sie kurz angebunden und raufte sich die Locken. »Ich muss ihn einfangen, ehe er Gott weiß wohin fliegt! Er kennt sich doch hier nicht aus.«

Vorsichtig, um den Vogel nicht zu erschrecken, stand sie auf und machte zwei langsame Schritte, bis sie direkt unter dem Baum stand, in dem ihr Haustier hockte. »Komm, mein Kleiner, sei brav«, schmeichelte sie und streckte ihre Hand aus – einladend, wie sie hoffte. Doch Beo Lingen dachte gar nicht daran, seinen Platz zu verlassen. Vergnügt trippelte er auf dem Ast hin und her und beäugte Rebekkas Bemühungen, ihn zu locken. Es schien, als würde er das Spektakel genießen, doch er tat den Teufel, seine Freiheit aufzugeben. Rebekka beschwor, schmeichelte und drohte ihm zum Schluss mit einem unrühmlichen Ende im Kochtopf – vergeblich. Da trat auf einmal Taye an ihre Seite und stieß einen melodischen Pfiff aus. Der Beo hob ruckartig den Kopf und nahm den jungen Mann erneut ins Visier.

»Komm schon, Junge«, rief Taye und hob den Arm. Nach kurzem Zögern segelte der Beo herab und ließ sich darauf nieder. Er senkte den Kopf und ließ sich unter leisem Glucksen von Taye kraulen.

Rebekka war empört. Sie hatte sich alle Mühe gegeben, um den ungezogenen Vogel dazu zu bringen, vom Baum herunterzufliegen, und zu wem kam er? »Also, so etwas habe ich noch nicht erlebt«, presste sie hervor. »Normalerweise ist er zu Fremden nicht so zutraulich! Aber dich scheint er zu mögen.«

»Kein Wunder«, sagte Taye grinsend, »wir sind beide schwarz!«

Ehe Rebekka eine Antwort einfiel, sah sie Frau von Katten auf sich zukommen. Sie trug Gummistiefel, und ihre Fingernägel zierten verdächtig schwarze Ränder. Sie hatte sich also allen Anordnungen Tayes widersetzt und im vorderen Teil ihres Gartens gearbeitet, statt sich auszuruhen. Rebekka bemerkte, wie Taye die Stirn runzelte und die alte Dame das Kinn reckte. »Ständiges Liegen ist für den Kreislauf schädlich, junger Mann. Das sollten Sie eigentlich am besten wissen«, blaffte sie ihn an, aber das Funkeln in ihren blauen Augen verriet, dass ihre Schroffheit nur gespielt war. In diesem Augenblick entdeckte sie den Beo, der immer noch auf Tayes Unterarm hockte und Dorothea von Katten mit schief gelegtem Kopf anblickte. »Frau Winter, was macht denn der Vogel hier draußen? Ist er in seinem Käfig nicht besser aufgehoben?«

Rebekka rollte die Augen. »Sagen Sie ihm das mal.«

»Vielleicht war ihm langweilig. Sie sollten sich etwas mehr mit ihm beschäftigen.«

Schweigend pflückte Rebekka den Ausbrecher von Tayes Arm, wobei sie seinen zarten Vogelkörper mit der einen Hand sanft umfasste, damit er nicht noch einmal ausbüxen konnte, was Beo Lingen mit einem protestierenden Laut kommentierte.

»Singt er jetzt *Nabucco* – du weißt schon, den Gefangenenchor?«, fragte Taye grinsend, als Rebekka sich abwandte, um den Ausreißer wieder in seine Voliere zu verfrachten.

Rebekka verzichtete auf eine Antwort und marschierte mitsamt ihrem renitenten Federvieh in das kleine Kutscherhäuschen, ohne einen Blick zurückzuwerfen.

Daher bekam sie nicht mit, dass Taye ihr nachblickte.

Im Gegensatz zu Dorothea von Katten, die ihn aufmerksam musterte, wie Taye feststellte, nachdem Rebekka verschwunden war. »Sie mögen sie, nicht wahr?« Es war weniger eine Frage als eine Feststellung. Der junge Aushilfsgärtner zuckte die Schultern. »Ich finde sie interessant, so wie alle Menschen, die ihre Seele hinter einem Panzer aus Ironie oder Strenge verbergen. Deswegen bin ich ja auch bei Ihnen geblieben, Frau von K.«

Sie drohte ihm scherzhaft mit dem Finger. »Nur nicht frech werden, sonst suche ich mir einen anderen Gärtner.«

Taye lachte. »Ein anderer hält es mit Ihnen doch gar nicht aus!«

»Da könnten Sie ausnahmsweise einmal recht haben, junger Mann. Ich fürchte, ich brauche Sie.«

Taye wurde ernst. »Und ich brauche Sie, Frau von K.«

»Schwindler. Sie werden im Herbst wieder in Ihre Heimat zurückkehren und mich alte Schachtel bald vergessen haben«, sagte die alte Dame, aber man sah ihr an, dass sie sich über Tayes Worte freute.

Sie konnte nicht ahnen, dass Taye die Wahrheit gesagt hatte. Er brauchte diesen Job bei ihr. Auch wenn sie den Grund dafür nicht kannte. Denn das würde vorerst sein Geheimnis bleiben.

8

Mimose (Mimosa)

Rebekka, die sich auf den Schreck über den entflogenen Beo Lingen erst einmal mithilfe der »Seihkanne« einen starken Mokka gebrüht hatte, gab gerade einen Schuss heiße Milch sowie zwei Löffel Zucker in ihre Tasse, als es an die Haustür klopfte. »Es ist offen«, rief sie, ohne den Blick zu heben. Sie rechnete mit Taye und dass er ihr entweder einen Auftrag der alten Dame übermitteln oder wieder einmal einen spöttischen Spruch parat haben würde, doch die Silhouette, die sich im Türrahmen abzeichnete, gehörte zum Enkel Frau von Kattens. Thomas Benning musterte Rebekka überrascht, und ihr wurde bewusst, dass sie mit ihren schmutzigen Turnschuhen, den alten Jeans, dem zerzausten Haar und den Fingernägeln, unter denen immer noch schwarze Erde klebte, wahrscheinlich aussah, wie frisch dem Komposthaufen entstiegen. Falls es so war, ließ der Anwalt sich jedoch nichts anmerken. Wahrscheinlich war es ihm in Fleisch und Blut übergegangen, seltsame Aufzüge bei Gerichtsprozessen oder exzentrische Klienten zu ignorieren, dachte Rebekka. Sie konnte nicht ahnen, dass Thomas Benning sich bei ihrem Anblick an ein wildes Räubermädchen erinnert fühlte, dessen Geschichte er als Kind geradezu verschlungen hatte. Jetzt räusperte er sich verlegen und trat unsicher zwei Schritte in die schmale Küche des kleinen Kutscherhäuschens. »Hallo Frau Winter, ich wollte nur mal vorbeischauen.«

»Zwei Mal innerhalb weniger Tage! Wollen Sie mir etwa meinen Sozialjob hier streitig machen?«, scherzte Rebekka.

»Ich hatte einen Termin in der Nähe und wollte mich nur erkundigen, wie Sie inzwischen mit meiner Großmutter zurechtkommen. Beim letzten Mal, als ich hier war, gab es ja kleinere Spannungen wegen dieser alten Truhe mit den Würfeln ...«

»Ach, das ist längst vergessen«, beschwichtigte ihn Rebekka und überlegte kurz, ob sie ihm doch von dem Kreislaufproblem seiner Großmutter berichten sollte. Dann aber schwieg sie, denn Frau von Katten würde bestimmt nicht wollen, dass ihr Enkel sich Sorgen machte. Zudem war die alte Dame wieder fit, warum also die Pferde scheu machen.

Thomas Benning stand etwas unbeholfen in ihrer Küche, und sie fragte sich, warum er nicht ging, um nach seiner Großmutter zu sehen. Doch dann fiel ihr ein, dass sein Besuch in ihrem Kutscherhäuschen *die* Gelegenheit war, vielleicht etwas mehr über Frau von Kattens Vergangenheit herauszufinden.

»Ich habe gerade frischen Kaffee gemacht. Möchten Sie eine Tasse?«, fragte Rebekka und deutete einladend auf die dampfende Kanne.

Benning strahlte. »Gerne!«

»*Betteln und Hausieren verboten*«, schnarrte Beo Lingen aus seinem Käfig, und der Anwalt zuckte zusammen. Offenbar hatte er die Voliere mit dem schwarzen Vogel bisher nicht wahrgenommen.

»Kümmern Sie sich nicht um ihn, er plappert immer noch nach, was meine Oma ihm vor Jahren beigebracht hat«, beruhigte ihn Rebekka.

»Das ist ja ein possierliches Haustier, das Sie da haben«, lobte Benning verkrampft und schielte zu dem Beo, der ihn mit vorgerecktem Hals angriffslustig musterte. Eigenartig, dass er auf Benning völlig anders reagierte als auf Taye, dachte Rebekka flüchtig. Aber wer konnte schon wissen, was in seinem Vogelhirn vor sich ging.

Sie servierte ihrem Besucher den Kaffee, ehe sie sich mit ihrer Tasse ihm gegenüber an den Tisch setzte. »Ihre Großmutter ist eine erstaunliche Frau«, begann Rebekka das Gespräch und trank den ersten Schluck.

Bennings Gesicht bekam einen wachsamen Ausdruck. »Was hat Großmutter Thea jetzt wieder angestellt?«

»Nein, so meinte ich das nicht. Ich finde es wirklich bewundernswert, wie sie in dem großen Haus zurechtkommt – so ganz alleine. Ich habe beim Abstauben Fotos auf der Kommode in der Eingangshalle gesehen, die sie und ihre beiden Kinder zeigen. Damals war bestimmt viel Leben im Haus, oder?«

Benning nahm einen Schluck Kaffee. »Oh ja, mein Großvater war ein geselliger Mann. Und da er nach dem Krieg in der Politik aktiv war, hatten er und meine Großmutter oft Gäste und richteten mehrere Feste im Jahr aus.«

»Und ihre Kinder? Auf dem Foto habe ich einen Jungen und ein Mädchen gesehen ...«

»Die Kleine ist meine Mutter. Großmutters ältester Sohn Ernst ist leider vor ein paar Jahren verstorben. Schlaganfall mit Mitte fünfzig. Er starb noch vor seinem Vater. Meine Großmutter hat lange um ihn getrauert.«

»Und woran ist ihr Ehemann gestorben?«

»Das Herz. Meine Großmutter sagte immer: ›Merkwürdig, ich wusste gar nicht, dass er eines hatte.‹ Aber so ist sie eben – eigentlich kenne ich sie nicht anders. Die Ehe war nicht glücklich. Ich glaube, sie hätte gut und gerne unverheiratet bleiben und ihr Leben damit zubringen können, sich um den riesigen Garten zu kümmern.«

Das passte in das Bild, das Rebekka von Dorothea von Katten hatte. »Warum hat sie dann doch geheiratet?«, fragte sie.

Benning machte eine Geste, die das Herrenhaus und den Garten umschloss. »Paradoxerweise wegen ihres Gartens. Und der Villa natürlich. Großmutter Theas Vater war Anfang der Fünfzigerjahre so schwer krank, dass er nicht mehr ohne Hilfe aufstehen konnte und von seiner Ehefrau beinahe rund um die Uhr versorgt werden musste. Großmutter hatte beide zu sich geholt, doch das riesige Haus wollte unterhalten werden, und durch die Vertreibung hatten sie ja alles verloren. Das ererbte Vermögen steckte in der Villa, doch auf Dauer hätte meine Großmutter diese alleine, ohne Ausbildung und regelmäßiges Einkommen nicht halten können. Ich glaube sogar, das Haus war ihr egal, aber der Gedanke, ihren geliebten Garten verlassen zu müssen, hätte ihr das Herz gebrochen.«

Rebekka nickte. »Das heißt, sie hat sich einen wohlhabenden Ehemann gesucht.«

Benning lächelte schief. »Sagen wir mal so – sie hat nicht Nein gesagt, als sie im Winter 1952 beim Tanztee einen gewissen Rudolph Westermann kennengelernt hat, und er sie später um ihre Hand bat. Sie müssen wissen, mein Großvater stammte aus einer reichen Industriellenfamilie, die vor dem Krieg hauptsächlich Lokomotiven und Lkws hergestellt und ein paar Jahre nach Kriegsende als eine der Ersten mit dem Exporthandel begonnen hatte.«

»Ich kenne den Namen«, rief Rebekka verblüfft. »Aus einem Artikel im Wirtschaftsblatt. War nicht den Westermanns – ebenso wie dem übrigen Deutschland – der Ausbruch des Koreakonflikts im Jahr 1950 zugutegekommen?«

Benning nickte. »Die Kriegshandlungen zwischen Nord- und Südkorea hatten schlagartig die Konjunktursituation der Weltwirtschaft und somit auch die im Westen Deutschlands verändert.«

Rebekka wusste noch vage, dass innerhalb kürzester Zeit die Nachfrage nach Rohstoffen förmlich explodiert war. Aufrüstung und Binnenkonjunktur hatten in den westlichen Ländern den Importbedarf angeheizt. Der Außenhandel erlebte einen nie gekannten Aufschwung, und die Industrie in Westdeutschland war in einer besonders glücklichen Lage, da sie nicht nur im Maschinen- und Fahrzeugbau gut aufgestellt war, sondern auch elektrotechnische und chemische Produkte besaß, deren Erzeugnisse sich auf dem Weltmarkt einer stetig wachsenden Nachfrage erfreuten. Als sie das Benning gegenüber erwähnte, nickte er erneut. »Rudolph Westermanns Vater und seine beiden Söhne ergriffen die Gelegenheit und mischten kräftig mit. Ein rasanter Anstieg ihres Vermögens gab ihnen recht. Doch obwohl die beiden Brüder gleichberechtigt zusammenarbeiteten und zum Wohle der Firma an einem Strang zogen, waren Rudolph und sein vierzehn Monate älterer Bruder privat wohl ziemliche Rivalen. Als mein Großvater Dorothea von Katten kennenlernte, witterte er offenbar die Chance, endlich an seinem Bruder vorbeizuziehen. Denn meine Großmutter war nicht nur hübsch, sie besaß zudem einen Adelstitel, auch wenn ihre Familie durch den Krieg arm wie die Kirchenmäuse war.«

»Ich verstehe«, sagte Rebekka. »Geld hatte Ihr Großvater genug, jetzt wollte er etwas zum Repräsentieren.«

Benning zuckte die Achseln. »Ich glaube, mein Großvater war versessen darauf, den bisherigen Firmennamen *Westermann & Söhne* durch das Schild *Westermann/von Katten* zu ersetzen. Nicht nur wegen des ›von‹ im Namen, sondern weil er sich dann endlich von seinem älteren Bruder abheben würde.«

»Jetzt verstehe ich auch den Spruch Ihrer Großmutter, dass sie das Geld bekam und ihr Mann den Titel«, murmelte Rebekka. Benning nickte. »Nachdem mein Großvater sie verlassen hatte, zog sie ein Stockwerk tiefer, verkaufte die meisten Möbel und lebt seitdem nur noch für ihre Blumen und Sträucher.«

Rebekka nickte. Es passte zu dem Bild, das sie von Frau von Katten hatte.

»Natürlich hat Großmama Thea ihre Kinder geliebt, aber ich glaube, das Wichtigste war immer ihr Garten«, sagte Benning mehr zu sich selbst.

Rebekka überlegte, wie sie nun am geschicktesten ihren Fund des Stoff-Armbändchens ansprechen sollte. »Ihre Großmutter hat die Villa doch von ihren Verwandten geerbt, deren Sohn im Krieg gefallen war ...«, begann sie zögernd.

Benning nickte und trank seine Tasse aus. »Sie haben wirklich ein gutes Gedächtnis!«

Rebekka ging nicht auf das Kompliment ein. »Gab es da noch ein anderes Kind, einen jüngeren Cousin oder eine Cousine Ihrer Großmutter?«

Benning sah sie verwundert an. »Nein. Die Tante von Großmama Thea muss nach dem Krieg schon Mitte vierzig gewesen sein, und der Verlust ihres einzigen Kindes hat sie zuerst verbittert und später krank gemacht. Ihr Mann starb etwa eineinhalb Jahre nachdem meine Großmutter in die Villa gezogen war, und sie kümmerte sich um ihre Tante, bis zu deren Tod. Es gab sonst keine Verwandten. Warum fragen Sie?«

»Nur so. Weil das Haus doch so groß ist ...« Rebekka merkte selbst, wie jämmerlich ihre Ausrede war, aber Benning schien keinen Verdacht zu schöpfen, sondern lächelte sie über seine Kaffeetasse hinweg an. »Es freut mich jedenfalls, dass Ihr Aufenthalt zumindest nicht allzu schrecklich für Sie ist, und ich habe mich gefragt, ob Sie vielleicht einmal ...«

Ein lautes Klopfen an der Tür unterbrach den Anwalt. Ohne Rebekkas »Herein« abzuwarten, erschien Tayes Kopf im Türspalt. Er grinste über beide Ohren.

»Hi. Ich wollte nur mal sehen, ob du deinen Vogel überreden konntest, wieder in seinen Käfig zu gehen«, fing Taye an, und als er Thomas Benning entdeckte, schob er ein »Oh, Hallo!« hinterher.

»Hallo«, antwortete der Anwalt knapp.

Dann breitete sich Schweigen aus, und Rebekka dachte, dass es kaum zwei Männer geben konnte, die unterschiedlicher waren. Auf der einen Seite der elegant gekleidete Benning, dessen lässiges Jackett nicht darüber hinwegtäuschen konnte, dass es bestimmt ebenso teuer gewesen war wie die perfekt sitzende Leinenhose, und daneben Taye, der zu ausgewaschenen Jeans mit einem Riss im Knie ein schlichtes Baumwollshirt trug, das jedoch eng genug saß, um seinen muskulösen Körper zur Geltung zu bringen. »Danke der Nachfrage, ich habe Beo Lingen zur Strafe zu drei Tagen Einzelhaft verdonnert.« Rebekka lächelte verkrampft, weil die Stille zwischen den beiden Männern begann, ihr unangenehm zu werden.

Taye feixte, machte aber keine Anstalten zu gehen. Benning straffte sich. »Frau Winter wollte gerade frischen Kaffee für uns aufsetzen«, sagte er. Schön, dass ich davon nichts weiß, dachte Rebekka leicht ärgerlich, dann aber wurde ihr klar, dass Bennings Satz weniger an sie als an den jungen Aushilfsgärtner gerichtet war und eine Aufforderung darstellte, ihn mit Rebekka alleine zu lassen.

»Prima, ich nehme ihn schwarz mit Zucker«, antwortete Taye vergnügt und ließ sich auf den freien Stuhl fallen. »Das ist echt nett von dir«, sagte er an Rebekka gewandt. Sie klappte erst den Mund auf, dann überlegte sie es sich aber anders und befüllte nur schweigend die Kanne erneut mit Wasser und Mokkapulver. Hinter ihrem Rücken maßen Benning und Taye sich mit Blicken.

»Wie lange arbeiten Sie jetzt schon für meine Großmutter?«, hörte Rebekka Benning das Gespräch eröffnen.

»Seit sechs Wochen«, sagte Taye freundlich, »und Sie?«

»Ich? Ich bin ihr Enkel!«

»Ich weiß, aber arbeitet nicht jeder für Frau von K., sobald er auch nur einen Fuß auf das Grundstück setzt?«

Unwillkürlich musste Rebekka grinsen. Eins zu null für Taye, dachte sie, während sie ein Streichholz an das Gas hielt. Mit einem leisen Fauchen sprang ein bläulicher Flammenring empor, und sie stellte die Kaffeekanne auf den Herd.

»Kommen Sie ursprünglich aus den USA?«, führte Thomas Benning derweil das Verhör fort.

»Aus Kapstadt. Das liegt in Südafrika.« Tayes Tonfall war betont liebenswürdig. Doch Rebekka spürte die Spannung zwischen den beiden Männern förmlich in der Luft knistern. »Leider habe ich nicht einmal ein paar Kekse da, die ich zum Kaffee anbieten kann«, machte sie einen halbherzigen Versuch, das drohende Wortduell zu unterbrechen. Doch Benning winkte mit einem freundlichen Lächeln in ihre Richtung ab, ehe er erneut Taye fixierte. »Kapstadt, wie interessant. Wo haben Sie so gut Deutsch gelernt?«

Taye verzog spöttisch die Mundwinkel. »Stellen Sie sich vor, bei uns gibt es internationale Schulen. Dort habe ich drei Jahre lang Deutsch als Wahlfach belegt. Später habe ich bei einigen Filmproduktionen als Fahrer gejobbt. Viele deutsche Unternehmen lassen dort ihre Fernsehwerbung drehen, weil Kapstadt und Umgebung über ein paar einzigartige Motive verfügen. Dadurch konnte ich meine Deutschkenntnisse noch verbessern.«

»Beeindruckend«, sagte der Anwalt, ohne eine Miene zu verziehen. »Wobei ich finde, dass die englische Sprache oft treffender ist als die deutsche. Nicht so umständlich.«

»Dass ihr Deutschen umständlich seid, haben Sie nun aber gesagt«, lachte Taye.

»Wie meinen Sie das, Herr Benning?«, schaltete Rebekka sich erneut ein, während sie darauf wartete, dass der Kaffee kochte. Der versteckte Hahnenkampf der beiden Männer ging ihr inzwischen entschieden gegen den Strich, und sie war entschlossen, das Gespräch in harmlosere Bahnen lenken.

»Nun, nehmen wir einmal die Sprichwörter. Wir Deutschen umschreiben oft Dinge mit Metaphern wie ›Morgenstund hat Gold im Mund‹ und ähnliches. Die englische Sprache wählt dagegen den direkten Weg.« Er schenkte Taye ein Lächeln, das er sich wahrscheinlich für Schlussplädoyers vor Gericht aufhob, wenn die Gegenpartei kurz vor der Verurteilung zu lebenslänglich stand. »Sie kennen sicher den Spruch: ›Two's a company, three's a crowd‹?«

Peng, das war deutlich, dachte Rebekka. Langsam wurde ihr das Gegockel wirklich zu bunt. Ehe Taye sich noch von seiner Überraschung erholen konnte, hatte sie einen Entschluss gefasst. »Ich kenne den Spruch und ich finde, Herr Benning hat recht.«

Dann fuhr sie, mitten in das triumphierende Lächeln des Anwalts hinein, fort: »Daher wünsche ich euch beiden erbauliche Gespräche. Der Kaffee müsste gleich fertig sein. Ich sehe nach Frau von Katten.« Mit diesen Worten drehte Rebekka sich um und stolzierte hinaus.

Das Letzte, was Rebekka durchs offene Fenster sah, als sie sich rasch noch einmal umdrehte, war Taye, der die leise blubbernde Kanne vom Herd nahm, ehe er sich zu Benning umdrehte. »Milch und Zucker – oder schwarz?«, hörte sie ihn fragen. Sie schaffte es, nicht zu lachen, bis sie um die Ecke gebogen war.

Eine Stunde später saß Rebekka auf dem schmalen Bootssteg und ließ die Füße baumeln, als Taye mit einer Rosenschere in der Hand auf sie zukam. »Dieser Anwalt hat dich gesucht, ehe er wieder abgefahren ist«, sagte er beiläufig und ließ seinen Blick über das leicht bewegte Wasser des Sees schweifen, auf dessen Oberfläche helle Sonnenfunken tanzten.

Rebekka zuckte die Schultern und stand auf. »Frau von Katten hat meine Dienste nicht benötigt, also habe ich mir das Boot genommen und bin ein bisschen auf den See gerudert.«

»Was? Diesen alten Kahn? So wie der aussieht, ist er seit Ewigkeiten nicht benutzt worden. Du hättest untergehen können!«

»Ich hätte sogar einen Aufenthalt auf der *Titanic* vorgezogen, als weiterhin eurem verbalen Ringkampf zuzuhören«, gab Rebekka zurück.

Taye grinste. »Dein Abgang war echt cool. Wir haben beide ziemlich dumm aus – wie sagt man – der Garnitur geguckt?«

»Aus der Wäsche«, schmunzelte Rebekka.

»Genau. Und es tut mir leid, ich habe mich kindisch benommen. Irgendwie ging mir dieser arrogante Typ mit seinen Fragen auf die Nerven.«

»Na ja …«, meinte Rebekka. Sie konnte Taye irgendwie verstehen, aber andererseits war er auch einfach aufgetaucht und hatte das Gespräch zwischen ihr und Benning unterbrochen.

Taye schien den gleichen Gedanken zu haben, denn er zog fragend die Augenbrauen hoch. »Oder habe ich euch bei etwas gestört? Habt ihr beide vielleicht …«

»Nein, nein«, unterbrach Rebekka hastig, obwohl

sie sich eingestehen musste, dass Benning das wohl etwas anders sah. Vielleicht hatte er Rebekka gerade fragen wollen, ob sie heute Abend etwas vorhatte, als Taye hereingeplatzt war. Zu ihrem Erstaunen merkte sie, dass sie erleichtert war, Benning eine Antwort schuldig geblieben zu sein. Sie fand den Anwalt nett, aber sie hatte keinerlei Interesse daran, ihre Bekanntschaft mit ihm zu vertiefen, auch nicht bei einem harmlosen Abendessen oder Kinobesuch. *Und wie ist es mit Taye?*, flüsterte eine kleine Stimme in Rebekkas Kopf. Sie zuckte zusammen. »Erst recht nicht!«

»Erst recht nicht – was?«, fragte der Aushilfsgärtner und sah sie irritiert an.

Rebekka errötete, weil er von ihrem inneren Dialog nichts erfahren sollte. »Vergiss es, ich habe gerade an … meine Arbeit gedacht. So, und nun muss ich noch das Boot ganz rausziehen und zusehen, dass ich für morgen den Biomüll rausbringe, sonst stopft mich Frau von Katten gleich mit in die Tonne.«

»Ich helfe dir«, bot Taye an.

»Danke, aber den Müllbeutel rauszutragen, schaffe ich gerade noch alleine.«

»Dann helfe ich dir mit dem Boot.«

»Ach, das … nein, danke, das ist wirklich nicht nötig«, wehrte Rebekka ab, und ehe Taye darauf bestehen konnte, sprang sie in das flache Wasser und watete zu dem hölzernen Pfosten, an dem sie den Kahn beim Aussteigen nachlässig befestigt hatte. Da sie ihn jedoch vorhin auf dem schmalen Streifen Kies, der den See vom

Grundstück trennte, gefunden hatte, vermutete sie, dass Frau von Katten Wert darauf legen würde, ihn dort auch wieder vorzufinden. Daher löste Rebekka behände das Tau und zog das in verblichenem Hellblau gestrichene Boot an Land. Als der Rumpf auf Kies lief, trat sie ans hintere Ende, um es durch Anheben besser manövrieren zu können.

»Autsch!« Ein scharfer Schmerz bohrte sich in ihren Handballen, und sie ließ das Bootsende los, dessen Kiel mit einem dumpfen Laut auf die kleinen Steinchen fiel. Rebekka bemerkte zuerst einen schmalen Streifen hellroten Bluts, das über ihren Unterarm lief. Dann sah sie den langen Holzsplitter, der in der Mitte ihrer Handfläche steckte und aussah, als hätte sie sich eine Miniaturlanze in die Hand gerammt. Bei diesem Anblick begannen schwarze Punkte vor Rebekkas Augen zu tanzen, und kurz darauf spürte sie, wie sich zwei warme Hände um ihre Oberarme schlossen. »Ganz ruhig, ist nicht schlimm. Tief durchatmen«, vernahm sie Tayes beruhigenden Bariton.

Rebekka tat wie geheißen, aber ihr war übel und schwindelig. »Sorry, ich habe ja gesagt, ich kann kein Blut sehen«, quetschte sie heraus.

»Lass die Augen zu. Ich werde den Splitter rausziehen. Bei drei. Eins, zwei ...«

Rebekka kniff die Augen zusammen und wartete auf den Schmerz. »Drei«, sagte Taye, doch nichts tat weh. Sie blinzelte vorsichtig, vermied aber den Blick auf ihre blutende Hand und blickte stattdessen auf den

Medizinstudenten, der den Splitter vorsichtig zwischen Daumen und Zeigefinger hielt. Allmählich verschwand das Gefühl der Übelkeit. »Es hat gar nicht wehgetan.«

»Ich habe den Splitter schon bei ›eins‹ gezogen«, gab Taye zu. »Alter Medizinertrick, den man schon im ersten Semester lernt. Je weiter man zählt, desto mehr verspannt sich der Patient. Bei der ersten Zahl dagegen lässt er noch locker, sodass er meistens gar nichts fühlt ... ich meine, spürt.«

Obwohl sich Rebekka insgeheim ärgerte, dass sie auf diese List hereingefallen war, überwog doch die Erleichterung, den schmerzenden Holzsplitter los zu sein.

»Wir müssen die Wunde desinfizieren, und dann verbinde ich deine Hand. Bist du gegen Tetanus immun?«, fragte Taye, während sie seine Hand federzart an ihrem Ellenbogen spürte, mit der er sie auf dem Weg zurück in ihr Kutscherhäuschen stützte. »Du meinst, ob ich geimpft bin? Ich glaube schon. Mein Impfpass muss irgendwo in meiner Brieftasche sein«, murmelte Rebekka.

Während er die Wunde säuberte und verband, sah Rebekka zum Fenster hinaus, obwohl es kaum wehtat. Nur das Desinfektionsmittel brannte ein wenig. Rebekka war erstaunt, dass Taye, den sie bisher mit Leichtigkeit schwere Äste und Gartenabfälle hatte herumwuchten sehen, derart sanft und behutsam sein konnte.

»So, fertig«, sagte Taye schließlich und verzierte den schneeweißen Verband um Rebekkas Hand mit einem Pflaster. Das Badezimmer des Häuschens verfügte über einen kleinen Schrank samt eines erstaunlich gut ausgerüsteten Verbandkastens, sodass der junge Medizinstudent keinerlei Probleme gehabt hatte, die Wunde schnell und professionell zu versorgen.

Obwohl ihr Handballen noch leicht brannte und pochte, fühlte Rebekka sich seltsam wohl. Erst als Taye sich die Hände wusch, erkannte sie warum: Zum ersten Mal seit Langem hatte sich jemand um sie gekümmert. Rebekka hatte nichts entscheiden müssen, das hatte ihr Taye abgenommen. Seine sanften Berührungen und die beruhigenden Worte, als das Jod im ersten Moment besonders gemein gebrannt hatte, waren ebenso wohltuend wie ungewohnt gewesen.

»Danke«, murmelte Rebekka.

»Gerne geschehen. Als angehender Arzt müsste ich dich eigentlich für deine Tapferkeit beim Verbinden loben. Aber da ich dabei war, als es passiert ist, frage ich mich, warum du so stur darauf bestanden hast, den alten Kahn alleine an Land zu schaffen. Du lässt dir wohl nicht gerne helfen, was?«

»Ich …«, fing Rebekka an, verstummte dann aber. Was hätte sie Taye antworten sollen? Dass sie es nicht gewohnt war, dass ihr jemand einfach so unter die Arme griff? Sie hatte gelernt, auf der Hut zu sein. Wenn ihr in der Agentur jemand Unterstützung angeboten hatte, war es stets mit einer bestimmten Absicht geschehen. Anfangs hatte sie sich über die Angebote ihrer Kollegen noch gefreut, sie bei der Planung einer Kampagne zu beraten. Bis sie von Moneypenny erfahren musste, dass die meisten hinter ihrem Rücken lästerten, sie sei nicht in der Lage, die einfachsten Kalkulationen allein zu stemmen und ihre Termine vernünftig zu organisieren. Bei ihrer Mutter hatte sie sich nicht ausweinen können, die war mit ihrem jammernden Ehemann vollauf beschäftigt und nicht gewillt gewesen, sich auch noch die Sorgen ihrer Tochter anzuhören. Und Sebastian war gar nicht erst auf die Idee gekommen, Rebekka während ihres gesamten Zusammenlebens auch nur ein Mal zu fragen, was er denn tun konnte, damit es ihr gut ging. Falls Rebekka doch mal gewagt hatte, ihn wenigstens um die Übernahme des wöchentlichen Großeinkaufs zu bitten, hatte Sebastian sich stets auf seinen ach-so-wichtigen Job berufen, der es ihm leider unmöglich gemacht hatte, auch nur ein Minimum an Haushaltspflichten zu übernehmen. Damals war Isa noch für den Haushalt zuständig gewesen, und da Sebastian die Studentin schließlich fürs Putzen bezahlte, hatte sich für ihn das Thema sowieso erledigt. Eigentlich, so wurde Rebekka erst jetzt bewusst, war Isa seit der Trennung von Sebastian die Einzige, die wirklich daran interessiert gewesen war, wie es ihr ging. Doch auch Isa war nun fort und führte bei ihrem Vater ein Leben, das wahrscheinlich von Sorge, aber auch von Geborgenheit geprägt war, während das von Rebekka immer mehr aus den Fugen geriet. Und in dieser Sekunde brachen alle Barrieren, die sie in den vergangenen Wochen innerlich aufgebaut hatte, zusammen. Ohne dass sie etwas dagegen tun konnte, brach Rebekka in Tränen aus.

»Habe ich etwas Falsches gesagt? Das tut mir leid!«

Taye war von Rebekkas Ausbruch völlig überrascht. Sie versuchte, den Tränenfluss zu stoppen, aber die salzigen Rinnsale liefen aus ihren Augen wie Schmelzwasser. Rebekka holte Luft, was aber eher wie ein Schluchzen klang. »Nein, schon gut. Mir tut es leid. Ich bin nur ... Es war wohl alles ein bisschen viel in letzter Zeit.«

»Warte hier, ich bin gleich zurück«, bestimmte Taye und glitt geschmeidig wie eine Katze zur angelehnten Haustür hinaus.

Rebekka wischte sich die Augen und hielt anschließend sogar das Gesicht unter den eiskalten Strahl des altmodischen Wasserhahns in der Küche, aber jetzt, da sie erst einmal begonnen hatte zu heulen, schien es, als könnte sie nie wieder damit aufhören.

Der junge Aushilfsgärtner kam zurück, und Rebekka sah durch den Tränen- und Wasserschleier nur verschwommen, dass er ihr etwas vor die Nase hielt.

»Trink«, kommandierte er, und gehorsam setzte Rebekka an und nahm einen kräftigen Schluck. Flüssige Glut schoss durch ihre Kehle in den Magen hinunter, und sie rang nach Luft, wobei ihr nun erst recht die Tränen in die Augen schossen.

»Himmel, was war das denn – etwas von dem hundertprozentigen Alkohol, mit dem du meine Hand desinfiziert hast?« Rebekka wischte sich die Tränen weg, die ihr erneut in die Augen getreten waren – diesmal allerdings von der Schärfe des Schnapses. Dieser Fusel war noch heftiger als das Gebräu, das ihr Moneypenny vor Kurzem in der Agentur eingeflößt hatte.

Taye grinste. »Wieso? Du musst doch heute nicht mehr fahren. Wer weiß, welches Auto sonst dran glauben müsste!«

»Hat also Frau von Katten den Mund nicht halten können«, stellte Rebekka resigniert fest. »Hätte ich mir ja denken können.«

Doch Tayes alkoholische Schocktherapie zeigte offenbar Wirkung, denn zu ihrer Erleichterung flossen keine neuen Tränen mehr. Sie musterte das Fläschchen mit der bernsteinfarbenen Flüssigkeit, das Taye auf den Küchentisch gestellt hatte. »Wo hast du das Zeug eigentlich so schnell herbekommen?«

»Aus Frau von K.'s eisernem Vorrat.«

»Ist nicht wahr!«

»Was? Dass ich Whiskey klaue oder die alte Lady sich ab und zu einen genehmigt?«

»Beides«, gab Rebekka kopfschüttelnd zur Antwort.

»Nennen wir es ›medizinische Nothilfe‹«, schlug Taye vor, und wider Willen musste Rebekka lachen. »Na, großartig. Ich lebe mit einer alten Schnapsdrossel und einem jungen Kleptomanen unter einem Dach. Das kann ja noch ein heiterer Sozialdienst werden«, kicherte sie, wobei sich ihre Zunge bei dem Wort »Kleptomane« in ihrem Mund zu verhaken schien.

Taye sah sie misstrauisch an. »Wann hast du zum letzten Mal etwas gegessen?«

»Äh ... zum Frühstück. Einen Apfel und etwas Joghurt. Warum?«

»Noch ein Schluck von dem Whiskey und du bist voll wie eine ... was sagt man? Haube?«

»Haubitze«, verbesserte Rebekka, ehe ihr bewusst wurde, was er ihr da unterstellte. »Moment mal, ich bin nicht betrunken!«

»Klar. Und die Erde ist eine Scheibe«, gab Taye trocken zurück. »Du rührst dich nicht vom Fleck. Ich werde etwas für uns kochen, sonst kommst du vor morgen früh nicht mehr auf die Beine, und wenn Frau von K. rauskriegt, woran das liegt, sind wir beide geliefert.«

Rebekka fühlte sich zu schwindelig, um zu widersprechen. Außerdem schien die Aussicht, etwas Warmes zu essen, ziemlich verlockend, und so blieb sie widerspruchslos sitzen, während Taye zum zweiten Mal innerhalb kürzester Zeit davoneilte.

»*Liebe geht durch den Magen!*«, meldete sich der Beo zu Wort, der bislang geschwiegen hatte, was selten genug vorkam.

»Schnabel halten da hinten! Oder ich schlage Taye vor, dass er später Beo-Gulasch kocht«, gab Rebekka drohend zur Antwort.

Beruhigt begann Beo Lingen, an seinem Körnerkolben zu nagen. Wenn sein Frauchen in diesem Ton mit ihm sprach, war die Welt in Ordnung. Der schwarze Vogel hatte vorhin sehr wohl gespürt, dass es Rebekka schlecht ging, und vor Angst hatte er sich ganz still verhalten. Nun war er wieder obenauf, und als Taye mit einem Korb voll Gemüse, Reis und noch einigen anderen Zutaten zurückkam, knirschte das Tier freudig mit dem Schnabel und trippelte auf seiner Stange nah an die Gitterstäbe.

»Darf er ein paar ungesalzene Cashewnüsse haben?«, fragte Taye, und Rebekka nickte ergeben. Mochte Taye den Vogel ruhig verwöhnen, sie war müde und damit zufrieden, einfach hier zu sitzen und nichts zu tun.

Bald durchzogen köstliche Aromen von Orange und etwas Scharfem, das Rebekka nicht kannte, die kleine Küche. Taye hatte erklärt, er würde einen kreolischen Eintopf zubereiten, während er die Zutaten – von Suppengrün über Cayennepfeffer bis hin zu Sternanis – auf dem Küchentisch verteilte. Rebekka erhob nur beim Anblick der rohen Hühnerkeulen Einspruch: »Eigentlich bin ich Vegetarierin!«

Taye erstickte ihren Protest im Keim. »Warum isst du kein Fleisch?«

Rebekka stutzte. Die ehrliche Antwort wäre gewesen: weil alle es so machten. Jedenfalls in ihrer Agentur. Dort war man auf dem Veganer- oder zumindest Vegetarier-Trip. Fleisch zu essen, war tabu und galt als »so was von steinzeitlich«, wie van Doorn junior einmal verächtlich ausgestoßen hatte, als einer von Rebekkas Kollegen es gewagt hatte, *Chicken Tikka* vom Inder zu bestellen. Also hatte Rebekka auch auf jegliches Fleisch verzichtet. Sie hatte sowieso vor lauter Stress kaum mehr etwas Vernünftiges zu sich genommen, außer Salaten, Smoothies – wie Frau von Katten richtig vermutet hatte – und ab und an einem Gemüseciabatta vom *Daily Deli* um die Ecke. Inzwischen reichten eine Handvoll Studentenfutter und ein Kefirdrink am Nachmittag, um ihren Heißhunger zu stillen. Doch sie ahnte, dass sie Taye das lieber nicht erzählen sollte, wenn sie sich nicht prompt eine medizinisch-fundierte Strafpredigt anhören wollte. Also kratzte sie einige Argumente aus dem Internet zusammen. »Ich möchte kein Fleisch essen, das aus Massenproduktionen stammt, in denen die Tiere mit Antibiotika vollgestopft werden. Ganz zu schweigen von der nicht artgerechten Haltung in dreckigen, beengten Ställen.«

Taye nickte. »Kann ich verstehen. Aber erstens ist das hier astreines Biohuhn, und zweitens brauchst du Eiweiß für den Muskelaufbau. Du bist ziemlich dünn, und irgendwann hört dein Gewicht auf, gesund zu sein!«

Rebekka hatte daraufhin stumm kapituliert und konzentrierte sich nun ganz darauf, Taye bei der Zubereitung des Gerichts zu beobachten. Erst zerteilte er die Hähnchenkeulen rasch und geschickt mit dem scharfen Messer. Seine schlanken Finger zerpflückten den Koriander, der zusammen mit vielen Gewürzen und dem geputzten Suppengrün in einem Topf landete, wo alles nach und nach zu einem würzig riechenden Fond einkochte, den Taye anschließend durch ein feines Sieb laufen ließ, das er aus dem Küchenbuffet gekramt hatte, um eine klare Flüssigkeit zu gewinnen. Rebekka beobachtete ihn fasziniert. Scheinbar kochte er nicht zum ersten Mal, denn seine Handgriffe waren routiniert und er verwendete kein Rezept. Als der Eintopf schließlich dampfend auf dem Tisch stand, lief Rebekka bei den Düften, die dem Topf entströmten, das Wasser im Mund zusammen. Der erste Bissen bestätigte, was ihre Nase bereits gewusst hatte. Der Geschmack exotischer Gewürze explodierte wie eine kleine Wunderkerze auf ihrer Zunge, die Schärfe wurde jedoch durch die fruchtige Bitterkeit der Orange abgemildert. Das Hähnchenfleisch war saftig, aber so zart, dass es bereits auf der Gabel zerfiel, und Rebekka hätte am liebsten immer weitergegessen.

Taye beobachtete sie. Das erste Mal, seit er Rebekka kannte, strahlte sie Ruhe und Zufriedenheit aus, was Taye kurzerhand als sein Verdienst verbuchte. Bisher war die junge Frau ihm immer wie ein dauervibrierendes Handy vorgekommen – stets auf Empfang und unter Strom. Jetzt den Genuss auf ihrem Gesicht zu beobachten, während sie bedächtig eine Gabel nach der anderen in den Mund schob, kaute und nachschmeckte, machte auch ihn merkwürdig glücklich. So als hätte er ihr etwas zurückgegeben, was sie seit Langem verloren hatte – oder vielleicht auch nur vergessen.

»Noch eine Gabel und du musst mich morgen zum Dienstantritt bei Frau von Katten mit einem Kran hier rausschaffen«, sagte Rebekka schließlich. Fast schuldbewusst sah sie zu dem Topf, in dem nur noch ein paar klägliche Reste Reis und Gemüse lagen. Sie musste etwa das Dreifache von dem verputzt haben, was Taye gegessen hatte.

Der grinste. »Ich kaufe immer zu viel ein. Und du hattest es nötig, betrunken, wie du warst.«

»Und wer hat mir den Whiskey eingeflößt?«

»Der war als Medizin gedacht. Kann ich ahnen, dass du nichts verträgst?«

»Pah, das war nur, weil ich nichts gegessen hatte. Apropos – möchtest du ein Glas Wein?«

Taye hob mahnend den Zeigefinger. »Als Arzt muss ich dir sagen, dass Wein in Maßen zwar gesund ist, weil er freie Radikale bindet, aber deine Probleme löst du mit Alkohol nicht.«

»Stimmt, aber das schaffe ich mit Kräutertee genauso wenig«, gab Rebekka zurück.

Taye schnaubte. »Widersprichst du eigentlich aus Prinzip oder nur mir?«

»Ich widerspreche doch gar nicht!«

Er gab kopfschüttelnd auf, und Rebekka holte eine Flasche Sancerre aus dem Kühlschrank – eigentlich ihr eiserner Vorrat für einsame Abende im Kutscherhäuschen. Da Taye hier war, wurde das Öffnen des teuren Weißweins wenigstens nicht zum Akt der Verzweiflung einer einsamen Frau.

»In Stellenbosch gibt es sicher ausgezeichnete Sorten, aber ich hoffe, dir schmeckt dieser Tropfen auch.« Sie schenkte zwei Gläser voll. »Danke fürs Kochen.«

»Danke fürs Aufessen. Das war das schönste Kompliment.« Taye lächelte und stieß sein Glas mit einem hauchzarten Klirren gegen das von Rebekka. »Cheers!«

Die nächsten zwei Stunden vergingen so schnell wie der Flügelschlag der Motten, die draußen gegen das Fliegengitter drängten, angezogen vom Schein der beiden Kerzen, die auf dem Küchentisch brannten. Rebekka wurde bewusst, dass sie noch keinen Mann getroffen hatte, mit dem sie sich so gut unterhalten konnte wie mit Taye. Er erzählte ein paar Anekdoten von seinem ersten Praktikum im Krankenhaus seiner Heimatstadt und parodierte dabei so gekonnt einen arroganten Oberarzt, dass Rebekka aus dem Lachen nicht mehr herauskam. Er stellte ihr auch ein paar Fragen zu ihrer Arbeit, doch als er merkte, dass sie nicht darüber reden wollte, wechselte er mühelos das Thema und wollte wissen, welche Filme und Musik sie gerne hörte. Sie stellten fest, dass sie beide eine Schwäche für alte Schwarz-Weiß-Filme hatten und die Musik von Cole Porter sowie John Lee Hooker mochten.

»Wieso kennst du überhaupt John Lee Hooker, bist du nicht viel zu jung dafür?«, fragte Rebekka.

»Und du? Bist du nicht viel zu weiß dafür?«, gab Taye zurück. Als Antwort rief Rebekka auf ihrem Smartphone ihre Playlist auf, und schweigend lauschten sie *I'm in the Mood*.

Ob es am kühlen Weißwein lag oder am Zauber eines der wenigen warmen Sommerabende, die der August ihnen bisher geschenkt hatte, vermochte Rebekka später nicht zu sagen. Nach dem zweiten Glas war sie übermütig aufgesprungen und zur Tür gelaufen. »Los, lass uns einen Nachtspaziergang durch den Garten machen. Vielleicht finden wir eine Zauberblume, die nur ein einziges Mal blüht – und zwar genau um Mitternacht. Oder wir sehen ein paar Feen zwischen den Bäumen tanzen.«

Schmunzelnd folgte Taye ihr nach draußen in die milde Nachtluft, die sich weich wie Seide um ihre Körper schmiegte. Ein tiefschwarzer wolkenloser Nachthimmel wartete mit einer solchen Vielzahl von Sternen auf, dass Rebekka den Atem anhielt.

»Man sieht sogar den Kleinen Wagen ganz deutlich. Das kommt daher, weil hier kein künstliches Licht die Sicht vernebelt, so wie in den Städten«, hörte sie Tayes dunkle Stimme dicht an ihrem Ohr. Rebekka legte den Kopf in den Nacken und blickte zur Milchstraße empor, die wie ein ausgegossener Eimer Diamanten wirkte, wobei sie sich unwillkürlich etwas an Taye lehnte. Da spürte sie seinen Arm, der sich um ihre Taille legte – sanft und kräftig zugleich. Berauscht von den Sternen, die der Wein – oder war es Tayes Berührung? – in ihrem Kopf tanzen ließ und ihren silbern funkelnden Ebenbildern am Himmel, wandte Rebekka ihm das Gesicht zu und sah in seine dunklen Augen. Taye erwiderte ihren Blick ruhig und sicher, ehe er den Kopf neigte. Gleich darauf fühlte Rebekka, wie seine Lippen ihre suchten und fanden. Er küsste nicht fordernd, sondern sanft und zärtlich, und sie durchlief ein wohliger Schauer. In diesem Augenblick erwachte in ihr eine andere Rebekka, jemand, den sie in den vergangenen Monaten beinahe gewaltsam weggesperrt hatte. Sie war nicht mehr die verbissen nach Erfolg und Anerkennung strebende Werberin, die alles für ihre Arbeit opferte und sich dabei einredete, genau darin bestünde der Sinn ihres Lebens. Unter dem Sternenhimmel dieser Sommernacht war sie nichts weiter als eine junge Frau, deren Herz durch einen leidenschaftlichen Kuss zwar rasch, aber endlich wieder im Takt zu schlagen schien. Für einige kostbare Sekunden fiel alles von ihr ab: die Wunden der Vergangenheit und die Sorgen um ihre Zukunft. Das Einzige, was zählte, geschah genau jetzt, in dem Augenblick als Tayes und ihre Lippen aufeinandertrafen und Rebekka sich dem Zauber eines Kusses unter dem Sternenhimmel hingab. Tayes Finger fuhren sanft über ihren Nacken, ehe er seine Hände in ihren dichten Locken vergrub. Kurz lösten sie sich voneinander, und Rebekkas Nase streifte seine Wange. Er roch herb und frisch zugleich, und Rebekka wusste, dass dieser Duft von nun an stets die Erinnerung an diese Sommernacht mit sich tragen würde. Sie schmiegte sich an ihn, und sie küssten sich erneut. Seine Hände wanderten nach unten, während sie kleine, zärtliche Furchen in den dünnen Stoff ihres Longsleeves und ihren Rücken gruben. Ein Funkenregen explodierte hinter Rebekkas geschlossenen Lidern, und zwischen Schlüsselbein und Nabel spürte sie ein Kribbeln, als stünde sie in einem rasant aufwärtsfahrenden Lift. Tayes Arme schlossen sich noch enger um sie, und er zog sie so dicht an sich, dass Rebekka seinen Herzschlag fühlen konnte. Den Schlag jenes Organs, über das er mit so großer

Faszination gesprochen hatte. Die Sekunden zerflossen und wurden zu Minuten und verschmolzen zu einer gefühlten Ewigkeit.

So standen sie eng umschlungen, bis Rebekka anfing, in der Kühle der Nacht zu zittern. »Du frierst«, stellte Taye fest, »ich begleite dich nach Hause.« Er legte den Arm um sie, und Rebekka genoss die Wärme seines Körpers, während sie auf das kleine Kutscherhäuschen zugingen.

Kurz bevor sie die Tür erreichten, schoss Rebekka der Gedanke durch den Kopf, ob sie ihn noch auf ein letztes Glas Wein hereinbitten sollte – oder auf einen Kaffee. Sie war hin- und hergerissen zwischen dem Verlangen, den Abend zu genießen, um noch mehr von Tayes Küssen zu bekommen, und der Stimme der Vernunft, die sie mahnte, nichts zu überstürzen.

Ehe Rebekka entscheiden konnte, wer den inneren Kampf gewinnen würde, löste sich Taye sanft von ihr. »Vielleicht solltest du besser reingehen, du erkältest dich noch«, sagte er und strich ihr kurz über die Wange. »Schlaf gut.«

Bevor Rebekka reagieren konnte, hatte Taye sich schon umgedreht und war mit langen Schritten hinter einer der Hecken verschwunden. Die Arme fröstelnd um sich selbst geschlungen, trat Rebekka in ihre Behausung, während sie überlegte, warum Taye nicht von sich aus den Vorschlag gemacht hatte, noch mit zu ihr zu kommen. Aus Anstand? War er trotz seiner frechen Sprüche insgeheim vielleicht schüchtern oder hatte er am Ende in Kapstadt eine Freundin? Sie konnte nichts dagegen tun, dass sie bei diesem Gedanken ein kurzer Blitz der Eifersucht durchzuckte. Nachdem Rebekka jedoch beim Aufräumen, Abspülen und sogar noch beim Zähneputzen ergebnislos über diese Frage nachgegrübelt hatte und nun zu allem Überfluss auch noch schlaflos im Bett lag und die schmale Sichel des Mondes beobachtete, die ihr silbriges Licht durch den schmalen Spalt ihrer Vorhänge schickte, kam sie zu dem Schluss, dass Taye vielleicht einen ganz anderen Grund hatte, sich ihr nicht aufzudrängen: Es war die beste Methode, damit sie ständig an ihn denken musste.

9

Rauschpfeffer (Piper methysticum)

»Frau Winter, wo sind Sie denn mit Ihren Gedanken?«

Frau von Kattens Stimme war wie ein Guss kalten Wassers, und Rebekka, die neben dem Schuppen stand und auf die Maserung der uralten Holzbretter starrte, fuhr erschrocken herum. Anklagend deutete die alte Dame auf die Mülltonne. Rebekka brauchte eine Weile, bis sie realisierte, dass sie vorhin versehentlich einen Schwung Altpapier in die Biomülltonne gekippt hatte. »Tut mir leid, ich habe heute Nacht schlecht geschlafen«, entschuldigte sie sich, während sie mit spitzen Fingern zwischen Kartoffelschalen, Kaffeesatz und bereits schwarz gewordenen Bananenschalen nach Zeitungspapier, Werbeprospekten und dem Gartenmagazin angelte, das sie Frau von Katten jede Woche bei ihren Besorgungen aus der Stadt mitbringen musste.

Die alte Dame stand mit verschränkten Armen neben ihr. »Ärgern Sie sich etwa immer noch über Ihre komische Agentur? Sie müssen auf andere Gedanken kommen, junge Frau! Vielleicht sollte ich Sie mehr im Garten schuften lassen und abends mit Baldrian vollstopfen, damit Sie endlich einmal ruhiger werden!«

Rebekka musste über diesen Vorschlag lächeln, doch ihr Herz machte bei dem Gedanken einen kleinen Hüpfer, vielleicht Taye bei der Gartenarbeit zu begegnen.

Daher antwortete sie etwas zu schnell. »Ich helfe gerne draußen, das habe ich Ihnen ja schon bewiesen.«

»Gut, ich nehme Sie beim Wort«, erwiderte Dorothea von Katten, und wie so oft wusste Rebekka nicht, ob die adlige Dame nun anerkennend oder drohend klang.

Nachdem Rebekka jedoch gefühlte zwei Dutzend Mal die große Gießkanne aus Zinn gefüllt, durch den halben Garten geschleppt und die abseits gelegenen Beete gegossen hatte, bereute sie ihre Zusage heftig. Einige Blumen waren zu empfindlich, »um mit dem Gartenschlauch malträtiert zu werden«, wie Dorothea von Katten es ausdrückte, daher hatte sie Rebekka verpflichtet, die sensiblen Gewächse vorsichtig zu begießen, »aber nicht von oben, bitteschön! Wässern Sie ganz vorsichtig um die Wurzeln herum, Frau Winter!«

Brav tat sie wie geheißen. Die alte Dame begutachtete Rebekkas Werk. »Normalerweise erledigt Taye das für mich, aber er hat heute seinen freien Tag. Daher bin ich froh, dass Sie nicht mehr so zimperlich sind wie vor gut einer Woche und inzwischen ganz ordentlich mit anpacken.«

Rebekka zuckte mit den Schultern und versuchte, den Stich der Enttäuschung zu ignorieren, der sie bei diesen Worten durchfuhr. Also würde sie Taye heute wohl nicht begegnen, dabei hatte sie nur deswegen so schnell ihre Hilfe angeboten. Doch dann sah sie Dorothea von Kattens schmale Gestalt im Gegenlicht und war zu ihrer eigenen Überraschung plötzlich froh, der älteren Frau, die sich stets so aufrecht hielt und sich ebenso ungern eine Schwäche eingestand wie sie selbst, helfen zu können. Ein ungewohntes Gefühl, hatte Rebekka selbst doch in den vergangenen zwei Jahren stets versucht, keine Hilfe anzunehmen, was aber auch einschloss, anderen nicht mehr als nötig unter die Arme zu greifen. Hatte die Arbeit das aus ihr gemacht – eine verbissene Einzelkämpferin, die ständig Angst hatte, ausgenutzt zu werden? Erst Dorothea von Katten hatte ihr unbeabsichtigt durch ihre eigene Unerbittlichkeit und ihren Stolz den Spiegel vorgehalten.

Rebekka goss das Wasser in das letzte noch trockene Blumenbeet, ehe sie entschlossen die Zinkkanne abstellte. »Was halten Sie davon, wenn ich uns einen Kaffee koche?«

Die alte Dame hob den Kopf. »Sie?«

»Na ja, eigentlich erledigt das in Wirklichkeit Beo Lingen für mich, aber das darf niemand wissen, sonst habe ich demnächst den Tierschutz am Hals. Er ist nämlich nicht sozialversichert.«

Um Frau von Kattens blaue Augen bildete sich ein Netz von Lachfältchen. »Na gut. Wenn Sie versprechen, mich nicht zu vergiften ...«

»Wie denn? Sie haben mir doch die Anschaffung einer elektrischen Kaffeemaschine verboten.«

Jetzt lächelte die adlige Dame tatsächlich. »Einverstanden. So ein starker Kaffee wird uns beiden guttun. Ich gehe mich vorher nur noch ein wenig frisch machen.«

»Hoffentlich hat Frau von Katten an meinem Kaffee nichts auszusetzen«, sagte Rebekka im Vorbeigehen zu dem Beo, der waagerecht in seiner Voliere hing, nachdem er sich geschickt mit seinen Krallenfüßen und unter Zuhilfenahme seines kräftigen Schnabels kreuz und quer an den Stäben entlanggehangelt hatte. In diesem Augenblick klopfte es zart, und als Rebekka die Tür öffnete, sah sie eine kleine, geschmackvoll verpackte Schachtel Konfekt, die ihr Dorothea von Katten entgegenstreckte. Hatte man in ihren gesellschaftlichen Kreisen so etwas immer auf Vorrat im Haus, oder besaß die adelige Dame am Ende noch einen Hoflieferanten? Bei der Vorstellung musste Rebekka lächeln. »Vielen Dank, das wäre doch nicht nötig gewesen. Bitte, kommen Sie herein«, beeilte sie sich zu sagen, wobei sie zu ihrer eigenen Überraschung spürte, dass sie etwas nervös war. Daher machte Rebekka sich hastig am Herd zu schaffen, während die alte Dame an den Käfig trat und Beo Lingen beobachtete, der mit seinen Kletterkünsten prahlte. Dabei schielte er immer wieder zu der Besucherin und gluckste beifallheischend. »Am besten beachten Sie ihn gar nicht, er gibt gerne an. Setzen Sie sich doch«, sagte Rebekka, während der Kaffee in der doppelstöckigen Seihkanne anfing zu blubbern und ein aromatischer Duft die Küche durchzog. Frau von Katten schien Rebekkas

Aufforderung nicht gehört zu haben, denn sie blieb stehen und ließ den Blick fast träumerisch durch den kleinen Raum mit der niedrigen Decke schweifen. »Manchmal kommt es mir wie gestern vor, dass ich selbst hier am Herd stand«, sagte sie an niemand Bestimmten gerichtet.

Rebekka hielt den Atem an. Ob die alte Dame endlich einmal etwas über ihre Zeit als junges Mädchen in der Villa erzählen würde? »Damals befand sich hier noch ein Kohlenherd, und die Töpfe wurden direkt ins Feuer gehängt. Wenn ich Kaffee gemacht habe, musste ich zuerst Wasser über dem Feuer heiß machen und es dann durch einen Porzellanfilter gießen. Das war immer etwas Besonderes, denn nach dem Krieg war echter Bohnenkaffee rar«, fuhr Dorothea von Katten fort. »Und doch habe ich mich hier nach kurzer Zeit mehr zu Hause gefühlt als anderswo.«

»Komisch«, entfuhr es Rebekka, »mir geht es genauso.« Gleich darauf erschrak sie, denn es stimmte. Das winzige Häuschen mit den niedrigen Decken war ihr nach diesen wenigen Wochen mehr Heimat als ihre schicke Wohnung in der Stadt. Sie erwartete einen kritischen Kommentar der älteren Dame, doch die lächelte nur, als wüsste sie genau, was Rebekka meinte.

»Vielleicht hätte ich nie in die Villa umziehen sollen«, murmelte sie und schien ganz in ihrer Erinnerung versunken. »Dabei hatte das Kutscherhäuschen damals noch nicht einmal einen Warmwasseranschluss. Zum Baden musste man zuerst unzählige Töpfe voll Wasser auf dem Herd erhitzen und sie nach und nach in den Badezuber schütten.«

»Hatten Sie keine Möglichkeit, im Herrenhaus zu baden?«, fragte Rebekka.

Frau von Katten schnaubte. »Meine Tante war sehr darauf bedacht, mich so wenig wie möglich zu Gesicht zu bekommen. Erst als sie krank wurde, wurde ich im Haupthaus geduldet.«

»Aber Ihre Tante hat sie doch bei sich aufgenommen! Warum war sie dann so abweisend zu Ihnen?«

Frau von Katten starrte vor sich auf die Tischplatte. Ihre schmalen Hände glitten darüber, als wollte sie unsichtbaren Staub fortwischen – oder schmerzliche Erinnerungen. »Mein Onkel schuldete meinem Vater einen Gefallen«, murmelte sie, »nur deswegen bin ich damals hierhergekommen.«

Gerade als Rebekka überlegte, ob sie Frau von Katten fragen konnte, wie es dazu gekommen war, ohne den Verdacht zu erregen, sie könnte bereits mehr über die Vergangenheit der adligen Dame wissen, als ihr zustand, schien diese zu bemerken, dass sie mehr verraten hatte, als sie wollte. Ein Anflug von Gereiztheit glitt über ihre faltigen Züge – oder war es Furcht? »Das alles ist schon viel zu lange her, um jetzt noch darüber zu reden«, schloss sie ihren Bericht energisch. »Was ist denn nun mit dem versprochenen Kaffee?«

Rebekka beeilte sich, das Kaffeegeschirr aus dem kleinen Hängeschrank zu holen und die schwarze Flüssigkeit einzugießen. »Milch?«, fragte sie, doch Frau von Katten schüttelte den Kopf, gab einen halben Löffel Zucker in ihre Tasse, dann nippte sie vorsichtig an dem dampfenden Gebräu. »Nicht schlecht. Sie haben beim Kaffee eine gute Wahl getroffen. Die fruchtige, etwas nussig schmeckende Süße verrät, dass Sie auch beim Preis nicht gespart haben. Ich tippe auf … Jamaica Blue Mountain?«

»Woher wissen Sie das?«, fragte Rebekka verblüfft. Sie hatte sich tatsächlich vor einigen Tagen erst eine Packung dieses teuren Kaffees geleistet. Als Entschädigung dafür, dass sie seit Wochen weder in einem Restaurant noch in einem Café gewesen war.

»Das schmeckt man«, antwortete die ältere Dame mit der größten Selbstverständlichkeit.

Rebekka sah sie bewundernd an. »Sie haben wirklich einen außergewöhnlich ausgeprägten Geschmackssinn.«

»Das kommt von meiner feinen Nase. Ich konnte schon als Kind besser riechen als andere. Mein Vater hat oft gescherzt, dass man mich für die Trüffelsuche einsetzen sollte.«

Rebekka lachte. Zum ersten Mal herrschte eine nie gekannte Leichtigkeit zwischen der alten und der jungen Frau.

»Bei Ihnen habe ich übrigens auch etwas in der Richtung festgestellt«, sagte Frau von Katten plötzlich zwischen zwei Schlucken Kaffee. »Erinnern Sie sich an den Kräuterstrauß, den ich Ihnen gepflückt habe?« Rebekka nickte und dachte daran, wie intensiv sie die verschiedenen Düfte wahrgenommen hatte.

»Sie müssen Ihre Sinne schulen, dann werden Sie feststellen, dass Sie Aromen immer besser erkennen und unterscheiden können. Passen Sie auf ...« Frau von Katten angelte nach der Kaffeedose, öffnete den Deckel und schob sie Rebekka zu. »Schnuppern Sie einmal hinein. Was riechen Sie?«

Rebekka schloss die Augen und senkte ihre Nase vorsichtig über die Blechbüchse. Erst nahm sie nur den typischen Kaffeegeruch wahr. Doch je länger sie den Duft einsog, desto deutlicher traten andere Nuancen hervor. »Da riecht etwas ein bisschen wie ... Nougat«, sagte sie erstaunt. »Und da ist noch etwas Herbes dabei wie von einer Frucht, aber es ist nur ein Hauch.«

»Sehen Sie«, sagte Frau von Katten befriedigt, »es funktioniert.«

»Erstaunlich«, murmelte Rebekka, »bisher habe ich meiner Nase keine große Bedeutung beigemessen.«

Frau von Katten lächelte und trank den letzten Schluck aus ihrer Tasse. »Nun werden Sie mal nicht übermütig. Erst wenn Sie wissen, wie Eisblumen duften, haben Sie wirklich etwas gelernt.« Mit diesen kryptischen Worten stand sie auf, und ehe Rebekka noch etwas erwidern konnte, hatte die alte Dame ihre Tasse geleert und war mit raschen, leichten Schritten aus der Tür, die lautlos hinter ihr zuklappte.

Rebekka blickte ihr kopfschüttelnd nach. »Der Duft von Eisblumen! Mitunter ist Frau von Katten etwas seltsam, findest du nicht auch?«, fragte sie den Beo und steckte die Hand durch den Käfig, um ihn zu kraulen.

Doch der warf ihr nur einen strafenden Blick zu, ehe er ihr den Rücken zudrehte und den Kopf unter einen Flügel steckte.

»Dann eben nicht«, murrte Rebekka. Ihr Blick blieb an den zwei Tassen hängen, und unwillkürlich musste sie an den gestrigen Abend denken, als Taye an ihrem Küchentisch gesessen und mit ihr Wein getrunken hatte. Ihre Gedanken wanderten weiter, und als sie daran dachte, was unterm Sternenhimmel passiert war, kam ihr Herz aus dem Takt.

Obwohl sie energisch versuchte, die Frage beiseitezuschieben, warum Taye sie erst geküsst und danach stehen gelassen hatte, konnte Rebekka sich nicht gegen die Erinnerung an seine Zärtlichkeiten und das Gefühl seiner Lippen auf ihrem Mund wehren. Hastig begann sie, die gebrauchten Kaffeetassen zusammenzustellen, und trug sie zur Spüle. Sie drehte den Hahn so heftig auf, dass heißes Wasser über den Beckenrand spritzte, und beim Abtrocknen wäre ihr beinahe eine Untertasse aus der Hand gerutscht. »Verflixt«, schimpfte sie sich selbst und versuchte, tief durchzuatmen. Dieser nervöse Herzschlag musste den starken jamaikanischen Kaffeebohnen geschuldet sein, dachte Rebekka. Doch auch nachdem alles aufgeräumt war, wurde sie nicht ruhiger. Also wischte sie den Tisch ab. Zwei Mal. Dann holte sie den Staubsauger aus der kleinen Abstellkammer im Flur und saugte erst die Küche und anschließend ihr kleines Schlafzimmer, was Beo Lingen dazu veranlasste, den Kopf unter seinem Flügel hervorzustecken und mit einem Krächzen gegen die Störung zu protestieren. Schließlich blieb Rebekka nichts mehr zu tun und sie ließ sich mit einem tiefen Seufzer auf die Küchenbank sinken. Kurz überlegte sie, ihr Smartphone einzuschalten und im Internet zu surfen. Doch da Frau von Katten kein WLAN besaß, war die Verbindung langsam und Rebekka heute zu ungeduldig, mehrere Minuten auf den Aufbau einer Website zu warten. Eine unerklärliche Unruhe hatte von ihr Besitz ergriffen, und erst als sie merkte, wie sie ständig zur Tür schielte, wurde ihr klar, dass sie darauf hoffte, Taye würde wie gestern Abend bei ihr vorbeikommen. Doch alles blieb still, und in der stickigen Wärme der Küche schien die Zeit stillzustehen. Nur das Ticken der alten Küchenuhr zeigte, dass die Sekunden und Minuten verstrichen.

Obwohl sie sich sagte, dass Taye an seinem freien Tag sicher nicht um sechs Uhr abends nach Hause käme, sondern wahrscheinlich irgendwo mit Freunden – darunter vielleicht auch ein paar Frauen? – etwas trinken gegangen war, konnte sie nichts anderes tun, als zu warten. Sie holte sich ihren dicken Krimi vom Nachttisch und setzte sich auf die Terrasse. Doch genauso gut hätten auf den Seiten chinesische Schriftzeichen stehen können, so wenig nahm Rebekka von dem Geschriebenen auf. Ein paarmal glaubte sie tatsächlich, seine Schritte im Garten auf dem Weg zum Kutscherhäuschen zu hören, doch jedes Mal, wenn sie den Kopf hob, war es nur der leichte Sommerwind, der durch die

Sträucher strich oder das leise Scharren, mit dem der Beo in seinem Käfig auf und ab trippelte.

Schließlich hielt sie es nicht mehr aus. Der Himmel hatte sich zu einem rauchigen Blaulila verfärbt, die weißgelbe Sonne nahm langsam die satte Farbe einer Aprikose an, und die Hitze des Augusttages wich einer angenehmen Spätsommermilde. Rebekka stand auf und trat ein paar Schritte in den Garten, wobei ihre bloßen Füße wie von selbst den Weg zu den kugeligen Hecken einschlugen, der sich ein Stück weiter gabelte. Rechter Hand führte der Pfad zum schmalen Bootssteg am Seeufer – und links zum Bauwagen. Kurz machte sich Rebekka vor, sie müsse überlegen, welchen Weg sie nehmen würde, doch ihre Entscheidung war längst gefallen. Kurz bevor das hellblau gestrichene Boot auftauchte, verlangsamte sie ihre Schritte und schlenderte vorgeblich ziellos zwischen den Blumenbeeten umher. Konzentriert betrachtete sie die verschiedenen Blütenkelche und Pflanzen, um ihren Blick ja nicht zu der weiß umrandeten Tür des Bauwagens schweifen zu lassen. Schließlich war sie rein zufällig hier, nicht wahr? Doch so sehr sie auch hoffte – die Tür blieb zu, und auch hinter dem kleinen Fenster mit der duftig-weißen Gardine bewegte sich nichts. Auf einmal kam sich Rebekka unsäglich albern vor. Was tat sie hier eigentlich – eine Frau Mitte dreißig, die sich benahm wie ein unreifer Teenager? War sie vielleicht nur hier, weil sie es nicht ertrug, dass Taye sie gestern stehen gelassen hatte – ein Schlag ins Kontor ihrer eigenen Eitelkeit? Beschämt machte Rebekka kehrt, um zum See hinunter zu fliehen. Die weite Wasserfläche und das beruhigende Plätschern der Wellen würden sie beruhigen und hoffentlich wieder klar im Kopf machen.

Doch statt Wellengeplätscher gab es einen dumpfen Laut, als Rebekkas Ellenbogen beim Umdrehen in Tayes Solarplexus landete.

»Musst du dich so anschleichen? Du hast mich fast zu Tode erschreckt«, rief sie.

Taye, der zusammengekrümmt vor ihr auf dem Plattenweg stand, hustete kurz und richtete sich auf. »Tut mir leid, dass Turnschuhe auf dem Rasen von Natur aus kein Geräusch machen. Aber es war immerhin nett von dir, dass du mich nicht gleich mit einer Gartenschaufel erschlagen hast.«

Rebekka sah, dass er sich den Magen hielt, und war nun doch etwas zerknirscht. »Bist du okay?«

»Nicht der Rede wert. Respekt, dein Leberhaken hätte so manchen Einbrecher außer Gewehr gesetzt.«

»Gefecht heißt das«, erwiderte Rebekka reflexartig.

»Pardon, aber du bringst mich beinahe um – und hast dann nichts Besseres zu tun, als mein Vokabular zu kritisieren?«

Rebekka grinste. »Klar, oder willst du etwa, dass auf deinem Grabstein steht ›Er war ein toller Medizinstudent, aber sein Deutsch war miserabel‹?«

Taye lachte schallend, und ein paar Spatzen, die sich bereits zur Abendruhe in den Zweigen eines Strauchs mit sonnengelben Blüten niedergelassen hatten, flogen mit protestierendem Zwitschern auf.

»Was hältst du davon, mir ein wenig Nachhilfe zu geben?«, fragte er und sah Rebekka so tief in die Augen, dass ihre Knie sich plötzlich in wabbelige Götterspeise zu verwandeln schienen.

»Klar, warum nicht«, sagte sie, um einen betont unverfänglichen Ton bemüht und hoffte, dass Taye das leichte Zittern in ihrer Stimme nicht bemerkte.

»Fein, dann fangen wir am besten gleich damit an«, lächelte er und zog einen großen Messingschlüssel aus der Tasche, mit dem er die Wagentür aufsperrte. »Setz dich, ich hole uns etwas zu trinken.«

Gehorsam ließ Rebekka sich vor dem Wagen in einen der weiß gestrichenen Korbstühle sinken, der zwar etwas knarzte, aber erstaunlich bequem war. Im Inneren hörte sie Taye vor sich hin summen, ehe aus unsichtbaren Lautsprecherboxen die ersten Takte von John Lee Hookers *One Bourbon, One Scotch, One Beer* erklangen. Gleich darauf kam Taye mit zwei Gläsern in der einen Hand und einer großen Karaffe, in deren gelbgrüner Flüssigkeit Eiswürfel und zwei Minzezweige schwammen, in der anderen heraus und stellte alles zusammen auf den Tisch. »Peppermint Icetea, ohne Alkohol«, erklärte Taye und schenkte Rebekka ein.

»Aber mit Eiswürfeln«, stellte sie erstaunt fest.

»Kühlschrank mit Aggregat«, antwortete Taye feixend. Den frischen Minzeduft in der Nase, nahm Rebekka einen Schluck und stellte fest, dass das Getränk ebenso gut schmeckte, wie es roch. »Also gut, du kannst kochen, du kannst Eistee machen, verletzte Finger verbinden ... Irgendeine Fähigkeit, die ich noch nicht kenne? Stricken vielleicht oder Töpfern?«

Taye lachte. »Ich glaube, es gibt noch eine ganze Menge, was du von mir nicht weißt. Aber wenn ich ehrlich bin, interessiert mich viel mehr, was *du* alles kannst – außer dich in deiner Werbeagentur halb tot zu arbeiten und fremde Autos zu crashen.«

Rebekka musste lachen, gleichzeitig aber durchfuhr sie eine leichte Wehmut, als sie an all die Dinge dachte, die sie als kleines Mädchen später einmal beherrschen wollte: wilde Pferde zähmen. Ein Lagerfeuer ohne Streichhölzer entzünden. Vor allem aber Abenteuer erleben. Nichts von alldem hatte sie geschafft. »Ich fürchte, ich bin ziemlich langweilig«, wich sie aus.

Taye schnaubte. »Das nehme ich dir nicht ab, Rebekka. Los, raus mit der Sprache, was würdest du gerne richtig gut können?«

Und so erzählte sie ihm von den Träumen ihrer Kindheit, doch statt zu lachen, hörte er ihr zu und nickte, als ob er genau wüsste, wovon sie sprach. Und während er ihr nachschenkte, diskutierten sie darüber, ob Erwachsenwerden bedeutete, seine Sehnsüchte begraben zu müssen.

»Manche Dinge muss man realistisch sehen«, fand Rebekka. »Wenn du keine Träume mehr hast, dann hast du deine Seele verkauft«, hielt Taye dagegen. Schließlich stießen sie mit dem Rest Eistee an. »Auf alte Wünsche und neue Träume«, sagte Taye, und Rebekka konnte nur nicken, weil seine Worte eine leichte Gänsehaut über ihre Arme schickten, die nicht von der zunehmenden Kühle des heraufziehenden Abends kam, der die Himmelsfarben verblassen ließ. Langsam wagte sich ein blasser Mond hinter ein paar zarten Schleierwolken hervor, während Taye aufstand und erneut in seiner Behausung auf vier Rädern verschwand. Kurz darauf erklang der Rhythmus afrikanischer Musik, und Rebekka lauschte fasziniert den Klängen, die diese Sommernacht wie ein fremder, bunter Teppich durchwebten. Trommeln, die klangen, als würden sie auf einem hohlen Baumstamm gespielt, untermalten eine Melodie, die geradezu dazu einlud, aufzustehen und barfuß im Gras zu tanzen. Als hätte sie Taye das Stichwort gegeben, tauchte er in der offenen Tür auf und blieb auf der obersten Stufe der Treppe zum Bauwagen stehen. Das gedämpfte Licht im Inneren ließ seine Silhouette wie einen Scherenschnitt wirken. Rebekkas Herz klopfte.

»Tolle Musik«, brachte sie heraus.

Taye lächelte und streckte einladend die Hand aus. »Dann komm!«

Rebekka erschrak und schüttelte den Kopf. »Tanzen? Oh nein. Keine gute Idee. Ich bewege mich nämlich wie ein Strickpulli: zwei rechts, zwei links!«

Taye warf lachend den Kopf zurück, und Rebekka sah seine weißen Zähne aufblitzen. »Jeder Mensch kann tanzen. Versuch's einfach!«

Doch Rebekka schüttelte erneut den Kopf. Sie kam sich mit einem Mal schrecklich steif und unbeholfen vor und hatte Angst, sich vor Taye zu blamieren. Sie war nie eine große Tänzerin gewesen, die sich einfach der Musik überlassen konnte. Immer hatte sie sich dabei selbstkritisch beobachtet und sich gefragt, was die anderen wohl von ihr halten würden. Nur ganz selten – allein in ihrer Wohnung – drehte sie die Musik laut auf und bewegte sich dazu. Aber das bekam nicht einmal Beo Lingen zu sehen.

»Ist das Musik aus Kapstadt?«, versuchte sie abzulenken.

Taye verneinte. »Von einem Freund von mir. Er stammt ursprünglich aus Kamerun. Was du hörst, ist eine Kalimba. Das ist ein Holzkasten, auf dem Metallspeichen befestigt sind, die mit den Fingern gezupft werden. Dazu wird die Krin geschlagen, eine Trommel aus Palisanderholz, die innen hohl ist und Schlitze hat.«

Geschmeidig sprang er die letzte Stufe des Bauwagens hinunter, doch zu Rebekkas Erleichterung forderte er sie nicht noch einmal zum Tanzen auf, sondern stellte stattdessen eine Schale mit Nüssen vor Rebekka hin.

»Ich hoffe, dir schmecken diese Salzmandeln. Sie sind mit Honig kandiert und eine selbst gemachte Spezialität meiner Mutter. Ihre Vorfahren waren zwar holländisch, aber zum Glück hält sie sich eher an die südafrikanische Küche.«

Rebekka musste ihn fragend angesehen haben, denn Taye verdrehte die Augen und grinste. »Carepaket aus Südafrika, du verstehst ...«

Rebekka nickte und lächelte, auch wenn sie ein kleiner Stich durchfuhr. Ihre Mutter würde nie auf die Idee kommen, ihrer Tochter irgendwelche Leckereien zu schicken. Für sie war Rebekka erwachsen und hatte gefälligst für sich selbst zu sorgen.

»Du siehst ein wenig gedrückt aus«, stellte Taye fest, und Rebekka errötete, weil er scheinbar wieder einmal ihre Gedanken gelesen hatte. »*Be*drückt meinst du. Nein, ich bin nur ein bisschen müde. Frau von Katten hat mich heute als deine Vertretung eingesetzt und mich gnadenlos die schwere Gießkanne schleppen lassen«, versuchte sie abzulenken.

Mit Erfolg, denn Taye lachte. »Das nennt man Outdoortraining für die Arme. Sei dankbar, manche zahlen für solche Drill-Camps viel Geld.«

»Da sind aber dann Fangopackungen mit Massagen inklusive«, murrte Rebekka. Taye trat hinter sie und kurz darauf spürte sie seine Hände, die begannen, ihre Schultern zu massieren. Sekundenlang hielt sie bei der unvermuteten Berührung den Atem an, doch dann entspannte sie sich und genoss mehr und mehr Tayes kraftvolle und doch sanfte Behandlung. Einige Minuten lang knetete er ihre verspannte Muskulatur schweigend und gekonnt, und Rebekka überließ sich ganz dem wohligen Gefühl seiner Berührung. Mit leichtem Druck seiner Handballen brachte er sie dazu, sich zurück- und damit an ihn zu lehnen, während seine Daumen an ihren Schulterblättern entlangfuhren. Allmählich wurden die verhärteten Stellen unter ihrer Haut weicher, und Rebekka hörte auf, darüber nachzudenken, wie der Abend wohl enden würde und ob sie nicht besser gehen sollte. Ihre Zweifel und Ängste machten sich davon und verschwanden im Dunkel der Nacht. Jetzt, in diesem Augenblick, wollte sie nirgends anders sein als in diesem Garten, der in der feuchten Nachtluft seinen geheimnisvollen Duft entfaltete – und bei Taye, der es schaffte, dass sie nicht mehr nachdachte, sondern einfach nur genoss. Die weichen Rhythmen der afrikanischen Musik hüllten sie ein, und Rebekka schloss die Augen. Langsam glitt sie in einen Zustand zwischen Wachen und Träumen, während Tayes Hände sie so sanft berührten wie der laue Wind dieser Sommernacht ...

Irgendwann spürte sie im Halbschlaf, wie er sie behutsam hochhob und in seinen Wagen trug, wo er sie auf etwas Weiches legte. Sekundenlang überlegte Rebekka, ob sie wach werden sollte, doch gleich darauf umfingen sie seine warmen Arme von hinten, und sie schlief weiter – so beschützt und aufgehoben wie nie zuvor.

Rebekka erwachte von gleißender Helligkeit und drehte mit einem widerwilligen Laut den Kopf zur Seite. Wie kam ein Scheinwerfer in das Schlafzimmer ihres Kutscherhäuschens? Doch als sie missmutig ein Auge öffnete, sah sie einen Kissenbezug, der definitiv nicht von ihr stammte. Ebenso wenig wie sie in ihrem Bett lag. Erschrocken riss sie nun beide Augen auf, und gleichzeitig kam die Erinnerung an den gestrigen Abend zurück. Tayes Hände, die sie erst massiert und dann ins Bett getragen hatten, wo sie eng aneinandergeschmiegt eingeschlafen waren ... Vorsichtig drehte sie den Kopf, doch die andere Seite des Betts war leer, nur eine Kuhle auf dem Kopfkissen zeugte davon, dass Rebekka den vergangenen Abend offenbar nicht geträumt hatte. Sie hatte die ganze Nacht neben einem Mann geschlafen, den sie kaum kannte – und es war nicht einmal Alkohol im Spiel gewesen! Wie hatte das passieren können – ausgerechnet ihr, die sie sonst stets so kontrolliert war? Hastig sprang Rebekka aus dem Bett und und fuhr sich mit beiden Händen durch ihre wirren Locken, ehe sie sich umblickte, wozu sie gestern nicht gekommen war. Der Bauwagen war einfach, aber funktional eingerichtet, stellte sie fest, wobei das Bett den größten Teil des Raumes einnahm. Doch nach einem Spülbecken oder fließend Wasser suchte Rebekka vergeblich. Wahrscheinlich stand ein Eimer draußen, dachte sie und schauderte bei dem Gedanken, sich mit dem von der Nacht eiskalten Wasser waschen zu müssen. Vorerst kaute sie nur rasch ein paar der frischen Minzeblätter, und während sie noch über die gestrigen Ereignisse nachdachte, knarrte die Tür des Bauwagens und Taye kam mit einer Tüte und einem breiten Lächeln herein. Der Duft nach frischen Backwaren breitete sich aus, und Rebekka sehnte sich plötzlich nach einem starken Kaffee. Doch in Tayes Wagen gab es weit und breit keine Herdplatte. »Sorry, das ist hier drin verboten. Ich habe nur einen Campingkocher draußen«, bedauerte er, als sie ihn darauf ansprach.

»Ohne Koffein kriege ich nicht mal ein gerades Wort raus«, jammerte Rebekka.

Taye lächelte und setzte sich zu ihr aufs Bett. »Mal sehen, ob wir dich nicht auch so wachbekommen«, sagte er und nahm Rebekkas Kopf sanft zwischen die Hände. Gleich darauf spürte sie seine Lippen auf ihren.

»Ist das die Dornröschen-Methode?«, fragte Rebekka, als sie wieder Luft holen konnte. »Wie bitte?«

»Dornröschen schlief durch den Fluch einer bösen Fee hundert Jahre, bis ein Prinz durch die Dornenhecke kam und sie wachküsste«, erklärte Rebekka ihm das Märchen. »Ehrlich gesagt musste ich schon daran denken, als ich zum ersten Mal die Villa und Frau von Kattens Hecken-Monster gesehen habe.«

»Da hast du gar nicht so unrecht gehabt. Nur dass der Prinz nicht durch die Hecke musste, er war nämlich schon im Garten.«

Rebekka gab ihm einen leichten Stups. »Redest du etwa von dir?«

»Von wem denn sonst?«

»Ich dachte, du studierst Medizin?«

Statt einer Antwort ließ Taye seine Lippen ihren Hals hinabwandern, während er federleichte, zärtliche Küsse darauf verteilte, bis er bei ihrem Schlüsselbein angekommen war. Mit einer fließenden Bewegung zog er den Ausschnitt ihres T-Shirts ein Stück über ihre Schulter hinunter und biss sie spielerisch in die nackte Haut.

»Hey«, protestierte sie lachend, »als angehender Arzt solltest du deine Patienten heilen, statt sie aufzuessen!«

»Das kommt erst im letzten Studienjahr – wenn ich zurück in Kapstadt bin«, sagte Taye grinsend. Seine Hände wanderten unter ihr verrutschtes T-Shirt und streichelten ihren Rücken.

Doch der Gedanke an seine Rückkehr nach Südafrika ernüchterte Rebekka schlagartig, und mit einem Mal war der Zauber verflogen. Das, was sie da gerade taten, hatte weder Sinn noch Zukunft. Taye studierte nicht nur Tausende Kilometer entfernt, er war auch sieben Jahre jünger als sie. Fing sie etwa schon genauso an wie Madonna, die mit zunehmendem Alter immer jüngere Liebhaber hatte? Abrupt löste Rebekka sich aus Tayes Griff und sprang aus dem Bett.

Überrascht sah er sie an. »Was ist?«

»Nichts, ich ... ich glaube nur, dass es ein Fehler ist.«

»Warum?«

»Weil ...«, fing Rebekka an, doch dann wusste sie nicht weiter. Sollte sie ihm erklären, dass er zu jung für sie war? Oder dass sie in etwas mehr als zwei Wochen sowieso nicht mehr hier wäre? Sobald Rebekka ihre Sozialstunden abgeleistet hatte, würde sie von hier fortgehen, zurück in ihr altes Leben. Zudem flog Taye irgendwann zurück nach Südafrika, und dann würden sie sich sowieso nie wiedersehen. Um den kurzen, scharfen Stich zu verbergen, der sie bei diesem Gedanken durchfuhr, starrte sie angestrengt zu Boden.

Taye hatte schweigend abgewartet und nun stieß er den Atem geräuschvoll aus. »›Weil‹ ist natürlich ein super Argument, das ich vollkommen nachvollziehen kann.«

Rebekka fühlte sich in die Ecke gedrängt, und wie immer, wenn ihr das passierte, fuhr sie die Krallen aus.

»Ach, bitte! Ich muss dir doch wohl nicht erklären, dass das alles aus einer Laune heraus passiert ist, oder? Ich meine, der Wein neulich, die Sommernacht – und gestern Abend deine Massage … Da kann man schon mal so eine kleine Dummheit machen, oder?«

Er blickte sie eine Weile lang wortlos an, dann nickte er. »Verstehe. Aber was du als Fehler empfindest, hat sich für mich absolut richtig angefühlt.« Mit diesen Worten stand auch er auf und war kurz darauf aus der Tür, die er offen ließ. Rebekka vergrub kurz den Kopf in den Händen, ehe sie ebenfalls den Bauwagen verließ. Während sie den Weg zu ihrem kleinen Kutscherhäuschen einschlug, wünschte sie, sie hätte das alles nur geträumt. Dann wären der Schmerz und die Enttäuschung beim Aufwachen vorhin verschwunden gewesen, anstatt umgekehrt.

Vergissmeinnicht (Myosotis sylvatica)

Sommer 1948

Lieber Iggy,

»Schlaf«, hast Du einst zärtlich gesagt und mir eine verschwitzte Strähne aus dem Gesicht gestrichen. Doch ich habe die Augen weiterhin offen gehalten und Dich betrachtet. Ich wollte mir Deine Züge in allen Einzelheiten einprägen, damit ich Dein Gesicht, Dein Lächeln und den Ausdruck Deiner Augen, wenn wir uns liebten, nie mehr vergessen würde. Obwohl Du mir versprochen hast, mich niemals zu verlassen, wurde ich oft von einer nachtschwarzen Furcht heimgesucht, die von einer Zukunft ohne Dich wisperte, und mein Herz erstarrte bei diesem Gedanken in Sekundenschnelle zu Eis. Unsere gemeinsame Zeit war ohnehin nur gestohlen gewesen, das weiß ich jetzt. Jede Stunde und Minute dieser Nächte, in denen wir so eng zusammenlagen, dass der eine das Herz des anderen pochen hörte, war geraubt. Niemand durfte von dieser Liebe erfahren, schon gar nicht meine Eltern. Als Amerikaner warst Du immer noch für viele ein Feind, obwohl Du und Deine Kameraden uns und unser Land befreit hattet. Zwar war ich mir von Anfang an bewusst, was es für mich bedeutete, wenn herauskäme, was ich getan habe. Und doch habe ich es nicht lassen können, dafür habe ich Dich zu sehr geliebt. »Ich will nicht einschlafen«, habe ich damals

gesagt und Dir mit dem Zeigefinger über Deine Wangenknochen gestrichen, dort wo die Haut so weich und samtig war. »Denn dann sehe ich dich ja bis morgen früh nicht wieder.«

Du hast gelächelt. »Dann treffen wir uns im Traum. Ich träume dich und du träumst mich, und wir werden die ganze Nacht zusammen sein. Und beim Aufwachen erzählen wir uns, was wir in diesen Stunden zusammen erlebt haben.«

Es war typisch für Dich, Dir so etwas auszudenken, denn Deine Ideen sprudelten nur so. Einmal hast du mich in einen Kellerraum mitgenommen, der so düster war, dass ich kaum die Treppenstufen erkennen konnte, die hinunterführten. Ich hatte Angst, aber du hast mir versichert, es sei ein »Jazzclub«, in dem GIs ein und aus gingen, und was ich hören würde, könnte mein Leben verändern. Tatsächlich trafen mich schon die ersten Töne des Pianos, das da auf der Bühne stand und von den sparsamen Noten eines riesigen Basses begleitet wurde, mitten ins Herz. Dieser Jazz – das waren wir. Diese leichten und doch melancholischen Tastenläufe, die die langen schlanken Finger des Pianisten auf den weißen und schwarzen Tasten mühelos griffen. Für mich warst Du seit diesem Abend in unserer Beziehung stets die Melodie in Dur, mit Deiner Fröhlichkeit und Deinem ansteckenden Lachen. Ich war eher das Dunkle, meine Seele tönte oft in Moll, aber wenn ich bei Dir war, Iggy, dann schien es, als würden wir zusammen so klingen wie dieses Klavier.

Ich weiß noch genau, wie Du nach vorne zur Bühne gegangen bist und ein paar Sätze mit den Musikern gewechselt hast. Bevor die Band das nächste Lied anstimmte, trat der hochgewachsene Amerikaner am Bass ans Mikrofon und sagte auf Englisch: »Und nun spielen wir einen Song, der ›Laura‹ heißt und für ein ganz besonderes Mädchen gewünscht wurde. Thea – this is for you!«

Und noch ehe ich mich von meiner Überraschung erholen konnte, griff der Pianist erneut in die Tasten und begann zu singen. Die Zeilen »Kennst du das Gefühl, jemanden wiederzuerkennen, den du vorher noch nie getroffen hast ...« schienen für uns geschrieben worden zu sein. In diesem Augenblick war meine Liebe für Dich so groß, Iggy, dass ich glaubte, zerspringen zu müssen. Du hast meine Tage hell und den Himmel immer ein wenig blauer als sonst gemacht.

Zum Schluss hat sich meine Furcht, das alles könnte nicht von Dauer sein, aber doch bewahrheitet. Zunächst habe ich mir nichts dabei gedacht, als meine Brüste plötzlich empfindlicher waren als früher, und es darauf zurückgeführt, dass wir uns liebten, wann immer wir ein paar Stunden ungestört waren. Erinnerst Du Dich an das kleine Wäldchen am Stadtrand, in dem wir uns getroffen haben? Oder an eines der Häuser, die seit dem Krieg leer standen und verfielen? So oft wie möglich haben wir uns vor der Welt und der trostlosen Gegenwart in unsere Träume geflüchtet, und für mich zählte nur das Zusammensein mit Dir. Dass meine monatliche Blutung ein Mal ausgeblieben war, hat mich auch nicht beunruhigt. In Zeiten, in denen Lebensmittel knapp und die meisten Frauen und Mädchen viel zu mager waren, bedeutete das Ausbleiben der Regel schließlich nichts Ungewöhnliches. Doch nachdem es drei Mal hintereinander vorgekommen war und meine Kleider eng wurden, hatte ich begriffen, was mit mir los war: Ich erwartete ein Kind von Dir. Im ersten Augenblick war da nur Freude – über ein kleines Wesen, das aus unserer Liebe entstanden war. Ob es Deine langen, schlaksigen Beine und Dein Lachen, dafür aber meine Augen haben würde? Kurz darauf war mir jedoch klar geworden, welche Katastrophe diese Schwangerschaft war. Gerade einmal volljährig geworden, erwartete ich das Kind eines amerikanischen Soldaten. Du warst nur ein paar Jahre älter als ich, und ich wusste nichts über Dich, außer dass Du aus einer Kleinstadt in Texas kamst und dass ich Dich liebte. Tagelang haderte ich mit mir, ob ich Dir davon erzählen sollte. Doch ehe ich eine Entscheidung treffen konnte, war Mutter mir auf die Schliche gekommen. Die dünnen Bretterwände des Plumpsklos auf dem Hof hatten das Würgen nicht dämpfen können, das mich inzwischen immer morgens nach dem Aufstehen heimsuchte. Als ich eines Morgens bleich und auf zittrigen Beinen aus der stinkenden Bretterbude wankte, hat sich Mutter vor mir aufgebaut, die Hände in die Seiten gestemmt und mich zornig ins Verhör genommen. Ich musste schließlich gestehen, schwanger zu sein. Nur von wem, das brachte Mutter nicht aus mir heraus, selbst dann nicht, als sie mir mit Vater und dessen Rohrstock drohte. Ich wusste genau, dass mein stets kränkelnder Vater zu schwach und nachgiebig wäre, um seine fast erwachsene Tochter zu schlagen. Doch wegen meiner Mutter, die nicht eher ruhen wollte, bis sie herausgefunden hätte, wer diese »Schande« über ihre Tochter gebracht hat, war ich tagelang nicht mehr aus dem Haus gegangen. Ich wagte nicht, mich mit Dir zu treffen, aus Furcht, meine Mutter könnte mir unbemerkt folgen. Ich wollte eine günstige Gelegenheit abwarten, um zu der Kaserne zu schleichen, in der Du stationiert warst, um Dir von den neuesten Ereignissen zu berichten. Doch dazu kam es nicht mehr. Drei Tage nachdem Mutter von meinem »Zustand« erfahren hatte, erschien sie mit einem gepackten Koffer vor meiner Zimmertür und schleifte mich zum Bahnhof, wo sie mich in einen Zug setzte und zu beinahe hundert Kilometer entfernt lebenden Verwandten schickte.

Und so haben sich die letzten Zeilen aus dem Lied in der Jazzbar damals auf schicksalhafte Weise erfüllt: »And you see Laura on a train that is passing through ...«

Ich habe Dich nie wiedergesehen, Iggy, und doch ist Dein Bild für immer in meinem Herzen eingebrannt.

Deine Thea

*

10

Lavendel (Lavandula angustifolia)

»Frau von Katten, was machen Sie denn da?« Rebekka sah entgeistert zu der alten Dame hinauf, die auf der obersten Stufe einer Stehleiter balancierte und in luftiger Höhe der Hecke mit einer Schere zu Leibe rückte.

Ihre derzeitige Arbeitgeberin blickte unwirsch von ihrer Tätigkeit auf. »Nach was sieht es denn aus – einem Kaffeekränzchen?«

»Nein, aber ist das Schneiden der Hecke nicht eigentlich Tayes Aufgabe?«

»Er ist heute nicht da, weil er irgendeinen Termin an der Universität wahrnehmen muss.«

»Wie wäre es dann, bis morgen zu warten?«

»Wozu? Glauben Sie, die Heckenschere schneidet morgen anders als heute?«

Rebekka seufzte. Die adelige Dame konnte stur wie ein Maulesel sein. Zwar hatte sie mit Rebekka seit dem Tag, an dem sie zusammen die Sonnenblumen hochgebunden hatten, einen beinahe freundlichen Umgangston gepflegt, wenn diese zum Saubermachen in der Villa erschienen war, aber bei ihrer Hecke zeigte sich die alte Dame wieder einmal von ihrer schnippischen Seite, die

Rebekka gerne als »Piranha-Benehmen« bezeichnete, weil Frau von Katten dann nach allem schnappte, was ihr in die Quere kam. Jetzt ließ sie die Schere sinken und musterte Rebekka streng. »Niemand kann meine Thuja-Hecke zu meiner Zufriedenheit stutzen, nicht einmal Taye. Also mache ich es eben selbst.«

»Wenn Sie dort oben einen ähnlichen Schwächeanfall wie neulich erleiden, schneiden Sie bald gar nichts mehr. Und Ihre Hecke können Sie dann höchstens noch von unten betrachten«, gab Rebekka zurück. Ihre Mutter hätte bei diesen Worten die Hände über dem Kopf zusammengeschlagen und wahrscheinlich behauptet, ihre Tochter müsse bei der Geburt vertauscht worden sein. Doch Rebekka hatte inzwischen gelernt, dass man der alten Dame die Wahrheit am besten so schonungslos wie möglich beibrachte. Auf diese Weise bestand zumindest eine fünfzigprozentige Chance, dass sie zur Vernunft kam. Tatsächlich umspielte ein winziges Lächeln die faltigen Lippen. »Nun gut, wenn Sie meinen – dann versuchen *Sie* es eben. In einer Stunde komme ich und sehe nach.« Behände stieg Frau von Katten von der Leiter und drückte Rebekka die Schere in die Hand. Mit offenem Mund blickte sie der alten Dame nach, die mit raschen Schritten ihren Garten durchquerte, ohne einen Blick zurückzuwerfen. Rebekka atmete tief durch und musterte das undurchdringliche Grün der Thuja, die wie eine Wand vor ihr aufragte. »O. k.«, sagte Rebekka zu der Heckenschere, »das wäre ja gelacht, wenn ich mit dem bisschen Gestrüpp nicht fertigwerden würde.«

»Nun ja, Frau Winter. Ich muss sagen ... Sie haben sich ... Mühe gegeben.« Dorothea von Katten schien an den Worten zu kauen wie an einem zu harten Stück Brot. Rebekka hatte in dieser einen Stunde so stark geschwitzt wie während ihrer gesamten Pilates-Stunden nicht. Die Heckenschere schien von Minute zu Minute schwerer geworden zu sein, bis sie das Gefühl hatte, ihr rechter Arm würde ihr gleich abfallen. Immer wieder war sie an den harten Thujazweigen hängen geblieben, sodass ihre Unterarme nun zahlreiche rote Schrammen zierten, als hätte Rebekka sich mit einer Horde Wildkatzen angelegt.

Nun trat sie einen Schritt zurück und musterte ihr Werk ebenfalls, wobei sie leider zugeben musste, dass die Hecke aussah, als hätte sich Gloria von Thurn und Taxis' Friseur aus den Achtzigern daran vergriffen und dem Gebüsch einen ähnlich schrägen Punker-Look verpasst wie damals der Fürstin. »Ich habe es nicht so mit dem Augenmaß«, entschuldigte sich Rebekka.

»Ja, das müssen Sie nicht extra betonen«, gab Frau von Katten trocken zurück. »Wenn Taye morgen wieder da ist, soll er im Schuppen nachsehen. Ich glaube, mein Enkel hat irgendwann einmal eine elektrische Heckenschere vorbeigebracht. Damit lässt sich hoffentlich das Schlimmste beheben.«

»Wenigstens habe ich sie davon abgehalten, noch mal selbst auf die Leiter zu steigen«, berichtete Rebekka dem Beo. Sie öffnete die Käfigtür – nachdem sie sich doppelt versichert hatte, dass alle Fenster und Türen verschlossen waren und Lingen nicht noch einmal in die Obstbäume entfliehen konnte. Nachdem der Vogel sich seine Streicheleinheiten abgeholt hatte und in den Flur hinaus geflattert war, betrachtete Rebekka seufzend ihre zerkratzten Unterarme. Immerhin war sie Taye nicht über den Weg gelaufen. Seit ihrem Kuss und Rebekkas überstürztem Abgang waren vier Tage vergangen, und sie hatte sich bemüht, dem jungen Aushilfsgärtner aus dem Weg zu gehen. Rebekka war dankbar für seinen freien Tag, denn dadurch konnte sie ohne Angst, ihm zu begegnen, in den Garten gehen. In ihr herrschte immer noch ein wildes Durcheinander aus Herzklopfen und Abwehr, so als hätte sie ihre Gefühle in einen Mixer gegeben und den Startknopf gedrückt. Sie versuchte krampfhaft, die Nacht unterm Sternenhimmel aus ihrem Bewusstsein zu verdrängen, doch die Erinnerung überfiel sie seit vorgestern immer kurz vor dem Einschlafen sowie beim Aufwachen, wenn Rebekka zwischen Traum und Wachen schwebte und ihren inneren Schutzpanzer entweder ab- oder noch nicht angelegt hatte. Wenn sie an Tayes Lippen auf ihrem Mund dachte, verspürte sie stets ein heftiges Magenkribbeln, ehe ihr Verstand sich einschaltete und ihr energisch alle Argumente aufzählte, die gegen den Medizinstudenten aus Kapstadt sprachen, um damit den Schmetterlingen in ihrem Bauch den Garaus zu machen. Allerdings würde ihr Sozialdienst noch zwei Wochen dauern, und Rebekka wusste schon jetzt, dass es so gut wie unmöglich sein würde, ihm die ganze Zeit aus dem Weg zu gehen. Einem unvermuteten Aufeinandertreffen fühlte sie sich aber ebenso wenig gewachsen.

»Kannst du nicht zu ihm fliegen und ihm sagen, dass er sich zwei Wochen Urlaub nehmen soll?«, fragte sie kläglich Beo Lingen. Der legte den Kopf schief und krächzte »*La Paloma, oheee.*«

Unwillkürlich musste Rebekka lachen und warf ihm eine Kusshand zu. »Du wärst zwar eine miserable Brieftaube, Beo Lingen, aber du hast mich auf eine Idee gebracht. Ich werde Taye schreiben.« Sie würde sich für ihre Schroffheit entschuldigen und vorschlagen, dass sie einfach locker miteinander umgehen sollten, bis Rebekka die Villa von Katten verließ. Erleichtert machte sie sich auf die Suche nach einem Stift. Zwar fand sie in ihrer Handtasche einen edlen Kugelschreiber mit dem Logo ihrer Agentur, aber nach einem Blatt Papier suchte sie vergeblich. Da sie normalerweise ausschließlich per Smartphone und Laptop kommunizierte, hatte sie weder Zettel noch Notizbuch eingesteckt. Gereizt vor sich hin murmelnd durchwühlte Rebekka sämtliche Taschen – vergeblich. Da fiel ihr ein, dass sie beim Wühlen in der Schublade des alten Küchentisches einen Notizblock entdeckt hatte. Weil er leer gewesen war, hatte sie sich nicht dafür interessiert, aber jetzt würde er ihr gute Dienste leisten. Vorsichtig zog Rebekka die Lade auf, die wie beim vorigen Mal etwas ruckte und klemmte, ehe sie herausglitt. Rebekka tastete nach dem Spiralblock und dabei berührten ihre Finger die eingeritzten

Buchstaben. »Ido«, murmelte sie. Erneut rätselte sie, was die drei Zeichen wohl zu bedeuten hatten. In diesem Moment leuchtete wie ein Blitz die Erinnerung an das alte Schwarz-Weiß-Foto auf. »For Dorothy, eternal love. Iggy«, hatte auf seiner Rückseite gestanden. Stand das ins Holz geschnitzte »I« für Iggy? Und mit »Dorothy« war natürlich Frau von Katten gemeint. Dann waren die drei Buchstaben »I« und »DO« vielleicht ein Liebesbekenntnis gewesen, etwas, das Liebespaare normalerweise in die Rinde von Bäumen schnitzten, sodass alle, die daran vorbeigingen, sehen konnten, dass sie zusammengehörten. Doch Iggy und Dorothea hatten ihre Liebe wahrscheinlich geheim halten müssen. Nachdenklich strich Rebekka über die Vertiefung im Holz und überlegte, was wohl aus dem Soldaten namens Iggy geworden war. Wahrscheinlich war er in seine Heimat zurückgekehrt. Fragte sich nur, ob vor Dorotheas Hochzeit oder danach. War die Liebe zwischen den beiden zerbrochen, weil Dorothea einen anderen geheiratet hatte, oder hatte sie geheiratet, weil Iggy sie verlassen hatte? Von Frau von Katten selbst würde Rebekka darauf niemals eine Antwort erhalten, im Gegenteil: Die alte Dame würde wahrscheinlich schäumen, wenn sie wüsste, was Rebekka bereits alles herausgefunden hatte. Thomas Benning war auch keine Hilfe, seine Ahnungslosigkeit über die Jugend seiner Großmutter war nicht gespielt gewesen.

Mit einem Seufzer beschloss Rebekka aufzuhören, Detektivin zu spielen. Außerdem hatte sie anderes zu tun, als in der Vergangenheit einer alten adligen Dame zu stöbern: Sie würde ihr Verhältnis zu Taye ein für alle Mal klären und den Rest ihres Sozialdienstes dann mit einer gesunden Distanz zu ihm in der Villa ableisten.

Eine Stunde und fünf zusammengeknüllte Notizblattseiten später stapfte Rebekka endlich mit einem gefalteten Blatt Papier den kleinen Abhang hinunter, der durch den Garten zum See führte. Sie hatte sich in wenigen, nüchternen Zeilen bei Taye für ihr schroffes Verhalten entschuldigt, ihm aber gleichzeitig klargemacht, dass der Kuss eine einmalige Sache gewesen war und unter ihnen bleiben sollte. Mit raschen Schritten bog Rebekka bei der Buchsbaumhecke nach rechts ab und stand gleich darauf vor dem hellblauen Bauwagen, in dem Taye hauste. Sie würde ihm den Brief auf die schmale Treppe legen, die zu der Tür des Wagens führte, damit er ihn heute Abend bei seiner Rückkehr fand. Es ging jedoch ein leichter Sommerwind, und Rebekka musste befürchten, dass seine Böen das Papier davonwehen würden. Sie blickte sich um, ob sie einen Stein oder etwas anderes fand, mit dem sich das Blatt beschweren ließ. Aber sie konnte nichts Passendes entdecken, daher beschloss sie, den Brief zwischen die geschlossene Tür und den Rahmen zu stecken. Nur: Der Spalt war zu eng. Vielleicht klappte es, wenn sie sich etwas gegen die Wagentür stemmte? Zu Rebekkas Verblüffung war diese jedoch nicht abgesperrt und schwang auf, als sie die Klinke herunterdrückte, wobei Rebekka durch den Schwung förmlich in den Wagen hineinfiel und nur mühsam ihr Gleichgewicht hielt. Im ersten Moment erschrak sie, denn sie fürchtete, Taye wäre inzwischen zurückgekommen und würde sie gleich fragen, was sie hier machte. Doch alles blieb still, und Rebekka blickte sich zum ersten Mal etwas genauer in Tayes Behausung um. Über das Bett war nun ein schwarzweißer Überwurf mit afrikanischem Muster gebreitet. An der gegenüberliegenden Seite stand ein kleines Sideboard, darüber waren zwei Hängeschränke angebracht, in denen Taye wahrscheinlich Geschirr und Gewürze aufbewahrte. Sie erinnerte sich, dass er erwähnt hatte, nur einen Gaskocher für draußen zu besitzen, und unwillkürlich fragte sie sich, wie der junge, kräftige Mann mit solch simplen Gerätschaften wohl zu vernünftigen Mahlzeiten kam. Ein Sessel, ebenfalls mit einem Überwurf in sanften Braun- und Beigetönen, sowie ein niedriger runder Holztisch, der in einem warmen Honigton glänzte und auf dem verschiedene Papiere durcheinanderlagen, vervollständigte die Einrichtung. Das Ganze wirkte wie eine gemütliche Höhle, stellte Rebekka fest, und sie fühlte sich – ohne es zu wollen – sehr wohl hier. Auf einmal wurde ihr bewusst, dass sie seit geraumer Zeit in dem Refugium eines Fremden stand und sich mit schamloser Neugier umsah. Peinlich berührt legte sie hastig ihren Brief auf das niedrige Tischchen und drehte sich um, weil sie den Wagen möglichst schnell wieder verlassen wollte. Doch in der Eile blieb sie mit dem linken Fuß an einem der hölzernen Tischbeine hängen und stolperte, wobei der Tisch ins Wackeln geriet und ein Teil der Papiere, die darauflagen, herunterfiel.

»Verdammt«, stieß Rebekka zwischen den Zähnen hervor und machte sich daran, alles – einschließlich ihres Briefes – vom Boden aufzuklauben, um es auf die Tischplatte zurückzulegen. Hoffentlich hatte sie nicht alles derart durcheinandergebracht, dass Taye etwas auffallen würde. Rebekka wollte nicht den Eindruck erwecken, geschnüffelt zu haben. Sorgfältig schob sie die Papiere zusammen und sah, dass es sich um Kopien von englischen Artikeln aus medizinischen Fachzeitschriften mit Überschriften wie »Coronary heart disease« handelte, die sich offensichtlich mit Herzerkrankungen befassten. Doch plötzlich sprang ihr ein handschriftlicher Zettel ins Auge, ein angefangener Brief, allerdings in Englisch. Am rechten oberen Rand stand das gestrige Datum, und Rebekka schloss daraus, dass Taye ihn am Vortag begonnen hatte. Der Brief begann mit »Dear Samuel«.

Tayes Handschrift war klar und für einen Mann erstaunlich schön geschwungen, und ohne es zu wollen, las Rebekka weiter. Taye schrieb, dass es ihm gut gehe und er sich sehr sicher sei, mit Frau von Katten »the right one« gefunden zu haben. Rebekka runzelte die Stirn. Was meinte Taye damit, sie wäre »die Richtige« – er wollte die alte Dame ja wohl kaum heiraten. Oder plante er etwa, diesen Samuel mit der adeligen Lady zu verkuppeln? Aber wer war der Empfänger des

Briefes – etwa Tayes Großvater? Dann hätte es vom Alter zumindest gepasst.

Nun hatte die Neugierde Rebekka im Griff, und rasch las sie weiter. Er schrieb, er wolle nicht, dass die alte Dame Verdacht schöpfe, daher müsse er sich gut überlegen, wie er nun vorgehen solle.

An dieser Stelle brach der Brief ab, doch Rebekka waren diese letzten Zeilen ein Schlag in die Magengrube. Sie hatte in den letzten Monaten häufig in den Nachrichten von Betrügern gehört, die sich bei alten Leuten einschmeichelten, um auf diese Weise an deren Vermögen zu kommen. Manche waren sogar so dreist zu behaupten, sie wären ein verschollener Enkel und bräuchten nun dringend Geld, andere benutzten den Trick, sich als Handwerker auszugeben. Doch allen ging es darum, das Vertrauen von hilflosen, älteren Menschen zu gewinnen, um herauszufinden, wo diese ihr Geld aufbewahrten, oder sie zu beschwatzen, bei der Bank welches abzuheben, das sie ihnen anschließend abnahmen und sich damit aus dem Staub machten. Zwar erweckte Dorothea von Katten keineswegs den Eindruck einer naiven oder hilflosen alten Dame, doch Rebekka hatte sehr wohl bemerkt, wie angetan sie von ihrem Aushilfsgärtner war. Nicht einmal gegenüber Thomas Benning, ihrem Enkel, war Frau von Katten so gelöst und beinahe fröhlich wie bei Taye. Zwar hatten sich Rebekka und die alte Frau inzwischen ein Stück weit angenähert, aber Frau von Katten brachte auch ihr nicht die Zuneigung entgegen, die sie offenbar für den jungen Mann hegte.

Dummerweise war die alte Dame damit nicht allein. Bei dem Stich, den der Verdacht gegen Taye Rebekka nun versetzte, musste sie sich eingestehen, dass auch sie mehr für ihn empfand als reine Sympathie. Auch nachdem sie seine Zeilen gelesen hatte, konnte, ja, wollte Rebekka nicht glauben, dass er wirklich ein Betrüger war. Wahrscheinlich war der Brief an diesen Samuel völlig harmlos, und Taye hatte einfach nur von seiner Tätigkeit als Gärtner berichtet und dass Frau von Katten mit ihrem prachtvollen Garten genau die richtige Arbeitgeberin für ihn war. Doch warum hatte er dann geschrieben, er wolle keinen Verdacht erregen?

Ratlos drehte Rebekka eine Locke um den Finger. Etwas in ihr wehrte sich zu glauben, dass Taye, der ihre blutende Hand so achtsam verbunden hatte, etwas anderes war als ein Medizinstudent, der einer alten Frau im Garten half, um sich etwas dazuzuverdienen. Wahrscheinlich sah sie einfach Gespenster, und der Brief war nicht wichtig, basta. Doch die englischen Zeilen an den Unbekannten namens Samuel schienen einen hämischen Ringelreigen in Rebekkas Kopf zu tanzen. Sie stand mitten im Raum und wusste nicht, was sie tun sollte. Gehen oder auf Taye warten? Das Schreiben vergessen oder ihn damit konfrontieren? Geistesabwesend hockte sie sich auf Tayes Bett und atmete tief durch.

Neben dem Kopfende stand ein Kubus aus unbehandeltem Holz, der innen hohl und ihr vorhin gar nicht aufgefallen war, da er fast mit der naturfarbenen Bretterwand im Inneren des Bauwagens verschmolz. Ein flacher Wecker und ein zerfleddertes Taschenbuch zeugten davon, dass das würfelförmige Gebilde Taye als Nachttisch diente. Weil Rebekka Büchern noch nie hatte widerstehen können, nahm sie es zur Hand und drehte es, um den Text auf der Rückseite zu lesen. Dabei fiel eine Fotografie heraus und segelte zu Boden, wo sie mit der Rückseite nach oben liegen blieb. »Scheibenkleister«, murmelte Rebekka und beeilte sich, das Bild aufzuheben. Ihr Herz galoppierte erschrocken los, und sie fühlte sich unwillkürlich an den Moment in Frau von Kattens Salon erinnert, als sie das Fotoalbum hatte fallen lassen. Nicht auszudenken, was passieren würde, wenn Taye in diesem Augenblick hereinkam und sie hier fand – auf seinem Bett mit einem Foto in der Hand. Trotzdem konnte Rebekka sich nicht beherrschen und drehte das Bild um, wobei sie gleichzeitig hoffte, dass ihr nicht ein hübsches Frauengesicht entgegenlächeln würde, womöglich noch mit einer schnulzigen Widmung wie »Ich werde dich nie vergessen«, oder »Tausend Küsse, deine ...«.

Was sie aber stattdessen sah, ließ ihr den Atem stocken. Diese Aufnahme hatte sie schon einmal gesehen: Der alte Jeep und zwei amerikanische Soldaten, die davorhockten – das gleiche Motiv, das sie bei Frau von Katten in deren Familienalbum entdeckt hatte, gut verborgen hinter deren Porträtbild. Zufall? Oder war Rebekka auf eine heiße Spur gestoßen? Das Foto in Tayes Buch wirkte allerdings, anders als das bei Frau von Katten, körnig und war auf normalem und nicht auf

Fotopapier gedruckt. Demnach handelte es sich hierbei offensichtlich nicht um das Original, sondern um eine Kopie oder einen Scan. Doch wie zum Teufel kam Taye überhaupt an diese Aufnahme? Und vor allem: Was wollte er damit? Eigentlich, so schloss Rebekka, erübrigte sich diese Frage, denn hätte der Brief bisher noch einen harmlosen Anlass haben können, herrschte nach dem Fund des Fotoabzugs nun kein Zweifel mehr daran, dass der Student und angebliche Aushilfsgärtner etwas mit Frau von Katten vorhatte – und dass das wahrscheinlich nichts Gutes war. Ein hämmernder Schmerz begann in Rebekkas Kopf zu wüten, und sie verspürte den irrationalen Wunsch, sie wäre nie darüber gestolpert. Dann hätte sie sich an Taye erinnern können als jemanden, der einmal ein guter Arzt werden wollte und den sie in einem Anflug von Romantik in einer warmen Sommernacht unter dem Sternenhimmel geküsst hatte. So aber würde sie ab jetzt den Betrüger in ihm sehen, der er zweifelsohne war, denn als sie das Buch durchblätterte, fand sie neben dem Bild mit dem blonden und dem braunhaarigen Soldaten noch zwei weitere Aufnahmen, ebenfalls auf Papier ausgedruckt: Eine war offenbar in diesem Sommer gemacht worden und zeigte Dorothea von Katten in ihrem Garten, über ein paar Rosen gebeugt. Des Weiteren gab es ein Bild von der Villa, unter dem die volle Adresse der alten Dame stand.

Bei Rebekka läuteten nun sämtliche Alarmglocken. Jeder, der das Herrenhaus betrat, konnte sehen, dass es dort etwas zu holen gab. Wahrscheinlich hatte Taye es genau darauf angelegt und wollte die alte Dame erst um den Finger wickeln, um sie dann um ihr Vermögen zu bringen. Rebekka erinnerte sich an den Tag, an dem er ins Obergeschoss gekommen war, als sie gerade diese ganzen scheußlichen Porzellanfiguren abgestaubt hatte. Die Selbstverständlichkeit mit der Taye sich im Haus bewegte, ließ darauf schließen, dass Frau von Katten ihm blind vertraute, ihm wahrscheinlich sogar einen Schlüssel gegeben hatte. Vielleicht hatte er die alte Dame beschwatzt, dass er für den Notfall jederzeit Zugang zum Haus haben musste? Für einen Medizinstudenten – falls das nicht auch eine Lüge war – und nach Dorothea von Kattens erstem Herzanfall würde eine solche Bitte bei niemandem Verdacht erregen. Rebekkas Fantasie begann, Purzelbäume zu schlagen. Hatte Taye bei einer dieser Gelegenheiten in ihren Fotoalben gestöbert – so wie sie selbst damals beim Saubermachen? Allerdings hatte Rebekka beim Betrachten der Bilder nichts im Schilde geführt. Aber wer wusste schon, ob Taye nicht bereits Schmuck oder Wertgegenstände beiseitegeschafft hatte? Und dieser »Samuel« war vielleicht ein Komplize, der die Sachen anschließend an einen Hehler verkaufte!

Am liebsten wäre Rebekka sofort zu Frau von Katten gelaufen, um sie zu warnen. Doch die hätte ihr niemals geglaubt. Sie mochte und vertraute Taye, und Rebekka musste zuerst Beweise finden, ehe sie die alte Dame mit ihrer Entdeckung konfrontieren konnte. Ansonsten riskierte sie nur, dass deren Zorn sich über sie entlud, was kein Vergnügen war, wie Rebekka inzwischen wusste. Und wenn Taye herausbekam, dass Rebekka ihn verdächtigte, könnte er alle Spuren verwischen. Daher steckte sie ihren Brief an ihn wieder ein, legte das Buch behutsam an seinen Platz zurück und verließ anschließend den Bauwagen wie ein Dieb in der Nacht, fest entschlossen, Frau von Kattens Enkel nicht sofort einzuweihen. Nach dem Schlagabtausch zwischen ihm und Taye in ihrer kleinen Küche vor ein paar Tagen würde es Thomas Benning ein Fest sein, den jungen Mann aus Kapstadt richtig in die Mangel zu nehmen. Daher wäre es wohl klüger, Benning erst anzurufen, wenn Rebekka sich sicher sein konnte, dass ihr Verdacht begründet war. Dann aber würde seine Großmutter tatsächlich einen guten Anwalt brauchen.

11

Heidekraut (Calluna vulgaris)

Wer in der Absicht, sich oder einem Dritten einen rechtswidrigen Vermögensvorteil zu verschaffen, das Vermögen eines anderen dadurch beschädigt, dass er durch Vorspiegelung falscher oder durch Entstellung oder Unterdrückung wahrer Tatsachen einen Irrtum erregt oder unterhält, wird mit Freiheitsstrafe bis zu fünf Jahren oder mit Geldstrafe bestraft.

»Paragraph zweihundertdreiundsechzig, Absatz eins, Strafgesetzbuch«, murmelte Rebekka. Sie klappte ihr Laptop zu und stützte den Kopf in die Hände. »Hättest du Taye das zugetraut?«, fragte sie Beo Lingen, der mit leisem Schnabelgeklapper antwortete. »Natürlich nicht. Weil du genauso doof bist wie ich«, beantwortete sie ihre Frage selbst. Sie war auf Tayes Humor, seine angebliche Fürsorge und – bei dem Gedanken wurde sie rot vor Scham – auf sein gutes Aussehen hereingefallen. Was den Beo wohl dazu bewogen hatte, den jungen Mann gernzuhaben?, fragte sich Rebekka und warf dem schwarzen Vogel einen düsteren Blick zu. Der stieß einen fröhlichen Pfiff aus, und Rebekka tippte sich an die Stirn. »Ich sollte mit dir zum Tierpsychologen gehen!«

»Warum – hält er sich etwa für einen Adler?«

Rebekka fuhr herum. In der offenen Tür stand Taye und zeigte sein umwerfendes Lächeln, das auf Rebekka zu ihrem eigenen Ärger immer noch Wirkung hatte. Energisch ignorierte sie ihr Herz, das beim Klang seiner rauchigen Stimme ein paar Takte schneller schlug, ohne dass sie ihrem Organ die Erlaubnis dazu erteilt hatte. »Nein, er ist nur zu vertrauensselig«, antwortete sie etwas steif und hätte sich gleich darauf ohrfeigen können, denn Taye runzelte die Stirn.

»Täusche ich mich oder höre ich da einen Unterton von – wie heißt ›peevishness‹ in Deutsch – *Reizung?*«

Rebekka hatte weder Lust, Dolmetscherin zu spielen, noch wollte sie schlafende Hunde wecken, daher winkte sie ab. »Vergiss es.«

Er seufzte. »Das ist dein Lieblingswort, was? Vergiss, was ich gesagt habe. Vergiss unseren Abend neulich, vergiss den Kuss ...«

»Taye«, unterbrach Rebekka ihn scharf, »ich will nicht darüber reden, okay?«

»Mann, du bist ganz schön geschlossen, Rebekka, weißt du das? Aber wie hast du dir die nächsten zwei Wochen vorgestellt – wolltest du dich einfach unsichtbar machen?«

Rebekkas Gesicht wurde heiß. »Erstens heißt das *verschlossen*. Und zweitens habe ich in meinem Brief doch geschrieben ...« Im selben Moment wurde ihr klar, dass sie einen Fehler gemacht hatte, und sie verstummte abrupt.

Tayes Stirnrunzeln vertiefte sich. »Ich habe keinen Brief bekommen.«

Rebekka spürte, wie sie knallrot wurde.

Tayes Augen verengten sich, und er musterte sie mehrere Sekunden lang. »Du hast doch irgendwas. Und das hat mit mir zu tun, richtig?«

»Ich …«, stammelte Rebekka, »es ist nichts.«

»Rebekka bitte. Ich verwende vielleicht nicht immer die korrekte deutsche Grammatik, aber ich bin nicht dumm!«

Er kam einen Schritt auf sie zu und blickte sie bittend an, doch Rebekka wurde in diesem Augenblick nur erneut bewusst, dass Taye deutlich größer und zudem viel kräftiger war als sie. Sie schluckte. Mochte sein, dass sie zu viele schlechte Krimis auf diversen Privatsendern gesehen hatte, aber was, wenn sie ihn mit ihrem Verdacht konfrontierte und er sie daraufhin zum Schweigen bringen wollte?

Taye musste etwas in ihrem Blick gesehen haben, denn er blieb stehen, als wäre er gegen eine Wand gelaufen. »Hast du etwa *Angst* vor mir?« Seine Fassungslosigkeit war nicht gespielt, und Rebekkas Widerborstigkeit brach zusammen wie ein Kartenhaus. »Ich wollte dir meine Nachricht in den Bauwagen legen«, erklärte sie leise. »Und dabei bin ich gegen den Tisch gestoßen. Ich habe etwas gefunden … Einen angefangenen Brief von dir …« Hilflos brach sie ab.

Tayes Augen hatten sich bei ihren letzten Worten geweitet, jetzt wurden sie schmal.

»Und weiter?«, sagte er tonlos.

Rebekka hob den Kopf und sah ihn an. »Dein Schreiben an diesen Samuel ... was soll das, Taye?«

Sein Gesicht blieb völlig unbewegt. »Was denkst du?«

»Ich denke, dass du nicht derjenige bist, für den ich dich gehalten habe.«

»Für wen hältst du mich dann?«

»Komm schon, das muss ich dir jetzt nicht erklären, oder? Ich habe auch die Abzüge der Fotos von Frau von Katten und der Villa gesehen. Mit der vollständigen Adresse. Was soll ich da wohl glauben? Die Zeitungen sind voll von diesen Betrugsgeschichten.«

Sekundenlang sagte keiner von beiden ein Wort, dann nickte Taye mit zusammengepressten Lippen. »Verstehe. Für dich bin ich ein Gauner, der eine alte Frau ausnehmen will.«

»Was würdest du denn umgekehrt von mir denken, wenn du so etwas bei mir gefunden hättest?«

»Wenn ich schon in deinen persönlichen Sachen schnüffle, würde ich erst mit dir reden und dann anfangen zu denken. Weil ich auf mein Herz höre, im Gegensatz zu dir!«

Seine Worte trafen Rebekka wie ein hartes Geschoss – und taten ebenso weh. Wie immer, wenn sie getroffen war, ging sie zum Gegenangriff über. »Komm mir jetzt nicht mit dieser Nummer. Noch einmal falle ich nämlich nicht auf dich rein. Die Beweise sind erdrückend!«

»Oh, jetzt redest du schon wie dieser Anwalt, der neulich in deiner Küche war. Kein Wunder, dass er scharf auf dich ist. Ihr passt wirklich gut zusammen.«

Rebekka reckte das Kinn. »Das reicht. Du kannst froh sein, dass ich ihm die Bilder und den Brief nicht gezeigt habe. Und jetzt will ich, dass du gehst.«

Kurz sah es so aus, als würde Taye noch etwas sagen wollen, doch dann zuckte er nur stumm mit den Schultern und wandte sich ab. Er hatte bereits die Hand auf der Türklinke, als Rebekka ihm die Frage stellte, die ihr schon die ganze Zeit auf der Seele brannte. »Warum ausgerechnet dieses alte Foto, Taye? Was wolltest du damit?«

Er sah sie an, seine braunen Augen waren stumpf und glanzlos. »Wieso sollte ich dir darauf antworten, Rebekka? Dein Urteil über mich steht doch schon fest.« Mit diesen Worten riss er die Tür auf, und ehe sie noch etwas sagen oder tun konnte, war er fort und mit den Schatten der heraufziehenden Nacht verschmolzen. Rebekka schloss die Tür und drehte den Schlüssel zwei Mal um. Dann stand sie mit hängenden Armen in ihrer Küche. Auf einmal fühlte sie sich völlig ausgelaugt. Was sollte sie tun? Frau von Katten gleich morgen von ihrem Fund erzählen? Ihr Gefühl sagte Rebekka, dass es sinnlos war, noch einmal mit Taye zu reden. Sollte sie sich also doch lieber gleich an Thomas Benning wenden? Doch dann tat sie nichts von alledem, sondern ging ins Bett und zog sich die Decke über den Kopf. Morgen früh würde sie hoffentlich aufwachen und feststellen, dass dies alles nur ein böser Traum gewesen war.

Doch als Rebekka am nächsten Morgen nach einer unruhigen Nacht, in der sie immer wieder aus einem kurzen Schlummer geschreckt war, zum Putzen in die Villa kam, erfuhr sie, dass Taye ihre Aufforderung zu gehen, wörtlich genommen hatte. Eine sehr blasse Dorothea von Katten hielt Rebekka ein formelles Schreiben in Tayes geschwungener Handschrift unter die Nase, in dem Taye ohne Angabe von Gründen erklärte, dass er ab sofort nicht mehr für sie arbeiten könne. »Er muss gestern Nacht noch seine Sachen gepackt haben und gegangen sein.« Rebekka sah, dass Frau von Katten krampfhaft versuchte, Haltung zu bewahren. »Ohne auch nur ›Auf Wiedersehen‹ zu sagen«, fügte die alte Dame leise hinzu, und die Trauer und Betroffenheit in ihren Augen schnitten Rebekka ins Herz. Daher brachte sie es nicht über sich, von ihrem Fund im Bauwagen zu erzählen.

»Da stecken doch Sie dahinter, Frau Winter!«, sagte Dorothea von Katten auf einmal und funkelte Rebekka an. Der blieb nicht nur wegen des abrupten Stimmungswechsels der älteren Frau die Spucke weg. »Wie bitte?«

»Sie haben Taye gefallen. Was haben Sie angestellt, um ihn zu vertreiben, hm?«

»Also das ist doch …! Ich habe nichts gemacht!«, wehrte sich Rebekka energisch, aber sie konnte nicht verhindern, dass ihre Wangen sich bei der Erinnerung an Tayes leidenschaftliche Küsse tiefrot färbten. Frau von Kattens stahlblauer Blick schien sie zu durchbohren. »Aha!«

»Nichts ›aha‹! Er ist garantiert nicht meinetwegen gegangen.«

Das stimmte eigentlich so nicht, dachte Rebekka, denn wäre sie Taye nicht auf die Schliche gekommen, hätte er sicher nicht gekündigt.

»Weswegen denn sonst? Als er gestern von seinem Termin an der Universität zurückkam, war er noch bei mir und hat kein Wort über eine mögliche Kündigung verloren. Ein paar Stunden später hat er es sich aber offenbar anders überlegt. Daher werde ich das Gefühl nicht los, dass Sie etwas damit zu tun haben!«

Rebekka schwieg. Frau von Katten schnaubte. »Habe ich also recht. Was ist passiert – haben Sie mit ihm geflirtet und ihn anschließend observiert?«

»Sie haben doch keine Ahnung! Im Grunde können Sie froh sein, dass er weg ist«, verteidigte sich Rebekka hitzig.

Die alte Frau musterte sie mit schmalen Augen. »Das müssen Sie mir jetzt erklären.«

»Na ja … immerhin war er kein, äh, gelernter Gärtner. Wahrscheinlich hätte er Ihnen sowieso nur die Pflanzen ruiniert«, stammelte Rebekka und merkte selbst, wie lahm ihre Ausflüchte klangen.

Frau von Katten stemmte die Hände in die Seiten. »Ich kann riechen, wenn mich jemand anlügt«, sagte sie drohend. Offenbar hatte das bei Taye nicht funktioniert, dachte Rebekka gehässig, doch da die alte Dame ihren unerbittlichen Röntgenblick auf sie gerichtet hielt, blieb ihr nichts anderes übrig, als Farbe zu bekennen.

»Taye ist ein Betrüger, Frau von Katten. Ich habe es herausgefunden und ihn damit konfrontiert. Wahrscheinlich hatte er Angst, ich würde ihm als Nächstes die Polizei auf den Hals hetzen, und deswegen ist er abgehauen.«

Dorothea von Kattens Miene war während Rebekkas Erklärung immer ungläubiger geworden. Jetzt schüttelte sie energisch den Kopf. »Frau Winter, bei allem Respekt, aber ich glaube, jetzt sind Sie verrückt geworden. Taye mag ein loses Mundwerk haben, aber er ist kein Krimineller!«

»Glauben Sie mir. Ich habe es mit eigenen Augen gesehen. Offenbar plante er, sich Ihr Vertrauen zu erschleichen, um Geld von Ihnen zu bekommen. Auf welche Weise konnte ich nicht herausfinden, aber ich weiß, dass er unlautere Absichten hegte.«

»Ach ja? Und woher wissen Sie das, wenn ich fragen darf?«

»Können Sie mir nicht einfach glauben?«

»Nein, das kann ich nicht, junge Frau. Ich verlange eine Antwort oder Sie werden mit mir solchen Ärger bekommen, dass Ihre Gerichtsverhandlung vor ein paar Wochen ein Klacks dagegen war!«

Rebekka seufzte und dachte insgeheim, dass Frau von Katten und Richter Peißenberg sich eigentlich prächtig verstehen müssten. Robin Hood und Lady Marian in Seniorenausführung – und Rebekka schien gerade die Rolle als böser Sheriff von Nottingham verpasst bekommen zu haben. Doch unter dem unerbittlichen Blick der adligen alten Dame blieb Rebekka nichts anderes übrig als von ihrem Fund in Tayes vorübergehender Behausung zu berichten.

Als sie das alte Foto mit den beiden Soldaten vor dem Jeep erwähnte, sog Frau von Katten scharf die Luft ein. »Ausgerechnet dieses Bild. Woher hatte er das nur?«, flüsterte sie, doch sie schien mit sich selbst zu reden und nicht mit Rebekka.

»Ich weiß es nicht. Aber er muss es in Ihren privaten Räumen gefunden haben. Und die beiden anderen Aufnahmen, die Sie und die Villa zeigen, sprechen ebenfalls dafür, dass Taye etwas vorhatte.«

»Ich glaube es trotz allem nicht«, murmelte die alte Dame. »Taye war immer aufrichtig und bescheiden. Ich habe ihn des Öfteren zu Besorgungen losgeschickt, ehe Sie Ihren Dienst hier angetreten haben. In meiner Börse war nie auch nur ein Cent zu wenig, wenn er zurückkam.«

»Natürlich nicht. Wahrscheinlich wollte er den ganz großen Reibach machen – und Sie waren genau die Richtige dafür. Das hat er ja auch so formuliert ...«, rutschte ihr heraus.

»Was soll das heißen?«, fragte die alte Dame sofort, und Rebekka hatte keine Wahl, sie musste Frau von Katten nun auch von dem Brief zu erzählen. »Taye hat an einen gewissen ›Samuel‹ geschrieben«, erklärte sie und sah zu ihrem Schrecken, wie schlagartig alle Farbe aus dem Gesicht der alten Frau wich. Ihre Wangen sahen auf einmal eingefallen aus, und sie wirkte um Jahre gealtert.

»Frau von Katten! Ist alles in Ordnung?«, rief Rebekka und fasste vorsichtshalber nach dem Ellenbogen der alten Dame, denn die sah aus, als würde sie gleich umkippen.

»Ich ... muss mich hinlegen«, brachte die stockend heraus. »Warten Sie, ich komme mit«, sagte Rebekka, doch Dorothea von Katten schüttelte heftig den Kopf und machte eine abwehrende Geste. Rebekka kannte deren adligen Dickkopf inzwischen gut genug, um zu wissen, dass es keinen Sinn hatte, sie zu etwas überreden oder gar zwingen zu wollen. Daher blieb sie stehen und sah der schmalen Frau nach, die mit hängenden Schultern aufs Haus zuging. Von ihrer sonst so aufrechten Haltung war nichts mehr übrig, sie wirkte alt und gebrochen und ihre Schritte mechanisch und kraftlos. Vorsichtshalber folgte Rebekka ihr in gebührendem Abstand ins Haus und war erst beruhigt, als sie von unten hörte, wie die Schlafzimmertür im ersten Stock ins Schloss fiel. Ratlos ließ Rebekka sich auf die erste Treppenstufe in der Empfangshalle sinken und drückte die Fingerspitzen gegen die Stirn. Es musste der Name »Samuel« gewesen sein, der Dorothea von Katten endgültig aus der Fassung gebracht hatte. Wusste sie etwa, wer dieser Mann war? Aber welcher Zusammenhang bestand zwischen ihr und diesem Unbekannten in Südafrika? Und war Taye etwa die Verbindung zwischen all dem? Ein Gedankensturm wirbelte durch Rebekkas Kopf, und am liebsten wäre sie die Treppe hochgestürmt und hätte Frau von Katten so lange mit Fragen bombardiert, bis sie eine Antwort bekäme, sie wusste aber schon jetzt, dass das zwecklos gewesen wäre. Sie würde bis zum nächsten Morgen warten, vielleicht war die alte Dame dann ja etwas zugänglicher.

Doch Rebekkas Hoffnungen zerschlugen sich, als sie tags darauf zum dritten Mal vergeblich an die verschlossene Schlafzimmertür klopfte. Beim ersten Mal hatte Dorothea von Katten überhaupt nicht geantwortet, und ein eisiger Schreck war Rebekka in die Glieder gefahren, die alte Dame könnte in der Nacht einen Herzanfall erlitten haben. Daher klopfte sie erneut. »Frau von Katten, ist alles in Ordnung? Brauchen Sie Hilfe – oder einen Arzt?«

Wenigstens darauf hatte sie eine Antwort erhalten, wenn auch keine besonders freundliche. »Gehen Sie, ich brauche nichts. Außer meiner Ruhe!«

Trotzdem stand Rebekka eine Viertelstunde später erneut vor der Schlafzimmertür, diesmal mit einem Tablett, auf dem ein zierliches Silberkännchen mit Kaffee samt einer Tasse, sowie ein Teller mit zwei goldbraun gerösteten Toastscheiben und etwas Butter stand. »Ich habe Ihnen einen starken Kaffee gebrüht. Und etwas essen müssen sie auch«, rief sie gegen das massive Türblatt, das so abweisend aussah, wie Frau von Kattens Stimme klang: »Ich habe doch gesagt, dass ich niemanden sehen will. Das schließt auch Sie mit ein, Frau Winter. Und nun lassen Sie mich zufrieden!«

Der Tonfall ließ keinen Widerspruch zu, und so stellte

Rebekka das Tablett mit einem stummen Seufzer vor die Tür und trottete die Treppe wieder hinunter. Sie war schon beinahe aus dem Herrenhaus, da hörte sie das zarte Klingeln des Telefons in der Eingangshalle, ein altmodischer Ton, trotz der modernen Anlage. Nannte sich wahrscheinlich »retro«. Rebekka blieb stehen und lauschte, doch der Apparat läutete beharrlich weiter. Frau von Katten dachte offenbar gar nicht daran, an den oberen Anschluss in ihrem Schlafzimmer zu gehen. Rebekka verharrte an der Türschwelle und wusste nicht, was sie tun sollte. Bisher hatte sie nie erlebt, dass jemand Frau von Katten anrief. Was, wenn am anderen Ende der Leitung Taye war? Mit zwei Sprüngen war sie an dem schwarzen Telefon und riss den schnurlosen Hörer von der Ladestation. »Bei von Katten, Rebekka Winter am Apparat?«

»Frau Winter, hier ist Thomas Benning. Was für eine nette Überraschung, Sie am Ohr zu haben!«

»Ganz meinerseits«, schwindelte Rebekka und hoffte, dass er nicht hörte, wie atemlos sie klang.

»Ich hätte gerne meine Großmutter gesprochen, ist sie in der Nähe?«

»Ja. Ich meine nein«, verbesserte Rebekka sich hastig, während sie fieberhaft überlegte, ob sie Benning die Wahrheit sagen sollte oder nicht. Doch wenn der junge Anwalt von dem erneuten Schwächeanfall seiner Großmutter erfuhr, würde er sich bestimmt sofort ins Auto setzen und hierherkommen. Schlimmstenfalls fände er dann den Grund für den Zustand Frau von Kattens heraus – und die Folgen wollte Rebekka sich lieber erst gar nicht ausmalen. Nicht nur, dass Thomas Benning sofort die Polizei rufen und die alte Dame wahrscheinlich mit Vorwürfen überschütten würde – damit wäre auch die Chance für Rebekka vertan, das Rätsel um diesen Samuel und seine Verbindung zu Dorothea von Katten zu lösen. Sie entschied sich daher für eine Notlüge. »Ihre Großmutter ist ... im Garten.«

»Kommandiert sie wieder diesen jungen Gärtner herum, oder sind Sie diesmal das Opfer?«

»Ich glaube, heute sind die Sonnenblumen dran. Zwei haben es gewagt, schief zu wachsen«, scherzte Rebekka bemüht und schalt sich gleich darauf innerlich für diesen dämlichen Spruch. Aber Thomas Benning schien es für einen grandiosen Witz zu halten, denn er lachte, und Rebekka beeilte sich, ihm zu versichern, dass seine Großmutter wohlauf war und ihn sicher bald zurückrufen würde.

»Ach, ich glaube, ich komme die nächsten Tage lieber persönlich vorbei. Ich muss es ausnutzen, solange Sie noch da sind!« Bennings Charme waberte durch den Hörer, doch Rebekka wurde es angst und bange. Das hatte ihr gerade noch gefehlt – dass Dorothea von Kattens Enkel hier auftauchte und seine Großmutter in diesem desolaten Zustand sah. »Oh, das wäre ... nett«, würgte sie heraus, worauf sich Benning fröhlich verabschiedete.

Rebekka legte mit schweißnassen Händen auf. Sie wagte es nicht, noch einmal die Treppe hochzulaufen, um zu versuchen, Frau von Katten mit dem baldigen Besuch ihres Enkels aus der Reserve zu locken. Ihr Gefühl sagte ihr, dass es der alten Dame egal sein würde. So wie ihr offenbar alles gleichgültig war, seitdem Taye fort war und nichts als den geheimnisvollen Namen »Samuel« hinterlassen hatte. Daher sah Rebekka nur eine einzige Möglichkeit, um noch Antworten auf ihre Fragen zu bekommen ...

»Taye – und Sie wissen nicht, wie er mit Nachnamen heißt?«

Die Sekretärin im Büro der medizinischen Fakultät hob den Blick von ihrem Computerbildschirm, und ihre durch eine dicke Brille eulenhaft vergrößerten Augen musterten Rebekka vorwurfsvoll.

»Nein, das habe ich Ihnen doch schon gesagt. Aber so viele Austauschstudenten aus Kapstadt werden Sie ja wohl nicht an ihrer Uni haben, oder?« Falls Taye überhaupt Medizin studierte und das mit dem Austausch nicht auch eine Lüge war, fügte Rebekka in Gedanken hinzu, und das mulmige Gefühl von gestern breitete sich erneut in ihrem Magen aus.

Die Sekretärin schnalzte missbilligend mit der Zunge. Rebekka war klar, dass die Frau sie als unliebsame Störung ihres geruhsamen Vormittags empfand und nicht ohne Weiteres bereit war, ihre Unterlagen etwas genauer zu durchforsten. »Wir haben gerade Semesterferien, und ich darf Ihnen über unsere Studenten sowieso keine Auskunft geben. Schließlich unterliegen wir hier auch dem Datenschutz«, ließ sie Rebekka prompt auflaufen und ordnete demonstrativ ein paar Papiere auf dem zerkratzten Furnier ihres Schreibtischs. Rebekka unterdrückte den Impuls, die blasse, verbiesterte Frau von ihrem Schreibtischstuhl zu schubsen, sich selbst ihres Computers zu bemächtigen und kurzerhand auf eigene Faust im Datenarchiv nach Taye zu suchen. Stattdessen ließ sie mit einem unterdrückten Seufzer den Kopf sinken und legte schützend ihre rechte Hand auf den Bauch. »Na gut, dann muss ich im Formular ›Vater unbekannt‹ ankreuzen. Schade, dass mein Kleines aufwachsen wird, ohne zu wissen, wer sein Vater ist und ohne die Möglichkeit zu haben, ihn eines Tages kennenzulernen. Nur weil jemand die Bürokratie über alles stellt und damit eine Kinderseele …«

»Also gut, ich sehe nach«, unterbrach die Sekretärin Rebekka hastig. Ihr blasses, leicht zerknittertes Gesicht hatte sich puterrot verfärbt, und ihre dünnen, ringlosen Finger malträtierten die unschuldige Tastatur ihres Computers. »Aber das ist eine absolute Ausnahme, haben Sie mich verstanden?« Rebekka nickte demütig und unterdrückte ein Feixen. Es war ein billiger Trick – aber er funktionierte. Keine drei Minuten später war die Dame fündig geworden. »Hier. Taye Endicott. Eingeschrieben in Kapstadt, achtes Semester. Achtundzwanzig Jahre …« Hier hob die dürre Sekretärin erneut den Blick, um Rebekka förmlich damit zu durchbohren. Die verspürte einen boshaften Drang, deren garantiert erzkatholische Seele etwas zu quälen. »Junge Männer wissen nicht, was sie tun, aber sie tun es die ganze Nacht«, zitierte sie einen Spruch der Sängerin Madonna, und prompt erblühten die Wangen der ältlichen Jungfer in einem satten Purpurton. »Wohnheim Mühlendamm, Zimmer vier-zwo-sieben«, bellte sie. »Eigentlich ist Damenbesuch verboten, aber da das Kind ja quasi schon in den Brunnen gefallen ist ...«

»Vielen Dank, Sie waren sehr liebenswürdig«, flötete Rebekka und machte, dass sie aus dem stickigen Vorzimmer mit den kränkelnden Topfpflanzen samt seiner vertrockneten Sekretärin herauskam.

Eine halbe Stunde später stand sie in dem tristen, mit graublauem Linoleum ausgelegten Flur des Studentenwohnheims. Die fast endlosen Reihen von Türen unterschieden sich nur durch die aufgemalten, gelben Nummern voneinander, und Rebekka wurde klar, warum Taye den urigen Bauwagen in Frau von Kattens Garten vorgezogen hatte. Neben ihrem blühenden Farbenparadies wirkte dieser Bau aus den Sechzigerjahren wie ein Gefängnis. Schlechte Assoziation, dachte Rebekka. Schließlich war sie hier, weil sie inzwischen selbst Zweifel hatte, ob er wirklich der Betrüger war, für den sie ihn zunächst gehalten hatte. Doch wer war dieser geheimnisvolle Samuel, und was hatte Taye mit ihm zu schaffen? Rebekka holte tief Luft. Sie würde es nicht herausfinden, wenn sie Taye nicht persönlich danach fragte. Entschlossen klopfte sie an die Tür mit der Nummer 427. Nichts rührte sich. Rebekka klopfte erneut, lauter und länger diesmal.

»Falls du Taye suchst, der ist nicht da«, sagte auf einmal jemand, und Rebekka fuhr herum. Die Tür mit der Nummer 425 hatte sich geöffnet, und im Flur stand ein schlaksiger junger Mann in Boxershorts und einem dunkelblauen ausgewaschenen T-Shirt. Seine blonden Haare standen ihm wild vom Kopf ab, und die bloßen Füße sowie sein Mund, den er jetzt zu einem geräuschvollen Gähnen aufriss, zeugten davon, dass er offenbar gerade erst aufgestanden war. Tatsächlich wehte aus seinem Zimmer der muffige Schlafgeruch ungewaschener Jungs, an den Rebekka sich noch von ihrer Abschlussfahrt nach dem Abitur erinnerte und der sie auch nach so vielen Jahren noch die Luft anhalten ließ.

»Wo finde ich ihn denn?«, fragte sie zurück und versuchte, das Zittern in ihrer Stimme zu unterdrücken, denn bei den Worten des jungen Mannes durchzuckte sie eine kalte Angst, Taye könnte bereits nach Südafrika abgereist sein.

Der Blonde zuckte die Schultern. »Keinen Schimmer. Jobbt vielleicht. Er ist sowieso erst seit gestern wieder in seinem Zimmer. Hat wochenlang irgendwo anders gepennt.« Er schaute Rebekka von oben bis unten an, und sein Blick wurde etwas wacher. »Du kannst aber bei mir warten, wenn du willst.«

Rebekka schenkte ihm ein strahlendes Lächeln. »Danke, sehr nett. Aber wenn ich Lust auf Pumakäfig habe, gehe ich in den Zoo.«

Damit wandte sie sich ab und stieg in den Aufzug, der zum Glück gewartet hatte. Während der Ferien schienen nur wenige Studenten hiergeblieben zu sein, die meisten waren wohl im Urlaub oder zu Hause, ehe das Semester wieder anfing. Rebekka hoffte, dass der Blonde nicht ein Kommilitone Tayes war, sondern so etwas wie Kunstgeschichte oder alte Sprachen studierte. Sie wäre so einem ungepflegten, feierwütigen Freak ungern in einigen Jahren im weißen Arztkittel wiederbegegnet.

Im Foyer des Wohnheims angekommen wusste Rebekka jedoch nicht weiter. Ob sie nicht doch lieber wieder gehen sollte? Aber was dann? Sie würde bei Frau von Katten nur erneut vor der verschlossenen Zimmertür stehen und immer noch keine Ahnung haben, wieso die alte Dame auf den Namen »Samuel« derart heftig reagiert hatte und was Taye bei all dem für eine Rolle spielte. Mit einem tiefen Seufzer beschloss Rebekka, dass ihr wohl nichts anderes übrig bleiben würde, als in der Nähe des Wohnheims zu warten. Zum Glück gab es ein kleines Café direkt gegenüber. Ein Glockenspiel bimmelte über der himmelblauen Tür, als Rebekka eintrat, und die Wände, die in einem zarten Roséton gestrichen waren, harmonierten perfekt mit den zuckergussverzierten Cupcakes in der Vitrine. Zwar waren die – ebenfalls rosafarbenen – Stühle mit ihrer geflochtenen Sitzfläche nicht besonders bequem, dafür gab es aber eine echte italienische Siebträgermaschine, die eine perfekte Crema zauberte. Rebekka gönnte sich pro halber Stunde einen Cappuccino, während sie die Modemagazine der letzten Monate durchblätterte, die auf dem Zigarettenautomaten neben der Tür zu den Toiletten auslagen. Nachdem sie den vierten Kaffee zur Hälfte ausgetrunken hatte, zitterten ihre Hände von dem vielen Koffein, und sie kannte zudem die gesamte Lebensgeschichte der jungen schwarzhaarigen Bedienung mit dem auffälligen Augenbrauenpiercing. Inklusive der On-Off-Beziehung mit deren Freund, einem sogenannten »Konzeptkünstler«, der offenbar nicht nur seine Kunstprojekte, sondern auch seine Ansicht über die Beziehung mit seiner Freundin häufig wechselte. »Immer wieder nehme ich mir vor, dass diesmal wirklich Schluss ist, aber dann steht er wieder vor meiner Tür und sagt mir, dass ich seine Muse bin und ihn inspiriere – und schon werde ich wieder schwach«, klagte die Schwarzhaarige. Da Rebekka der einzige Gast war, fühlte die Bedienung offenbar eine gewisse Verbundenheit zu der traurigen Frau in teuren Jeans und Markenstiefeln. Oder war es Mitleid? Sah die junge Frau die Einsamkeit in Rebekkas Augen? Sie sah sich selbst im Spiegel des verglasten Regals hinter der Theke und fragte sich unwillkürlich, ob ihr Exfreund Sebastian sie je geliebt hatte. Und umgekehrt. Ja, sie hatten zusammen Spaß gehabt, schicke Städtetrips gemacht und geistreiche Diskussionen geführt. Aber hatte Rebekka tatsächlich jemals daran geglaubt, Sebastian wäre der Mann, der mit ihr durch dick und dünn gehen würde, mit dem sie alt werden wollte und der zu ihr hielte, egal was passierte? Oder waren sie nur zwei schillernde, funkensprühende Raketen gewesen, die zufällig zur gleichen Zeit in den Himmel geschossen worden waren und deren Flugbahnen sich gekreuzt hatten?

Schließlich waren sie beide jung, aufstrebend und in der Werbung erfolgreich. Und so verliefen auch ihre Gespräche: witzig, geistreich und stets von einer unterschwelligen Konkurrenz um die beste Formulierung und den schlagfertigsten Konter geprägt. Aber Liebe – ehrlich, war das Liebe gewesen? In diesem Moment wurde Rebekka klar, dass sie und Sebastian sich jahrelang etwas vorgegaukelt hatten. Er hatte nie die drei Worte »ich liebe dich« über die Lippen gebracht oder Rebekka wenigstens ein Mal gesagt, dass sie die Frau war, mit der er sein Leben verbringen wollte. Sie hatte sein häufiges Schweigen und seine Unfähigkeit, ihr gegenüber seine Gefühle zu äußern, sehr wohl bemerkt, doch statt ihn stehen zu lassen und hocherhobenen Hauptes zu gehen, hatte sie all ihre Energie darauf verwandt, es ihm noch ein bisschen mehr recht zu machen. Weil sie ganz tief in ihrem Herzen wohl doch gehofft hatte, irgendwann einmal zu hören, wie viel sie ihm bedeutete. Vergeudete Zeit, das sah sie jetzt so klar, als wäre in einem bisher stockfinsteren Zimmer auf einmal das Licht angegangen. Mit Taye, sieben Jahre jünger als sie und von einem anderen Kontinent kommend, war während einer Nacht, in der nichts passiert war außer einem langen Gespräch und dem gemeinsamen Einschlafen, mehr Nähe entstanden als in all den Jahren des Zusammenlebens mit Sebastian.

Rebekka knallte ihre leere Kaffeetasse auf den Tisch. »Scheiß auf das Musen-Geschwafel deines Freundes«, sagte sie laut zu der Bedienung. Die zuckte überrascht zusammen, doch Rebekka war jetzt nicht mehr zu bremsen. »Hat der Kerl dich jemals so behandelt, wie du es dir von einem Mann wünschst? Hast du nur eine einzige Sekunde das Gefühl gehabt, dass er sich auch mal um dich kümmert, statt nur um sich selbst?«

Die junge Frau blickte Rebekka zunächst verblüfft an, dann senkte sie den Kopf und biss sich auf die Unterlippe. Rebekka legte den heruntergefallenen Kaffeelöffel vorsichtig auf die Untertasse zurück, ehe sie die leere Tasse von sich schob. »Ich wohne seit ein paar Wochen bei einer alten Frau, die in ihrem Leben nur einen einzigen Mann geliebt hat. Ich weiß nicht warum, aber sie hat ihn verloren. Das Einzige, was sie aus ihrer gemeinsamen Zeit noch besitzt, sind ein altes Schwarz-Weiß-Foto und die eingeritzten Anfangsbuchstaben ihrer beider Vornamen in einem schäbigen Küchentisch. Aber obwohl ihnen nur eine kurze, gemeinsame Zeit vergönnt war, hat er sie geliebt. Und sie hat ihn bis heute nicht vergessen, obwohl das Ganze schon siebzig Jahre her ist.«

Die Bedienung hatte Rebekkas Bericht ohne eine Regung gelauscht. Jetzt hob sie den Kopf, und Rebekka sah Tränen in ihren Augen. Dezent beschäftigte sie sich mit dem Inhalt ihrer Handtasche, bis sich die junge Frau schniefend mit einer Serviette die Nase geputzt hatte. Dann griff sie hinter sich in das verspiegelte Regal, auf dem ein paar Flaschen standen, und zog eine mit einer verdächtig klaren Flüssigkeit hervor. »Ich glaube, ich brauche jetzt einen Grappa. Auch einen Schluck – geht aufs Haus?«

Rebekka dachte an Dorothea von Katten, die ein riesiges altes Haus besaß und doch nicht wirklich darin lebte, sondern nur existierte. Sie hatte so viel Geld, dass sie sich noch eine Wohnung in der Stadt hätte kaufen können, und trotzdem war sie immer in der Villa geblieben, ohne sich dort je zu Hause zu fühlen. Ähnlich einem Verwalter, der ein Museum bewohnt. Und genau wie Rebekka, deren schicke Stadtwohnung nie ein Zuhause geworden war. Sie schluckte, dann aber schüttelte sie den Kopf. »Lieber einen Pfefferminztee, ich muss noch fahren!«

Das milde Nachmittagslicht ließ die Welt hinter den großen Glasfenstern des Cafés sanft verschwimmen. Die schwarzhaarige junge Frau hatte eine SMS an ihren Künstler geschickt, in der sie ihn aufforderte, noch heute seine Sachen zu packen und nicht nur aus ihrer Wohnung, sondern auch aus ihrem Leben zu verschwinden. Danach ließ sie über ihren iPod lautstark *If you can't give me love* laufen und begann lauthals mitzusingen. Rebekka wunderte sich gerade, woher eine so junge Frau den Text dieses alten Liedes kannte, da sah sie durchs Fenster eine schlanke, hochgewachsene Gestalt mit dunklen Haaren auf der gegenüberliegenden Seite des Gehwegs, die auf die Tür des Studentenwohnheims zuging. Taye. Die Welt nahm schlagartig wieder Konturen an, und Rebekka knallte einen Zwanziger auf den Tresen, wünschte der jungen Frau viel Glück, und ehe die noch ein Wort herausbrachte, war Rebekka bereits durch die Tür nach draußen gestürmt.

Taye fuhr beim Klang ihrer hastigen Schritte herum, und seine Augen weiteten sich vor Überraschung, als er Rebekka erkannte. Er sah abgekämpft aus und schien die vergangenen zwei Nächte kaum geschlafen zu haben. Willkommen im Club der Augenringe, dachte Rebekka, denn auch ihr Aussehen war höchstwahrscheinlich vom vielen Grübeln und einer Nacht voller unruhiger Träume nicht gerade taufrisch. Tayes Gesicht verschloss sich bei ihrem Anblick wie eine Auster. »Du?«, fragte er kühl.

»Wir müssen reden.«

»Ach, ja? Sagt wer?«

»Ich.«

Er schien an Rebekkas Miene abzulesen, dass sie nicht gehen würde, ohne ihren Willen bekommen zu haben, daher seufzte er schließlich ergeben. »Okay. Go for it.«

Obwohl sie die Sätze vorhin im Café ein halbes Dutzend Mal im Kopf durchgekaut hatte, kam es Rebekka nun so vor, als wäre ihr Gehirn völlig leer, und sie wusste nicht, wie sie anfangen sollte. Taye beobachtete sie eine Weile schweigend, ehe er kopfschüttelnd den Anfang machte. »Willst du dich vielleicht bei mir entschuldigen?«

»Nein!«, rief Rebekka und korrigierte sich gleich darauf. »Ich meine, vielleicht. Ich weiß es nicht.«

»Für ein ›Vielleicht‹ bist du den weiten Weg in die Stadt gefahren?«, spottete Taye, doch sie glaubte zu bemerken, wie enttäuscht er war.

»Frau von Katten geht es nicht gut«, sagte sie deshalb.

Taye blickte sie alarmiert an. »Ihr Herz?«

»Ich hoffe nicht.«

»Was ist passiert?«

Rebekka schluckte und konnte Taye nicht in die Augen sehen. »Ich fürchte, es ist meine Schuld. Sie hat mich für deinen abrupten Weggang verantwortlich gemacht, und ich habe mich dazu hinreißen lassen, ihr von den Fotos zu erzählen, die ich bei dir gefunden habe.«

»Oh nein!«, murmelte Taye und starrte an Rebekka vorbei ins Nirgendwo.

»Sie hat dich verteidigt, nur damit du es weißt. Daraufhin habe ich …« Rebekka stockte, plötzlich unsicher geworden, ob es eine gute Idee war, Taye die Wahrheit zu sagen. Doch nun konnte sie nicht mehr zurück. »Ich habe ihr von deinem Brief erzählt. Und als ich den Namen ›Samuel‹ erwähnte, ist sie blass geworden und wäre beinahe umgekippt.«

»Damn, Rebekka, wie konntest du nur?«, fauchte Taye, und sein unvermittelter Zorn ließ sie zusammenzucken. Sie hatte ihn bisher nur strahlend, gut gelaunt oder spöttisch erlebt, aber noch nie wütend, und seine heftige Reaktion erschreckte sie. Also fuhr nun auch Rebekka die Krallen aus. »Sag mal, geht's noch? Du versuchst offenbar, eine reiche alte Frau abzuzocken, und machst *mir* Vorwürfe, weil ich dir auf die Schliche gekommen bin?«

Taye schloss kurz die Augen und schüttelte verärgert den Kopf. »Nein, ich mache dir Vorwürfe, weil du etwas sehr Unüberlegtes getan hast, ohne zu wissen, worum es geht! Außerdem wollte ich Frau von K. nichts Böses.«

»Dann erklär mir doch, was es mit den Fotos auf sich hat. Und warum Frau von Katten so heftig reagiert hat, als sie von dem Brief erfuhr.«

»Ich erkläre dir gar nichts. Jedenfalls nicht hier und jetzt. Ich muss sofort in die Villa und mit Frau von K. sprechen, ehe sie noch einmal zusammenklappt. Wo steht dein Auto?«

Schlehe (Prunus Spinosa)

Lieber Iggy,

wie oft habe ich mir gewünscht, in den Zug oder den alten, aber fahrtüchtigen Wagen meines Onkels steigen zu können, um zu Dir zu kommen. Jeder Tag ohne Dich war wie eine klaffende Wunde, und ich kam mir vor wie die kleine Meerjungfrau in diesem Märchen, für die sich jeder Schritt wie ein tiefer Schnitt mit einem scharfen Messer anfühlte. Doch meine Tante wachte auf Geheiß meiner Mutter mit Argusaugen darüber, dass ich nicht heimlich an meinen Geliebten schrieb oder gar unbeaufsichtigt das Haus verließ. Und so war das Kind die einzige Hoffnung, die mir blieb, es würde mich immer an Dich und unsere Liebe erinnern.

Doch nicht einmal das hat man mir gelassen. Nur einen Tag nach der Geburt, als ich noch geschwächt von den Wehen war, die eine ganze Nacht und den halben Tag lang durch meinen Leib tobten, bis ich das Gefühl hatte, in der Mitte auseinandergerissen zu werden, nahm man mir das Kind. Wohin es gebracht wurde, habe ich nicht erfahren, so sehr ich auch tobte, schrie und zum Schluss mit vor Heiserkeit dünner Stimme bettelte.

Kurz danach war es mir dann doch gelungen, mithilfe einer mitleidigen Krankenschwester einen Brief aus der Klinik zu schmuggeln. Er war an Deine Kaserne adressiert, und darin habe ich Dir von dem Kind berich-

tet und dass man es mir fortgenommen hat. Doch bis heute habe ich keine Antwort von Dir erhalten. Ein paar Wochen lang habe ich noch gehofft, Du hättest meinen Brief vielleicht nicht erhalten. Die Städte befanden sich ja immer noch in den Nachkriegswirren, und vieles funktionierte noch nicht reibungslos. Aber nachdem ich ein Mal zu Besuch bei meinen Eltern war und es dabei geschafft hatte, mich heimlich von zu Hause weg- und zu der Kaserne der amerikanischen Soldaten zu schleichen, habe ich erfahren müssen, dass Du nicht mehr hier warst. »Back home«, lautete die knappe Auskunft. Wie ein getretener Hund war ich davongeschlichen.

Iggy, es war nicht nur der Verlust, der mir das Herz gebrochen hat, sondern auch der Verrat. Offenbar bist Du vor der Verantwortung für ein uneheliches Kind und Deine deutsche Geliebte zurückgeschreckt und Hals über Kopf nach Amerika zurückgegangen. Iggy, ich werde Dir nicht mehr schreiben und von diesem Tag an alle Erinnerungen an diese Zeit fest in einem Winkel meiner Seele verschließen. Und ich nehme mir vor, sie nie wieder hervorzuholen so lange ich lebe.

Deine Thea

*

12

Nachtschatten (Solanum)

Während der gesamten Fahrt wechselte Taye kein Wort mit Rebekka, sondern starrte nur stumm und angespannt aus dem Fenster, und auch sie machte keinen Versuch, ihm noch etwas zu entlocken. Sie würde es erfahren, wenn sie bei Dorothea von Katten angekommen waren – hoffte sie zumindest. Tayes Sorge um die alte Dame hatte auch Rebekka unruhig werden lassen, und nun bekam sie ein schlechtes Gewissen, weil sie das Haus verlassen und Frau von Katten allein gelassen hatte. Zwar hatte diese bei Rebekkas Bitte, ihr ein paar Stunden freizugeben, in ihrer gewohnt harschen Art zugestimmt, »Glauben Sie etwa, dass ich scheintot bin?«, sodass Rebekka halbwegs beruhigt abgefahren war. Aber was, wenn Frau von Katten ihr etwas vorgespielt und in der Zwischenzeit wegen des gestrigen Vorfalls doch einen Kollaps erlitten hatte? Unbewusst drückte Rebekka das Gaspedal durch.

»Ich würde nicht versuchen, die Schallgrenze zu durchbrechen. Wenn die Polizei dich zu fassen bekommt, sieht es nicht gut für dich aus«, sagte Taye in seinem etwas umständlichen Deutsch, wobei er jedoch mit der Windschutzscheibe zu reden schien, denn er gönnte ihr immer noch keinen Blick. Rebekka drosselte das Tempo, denn er hatte recht. Sie wollte nicht ein zweites Mal vor Richter Peißenberg stehen, es reichte, dass er sie bereits jetzt für einen weiblichen Terminator am Lenkrad hielt. Sie wollte lieber nicht wissen, zu wie vielen Sozialstunden er sie das nächste Mal verdonnern würde.

Sobald Rebekka den Motor abgestellt hatte, sprang Taye aus dem Auto und lief über die gekieste Auffahrt zur Haustür. Mit der linken Hand drückte er den Klingelknopf, mit der rechten klopfte er gegen das massive Holz. »Frau von Katten? Ich bin's Taye. Bitte machen Sie auf.« Inzwischen war Rebekka ebenfalls ausgestiegen und neben ihn getreten. Taye blickte sie an und in seinem Blick stand echte Sorge. »Sie öffnet nicht. Ob ihr etwas passiert ist?«

Rebekka klopfte nun auch und rief Frau von Kattens Namen. Nichts rührte sich. »Warte hier, ich hole den Zweitschlüssel aus dem Kutscherhäuschen. Nimm mein Handy, vielleicht müssen wir schnell einen Krankenwagen rufen.«

Doch Taye legte kurz seine Hand auf Rebekkas Arm. »Warte. Es gibt noch eine Möglichkeit, wo sie sein kann.« Mit diesen Worten drehte er sich um und sprang behände die Treppenstufen hinunter.

Rebekka beeilte sich, ihm zu folgen. Mit großen Schritten durchmaß Taye den Garten, umrundete die kugelförmig geschnittene Hecke und ließ den schmalen

Pfad zum See links liegen. Rebekka spurtete hinter ihm her und bemühte sich, Schritt zu halten, obwohl es ihr ein Rätsel war, wo Taye so zielstrebig hinwollte. Dann jedoch schlug er einen zugewachsenen Weg ein, der ihr bekannt vorkam. Dort hatte er Rebekka schon einmal hingeführt, nämlich als er ihr die schwarze Rose gezeigt hatte. Jene Blume, die von Goethe in seinem Garten angeblich nach dem Verlust seiner Geliebten gepflanzt worden war. Tatsächlich erblickte sie nach ein paar Schritten die hochgewachsene Pflanze mit ihren nachtfarbenen Blütenblättern – und Frau von Katten, die neben dem Beet stand und regungslos die dunkle Schönheit betrachtete.

Taye stoppte so abrupt, dass Rebekka beinahe gegen ihn geprallt wäre. »Frau von K.! Thank God!«

Die Erleichterung war dem jungen Aushilfsgärtner anzusehen, und auch Rebekka atmete auf. Die alte Dame wandte den Kopf. Sie wirkte klein und zerbrechlich, und als sie Taye erblickte, ging etwas über ihr Gesicht, das Rebekka nicht deuten konnte: Trauer, Wut? Oder war es Erleichterung?

»Sie sind also zurückgekommen«, sagte sie leise.

Taye nickte. »Ich glaube, ich schulde Ihnen eine Erklärung.«

»Sagen Sie mir nur eins – hatte Frau Winter recht? Sind Sie ein Betrüger, Taye?«

»Das müssen Sie entscheiden, Frau von K. Vielleicht bin ich das – in gewisser Weise. Denn ich habe Ihnen nicht die ganze Wahrheit gesagt.«

»Wer ist Samuel?«, platzte Rebekka heraus, weil sie die Spannung nicht mehr aushielt. Taye beantwortete die Frage, doch er blickte dabei die alte Dame an. »Mein Vater.«

Dorothea von Katten wurde noch eine Spur blasser. »Das kann nicht sein«, flüsterte sie heiser.

»Um genau zu sein, heißt er Samuel junior Endicott.«

Eine Spur Erleichterung huschte über Frau von Kattens Züge und sie richtete sich ein wenig auf. »Ich kenne niemanden mit diesem Nachnamen.«

Taye zögerte, ehe er leise fortfuhr. »Er hat bei der Heirat den Namen meiner Mutter angenommen. Sein Vater, also mein Großvater, hieß Hawthorne. Samuel Hawthorne.«

Frau von Katten sah aus, als hätte sie einen Schlag ins Gesicht bekommen. Sie öffnete und schloss den Mund ein paarmal, ohne jedoch einen Laut von sich zu geben. »Also doch«, flüsterte sie schließlich. Dann schwieg sie erneut und starrte auf die mattschwarzen Rosenblätter. Auch Taye und Rebekka sagten kein Wort, bis die alte Dame den Kopf hob. »Was meinen Sie mit ›hieß‹?«, brachte sie mit zitternder Stimme heraus. »Heißt das, er ist …?«

Taye nickte. »Mein Großvater ist vor fünf Jahren gestorben.«

Frau von Katten taumelte. »Ich glaube … ich muss … mich setzen«, stieß sie mühsam hervor.

»Warten Sie, ich helfe Ihnen«, rief Rebekka besorgt, weil das Gesicht der adligen alten Frau von beinahe durchscheinender Blässe war, und sie wirkte, als könnte sie sich kaum auf den Beinen halten. Auch Taye blickte besorgt und griff nach ihrem Arm, um sie zu stützen. In derselben Sekunde griff Frau von Katten sich an die linke Seite und krümmte sich.

Rebekka erschrak. »Haben Sie Schmerzen?«, doch sie erhielt keine Antwort, denn die Angesprochene ging in die Knie, und hätte Taye sie nicht aufgefangen, wäre die ältere Frau wahrscheinlich mit dem Gesicht voran auf den Rasen geschlagen.

»Ruf den Notdienst an – und vergiss nicht, die vollständige Adresse zu nennen. Ich kümmere mich um Frau von K.«, ordnete Taye an, und Rebekka fischte mit zitternden Händen ihr Smartphone aus der Tasche und wählte die 112, während Taye Frau von Kattens Blusenkragen lockerte, ihre Reflexe prüfte und in ruhigem Ton auf die alte Dame einredete. Sie war nicht bewusstlos, wirkte aber apathisch und reagierte nicht auf Tayes Fragen. Ihr Atem ging flach, und Schweißperlen standen ihr auf Oberlippe und Stirn. Rebekka betete, dass die Ambulanz bald käme, und hätte vor Erleichterung fast geheult, als sie bereits nach wenigen Minuten das Martinshorn hörte. Die Ankunft des Notarztes, die leise Diskussion zwischen ihm und Taye sowie Frau von Kattens Abtransport bekam Rebekka nur wie durch einen dichten Nebel mit. Sie saß im Gras, bewegungsunfähig, die Arme um die angezogenen Knie geschlungen und hatte nur einen Gedanken: Frau von Katten durfte nicht sterben. Hätte neben ihrer Angst noch ein anderes Gefühl Platz gehabt, wäre Rebekka klar geworden, wie sehr sie die alte Dame inzwischen ins Herz geschlossen hatte. Erst als Taye sie leicht am Arm berührte und ihren Namen sagte, erwachte sie aus ihrer Starre. Das Knirschen der Räder des Krankenwagens auf dem Kies war längst verklungen, und die trügerisch friedliche Stimmung eines Sommerabends senkte sich auf den Garten herab. Eine Amsel sang in die untergehende Sonne, deren Wärme immer noch in der Luft hing.

»Ich bringe dich in deine Wohnung«, sagte Taye, doch Rebekka schüttelte den Kopf. »Erst möchte ich wissen, warum Frau von Katten zusammengebrochen ist, als du den Namen deines Großvaters erwähnt hast.«

Taye zögerte, dann nickte er. »Samuel Hawthorne war nach dem Krieg in Deutschland stationiert und hat sich in ein junges Mädchen namens Dorothy verliebt.«

»Frau von Katten«, sagte Rebekka.

Taye nickte. »Und sie sich in ihn. Er war ihre erste große Liebe – und vielleicht ihre einzige.«

»Das stimmt nicht«, widersprach Rebekka. »Ihre große Liebe hieß Iggy. Das weiß ich von einer Widmung auf einem alten Foto, dessen Abzug ich bei dir gefunden habe.«

Taye lächelte, aber es war ein fernes Lächeln, so als dächte er an etwas, das lange zurücklag. »Iggy war der Nickname meines Großvaters. Sein richtiger Name war Samuel. Aber weil sein Vater aus Nigeria stammte, wo eine Sprache namens ›Igbo‹ gesprochen wurde, verpassten ihm seine Freunde diesen ... wie heißt das in Deutsch?«

»Spitzname«, murmelte Rebekka mechanisch. Tayes Erzählungen hatten einen Sturmwind in ihrem Kopf entfacht, und sie konnte keinen klaren Gedanken fassen. Tayes Großvater war also einer der beiden Männer auf dem alten Schwarz-Weiß-Foto gewesen. »Hast du deswegen die Stelle bei Frau von Katten angetreten?«, fragte sie. »Weil dein Großvater dir von seiner Jugendliebe erzählt hat?«

Taye rieb sich über sein Gesicht. »Es ist etwas kompliziert«, fing er an, da klingelte Rebekkas Handy und eine unbekannte Stimme meldete sich. Es dauerte eine Weile, bis sie verstand, dass die Klinik, in die man Dorothea von Katten gebracht hatte, anrief und ihr ausrichten ließ, die alte Dame wolle sie und Taye sehen.

»Geht es ihr so schlecht?«, rief Rebekka, und Taye hob alarmiert den Kopf.

»Nein, es geht ihr den Umständen entsprechend gut«, sagte die sachliche Stimme am anderen Ende der Leitung. »Aber sie wollte unbedingt, dass wir Sie benachrichtigen. Eigentlich ist die Besuchszeit ja schon vorbei, aber Frau von Katten hat darauf bestanden, dass Sie heute noch vorbeikommen.«

Als Rebekka auflegte, musste sie wider Willen lachen. »Unserer alten Lady geht es offenbar schon besser, denn sie schikaniert bereits das Krankenhauspersonal und hat mehr oder weniger befohlen, dass wir sie jetzt besuchen.«

Taye atmete auf. »Gut. Ich habe ihr nämlich einiges zu erklären.«

Eine knappe Stunde später bugsierte Rebekka einen riesigen Blumenstrauß aus Frau von Kattens Garten durch die Tür des Krankenzimmers und hoffte, dass die Farben von Rittersporn, Malve und Anemonen dem kargen Raum etwas von seiner Tristesse zu nehmen vermochten. Frau von Kattens Gesicht war immer noch blass und hob sich kaum von dem weiß bezogenen Kopfkissen ab, doch als sie Rebekka und Taye sah, gelang es ihr, sich etwas aufzurichten.

»Bitte bleiben Sie liegen«, versuchte Rebekka die alte Dame einzubremsen, doch die schüttelte den Kopf. »Es geht schon wieder. Danke, dass Sie so schnell gekommen sind. Beide«, sagte sie matt.

Mit zwei Schritten war Taye am Bett und ergriff Frau von Kattens Hand. Unter ihrer dünnen Haut zeichneten sich feine blaue Äderchen ab, und Rebekka bemerkte erneut die braunen Punkte, die das Alter in den schmalen Handrücken gestanzt hatte. »Es ist alles meine Schuld. Es tut mir so leid, aber ich wusste nicht, wie ich Ihnen das alles sagen sollte. Rebekka hatte mich immerhin in Verdacht, dass ich ein Betrüger und ein Dieb bin.«

Die alte Frau hob den Kopf, und Rebekka erschrak vor dem abgrundtiefen Schmerz in ihren Augen. So offen und verletzlich hatte sie die adlige Dame noch nie gesehen. »Iggy war eines Tages einfach verschwunden. Ich wollte ihm noch einen Brief hinterlassen, aber niemand konnte mir sagen, wo er war. Dabei hätte ich ihm etwas Wichtiges zu sagen gehabt.« Tränen trübten das

Blau ihrer Augen, und Taye ging in die Hocke und sah die alte Dame fest an. »Es ging um das Baby nicht wahr? Um Ihr Kind – und das von Iggy.«

Frau von Katten zuckte zusammen, und plötzlich verstand Rebekka. Das Stoffbändchen, das sie in der Schublade gefunden hatte! Es hatte also Dorothea von Kattens erstem Kind gehört – das sie von einem amerikanischen Soldaten erwartet und unehelich geboren hatte.

»Sie haben es mir fortgenommen«, murmelte Frau von Katten wie zu sich selbst. »Gleich nach der Geburt. Ich habe mich immer gefragt, was wohl aus dem Kleinen geworden ist. Ich hätte mir so gewünscht, dass Iggy wenigstens gewusst hätte, dass er einen Sohn hat.«

Nun war es Taye, der nach Worten rang, ehe er herausbrachte: »Mein Großvater wusste es, Frau von Katten. Er hat nach Ihnen gesucht und ist sogar zu Ihrem Elternhaus gegangen. Was dort genau passiert ist, weiß ich nicht, aber mein Großvater hat herausgefunden, dass man Sie fortgebracht hatte. Und er musste nicht lange nachdenken, um den Grund dafür zu erraten.«

»Aber woher weißt *du* das alles?«, platzte Rebekka heraus.

»Mein Großvater hat Tagebuch geschrieben«, erwiderte Taye. »Und darin stand auch, dass er nicht aufgegeben hat, sondern so lange nachforschte, bis er wusste, wo sein Kind war. Mithilfe seiner Vorgesetzten war es ihm möglich, das Baby aus dem Waisenhaus zu holen und es mit nach Amerika zu nehmen. Dort hat er das

Kind auf den Namen ›Samuel junior‹ taufen lassen. Vor etwa zwanzig Jahren ist Iggy nach Kapstadt gezogen, wo mein Vater inzwischen lebt. Er war vorher viele Jahre als Arzt in Afrika unterwegs gewesen, ehe er mit Anfang vierzig eine Familie gegründet hat.«

Sekundenlang starrte die alte Dame Taye stumm an, doch er musste die unausgesprochene Frage in ihren Augen gelesen haben, denn er nickte. »Ich bin Iggys Enkel – und Sie sind meine Großmutter.«

13

Strandflieder (Limonium)

»Wieso konnte dein Großvater sich so sicher sein, dass das Kind im Waisenhaus sein Sohn war?«, fragte Rebekka, nachdem sie das Krankenhaus verlassen hatten. Frau von Katten war nach der Eröffnung, dass der junge Aushilfsgärtner ihr Enkel war, in Tränen ausgebrochen und hatte – trotz ihrer Versicherung, sie würde nur vor Freude weinen – ein leichtes Beruhigungsmittel benötigt. Die resolute Krankenschwester in den quietschenden Gummischuhen hatte Taye und Rebekka anschließend nicht gerade freundlich aus dem Klinikzimmer komplimentiert, mit der Anweisung, frühestens am nächsten Morgen wiederzukommen.

Taye sah Rebekka an und zog die Augenbrauen hoch. »Nun, er kannte ja Dorotheas Namen. Und schließlich gab es damals in Deutschland nicht viele Babys mit dunkler Hautfarbe.«

Rebekka verstand nun überhaupt nichts mehr. »Aber die beiden Soldaten auf dem Foto …«, stammelte sie. »Die vor dem Jeep knien. Keiner von ihnen …«

»Weil du von falschen Voraussetzungen ausgegangen bist«, sagte Taye leise. Er zog das Fotopapier aus seiner Tasche und deutete auf eine der Personen im Bild – und endlich verstand Rebekka. Der lachende GI, der im Hintergrund über den Jeep gebeugt stand und wie zufällig in die Kamera sah! Sein Lachen ließ eine Reihe Zähne aufblitzen, die sich strahlend weiß von seinem dunklen Gesicht abhoben. Unter dem Schiffchen, der Soldatenmütze der US-Soldaten, konnte man eine Fülle schwarzer, krauser Locken erahnen. Rebekka blickte Taye an, und der nickte. »Das war mein Großvater.«

Dorothea von Katten strich behutsam über Iggys Gesicht auf dem Foto und lächelte, aber in ihren Augen lag ein Schmerz, der wohl nie mehr vergehen würde. »Können Sie sich vorstellen, was das für ein Skandal gewesen wäre, wenn ich mich mit ihm in der Öffentlichkeit gezeigt hätte?«, fragte sie Rebekka leise, und ihr Blick glitt aus dem Fenster, zurück in die Vergangenheit und in eine Stadt, in der junge Frauen noch bespuckt worden waren, wenn sie mit einem amerikanischen Soldaten gesehen wurden.

»*Neger* hat man Menschen wie Iggy damals genannt, und das war nicht einmal der schlimmste Name für diese GIs. Und als was man mich bezeichnet hätte, können Sie sich ja denken.«

Rebekka, die aus der Villa frische Wäsche und ein paar Kosmetika für die alte Dame mitgebracht hatte und nun erneut bei ihr im Krankenhaus saß, nickte und dachte, wie schrecklich es gewesen sein musste zu wissen, dass jemand, den man liebte, von anderen verfemt und angegriffen wurde – nur wegen seiner Herkunft und Hautfarbe.

»Mir hätte es nichts ausgemacht«, unterbrach Dorothea von Katten Rebekkas Gedanken, und beim Blick in deren stahlblaue Augen sah Rebekka den Kampfgeist und die Willensstärke einer viel jüngeren Frau aufblitzen. »Aber Iggy wollte mich schützen und hat daher darauf bestanden, dass wir uns nur heimlich trafen – oder an Orten, wo Hautfarbe und Herkunft keine Rolle spielten.«

Rebekka schüttelte behutsam das Kissen auf, während sie fragte: »Haben Ihre Eltern gewusst, von wem das Kind ist?«

Dorothea von Katten lachte bitter auf. »Nein, und ich kann mir vorstellen, dass meine Mutter fast der Schlag getroffen hat, als Iggy vor der Tür stand. Ich vermute, sie hat sehr hässliche Dinge zu ihm gesagt, denn danach ist er zurück nach Amerika gegangen und hat mich bestimmt bald vergessen.«

Rebekka schluckte. »Nein«, sagte sie fast flüsternd. »Er hat Ihnen noch jahrelang Briefe geschrieben.«

Dorothea von Katten zuckte zusammen, und ihr Gesicht verzerrte sich vor Schmerz, als würde ihr Herz mit einer Lanze durchbohrt. Doch als Rebekka erschrocken aufsprang, winkte die alte Frau ab, und Rebekka fuhr fort. »Aber weil er nicht wusste, wohin man Sie verbannt hatte, und er wohl ahnte, dass Ihre Eltern die Briefe sofort vernichten würden, hat er sie nie abgeschickt.

Taye hat den dicken Stapel in Iggys altem Tagebuch gefunden ...«

Dorothea von Katten griff schwer atmend nach dem Wasserglas auf ihrem Nachttisch, aber ihre Hand zitterte, sodass sie die Hälfte der Flüssigkeit verschüttete. Behutsam nahm Rebekka ihr das Glas ab und hielt es ihr an die Lippen, während sie mit der anderen Hand sanft den Kopf der alten Dame stützte. Nach zwei tiefen Schlucken sank Frau von Katten mit einem dankbaren Seufzer in die Kissen zurück.

»Meine Mutter hat bis zu ihrem Tod kein Wort über Iggys Besuch verloren. Offenbar war sie bis zuletzt überzeugt, das Richtige getan zu haben.«

»Oder sie hat erkannt, was sie Ihnen angetan hat, und sich dafür geschämt. Vielleicht hatte Ihre Mutter Angst, dass Sie ihr niemals verzeihen würden – und das hätte sie nicht ertragen«, sagte Rebekka leise.

Frau von Katten starrte sie eine Weile schweigend an. »Junge Frau«, sagte sie schließlich, »Sie schaffen es tatsächlich, mich zu verblüffen.«

Rebekka staunte über das warme Gefühl der Freude, das sie bei diesem Kompliment durchrieselte. Unwillkürlich dachte sie daran, dass sich nicht nur Frau von Katten in den paar Wochen verändert hatte, sondern auch sie. Vor Kurzem noch hatte Rebekka ihre Putzhilfe Isa in Gedanken für verrückt erklärt, weil diese ihr Studium unterbrach, um sich um ihren alten Vater zu kümmern. Plötzlich schämte Rebekka sich heftig für ihre damalige Engstirnigkeit. Als sie aufblickte, waren

Frau von Kattens blitzblaue Augen, die trotz ihres geschwächten Zustands ihr Alter Lügen straften, auf sie gerichtet. »Woher haben Sie eigentlich dieses Foto, Frau Winter?«

Rebekka blieb keine Wahl, und so beichtete sie den Fund des alten Schwarzweißfotos. »Ich habe nicht geschnüffelt«, beteuerte sie, »das Bild ist beim Abstauben des Regals aus dem Album gerutscht, und ich habe die Widmung auf der Rückseite gelesen. Allerdings bin ich die ganze Zeit davon ausgegangen, dass einer der beiden GIs im Vordergrund Iggy war.«

»Wenn Sie nur ein einziges Mal sein Lachen gehört hätten, in das er sein ganzes Herz gelegt hat – Sie hätten keinen anderen Mann mehr angesehen«, sagte Frau von Katten, und ihr Lächeln wischte die Falten fort, sodass Rebekka so deutlich wie nie die siebzehnjährige Dorothea vor sich sah – jung, verliebt und das ganze Leben noch vor sich.

»Tief in meinem Herzen habe ich wohl immer gehofft, ihn irgendwann noch einmal wiederzusehen. An meinem ersten Abend in dem kleinen Kutscherhaus habe ich unsere Initialen in das Holz der Schublade geritzt. Ein Symbol unserer Liebe – und der Hoffnung. Aber nun ist Iggy tot«, sagte die adlige Dame da, und die Trauer über die verlorenen Jahre überschattete ihre Gesichtszüge, sodass aus dem jungen Mädchen wieder die beinahe siebenundachtzigjährige Frau wurde.

Rebekka zögerte, weil sie Frau von Katten nicht noch mehr belasten wollte, aber es drängte sie zu sehr.

»Haben … haben Sie eigentlich nie versucht, Iggy in Amerika ausfindig zu machen?«, fragte sie zögernd. »Ich weiß, es gab damals noch kein Internet, aber vielleicht hätte ein Privatdetektiv etwas herausfinden können?«

Die alte Dame schwieg so lange, dass Rebekka schon fürchtete, sie mit ihrer Frage verletzt zu haben. »Ich habe oft daran gedacht, ja«, gab Frau von Katten schließlich zu. »Denn vergessen habe ich Iggy nie. Geschweige denn aufgehört, ihn zu lieben. Aber ich hatte Angst.«

»Vor Ihrem Ehemann?«

Frau von Katten schüttelte stumm den Kopf, und Rebekka sah, dass sich die Tränen in ihren blauen Augen sammelten. »Ich hatte Angst, Iggy tatsächlich zu finden. Denn vielleicht hätte sich dann herausgestellt, dass meine Liebe zu ihm nur der Traum einer einsamen Närrin war.«

Ohne nachzudenken, beugte Rebekka sich vor und nahm die alte Dame in die Arme. Ihr Körper war so zart und zerbrechlich wie der eines Vogels, und Rebekka konnte spüren, wie Frau von Katten zitterte. »Jetzt wissen Sie aber, dass es nicht so war. Iggy hat Ihnen Briefe geschrieben, was bedeutet, dass er sie genauso geliebt hat wie Sie ihn«, murmelte Rebekka tröstend und hielt die ältere Frau fest, bis diese ruhiger wurde, erst dann ließ sie sie los. Um den kurzen Moment der Verlegenheit zu überspielen, ordnete Rebekka die Blumen in der Vase neu und sagte, ohne Frau von Katten anzusehen: »Taye hat mir übrigens erzählt, dass er einen Ausdruck der Schwarz-Weiß-Fotografie von seinem Vater zusammen mit Iggys Tagebuch ausgehändigt bekam. Samuel junior hat die Tagebücher erst drei Jahre nach dem Tod seines Vaters gelesen. Bis zu diesem Zeitpunkt hatte er geglaubt, seine Mutter wäre im Krieg umgekommen. Iggy hat anscheinend nie über die kurze Zeit mit Ihnen gesprochen, der Schmerz saß wohl zu tief. Als Tayes Vater vor einigen Jahren die Wahrheit herausfand, hat er angefangen zu recherchieren. Es dauerte nicht lange, und er hatte herausgefunden, wo Sie leben.«

»Da ich meinen Mädchennamen nie abgelegt habe, dürfte das ja nicht allzu schwer gewesen sein«, warf Frau von Katten ein.

»Trotzdem hatte Samuel junior nie den Mut, Sie zu kontaktieren. Erst als Taye überlegte, ein Auslandssemester in Deutschland zu absolvieren, hat sein Vater ihm von Ihnen erzählt und Taye gebeten, ihm zu helfen, mehr über seine unbekannte Mutter herauszufinden. Also bewarb er sich an der Universität in Ihrer Nähe und versprach, seinem Vater ein Bild von der Villa zu schicken – und von Ihnen, damit Samuel wenigstens wusste, wie seine Mutter aussieht. Erst dann wollte er Ihnen schreiben.«

»Aber Taye hat Nägel mit Köpfen gemacht und sich bei mir als Aushilfsgärtner beworben. Er wollte wohl seine Großmutter erst einmal persönlich kennenlernen, ehe er sie auf seinen Vater losließ«, bemerkte Frau von Katten trocken.

Rebekka lächelte. »Er hat mir vorhin erzählt, dass sein Vater schrecklich altmodisch ist und Smartphones ebenso wie Mails hasst. Daher hat Taye ihm den Brief geschrieben, den ich dann ja zufällig im Bauwagen gefunden habe.«

»Ich frage lieber nicht, was Sie überhaupt in seiner Behausung wollten«, bemerkte Frau von Katten trocken, und Rebekka spürte verlegen, dass sie errötete. Doch die alte Dame tat, als sähe sie es nicht. »Es ist mir bis gestern nicht bewusst geworden, aber Taye hat viel von seinem Großvater.«

»Ist Ihnen die Ähnlichkeit denn vorher nie aufgefallen? Vielleicht hätten Sie schon früher Verdacht geschöpft ...«, fing Rebekka an, doch Frau von Katten schüttelte den Kopf.

»Wenn man nicht damit rechnet, sieht man oft nicht einmal die Dinge, die direkt vor einem liegen. Erst jetzt, da ich weiß, dass Taye Iggys Enkel ist, erkenne ich, wie ähnlich die beiden sich sind. Vor allem wenn Taye lacht, sieht er aus wie sein Großvater. Ich konnte Iggys Lachen damals nicht widerstehen ...«

Die alte Dame blickte Rebekka bezeichnend an, und die spürte, wie ihr Gesicht nun glühte wie eine Pfingstrose. »Ich bin aber nicht Sie, Frau von Katten«, erwiderte Rebekka steif.

»Genau deswegen rate ich Ihnen: Machen Sie nicht den gleichen Fehler wie ich, junge Frau. Lassen Sie sich nicht von Angst oder falschem Stolz leiten.«

»Selbst wenn ich Taye mögen würde – ich glaube

nicht, dass er mir verzeiht. Ich habe mich ihm gegenüber ziemlich schäbig benommen.«

»Papperlapapp«, erwiderte Frau von Katten, wobei sie fast so klang wie Beo Lingen, »Liebe erträgt viel.«

»Verzeihung, Frau von Katten, aber wir sind hier nicht bei ›Vom Winde verweht‹. Von Liebe kann bei Taye und mir keine Rede sein!«

»Ach, Frau Winter, Sie beherrschen vielleicht Ihre Kalkulationen aus dem Effeff, aber was das menschliche Herz angeht, da müssen Sie noch viel lernen.«

»Das Herz fällt ja nun auch eher in Tayes Interessensgebiet«, schnappte Rebekka und spürte zu Ihrem Ärger, wie ihr eigenes Organ bei der Erinnerung an den Abend, als der Medizinstudent für sie gekocht und sie sich anschließend die Sterne angesehen hatten, schneller schlug.

Kopfschüttelnd legte die adlige Dame sich in ihre Kissen zurück. »Und da sagen die Ärzte, ich sei ein hoffnungsloser Fall«, murmelte sie. »Und nun entschuldigen Sie mich, ich brauche etwas Ruhe.«

»Natürlich«, beeilte sich Rebekka zu versichern. »Taye wird morgen früh nach Ihnen sehen. Gute Besserung!« Damit schlüpfte sie hastig aus der Tür des Krankenzimmers und floh förmlich aus der Klinik, erleichtert, dem Geruch der Desinfektionsmittel, aber vor allem Frau von Kattens bohrenden Fragen entkommen zu sein. Dabei hatte sie der alten Dame noch gar nicht gebeichtet, dass sie morgen gleich von zwei Enkeln Besuch erhalten würde: Rebekka hatte es als ihre Pflicht angesehen, Thomas Benning anzurufen und ihm von dem Krankenhausaufenthalt seiner Großmutter zu berichten. Den Grund für deren erneuten Schwächeanfall hatte sie ihm allerdings nicht verraten – das überließ sie Frau von Katten. Doch ihr graute schon jetzt davor, wie der junge Anwalt auf die Neuigkeit reagieren würde, dass künftig ausgerechnet Taye zu seiner Familie zählte – und Rebekka indirekt dazu beigetragen hatte, dass diese Tatsache ans Licht gekommen war. Nur gut, dass sie in ein paar Tagen die Villa, ihre Arbeit und das ganze Gefühlsdrama hinter sich lassen würde, dachte Rebekka. Dann hatte sie ihre vom Gericht angeordnete Strafe abgebüßt und konnte endlich in ihren richtigen Job und ihr normales Leben zurückkehren. Dass sich die Aussicht alles andere als richtig anfühlte, verdrängte sie in diesem Moment.

Leider war Benning nicht der Einzige, der mit Rebekka ein Hühnchen zu rupfen hatte. »Was stand nun eigentlich in diesem Brief, den du mir nie gegeben hast?«, hörte sie Tayes Stimme hinter ihrem Rücken, gerade als sie mit dem alten Schlüssel gegen das leicht rostige Türschloss des Kutscherhäuschens kämpfte.

Erschrocken riss Rebekka den Kopf herum. »Himmel, Taye! Willst du, dass ich mir ein Schleudertrauma hole?«

»Nein, ich möchte, dass du meine Frage beantwortest.«

»Das ist ... jetzt nicht mehr wichtig«, wehrte Rebekka ab.

Taye blickte sie mit seinen sirupfarbenen Augen an. »Nein?«

»Nein«, sagte Rebekka. Sein Blick ging ihr durch und durch, und fast konnte sie Dorothea von Kattens Stimme hören: »Machen Sie nicht den gleichen Fehler wie ich!«

Rebekka straffte sich entschlossen. »Ich hätte mich längst bei dir entschuldigen müssen, weil ich dich für einen miesen Betrüger gehalten habe«, fing sie an. Zu ihrem Ärger merkte sie, wie sie ins Stottern geriet, und sprach daher immer schneller weiter. »Aber dann haben sich die Ereignisse überschlagen, und ich bin deswegen einfach nicht dazu gekommen, deshalb wollte ich es jetzt nachholen und ...«

»Rebekka«, unterbrach Taye sie da, und sie schluckte.

»Ja?«

»Es ist okay. Ich meine, ich habe Frau von K. tatsächlich nicht die Wahrheit darüber gesagt, wer ich bin. Und was hättest du auch denken sollen, als du den Brief an meinen Vater und das alte Foto bei mir gefunden hast?«

Rebekka senkte den Kopf. »Ich hätte dir vertrauen sollen«, murmelte sie. Erneut erinnerte sie sich an die Wärme seines Körpers, als sie eng an ihn gelehnt unterm Sternenhimmel gestanden hatte, und wie aufgehoben und beschützt sie neben ihm eingeschlafen war, und ein Schauer durchlief sie. Erschrocken über die Heftigkeit ihrer Gefühle, schlug Rebekka einen bemüht munteren Ton an. »Außerdem kann ich mich auf Beo

Lingen verlassen. Wen er gut leiden kann, der ist kein schlechter Mensch. Der Vogel ist manchmal einfach schlauer als ich.«

»Vielleicht solltest du ihn künftig in deine Agentur schicken«, erwiderte Taye trocken. »Immerhin läuft er nicht Gefahr, nach Feierabend andere Autos zu Schrott zu fahren.«

Rebekka prustete los, und als sie aufsah, blickte sie direkt in Tayes breites Lächeln. Und in dieser Sekunde wurde ihr klar, dass sie sich längst in ihn verliebt hatte, egal was sie sich bisher vorgemacht haben mochte. Auch wenn sie ihre eigenen Gefühle ängstigten – Rebekka erkannte, dass es keinen Sinn machte, weiterhin sich selbst zu belügen – oder Taye. Sie holte tief Luft und legte vorsichtig die Hand auf seinen Arm. »Kannst du mir verzeihen?«

Er würde ›Ja‹ sagen, dachte sie und nahm sich vor, ihm anschließend ihre Gefühle zu gestehen. Natürlich nicht direkt, sondern durch die Blume, doch Taye würde sie verstehen. Rebekka merkte plötzlich, wie sehr sie sich danach sehnte, von ihm in den Arm genommen zu werden und erneut seine Lippen auf ihren zu spüren ...

»Ja, ich verzeihe dir. Aber ob ich es vergessen kann, weiß ich nicht«, sagte Taye da, und Rebekka zog ihre Hand zurück, als hätte sie sich verbrannt.

»Ich hatte eigentlich gedacht, du fühlst ähnlich wie ich«, fuhr Taye fort, und obwohl sie sich am liebsten die Hände auf die Ohren gepresst hätte, um nicht zu hören, was jetzt kam, war sie gezwungen, Haltung zu bewahren und sich anzuhören, was er ihr zu sagen hatte – schließlich hatte sie sich das selbst eingebrockt. Taye sah sie an, doch seine Augen hatte alles Strahlende verloren, und sein Blick zog eine unsichtbare Grenze zwischen ihnen. »Aber dann hast du unseren gemeinsamen Abend als ›Fehler‹ bezeichnet und wenig später hast du mir sogar zugetraut, Frau von K. um ihr Vermögen bringen zu wollen. Als ich dir alles erklären wollte, habe ich gespürt, dass du mir nicht geglaubt hättest. Und da wurde mir klar, dass ich bei dir immer gegen eine Mauer laufen würde.«

»Taye, ich …«, fing Rebekka an, doch er schüttelte nur leicht den Kopf.

»Vergiss es, ist schon in Ordnung. Du wirst sowieso bald abfahren und hast dann wieder deine Arbeit. Dein Leben ist nicht hier.« Er machte eine weit ausholende Geste mit dem Arm, die den Garten, die Villa und offenbar auch ihn einschließen sollte. »Du hast nie ein Geheimnis draus gemacht, dass du es nicht abwarten kannst, bis deine Zeit bei Frau von K. endet. Und ich werde auch nicht mehr allzu lange hier bleiben, dann gehe ich nach Hause zurück und studiere weiter. Zwischen uns beiden liegen tatsächlich Welten. Du hast es nur eher erkannt als ich.«

Rebekka nickte, obwohl es ihr schien, als wäre ihr Kopf an zwei rostigen Scharnieren befestigt, die sich kaum bewegen ließen. Sie hatte zu lange gewartet, Taye zu sagen, wie sie in Wahrheit fühlte, und nun war es zu spät. Enttäuschung und Selbstmitleid verstopften ihre

Kehle wie ein heißer Klumpen, trotzdem schaffte sie es, ein paar Worte hervorzupressen. »Dann sind wir uns ja einig. Ich wünsche dir jedenfalls nur das Beste.«

Taye runzelte die Stirn. »Ist es dafür nicht noch etwas früh? Immerhin bist du doch noch ein paar Tage hier, nicht wahr?«

Doch da irrte sich Taye. Da Frau von Katten auf Anweisung der Ärzte und ihres Enkels Thomas Benning noch mindestens zwei Tage in der Klinik bleiben sollte, ehe sie eine Erholungskur antreten würde, bat Rebekka darum, ihren Dienst vorzeitig quittieren zu dürfen. Es war ihr sogar gleichgültig, ob Richter Peißenberg davon erfahren würde.

Die alte Dame blickte sie scharf an, aber als sie Rebekkas blasses Gesicht bemerkte, verkniff sie sich jeglichen Kommentar, sondern sagte nur: »Ich glaube nicht, dass wir uns zum letzten Mal gesehen haben, Frau Winter.«

Rebekka lächelte höflich, aber selbst das Heben der Mundwinkel kostete sie unendlich viel Mühe. Tayes Worte, obwohl sie kühl wie ein Eishauch gewesen waren, brannten in Rebekka wie Feuer, und sogar das Atmen schmerzte seitdem. So sehr sie versuchte, ihr letztes Gespräch aus ihrem Gedächtnis zu tilgen, es gelang ihr nicht. Tayes Blick war so distanziert gewesen, als hätte es diese Nähe zwischen ihnen nie gegeben und sie wären wie zwei Planeten, deren Umlaufbahnen sich nur kurz und zufällig gekreuzt hatten, ehe Rebekka wieder ihre einsamen Bahnen zog. Und das war ganz allein ihre Schuld.

»Ich werde mich bestimmt melden«, sagte sie zu der alten Dame, doch sie hörte selbst, wie hohl ihre Worte klangen. Dorothea von Katten öffnete den Mund, überlegte es sich dann jedoch anders und schloss ihn wieder. Aber sie hielt Rebekkas Hand lange fest, deren Finger kalt, viel kälter als die der alten Dame in ihrem Krankenbett waren. Als sie schließlich losließ und die Zimmertür hinter Rebekka zufiel, hätte die junge Frau gerne Erleichterung verspürt – und Freude darüber, endlich ihre Sozialstunden absolviert zu haben und nun wieder in ihre eigene Wohnung in der Stadt zurückkehren zu können. Stattdessen hatte sie das Gefühl, als hätte sie etwas Kostbares verloren.

14

Löwenmäulchen (Antirrhinum majus)

»Frau Winter, Sie sehen ja aus wie reinste Sommerfrische!«, dröhnte van Doorn senior und fletschte seine blendend weißen Inlays zu einem jovialen Lächeln. Er musterte Rebekkas gebräunte Arme und die Sommersprossen auf ihrer Nase, die jedem Make-up heute Morgen getrotzt hatten. Sein Blick sagte jedoch, dass jegliche Farbe, die nicht in einem teuren Karibikurlaub oder in St. Moritz auf der Piste erworben wurde, vulgär war.

Rebekka lächelte höflich, doch statt der erwarteten Aufregung, endlich wieder ihrer Arbeit nachgehen zu können, und dem brennenden Ehrgeiz, es allen in der Agentur nun erst recht zu beweisen, verspürte Rebekka zu ihrem eigenen Schrecken den Impuls, ihrem Chef stante pede eine reinzuhauen. Er kam ihr vor wie eine sprechende Schaufensterpuppe, so künstlich wirkte alles an ihm – von der knallgelben Seidenkrawatte bis zu seiner geheuchelten Begeisterung über ihre Rückkehr. Seit Rebekka die alte Villa verlassen hatte, schien alle Farbe aus ihrem Leben verschwunden zu sein. Ihr Inneres war so hart und trocken wie ein Garten, in dem sämtliche Blumen innerhalb einer einzigen Nacht verwelkt waren und nichts als Staub und Dürre hinterließen. Rebekka vermisste Taye und konnte ihn nicht vergessen, so sehr sie sich auch bemühte. Er wollte sie nicht mehr in seinem Leben haben, doch sein Schatten folgte Rebekka in ihren Träumen auf Schritt und Tritt, und noch beim Aufwachen hörte sie seine dunkle Stimme wie ein fernes Echo.

Doch immer wenn sie dann im Bett hochschreckte und sich umsah, war sie allein, und das einzige Geräusch, das sie vernahm, war das leise Klirren der Käfigstäbe, wenn Beo Lingen sich mit seinen Krallen daran entlanghangelte.

Rebekka wurde abrupt aus ihren Gedanken gerissen, denn in diesem Moment bog Sebastian um die Ecke und kam federnden Schrittes den Flur entlang, in dem neue, aber ebenso scheußlich abstrakte Bilder wie die vorigen hingen. »Rebekka! Schön, dass du wieder da bist«, rief ihr Exfreund. »Wir alle«, damit breitete er theatralisch die Arme aus, als hätte sich im Flur ein unsichtbares Publikum versammelt, »haben dich und deine Kompetenz vermisst.« In seinem dunkelblauen Zweireiher, die blonden Haare wie gewohnt in lässiger Eleganz unfrisiert, sah er wie immer umwerfend aus, dachte Rebekka und spürte – nichts.

Irgendetwas lief hier falsch, dachte sie irritiert. Wo war ihr Kummer, ihr Zorn sowie der brennende Wunsch geblieben, dem Seniorboss gleich am ersten Tag ihrer Rückkehr klarzumachen, welch unersetzliche Kraft sie war? Noch an diesem Morgen hatte sie sich vor dem Spiegel alle möglichen Sätze und Argumente zurechtgelegt, mit denen sie van Doorn überzeugen würde, damit der Alte sie im Vorstand behalten *musste*. Und jetzt? Erschien ihr diese Aussicht ebenso verlockend, wie mit der Hand in einen eingeschalteten Rasenmäher zu greifen. Das musste die Umstellung sein, redete Rebekka sich ein. Immerhin war sie fast einen Monat raus aus dem Business gewesen und hatte den Großteil ihrer Tage bei einer alten Dame in deren Garten vertrödelt. Sie holte tief Luft. »Ich bin wirklich froh, wieder hier zu sein, um mit frischer Energie und *voller Power*«, sie blickte van Doorn senior fest in die Augen, »wieder an meine Aufgaben zu gehen.«

Damit wandte sich Rebekka zuckersüß an ihren Ex. »Ich freue mich auch, dich zu sehen, Sebastian. Ich hoffe, du hast mich in meiner Abwesenheit würdig vertreten.«

»Äh, ja – ich denke schon«, stammelte Sebastian. Wahrscheinlich hatte er damit gerechnet, dass Rebekka demütig auftrat – dankbar, dass man sie bei *Circumlucens* überhaupt noch arbeiten ließ. Mit einer gemurmelten Entschuldigung, in dem die Wörter »viel Arbeit« und »Präsentation« vorkamen, machte er sich hastig davon.

»Über Ihre künftigen Aufgaben hier bei uns müssen wir noch sprechen, Frau Winter«, warf van Doorn ein.

»Aber nicht jetzt! Lassen Sie die junge Frau doch erst einmal ankommen, Chef!«, ertönte eine energische weibliche Stimme. Rebekka fuhr herum, und zum ersten Mal an diesem Tag war ihr Lächeln echt. »Miss Moneypenny! Schön, Sie zu sehen!«

Die resolute Sekretärin schüttelte ihr begeistert die Hand. »Willkommen zurück, Kindchen! Ich habe tolle Neuigkeiten. Die Zeitschrift *Anna* will einen Bericht über Sie bringen – als einzige Frau in der Vorstandsetage einer renommierten Werbeschmiede! Das ist doch großartig, nicht wahr – Chef?« Damit fixierte Moneypenny grimmig den Senior, dem sichtlich das Gesicht verrutschte. »Endlich bekommt die Agentur einmal *gute* Presse.«

»Oh«, brachte der nur hervor. »Das ist ... in der Tat ... erfreulich.« Nur sah van Doorn dabei aus, als hätte er in eine Limette gebissen, dachte Rebekka schadenfroh, während Moneypenny ihr hinter seinem Rücken zuzwinkerte.

»Das mit der Zeitschrift haben doch Sie eingefädelt, stimmt's?«, nahm sie die Sekretärin ins Verhör, nachdem sie beide alleine in Rebekkas Büro waren, das ebenso sauber und staubfrei wirkte wie einen Monat zuvor – Rebekka hätte wetten können, dass auch das auf Moneypennys Konto ging.

Die ältliche Sekretärin zupfte an ihrer Bienenkorb-Frisur und lächelte wie Pipi Langstrumpf nach einem gelungenen Streich. »Wenn die Bosse glauben, sie könnten Sie so einfach absägen, haben die sich gewaltig geschnitten«, wetterte sie. »Sobald der Artikel erst einmal erschienen ist, werden die sich nicht mehr trauen, Sie aus dem Vorstand zu werfen!«

»Sie sind wirklich ein Schatz«, sagte Rebekka.

Moneypenny betrachtete sie mit einem Röntgenblick. »Wirklich glücklich klingen Sie aber nicht, Kindchen. Was ist los, war Ihre nicht ganz freiwillige Auszeit denn so fürchterlich?«

»Nein!«, rief Rebekka impulsiv. Sie hatte an ihrem letzten Agenturtag die Sekretärin eingeweiht, dass ihr angeblicher »Urlaub« in Wahrheit ein gerichtlich angeordneter Sozialdienst war. »Ich habe in einer kleinen Kutscherwohnung mit einem uralten Gasherd gehaust, gefühlte hundert Porzellanfiguren abgestaubt und antike Möbel poliert. Außerdem weiß ich jetzt, wie man Sonnenblumen hochbindet, Blumenzwiebeln eingräbt, und ich kann Kaffee in einer Seihkanne brühen ...« Sie brach ab, als sie die fassungslose Miene der Sekretärin sah, und musste lachen. »Klingt nicht gerade nach der alten Rebekka Winter, hm?«

»Nun ... nein«, sagte Moneypenny und nahm die junge Frau erneut ins Visier. »Aber mir gefällt der Ausdruck in Ihren Augen viel besser als früher. Sie wirken irgendwie verändert. Kann es sein, dass Sie in den vergangenen vier Wochen beim Putzen und Gärtnern glücklicher waren als all die Monate im Vorstand der Agentur?«

Rebekka war, als hätte jemand einen Vorhang in einem dunklen Raum zur Seite gezogen, und alles wäre nun blendend hell umrissen. Aber weil die Erkenntnis manchmal fast ebenso wehtun konnte wie grelles Sonnenlicht in den Augen, war Rebekka nicht bereit hinzusehen. Nicht jetzt. Vielleicht nie.

»Ich sollte mich jetzt wirklich schnellstens einarbeiten«, lenkte sie daher ab und vermied es, die blonde Sekretärin anzusehen. Die nickte nur schweigend, aber fünf Minuten später stand eine große Tasse Kaffee vor Rebekka, deren Aroma die schale Luft eines Büroraums vertrieb, der einen Monat lang leer gestanden hatte.

Am nächsten Tag am Schreibtisch hatte Rebekka es mit viel Willenskraft und noch mehr schwarzem Kaffee geschafft, die Erinnerungen an Frau von Kattens blühenden Garten, den See und vor allem an Tayes Stimme, die so samtig war wie seine Augen, in eine Ecke ihres Gedächtnisses zu drängen, woraus sie sie erst viel später wieder hervorzuholen gedachte, wenn überhaupt. Sie sagte sich, dass die alte Dame nun ein Stück ihres verloren geglaubten Glücks wiedergefunden hatte und damit auch Rebekkas Aufgabe getan war. Und Taye? Rebekka kniff unwillkürlich die Augen zusammen. Nicht weiter darüber nachdenken, befahl sie sich. Es war vorbei. Sein »Nein« war endgültig gewesen.

Daher hatte sie heute Morgen beim Aufwachen beschlossen, die vergangenen vier Wochen als einen flüchtigen Traum zu betrachten.

Jetzt war sie wieder hier an ihrem Schreibtisch, frisch in der Realität gelandet und wollte besser zusehen, dass sie zu ihrer alten Form zurückfand. Rebekka hatte sich bereits wie ein Pitbull in die Aufarbeitung für die Präsentation bei einem großen Fast-Food-Unternehmen verbissen, das in Kürze international Filialen eröffnen wollte und sich auf Fertiggerichte mit exotischen Zutaten wie Algen oder getrockneten Früchten des Affenbrotbaums spezialisiert hatte. Das Geschäft boomte, und Rebekka wusste, dass die Firma als Kunde einem Sechser im Lotto gleichkam. Daher versuchte sie ihr Möglichstes, um Sebastians zahlreiche Fehler auf die Schnelle auszumerzen. Ihr Exfreund hatte entweder keine Ahnung von ihrem Job oder keine Lust gehabt, Rebekka adäquat zu vertreten, und sie quälte sich zähneknirschend durch seine Kolonnen von Marktforschungsergebnissen und Ideen zur Kommunikationsstrategie, die alle eins gemeinsam hatten: Sie waren unbrauchbar.

Da am Nachmittag jedoch bereits das Meeting mit dem potenziellen, neuen Kunden anstand, arbeitete Rebekka unter Hochdruck, um wenigstens einen halbwegs akzeptablen Beitrag zu liefern, mit dem *Circumlucens* diesmal auf der Gewinnerseite stehen würde.

Als sie die Klinke der Tür zum Konferenzraum herunterdrückte, spürte sie das vertraute Rasen ihres Herzens, doch heute schienen ihre Rippen fast zu bersten, so hart und wütend schlug es – beinahe als wolle ihr Organ gegen etwas protestieren.

Vielleicht war es aber auch eine Vorahnung, denn nachdem die Kreativabteilung dem Kunden fünf verschiedene Werbeslogans präsentiert und Rebekka möglichst knapp ihren Senf über Marktanalysen und Verbraucherverhalten dazugegeben hatte, sahen die drei Herren von der Fast-Food-Firma nicht gerade glücklich aus, obwohl Moneypenny unermüdlich frischen Kaffee und die köstlichen Kekse von der Patisserie zwei Straßen weiter lieferte.

»Wir sind noch nicht überzeugt, ob Sie als Agentur wirklich zu uns passen«, ließ schließlich einer der drei Unternehmer verlauten, nachdem er sich leise in einer Ecke des Konferenzsaals mit seinen Kollegen beraten hatte. Rebekka hatte seinen Namen schon wieder vergessen, war es Husemann oder Bussmann gewesen? Er schien jedenfalls der Wortführer zu sein, denn die beiden anderen Herren nickten nur stumm. »Wir wollen mit unserem Fertig-Abendessen ›Fresh'n easy Supper‹ in Bioqualität ganz neue Wege beschreiten und haben uns etwas Freches und Außergewöhnliches von Ihrer Agentur erhofft. Immerhin hat Ihre Marktforschungsanalyse doch bestätigt, dass wir das junge Laufpublikum brauchen.«

Van Doorn junior, heute in schwarz-weiß-gestreiften Röhrenjeans und einem gleichfarbigen Hemd, das ebenso kleinkariert war wie sein ganzes Wesen, richtete seinen Blick anklagend auf Rebekka. Seit sie gestern wieder in der Agentur angefangen hatte, hatte er es nicht für nötig befunden, sie überhaupt zu begrüßen, doch jetzt wandte er sich ohne Vorrede an sie. »Frau Winter, wir hatten doch besprochen, dass in der Präsentation noch der Wurm drin ist. Sie sind die Planerin – warum haben Sie denn nicht wie verlangt mit dem Team beim Slogan nachgearbeitet?«

Rebekka schnappte nach Luft, und ihr Blick flog zum Seniorchef. Der blickte angelegentlich aus dem Fenster, als ginge ihn das alles nichts an. Rebekka entdeckte Sebastian, der sich mit dem Rücken zu ihr an der Kaffeekanne zu schaffen machte und nur körperlich vorhanden war. Also würde ihr nicht einmal der Mann, mit dem sie jahrelang Tisch und Bett geteilt hatte, Schützenhilfe geben, dachte sie bitter.

Van Doorn junior hatte seinen Giftpfeil ebenso geschickt wie heimtückisch abgeschossen. Rebekkas Fähigkeiten in Anwesenheit von Kunden infrage zu stellen war der sicherste Weg, sie gleich am zweiten Arbeitstag in ihre Schranken zu weisen. Rebekka wusste genau, was nun von ihr erwartet wurde: ein diplomatischer Rückzug, etwas Honig um die Mäuler der Kunden schmieren – aber vor allem: kein Wort des Widerspruchs gegen ihre Chefs. Ihr Herz donnerte inzwischen so heftig, dass sie es bis in den Hals spüren konnte, daher atmete sie tief durch, um sich zu beruhigen, und richtete sich kerzengerade auf ihrem Stuhl auf. Dabei drückte auf einmal ein spitzer Gegenstand in ihre Leiste, und Rebekka fasste in die Tasche ihrer Designerjeans, um den Störenfried – wahrscheinlich ein vergessener Lippenstift – zu entfernen. Doch was sie stattdessen in ihrer Handfläche spürte, war der geschnitzte Würfel aus der alten Truhe in der Villa. Rebekka war, als würde der kleine hölzerne Kubus eine Kraft ausstrahlen, die auch Frau von Katten besaß. Die Adelige hätte sich die Unverschämtheiten des Juniorchefs sicher nicht bieten lassen. Bei dem Gedanken an die Worte der alten Dame damals im Garten musste Rebekka unwillkürlich lächeln: »Wieso lassen Sie es zu, dass so ein Vollpfosten eine solche Macht über Sie ausübt?«

Ja, warum eigentlich, dachte Rebekka. Als sie aufblickte, sah sie direkt in van Doorn juniors fassungsloses Gesicht und konnte förmlich seine Gedanken lesen: *Warum wagt es diese Tussi zu grinsen, wenn ich sie gerade fertigmache?*

Im Geiste gab Rebekka ihm die Antwort: *weil es mir egal ist.* Und das war die Wahrheit. Eine Welle der Kraft schien sie zu erfassen und mit sich zu tragen. Rebekka öffnete den Mund, doch was dabei herauskam, verblüffte sie selbst. »Wissen Sie was, *Chef*? Meine Arbeit ist tipptopp. Allein die Tatsache, dass ich eine saubere Kalkulation innerhalb so kurzer Zeit geschafft habe, macht mich schon zu Superwoman.« Sie warf einen Blick auf die Unterlagen mit dem Firmenlogo und schmunzelte. »Beziehungsweise zur *Supper*-Woman.« Diesen kleinen Kalauer konnte sie sich einfach nicht verkneifen.

Van Doorn junior und senior klappten wie einstudiert unisono die Kinnladen herunter, was die Ähnlichkeit zwischen Vater und Sohn auf unvorteilhafte Weise betonte, während Sebastian sich umdrehte und Rebekka fasziniert anstarrte. Er hatte dabei allerdings völlig vergessen, dass er sich soeben eine Tasse Kaffee eingoss. Die braune Flüssigkeit lief über den Rand auf die Untertasse und von dort auf den Boden, wo sie einen interessanten farblichen Kontrast zu dem hellgrünen Teppich bildete. Den hatte Rebekkas Boss erst vor einem Jahr nach farbpsychologischen Erkenntnissen verlegen lassen, weil Grün angeblich gleichzeitig inspirierte und beruhigte.

Davon war momentan allerdings wenig zu spüren. Das Gesicht des Juniors hatte die Farbe einer reifen Pflaume angenommen. »Wie bitte?«, würgte er heraus, wobei seine Stimme vor Empörung quiekte. »Was glauben Sie eigentlich ...«

»Moment mal, das wäre doch gar kein so schlechter Slogan für unsere Werbekampagne«, unterbrach der Wortführer des Kundentrios, der zu seinem maßgeschneiderten grauen Anzug knallrote Chucks trug – ein Tribut an seinen Job als Kreativer, wie Rebekka annahm. Nun fiel ihr auch sein Name wieder ein: Hussmann. Soeben legte er die Hand ans Kinn und erinnerte an die Büste »der Denker« von Rodin. »Wenn wir den Spruch ein bisschen abändern ...«

»*Mit Fresh'n easy werden Sie in der Küche zu Supper-Woman*«, schlug Rebekka vor.

Hussmann riss die Augen auf. »Das ist es!«

Sein Kollege mit der pinkfarbenen Krawatte nickte eifrig. »Man könnte eine witzige Werbefigur dazu entwerfen! Eine Frau mit rotem Umhang, die mit unserer Supper-Frischebox durch die Luft fliegt ...«

»Genau und dazu ein TV-Spot mit Animation«, fiel Nummer drei ein, der mit Hose und Sakko unauffällig gekleidet war und wahrscheinlich am wenigsten zu sagen hatte.

Hussmann strahlte Rebekka an. »Das ist gut, wirklich gut! Danke, Frau, äh ...«

»Winter. Rebekka Winter.«

»Ja, richtig. Also, Frau Winter, ich werde jetzt ein kurzes Telefonat führen, und danach sollten wir uns noch einmal zusammensetzen und die Eckpunkte der Kampagne festlegen.« Damit winkte der Turnschuhträger seine Entourage aus dem Konferenzraum.

»Ich würde sagen, den Kunden haben wir in der Tasche«, beschied Rebekka trocken van Doorn junior, dessen Gesicht immer noch eine leichte Verfärbung aufwies, diesmal allerdings ins Grünliche tendierend.

»Also, das haben Sie doch mal wirklich gut gemacht«, polterte der Seniorboss und versuchte, es wie ein Lob klingen zu lassen, was ihm leider nicht besonders gut gelang. Auch Sebastian schien das Lächeln regelrecht wehzutun. »Glückwunsch, Becky, da hast du es uns aber gezeigt.«

»Eine meiner leichtesten Übungen«, gab die lässig zurück und wartete auf das Glücksgefühl, das sich nun eigentlich einstellen sollte. Zumindest hätte sie triumphieren sollen, weil sie mit diesem Coup nun endgültig wieder fest im Sattel bei *Circumlucens* saß. Nachdem sie diesen dicken Fisch an Land gezogen hatte, würde niemand mehr sie oder ihre Position in Frage stellen – jedenfalls nicht in nächster Zeit. Sie hatte es geschafft und war endlich das geworden, wovon sie immer geträumt hatte: unangreifbar, überlegen, eine Siegerin. Na los, feuerte Rebekka sich in Gedanken an, freu dich, lächle und genieße!

Sie zog die Mundwinkel nach oben, um wenigstens ihr Gesicht über diesen Triumph zu informieren, und nahm sich vor, auf dem Heimweg im Feinkostladen anzuhalten und eine Flasche Champagner sowie ein paar von diesen leckeren Salaten mitzunehmen. Und für Beo Lingen eine halbe Ananas, denn ihr Vogel war ganz verrückt nach dieser tropischen Frucht.

»Eine tolle Feier. Nur du und der Beo, die miteinander anstoßen«, spottete eine kleine Stimme in Rebekkas Kopf. Energisch schüttelte sie den Kopf, um die lästigen Gedanken zu verscheuchen, und versuchte sich stattdessen auf all die Köstlichkeiten zu konzentrieren, die sie sich heute Abend gönnen würde. Doch es wollte sich keine Freude über ihren Erfolg einstellen, und selbst bei der Aussicht auf Krabben- oder Hummersalat verspürte sie ebenso wenig Appetit wie auf eine dieser Supper-Frischeboxen. Stattdessen dachte Rebekka wehmütig an Tayes selbst gekochten kreolischen Eintopf zurück, den sie zusammen in der Küche des winzigen Kutscherhauses verzehrt hatten. Diese Puppenstube mit ihren Häkeldeckchen und dem alten Herd war kein Vergleich zu Rebekkas chromblitzender Designereinrichtung, und doch fühlte sie plötzlich eine Sehnsucht, die ihr die Luft abschnürte. Nach dem Häuschen? Nach Frau von Kattens Garten samt der alten Dame? Oder – nach Taye?

Ehe Rebekka jedoch weiter darüber nachdenken konnte, flog die Tür zum Konferenzraum auf, und die drei Kunden des Fast-Food-Unternehmens zeigten mit ihrem dynamischen Auftritt, dass sie bereit waren, in die Verhandlungen einzusteigen.

»Wir dachten an eine crossmediale Kampagne. Ein TV-Spot, Videoclips in den sozialen Medien und natürlich eine breit angelegte Anzeigenstrecke in den üblichen Wohn- und Lifestyle-Magazinen«, ratterte der Turnschuhträger herunter. Rebekka hörte zwar seine Stimme, aber eigentlich verstand sie kein Wort von dem, was er sagte. In Gedanken stand sie vor Goethes schwarzer Rose und küsste Taye.

Und endlich begriff Rebekka, dass sie zum ersten Mal seit Langem Wurzeln geschlagen hatte. Nicht in einem gut bezahlten Job, nicht in ihrer schicken Stadtwohnung, sondern in einem windschiefen Häuschen mit schwarz-weißem Fußboden und einem alten Herd, inmitten eines verwilderten Gartens am See, von wo aus man in einer warmen Sommernacht die Milchstraße am Himmel sehen konnte.

»Dann sind wir uns ja einig. Frau Winter wird die Kampagne strategisch betreuen«, bestimmte van Doorn senior und lächelte Rebekka mit schmalen Lippen an.

Die hob den Kopf und sah ihrem Chef in die Augen. »Bedaure, aber *Frau Winter* wird gar nichts mehr«, antwortete sie und wunderte sich selbst, wie fest und sicher ihre Stimme klang. »Ich stehe der Agentur ab sofort nicht mehr zur Verfügung.«

»Wie, äh, was? Das können Sie doch nicht machen!«, stotterte der Seniorchef, während sein missratener Sohn Rebekka anglotzte wie ein Kugelfisch auf dem Trockenen und Sebastian jetzt die volle Kaffeetasse aus der Hand rutschte und den grünen Feng-Shui-Teppich endgültig ruinierte.

»Ach nein? Dann passen Sie mal auf, wie ich das kann«, erwiderte Rebekka vergnügt. Damit drehte sie sich auf dem Absatz um und marschierte aus dem Konferenzraum, während sich in ihrem Rücken fassungsloses Schweigen ausbreitete, das sogar van Doorn juniors großes Mundwerk lahmlegte.

»Sie ziehen das wirklich durch, Kindchen, Respekt. Obwohl Sie mir natürlich schrecklich fehlen werden.« Moneypennys schwarzer Lidstrich saß nicht mehr ganz so akkurat wie zwei Stunden vorher, und ihre Augen waren gerötet.

Auch Rebekka musste schlucken bei dem Gedanken, die ältere Sekretärin, hinter deren resoluter Art sich ein riesengroßes Herz verbarg, nicht mehr jeden Tag zu sehen. Diese Tatsache war jedoch das Einzige, was Rebekka an ihrer Kündigung bedauerte.

»Der Boss tobt«, hatte Moneypenny ihr mitgeteilt, nachdem sie durch die Tür von Rebekkas Büro geschlüpft war, wo die junge Frau gerade dabei gewesen war, ihre wenigen persönlichen Habseligkeiten aus dem Schreibtisch zu räumen.

Rebekka hatte kurz aufgeblickt und gelächelt. »Ich weiß. Aber ich habe van Doorn gesagt, ich kenne einen Richter, der für Mobbing und Verleumdung keinerlei Verständnis hat, und bestimmt würde sich auch die feministische Zeitschrift mit Freuden auf diese Geschichte stürzen. Sie hätten mal sehen sollen, wie schnell er sich danach auf eine sofortige Auflösung unseres Arbeitsverhältnisses eingelassen hat! Dass Richter Peißenberg eher für Verkehrsdelikte zuständig ist, habe ich natürlich nicht erwähnt.«

Moneypenny reichte ihr die kleine, silberne Digitaluhr, die bisher auf dem Schreibtisch für Rebekka die Sekunden gezählt und den Takt vorgegeben hatte. »Was wollen Sie jetzt machen, Kindchen?«

Rebekka blickte nachdenklich auf den kleinen Karton, in dem die Büroklammern in Form von Fischen lagen, die ihr Sebastian vor langer Zeit einmal geschenkt hatte, daneben ihr ledernes Notizbuch, in das sie so viele Ideen hatte notieren wollen und dessen Seiten immer noch leer waren, sowie eine Packung mit längst abgelaufenen Teebeuteln.

»Einfach ... leben.«

»Ich verstehe«, sagte Moneypenny und lächelte, aber ihre Augen blickten traurig.

»Ich gehe Ihnen nicht verloren. Ich melde mich ganz bald bei Ihnen, und dann gehen wir zusammen einen Kaffee trinken, ja?«, schlug Rebekka vor und streckte Moneypenny ihre Hand zum Abschied hin.

Die blonde Frau blickte darauf und schüttelte den Kopf, sodass ihre Bienenkorbfrisur gefährlich ins Schwanken geriet. »Also wirklich, Kindchen! Sie glauben doch nicht im Ernst, dass ein Händedruck in dieser Situation angemessen ist«, sagte sie empört. Und damit nahm sie Rebekka ohne Umschweife in den Arm.

Die verspiegelte Fassade des Gebäudes fing die letzten, orangefarbenen Strahlen der späten Septembersonne ein und färbte das Spiegelbild der Stadt im Sepia-Ton einer alten Fotografie. Rebekka trat aus der Eingangstür ins Freie und musste unwillkürlich lächeln, denn es kam ihr tatsächlich so vor, als wäre ihre Agenturzeit längst Vergangenheit. Doch sie verspürte keinerlei Bedauern, nur ein merkwürdiges Kribbeln zwischen Nabel und Rippen. Sie atmete die frühherbstliche Luft tief ein und legte den Kopf in den Nacken. Ihr Blick glitt über die verspiegelten Fassaden der Banken- und Bürogebäude hinauf in den kornblumenblauen Frühherbsthimmel, und Rebekka erinnerte sich, wie sie als Kind manchmal Drachen hatte steigen lassen. Der Kampf mit dem wilden Spielzeug, das an der Spule zerrte und nichts lieber zu tun schien, als dem Wind zu folgen, war für Rebekka ebenso spannend wie befriedigend gewesen, denn immer war sie es gewesen, die den Drachen bezwungen und den Kampf gegen den Wind gewonnen hatte.

Und in dieser Sekunde ließ sie all ihre Gedanken an den Job, ihre Karrierewünsche und ihren Ehrgeiz einfach los. Sie glitten ihr leicht wie eine Drachenschnur durch die Hände, und im Geiste sah Rebekka sie hoch in die Lüfte steigen und in den Wolken verschwinden.

»Frau Winter! Entschuldigung?«

Rebekka drehte sich beim Klang der Stimme um und sah ein paar rote Turnschuhe, die sich eilig in ihre Richtung bewegten. Sie gehörten zu Hussmann, dem Mitarbeiter des Kundenunternehmens, dessen künftige Betreuung Rebekka leichten Herzens an Sebastian und ihre Chefs abgegeben hatte. Sie hatte kein Geld für den Werbeslogan gewollt und auch auf eine Abfindung verzichtet. Sie wollte dieses Kapitel einfach möglichst rasch abschließen. Doch der Turnschuhträger winkte heftig in ihre Richtung, sodass Rebekka notgedrungen stehen blieb.

»Ich muss schon sagen, Sie haben etwas geschafft, was mir in meinem Job noch nie passiert ist«, sagte Hussmann etwas atemlos. »Sie haben mich gleich in mehrfacher Hinsicht überrascht.«

»Um ehrlich zu sein, ich mich auch«, lächelte Rebekka.

Hussmann musterte sie aufmerksam. »Sagen Sie, Frau Winter, Sie suchen nicht zufällig einen neuen Job?«

Rebekka sog überrascht die Luft ein, doch dann schüttelte sie, immer noch lächelnd, den Kopf. »Ich glaube, ich muss erst einige Dinge für mich klären.«

Hussmann lächelte jetzt auch. »Schade. Aber falls Sie es sich anders überlegen … Unser Unternehmen sucht immer helle Köpfe, die nicht nur mit Zahlen umgehen können, sondern auch das Herz am rechten Fleck haben.«

Noch ehe Rebekka sich von ihrer Verblüffung erholen konnte, hatte Hussmann ihr seine Visitenkarte in die Hand gedrückt und war dynamischen Schrittes verschwunden.

Rebekka blickte auf die Visitenkarte. Unter dem goldgeprägten Logo des Fast-Food-Unternehmens stand *Benedikt Hussmann, Chairman Europe, Middle East & Africa.*

Afrika. Fünf Buchstaben wie ein Brandzeichen auf Rebekkas Herzen. Bei der Vorstellung, dass Taye nun dort war und sie ihn nicht mehr wiedersehen würde, schossen ihr unvermittelt Tränen in die Augen, und sie verfluchte sich für ihr Misstrauen, mit dem sie den Mann vertrieben hatte, in den sie verliebt war. Sternschnuppenkurz blitzte in ihrem Kopf der Gedanke auf, doch noch einmal zu versuchen, mit Taye zu reden, doch gleich darauf schalt sich Rebekka eine Närrin. War sie wirklich so erpicht darauf, noch eine Abfuhr von ihm zu erhalten? Er war so verteufelt ruhig geblieben, als er ihr erklärt hatte, dass sie nicht zusammenpassten, doch seine Sachlichkeit hatte Rebekka beinahe mehr geschmerzt, als wenn er wütend gewesen wäre. Dann hätte er wenigstens noch irgendein Gefühl für sie gehabt. So aber hatte sie in seinen Augen nichts als Desinteresse gelesen. Nein, noch einmal würde sie sich das nicht antun. Irgendwann würde sie Taye vergessen, einen neuen Job haben – und wieder glücklich sein. Irgendwann.

Wenigstens machte Rebekka zum ersten Mal in ihrem Leben die Zukunft keine Angst mehr. Sie würde sich wieder einen Job suchen, aber sich niemals mehr kleinmachen lassen. Wie ihre Arbeit künftig aussehen würde, wusste sie nicht, denn jetzt standen erst einmal andere Dinge an, und ihr erster Weg würde sie ins Krankenhaus zu Frau von Katten führen.

Rebekka warf noch einen Blick auf Hussmanns Visitenkarte, dann zerriss sie das Papier, bis nur noch winzige Fetzen übrig waren. Genauso wie von ihrem Herzen.

15

Lilie (Lilium)

»Das haben Sie wirklich zu Ihrem Boss gesagt? Und sind dann einfach zur Tür hinausgegangen? Frau Winter, Sie gefallen mir immer besser.«

Dorothea von Katten lag zwar bis zur Nasenspitze zugedeckt in ihrem Krankenbett, aber sie schien schon wieder fast die Alte zu sein. Die ungesunde Blässe war aus ihrem Gesicht verschwunden, und die blauen Augen funkelten unternehmungslustig. Nein, kämpferisch, verbesserte sich Rebekka, die mit einem frischen Blumenstrauß bewaffnet das Zimmer betreten hatte und der alten Dame nun haarklein von ihrer Kündigung erzählen musste, nachdem diese sich gewundert hatte, warum die junge Frau am helllichten Tag hier auftauchte.

»Außerdem kommen Sie mir gerade recht. Sind Sie mit dem Auto da?«

Rebekka schüttelte den Kopf. »Das musste ich abgeben. Es war ein Firmenwagen.« Zu ihrer eigenen Überraschung war es ihr nicht einmal schwergefallen, ihr motorisiertes Raumschiff auf dem Parkplatz zurückzulassen. Der Wagen hatte zu ihr gepasst, solange sie die junge, ehrgeizige Werberin gewesen war. Vielleicht war es jetzt Zeit, ihr altes Rennrad aus dem Keller zu holen, dachte Rebekka und musste grinsen.

»Hm, das ist bedauerlich. Aber ein Taxi tut es auch.«

»Wieso, wo soll ich denn hin?«

»Nicht Sie. Wir. Sie werden mich nach Hause begleiten.«

»Wie bitte? Und was ist mit Ihrer Kur?«

Die alte Dame funkelte Rebekka an. »Glauben Sie im Ernst, ich lasse meinen Garten wochenlang alleine? Außerdem erhole ich mich zu Hause am besten!«

Ehe Rebekka sich von ihrer Verblüffung erholen konnte, schwang die Tür auf, und ein älterer Arzt, dessen Vollbart so akkurat gestutzt war wie Dorothea von Kattens Hecke, kam herein.

»Zeit für die Visite, verehrte Frau von Katten. Wie geht es uns denn heute?«

»Mein lieber Herr Doktor, wie es *Ihnen* geht, weiß ich nicht. *Ich* jedenfalls gedenke, heute zum letzten Mal Ihre völlig überflüssigen Fragen über mich ergehen zu lassen. Frau Winter wird mich nach Hause begleiten.«

»Aber ... das geht nicht so einfach, Frau von Katten.«

»Doch, ich entlasse mich hiermit selbst.«

»Das ist zu riskant«, rief der Doktor und warf theatralisch die Hände in die Luft. »Seien Sie vernünftig, das können Sie nicht machen!«

Dorothea von Katten lächelte spitzbübisch und zwinkerte Rebekka zu. »Ach nein? Dann passen Sie mal auf, wie ich das kann«, wiederholte sie exakt Rebekkas Worte von heute Nachmittag.

Damit schlug sie die Bettdecke zurück, und Rebekka sah, dass die alte Dame bereits vollständig angezogen war. Nur die Schuhe fehlten noch.

»Meine Pumps stehen auf der linken Seite im Schrank, Frau Winter. Wären Sie so freundlich?«

Der bärtige Mediziner sah fassungslos zu, wie seine Patientin in ihre Schuhe schlüpfte, ehe sie die kleine Reisetasche nahm, die ebenfalls schon gepackt im Schrank stand, und sie Rebekka in die Hand drückte.

»Ich weiß Ihre Mühe zu schätzen, Herr Doktor, aber genug ist genug. Hier drin wird man ja wirklich krank, sagen Sie das bitte dem Koch, der für die warmen Mahlzeiten verantwortlich ist.« Sie war schon fast an der Tür, als sie sich noch einmal umdrehte. »Ach und noch etwas. Behandeln Sie Ihre Schwestern und Pfleger gut. Denn sie sind diejenigen, die hier drin wirklich Großes leisten. Und nun leben Sie wohl.«

Hoch aufgerichtet schritt die adlige Dame aus dem Zimmer, gefolgt von Rebekka. Vor dem Krankenhaus warteten genügend Taxen, und aufatmend ließ Frau von Katten sich auf den Rücksitz sinken, nachdem der Fahrer die Tür für sie geöffnet hatte.

»Danke, junger Mann. Und nun fahren Sie so schnell, wie es erlaubt ist, bitte. Ich kann es kaum erwarten, hier wegzukommen.«

Rebekka nahm auf dem Beifahrersitz Platz, und der Taxifahrer startete den Motor. »Wohin?«

Frau von Katten lächelte. »Nach Hause«, sagte sie, »einfach nur nach Hause.«

Und Rebekka spürte, dass die alte Dame ihre Villa am See das erste Mal wirklich als solches empfand. Dorothea von Katten war endlich angekommen.

Die Reifen des abfahrenden Taxis knirschten auf dem Kies und erinnerten Rebekka an ihre eigene Ankunft vor gerade mal vier Wochen. Wie viel doch seitdem geschehen war, dachte sie. Ein Herz war so gut wie geheilt, ein anderes gebrochen. Während Rebekka Frau von Katten die geschwungene Freitreppe hinaufhalf und sich gleichzeitig darum bemühte, die Reisetasche der alten Dame nicht fallen zu lassen, versuchte sie, nicht an das kleine Kutscherhäuschen zu denken. Doch die Sehnsucht ließ sich nicht an die Leine legen, und unwillkürlich warf Rebekka einen verstohlenen Blick zu dem windschiefen Gebäude, das sich an die mächtige Villa schmiegte wie ein Katzenjunges an die Mutter. Schnell sah Rebekka wieder weg, trat in die kühle Eingangshalle und ging in den ersten Stock hinauf, um Frau von Kattens Tasche ins Schlafzimmer zu bringen. Die adlige Dame hatte sich unverzüglich auf ihre Veranda begeben und ließ sich mit einem erleichterten Seufzer auf einen der schmiedeeisernen Stühle sinken, die dort standen. Jetzt blickte sie lächelnd auf ihren geliebten Garten, sichtlich froh, dem seelenlosen Krankenzimmer entkommen zu sein.

»Ist Therese eigentlich wieder auf den Beinen?«, wollte Rebekka wissen. Ohne Haushälterin würde Frau von Katten wohl kaum hier zurechtkommen.

»Ja, und sie kann es kaum erwarten, später vorbeizukommen – und damit dem dauernden Gemecker ihres Mannes zu entfliehen«, gab Frau von Katten trocken zurück.

»Das ist ja eine gute Nachricht«, erwiderte Rebekka munter, obwohl sie insgeheim ein Stich der Enttäuschung durchfuhr. Sie war in der Villa nun überflüssig.

Da spürte sie Frau von Kattens Hand auf ihrem Arm.

»Danke, Frau Winter. Sie waren wirklich meine Rettung. Noch eine Visite und die Frage ›Was macht *unser* Herz‹ vom Chefarzt, und ich hätte ihm sein Stethoskop über den Kopf gezogen.«

Bei der Vorstellung musste Rebecca lachen. »Seien Sie froh, dass Sie sich beherrschen konnten. Nicht auszudenken, wenn der Doktor sie verklagt hätte und Sie am Ende beim selben Richter gelandet wären wie ich. Er kennt bei rabiaten Leuten keine Gnade, und ich als Fluchthelferin hätte wahrscheinlich auch mein Fett wegbekommen.«

»Ach, ich hätte schon ein gutes Wort für Sie einlegt. Immerhin hat der Richter mir mit Ihnen einen wirklichen Dienst erwiesen.«

Rebekka klappte der Mund auf. »Das war jetzt ein echtes Kompliment, oder?«, vergewisserte sie sich.

Die alte Frau lächelte. »Und ein ernst gemeintes noch dazu. Schließlich habe ich es in gewisser Weise Ihnen zu verdanken, dass ich meinen bis dato unbekannten Enkel kennengelernt habe.«

Bei der Erwähnung von Taye durchzuckte ein blitzartiger Schmerz Rebekkas Kopf, als hätte sie auf etwas Eiskaltes gebissen. Plötzlich fürchtete sie, er könnte jeden Moment hier auftauchen, vor der Türe stehen und Frau von Katten begrüßen oder sie etwas wegen des Gartens fragen wollen ...

»Ich glaube, ich muss dann mal wieder. Therese wird ja gleich hier auftauchen und sich gut um Sie kümmern«, sagte Rebekka, während sie hektisch in ihrer Tasche nach ihrem Handy fischte, um ein Taxi zu bestellen.

Doch Frau von Katten umfasste ihren Arm mit sanftem Druck. »Wollen Sie nicht bleiben? Ich meine länger ...«

Rebekka riss den Kopf hoch. »Wie bitte?«

»Ich habe den Ausdruck in Ihren Augen gesehen, als Sie vorhin zum Kutscherhaus hinübergeblickt haben«, sagte die alte Dame. »Sie vermissen es. Und es wartet auf Sie. Auf Sie und Ihren verrückten Vogel.«

»Oh, aber ...«, stammelte Rebekka. Sie war völlig überrollt von dem Angebot – und der unerwarteten Freude, die sie bei Dorothea von Kattens Worten durchzuckte.

»Therese ist eine wahre Fee im Haus, aber *Sie* könnte ich gut als Hilfe im Garten gebrauchen, Frau Winter. Jetzt, da Taye fort ist.«

Rebekka schluckte. Kurz machte sich ein Gefühl der Erleichterung in ihr breit, dass sie Taye nun nicht begegnen würde, doch schnell schlug das Gefühl in Wehmut und Schreck um, sodass sie nur stammeln konnte: »Er ist nicht mehr hier?«

»Sein Flug nach Kapstadt ging gestern Nacht. Er war vorher noch bei mir im Krankenhaus, um sich zu verabschieden.«

Rebekkas Magen krampfte sich kurz zusammen. Nun war Taye also endgültig aus ihrem Leben verschwunden.

Dorothea von Katten musterte die junge Frau aufmerksam. »Er hat Ihnen nichts von seiner Abreise gesagt, nicht wahr?«

Rebekka schüttelte nur stumm den Kopf.

»Wissen Sie, junge Frau, wir machen alle einmal einen Fehler. Das heißt aber noch lange nicht, dass er endgültig sein muss.«

Rebekka holte tief Luft und schluckte. »In diesem Falle schon, Frau von Katten«, sagte sie leise.

Die alte Dame blitzte Rebekka an. »Zum Kuckuck! Machen Sie nicht denselben Fehler wie ich und lassen Sie jemand gehen, der Ihnen alles bedeutet.«

Rebekka lächelte traurig. »Der Unterschied ist, dass Sie Iggy alles bedeutet haben. Er hat Deutschland verlassen, weil er dazu gezwungen war. Taye ist gegangen, weil er mich nicht mehr sehen will. Das hat er mir deutlich gesagt.«

»Unsinn! Das ist nur sein gekränkter Stolz, Frau Winter. Wer liebt, lässt sich auch leicht verletzen!«

Doch Rebekka schüttelte den Kopf. »Zwischen Taye und mir liegt mehr als nur ein Kontinent. Er hat in Kapstadt seine Zukunft. Ich gehöre zu seiner Vergangenheit. Vielleicht habe ich das schon von Anfang an getan.«

Frau von Katten nickte schließlich. Sie blieb stumm, doch das Schweigen zwischen der alten und der jungen Frau war ein stilles Einverständnis zwischen zwei Menschen, die wussten, wie sich ein gebrochenes Herz anfühlte, und die erkannten, dass sie sich wohl ähnlicher waren, als sie jemals gedacht hatten.

Schließlich ergriff Rebekka das Wort. »Danke für Ihr Angebot, Frau von Katten.«

»Aber Sie werden es nicht annehmen, habe ich recht?«

Rebekka sah die alte Dame an, in deren Gesicht sich die Zeit und der vergangene Kummer, aber auch Freude und Klugheit verewigt hatten. Ihr Körper mochte der einer Sechsundachtzigjährigen sein, aber ihre Augen leuchteten so mädchenhaft wie vor siebzig Jahren.

Rebekka holte tief Luft. »Wissen Sie, das Einzige, was ich an meiner Kündigung bedaure, ist, dass ich unsere Sekretärin zurücklassen musste. Beim Abschied hat sie mich gefragt, ob ich während der vergangenen Wochen in dem kleinen Häuschen nicht glücklicher gewesen wäre als in all den Jahren in der Agentur.«

Frau von Katten zog die Augenbrauen hoch. »Und?«

»Da habe ich gemerkt, dass sie längst etwas wusste, das ich bis dahin einfach noch nicht wahrhaben wollte.«

Frau von Katten begann zu lächeln. »Das heißt, Sie bleiben?«

Rebekka nickte. »Ich freue mich auf die Arbeit im Garten – und darauf, endlich wieder einen anständigen Kaffee zu brühen. Diese neumodischen Maschinen taugen doch alle nichts.«

Frau von Katten und sie blickten sich an – und kurz drauf hallte die alte Villa von zweistimmigem Gelächter wider, sodass Therese, die soeben durch die schwere Eingangstür trat, verwundert stehen blieb und lauschte, denn diesen Klang hatte die ältere Haushälterin in dem alten Gemäuer seit Jahren nicht mehr gehört.

Einige Tage später hatte Rebekka ihre Wohnung einem Maklerbüro zur Untervermietung übergeben, sich ein gebrauchtes Auto gekauft und war mit zwei Koffern samt Beo Lingen zurück in das winzige Dienstbotenhäuschen gezogen. Sie war selbst überrascht, wie leicht es ihr fiel, ihre Wohnung und das angesagte Stadtviertel mit den vielen Cafés, den schicken Läden und dem großen Supermarkt um die Ecke hinter sich zu lassen. Erst als sie die Wohnungstür hinter sich zugezogen hatte, war ihr aufgefallen, dass sie all die Jahre keinen Kontakt zu ihren Nachbarn gehabt hatte. Auch deren Türen waren stets verschlossen gewesen. Ohne einen Blick zurückzuwerfen, war Rebekka in ihr neu erworbenes, aber sichtlich betagtes Auto gestiegen und davongefahren.

Ihre hohen Schuhe, die Seidenblusen und den Schmuck hatte sie auf dem Dachboden ihrer Mutter eingelagert. Sie würde all das nicht brauchen. Als sie den schweren Messingschlüssel im Schloss drehte und die windschiefe Tür zu dem Häuschen knarrend aufschwang, war es, als käme sie nach einer langen anstrengenden Reise heim. Nachdem sie ausgepackt und die Voliere mit dem fröhlich krächzenden Beo Lingen darin aufgestellt hatte, ging Rebekka die vertrauten Wege des Gartens ab und begrüßte die Sonnenblumen und die knospenden Dahlien wie alte Freunde. Nur den schmalen Pfad, der zu Goethes Rose führte, mied sie. Zu stark war der Anblick der schwarzen Blütenblätter mit dem Bild von Taye verbunden, und ähnlich wie Goethe würde die Rose Rebekka nur schmerzlich den Verlust bewusst machen, den sie erlitten hatte.

In den folgenden Wochen lernte Rebekka mehr über die Natur als in ihrem ganzen Leben zuvor. Sie sah die Sommerblumen welken und ihre Blütenköpfe müde zur Erde neigen wie vornehme alte Damen, die der feinen Gesellschaft überdrüssig geworden waren. Dafür machten sich die Herbstpflanzen bereit, an ihre Stelle zu treten. Die Dahlien, aber auch Chrysanthemen und Astern öffneten ihre Blütenkelche und trotzten mit feurigem Rot, strahlendem Gelb oder kräftigem Pink dem zunehmend trüber werdenden Herbsthimmel. Dank Frau von Kattens unerbittlichen, aber interessanten Lehrstunden im Garten konnte Rebekka die Pflanzen nach und nach beim Namen nennen.

Bald wechselte sie von T-Shirts zu warmen Flanellhemden oder ihren geliebten Angorapullovern und hatte die leichte Sommerbettdecke im Schlafzimmer des Kutscherhäuschens gegen eine wärmere aus Daunen getauscht, denn die Nächte im Oktober waren hier draußen bereits kühl. Gleich nach dem Aufstehen legte Rebekka jeden Morgen Holz im Ofen nach und entzündete die Scheite, falls die Glut vom Vorabend erloschen war. Beo Lingen kommentierte ihre anfänglichen Versuche, bei denen es mehr rauchte als brannte, mit dem Ruf »Heiliger Sankt Florian!«, den er sich von Rebekkas Großmutter abgehört hatte. Während das Feuer im Ofen zu prasseln begann, kochte Rebekka sich erst einmal einen aromatischen Kaffee. Inzwischen liebte sie die altmodische Seihkanne und konnte sich nicht mehr vorstellen, wie sie an ihrem ersten Tag hier mit einer elektrischen Kaffeemaschine hatte liebäugeln können.

Und sie lernte kochen. Keine aufwendigen Menüs, sondern einfache, aber schmackhafte Gerichte. Frau von Kattens Garten bot in verborgenen Ecken eine Vielfalt an Kräutern, die Rebekka bisher kaum gekannt und daher nicht beachtet hatte. Jetzt entdeckte sie den pfeffrigen Geschmack frischen Basilikums, das einem als Zutat in einer einfachen Tomatensuppe das Gefühl gab, statt auf der kleinen Terrasse des Kutscherhäuschens auf einer italienischen Piazza zu essen. Der herbsüße Majoran passte hervorragend zu einer dicken Kartoffelsuppe, und nichts ging über die fruchtige Süße, mit der eine soeben vom Strauch gepflückte Tomate im Mund zerplatzte. Rebekka genoss inzwischen nicht nur das Essen, sondern auch dessen Zubereitung. Wenn ihre Küche vom Duft der Kräuter erfüllt war und sie sich später an den wackligen Küchentisch setzte, um das Selbstgekochte zu versuchen, verstand sie kaum mehr, wie achtlos sie früher ihre Snacks verschlungen hatte, nur damit ihr Magen gefüllt war. Und sie begriff, dass

Kochen auch hieß, gut für sich selbst zu sorgen. Etwas, das sie vor ein paar Wochen nicht gewusst, geschweige denn verstanden hatte, weil sie damals noch glaubte, dass nur das Ergebnis zählte, nicht aber die Schritte auf dem Weg dahin.

Beinahe verwundert darüber, dass sie ihr altes Ich mit leichtem Herzen hinter sich gelassen hatte, blickte Rebekka aus dem Fenster des kleinen Häuschens. Über dem Rasen lag ein dünner Nebelschleier, und soeben kämpfte sich eine milchige Sonne durch das Wolkengrau. Ein schwacher Duft von nassem Laub und würzigem Nadelgeruch lag in der Luft, und für einen kostbaren Augenblick atmete Rebekka pures Glück. In ihr war kein Wollen, kein Müssen, sondern einfach nur Sein. Bis sie daran dachte, dass in Kapstadt gerade der Frühling Einzug hielt. Eine feine Nadelspitze drang in ihr Herz, weil sie ohne es zu wollen erneut Tayes Gesicht vor Augen hatte. Rebekka schüttelte sich wie ein nasser Hund und beschloss, noch vor dem Frühstück bei der Gärtnerei vorbeizufahren. Frau von Katten hatte Rebekka gebeten, dort sogenannte wurzelnackte Rosen zu kaufen, die man am besten jetzt pflanzte. Als Rebekka nachgefragt hatte, war ihr von der alten Dame erklärt worden, dass die Pflanzen im Herbst frisch vom Acker kamen. »Im Frühjahr haben die Rosen dagegen bereits einen monatelangen Aufenthalt im Kühlhaus hinter sich. Außerdem haben die jetzt eingesetzten Stöcke im Frühling schon Wurzeln geschlagen und blühen daher früher«, hatte Frau von Katten hinzugefügt.

Rebekka hatte ihre Kaffeetasse ausgespült und schnitt für den Beo gerade die Hälfte eines Apfels klein, der von einem alten, knorrigen Baum im Garten mit übermäßig vielen Früchten in diesem Jahr stammte, da klopfte es.

»Herein, wenn's kein Schneider ist«, plärrte der Beo.

»Halt den Schnabel«, wies Rebekka den vorlauten Vogel liebevoll zurecht, als eine männliche Stimme antwortete.

»Kein Schneider, aber ein Rechtsverdreher. Guten Morgen Frau Winter.« In der Tür stand Thomas Benning.

»Auch guten Morgen. Sie sind aber früh dran«, sagte Rebekka überrascht. »Besuchen Sie Ihre Großmutter?«

»Unter anderem«, lächelte Benning. »Aber mich interessiert vor allem, wie es Ihnen geht. Haben Sie sich wieder gut eingelebt? Es ist ja nun nicht gerade ein Palast, nicht wahr?«

Rebekka blickte sich um und sah das Häuschen mit Bennings Augen: den schiefen Fußboden mit dem schwarz-weißen Rautenmuster, den alten Herd mit seinen geschwärzten Ringen und den wackligen Tisch, dessen Schublade immer noch klemmte und dessen eingeritzte Buchstaben »Ido« im Inneren das Geheimnis von Dorotheas erster Liebe bewahrten.

Rebekka zweifelte, dass sie Benning klarmachen konnte, warum sie trotzdem an dem Häuschen hing. Der Anwalt hatte eine andere Rebekka kennengelernt als die, die jetzt vor ihm stand. Früher waren sie einander ebenbürtig gewesen: beide jung, ehrgeizig und von dem Willen besessen, an die Spitze zu gelangen. Seit der Kündigung schien es Rebekka, als würde ihr Leben nun halb so schnell verlaufen. Aber es war ein angenehmes Gefühl. Sie war nicht mehr besessen von ihrer Arbeit, sondern lebte von Gelegenheitsjobs, die ihr ein bescheidenes Auskommen bescherten. Rebekka hätte auch gut ein Jahr von ihren Ersparnissen leben können, wie sie ein paar Tage nach dem Abschied aus der Agentur beim Blick auf ihr Konto beinahe erstaunt festgestellt hatte. Da sie fast nur gearbeitet hatte, war keine Zeit für Essen gehen oder Urlaube geblieben. Einzig ihren Kleiderschrank hatte sie ein oder zwei Mal im Monat gerne um einen edlen Kaschmirpullover oder eine Seidenbluse ergänzt. Daher konnte sie sich jetzt erlauben kürzerzutreten, und zu ihrer eigenen Verblüffung genoss Rebekka es inzwischen, ihre Arbeit langsam anzugehen und nur ein paar Tage im Monat als freie Texterin zu arbeiten oder eine Kalkulation für kleine Werbeagenturen zu erstellen. Ihr Leben schwang in einer gemächlichen Pendelbewegung, und das war ein unglaublich befreiendes Gefühl.

»Mir genügt es«, antwortete sie daher auf Bennings Frage. »Für meinen Laptop ist hier allemal Platz. Ansonsten brauche ich nicht viel in meiner kleinen Einsiedelei.«

»Klosterfrau Melissengeist«, schrie der Beo dazwischen, und Rebekka musste schmunzeln, als der Anwalt zusammenzuckte. Er hatte den schwarzen Vogel offenbar wieder vergessen gehabt, aber Lingen war ein Meister darin, sich in den unpassendsten Momenten bemerkbar zu machen.

»Sehr amüsant, dieser Vogel«, lächelte Benning verkrampft, doch der Blick, den er dem gefiederten Haustier zuwarf, sprach Bände. »Behandelt Großmutter Thea Sie wenigstens anständig?«

Rebekka lachte. »Sie tun ja so, als wäre die alte Dame ein Feuer speiender Drache.«

Zwar hatte Frau von Katten ihre Momente – Rebekka pflegte es »die herrschsüchtige Viertelstunde« zu nennen, worüber sich die Haushälterin Therese prächtig amüsierte –, aber ansonsten kamen die beiden Frauen gut miteinander aus. Dorothea von Katten ließ Rebekka in Ruhe, außer wenn sie deren Hilfe im Garten benötigte. Umgekehrt hatte die junge Frau ein Gespür dafür entwickelt, wann die alte Dame sich nach etwas Gesellschaft sehnte. Etwa alle vier oder fünf Tage sprach Rebekka Frau von Katten beiläufig an, ob sie vielleicht Lust auf einen Kaffee oder ein Gläschen Wein am Abend hätte. Diese nickte dann meist lächelnd, und beide saßen ein, zwei Stunden zusammen und plauderten.

Allerdings ließ Dorothea von Katten dabei kein Wort über Taye verlauten. Stattdessen erzählte die alte Frau, ermutigt durch Rebekkas behutsame Fragen, von der Zeit mit Iggy. Sie war eine gute Erzählerin, und so entstanden vor Rebekkas innerem Auge Bilder vom Leben in einer Stadt, die sich nach dem Krieg langsam wieder aus den Trümmern hervorkämpfte, die die Bomben hinterlassen hatten. Im Geiste folgte Rebekka einer jungen Dorothea in dunkle, verrauchte Räume mit schäbigem Kneipenmobiliar, in denen hinter dem Tresen abenteuerliche Mixturen ausgeschenkt wurden, während ein Mann auf der Bühne dem alten Klavier fremde, aufregende Klänge entlockte und ein abgeschabter Bass die Begleitung maunzte.

»Jazz war für mich das Schönste, was mir je zu Ohren gekommen war«, erklärte Frau von Katten Rebekka einmal. »Die Musik schien direkt in mich hinein- und wieder herauszufließen. Mir kam es immer vor, als wäre der Rhythmus von Iggys und meinem Herzen in Noten übersetzt worden.«

Frau von Katten stockte, dann lachte sie ein wenig über sich selbst. »Das klingt jetzt aber furchtbar kitschig.«

»Nein, gar nicht. Ich glaube, ich weiß, was Sie meinen«, sagte Rebekka leise, und vor ihren Augen tauchte das Bild von Taye auf, wie er mit ihr vor seinem Bauwagen gesessen und sie unter der funkelnden Milchstraße der afrikanischen Kalimba gelauscht hatten. Rebekka trank einen Schluck Wein, um das raue Kratzen in ihrer Kehle hinunterzuspülen.

»Frau Winter? Sie haben meine Frage noch nicht beantwortet.«

Rebekka schreckte hoch und blickte in Bennings fragendes Gesicht.

»Oh, Entschuldigung. Ich habe nur gerade … an die Rosen gedacht, die ich für Ihre Großmutter besorgen soll«, nahm Rebekka hastig Frau von Kattens Auftrag als Ausrede her.

»Kann ich Ihnen dabei helfen?«, bot Benning sofort an.

»Müssen Sie nicht in die Kanzlei?«

»Das muss eine Art Vorahnung gewesen sein, ich habe nämlich den Vormittag freigenommen«, erwiderte der junge Anwalt und strahlte Rebekka an. »Wir haben also Zeit.«

Er verstaute ein halbes Dutzend Rosenstöcke, die ohne Blüten kahl und trotz der spitzen Dornen seltsam schutzlos wirkten und deren Wurzeln von Sackleinen umhüllt waren, in Rebekkas altem Wagen. Danach half er ihr, die Pflanzen in den Garten zu tragen, wo Rebekka sie später zusammen mit Frau von Katten einsetzen würde.

Danach hatte Benning noch Zeit für einen Kaffee, und auch in den folgenden zwei Wochen tauchte er immer wieder unter allen möglichen Vorwänden in der alten Villa am See auf. Entweder kam er »rein zufällig« auf dem Weg von einem Termin vorbei, oder er behauptete, nach seiner Großmutter sehen zu wollen.

»Mein Enkel macht Ihnen den Hof«, stellte Frau von Katten fest, nachdem Benning ihr zum dritten Mal innerhalb einer Woche einen Besuch abgestattet hatte – angeblich um ihren bevorstehenden Geburtstag zu besprechen.

»Unsinn«, widersprach Rebekka, »er ist einfach nur höflich und sagt schnell mal Hallo, wenn er bei Ihnen war.«

»Ach, und was ist mit der hübschen kleinen Teedose, die er gestern dabeihatte? Für mich war die jedenfalls nicht gedacht.«

»Mir war der Earl Grey ausgegangen, und das hat Ihr Enkel mitbekommen. Nicht weniger – und nicht mehr.«

»Ach, was! So naiv sind Sie doch nicht, Frau Winter. Also halten Sie mich bitte auch nicht dafür.«

Rebekka schwieg mit schlechtem Gewissen. Natürlich war ihr längst aufgefallen, dass Thomas Benning nicht ständig wegen seiner Großmutter kam, sondern es darauf anlegte, sie zu sehen. Doch so sehr Rebekka seine dezente Aufmerksamkeit und sein scheues Werben schmeichelten, konnte sie für ihn maximal freundschaftliche Gefühle aufbringen. Kam er vorbei, war es nett, blieb er jedoch fort, vermisste Rebekka ihn nicht, ja, sie vergaß ihn eigentlich, sobald er zur Tür hinaus war.

Ein paarmal hatte sie behutsame Versuche unternommen, dem jungen Anwalt klarzumachen, dass sie nicht interessiert war, aber er schien die Signale nicht wahrzunehmen, im Gegenteil. Je spröder Rebekka sich gab, desto aufmerksamer wurde Benning. Auf der anderen Seite hatte er sie bisher weder zu einer Verabredung gebeten oder gar versucht, sie zu küssen, sodass Rebekka ihm daher keine eindeutige Abfuhr hätte erteilen können. Vor vier Tagen hatte sie dann einfach nicht auf sein Klopfen reagiert und sich im Schlafzimmer verschanzt, bis sie – wie ein flüchtiger Verbrecher durch die Gardine spähend – gesehen hatte, dass Benning in seinen Wagen gestiegen und davongefahren war.

Aber natürlich war es nur eine Frage der Zeit, bis seine Avancen deutlicher werden würden. Gestern war er bereits durch die halbe Stadt gefahren, um Rebekkas

Lieblingstee zu besorgen, und sie hatte seine Enttäuschung förmlich spüren können, als sie sich zwar herzlich dafür bedankt, ihn aber anschließend unter dem Vorwand hinauskomplimentiert hatte, noch einen Auftrag fertig machen zu müssen.

In der Nacht hatte sie schlaflos in ihrem Bett gelegen und sich ausgemalt, wie es wäre, wenn sie Bennings Werben tatsächlich nachgeben würde. Er war ein netter, aufmerksamer und sicher einfühlsamer Mann, und an seiner Seite würde Rebekka zur Ruhe kommen. Keine Extreme mehr, kein Pendeln zwischen der völligen Selbstaufgabe im Job und ihrem derzeitigen *Laisser-faire,* das sie auch nicht ewig betreiben konnte. Thomas war der Typ Mann, der die Frau an seiner Seite mit liebevoller Aufmerksamkeit behandelte und sich sicher eine Familie und Kinder wünschte. Dann bräuchte Rebekka sich keine Gedanken mehr um Geld und ihre Zukunft zu machen. Er war in sie verliebt, er wäre ein solider Schutz vor den Stürmen des Lebens und würde sie nicht einfach sitzen lassen wie Sebastian. Benning suchte kein Abenteuer, aber auch keine Trophäe, sondern eine Frau zum Heiraten, das spürte Rebekka. Sie versuchte sich vorzustellen, wie sie vor einem schmucken Einfamilienhäuschen stand, neben sich Thomas Benning und zwischen ihnen ein kleines Mädchen. Das Bild einer heilen Familie. Wie auf dem alten Foto in der Eingangshalle der alten Villa. Und in diesem Augenblick wurde Rebekka klar, dass ihre Ehe genau wie bei Dorothea von Katten eine Lüge sein würde. Weil Rebekka

Thomas Benning nicht liebte, sondern einen anderen, genau wie Dorothea von Katten damals einen anderen geliebt hatte.

Schweißgebadet war Rebekka hochgefahren und hatte danach lange nicht einschlafen können. Wieder schien Tayes Schatten in den Ecken ihres Zimmers zu flüstern, und als Rebekka endlich in einen unruhigen Schlummer gefallen war, hatten die afrikanischen Klänge seiner Musik ihre Träume mit verwirrenden farbigen Mustern durchwebt. Am Morgen hatte nicht einmal ein starker Mokka geholfen. Ihre Seele war verkatert, und sie fühlte sich müde und zerschlagen.

Frau von Katten fixierte die junge Frau durchdringend. »Ich will mich nicht einmischen, Frau Winter, aber mit einem Kompromiss wird man nicht glücklich. Ich spreche aus Erfahrung.«

»Können Sie Gedanken lesen?«, scherzte Rebekka kläglich. Dann aber wurde sie ernst. »Ich werde mit Ihrem Enkel sprechen, wenn er das nächste Mal vorbeikommt.«

»Dazu werden Sie gleich Gelegenheit haben. Thomas will mit mir nämlich schon wieder über die Geburtstagsfeierlichkeiten diskutieren.«

»Sicher freut sich Ihre Familie schon sehr darauf«, antwortete Rebekka höflich.

»Das mag schon sein, aber sie werden ohne mich feiern müssen«, teilte die alte Dame Rebekka kurz und bündig mit.

Ohne weitere Erklärung verließ sie das Kutscherhäuschen, weil Therese kam und Frau von Katten mit ihr die Reinigung ihrer kostbaren Teppiche besprechen wollte.

Tatsächlich kam Benning später bei Rebekka vorbei, um sich bitter über seine Großmutter zu beklagen.
»Ich fasse es nicht. Da wird sie siebenundachtzig – und weigert sich, ihren Geburtstag zu feiern! Nicht einmal ein Kaffeekränzchen im Familienkreis will sie veranstalten! Langsam wird Großmutter Thea wirklich seltsam, finden Sie nicht?«
Rebekka, die wusste, dass Benning keine Ahnung hatte, was in den vergangenen Wochen alles passiert war, zögerte mit der Antwort. Es war nicht an ihr, den jungen Anwalt zu informieren, dass seine Großmutter kurz nach dem Krieg das Kind eines amerikanischen Soldaten zur Welt gebracht hatte und Benning nicht ihr einziger Enkel war. Daher wich sie aus. »Vielleicht ist ihr einfach der Trubel zu viel?«
Der junge Anwalt blickte alarmiert. »Sie meinen, wegen ihres Herzens? Geht es ihr wieder schlechter?«
»Nein, Ihre Großmutter ist in bester Verfassung«, beruhigte Rebekka ihn. »Ich meine nur, vielleicht möchte sie ihren Geburtstag einfach so verbringen, wie sie es sich wünscht. Und nicht, wie andere es von ihr erwarten.«
Benning überlegte eine Weile, dann nickte er langsam. »Da könnten Sie recht haben. Sie sind eine kluge Frau, Rebekka.«

Unvermittelt nahm er ihre Hand, und sie erschrak. Aber es war kein freudiges Zucken wie damals bei Tayes Berührung, sondern der Schreck darüber, dass sie ihm nun ihre Gefühle gestehen musste. Bevor er es tat.

Eine Viertelstunde später sah Dorothea von Katten von ihrem Schlafzimmerfenster aus, wie ihr Enkel das Kutscherhäuschen mit hängendem Kopf verließ, und sie wusste, dass es wieder ein gebrochenes Herz mehr auf dieser Welt gab. War die Liebe wirklich all den Schmerz wert, fragte sie sich. Doch dann erinnerte sie sich an Iggys Lachen, an das dunkle Timbre seiner Stimme und wie er ihre Schultern stets mit zarten Küssen bedeckt hatte, bevor sie eng umschlungen eingeschlafen waren.

Ja, dachte die alte Dame, Iggy war es wert gewesen. All die Liebe und all den Schmerz, alles, was sie bekommen, was sie gegeben – aber auch alles, was sie verloren hatte. Ihre gemeinsame Zeit war begrenzt gewesen, doch Dorothea hätte keine Sekunde davon missen wollen. Mit einem tiefen Atemzug wandte sie sich vom Fenster ab und strebte energischen Schrittes zur Tür. Sie hatte einen Plan gefasst und würde alles daran setzen, ihn zu verwirklichen.

»Nach Südafrika? Auf gar keinen Fall!« Rebekka spürte, wie sich in ihr alles vor Schreck und Abwehr versteifte.

»Junge Frau, Sie haben meinem Enkel eine Abfuhr erteilt. Versuchen Sie dasselbe jetzt nicht bei mir!«

»Also bitte! Das ist doch etwas völlig anderes!«

»Unsere Familie hat einen dreihundert Jahre alten Stammbaum! Wir von Kattens sind nicht gut darin, ein *Nein* zu akzeptieren, merken Sie sich das. Thomas muss das noch lernen, aber bei mir kommen Sie damit nicht durch.«

»Aber ich kann doch nicht einfach mit Ihnen nach Kapstadt fliegen!«

»Warum denn nicht? Das wird ja wohl nicht Ihr erster Flug sein, oder? Und ich brauche jemand, der mich begleitet.«

»Da schlage ich als Erstes mal Ihre Familie vor.«

»Nonsens. Meine Tochter hat Flugangst, mein Schwiegersohn lebt für seine Firma, und Thomas kann ich nicht bitten. Er ist noch damit beschäftigt, seine Wunden zu lecken, die Sie ihm zugefügt haben. Wenn er jetzt noch erfährt, dass Taye quasi sein Cousin ist, wäre das zu viel für den armen Jungen.«

»Sie versuchen, mir ein schlechtes Gewissen zu machen, habe ich recht?«

»Und? Ist es mir gelungen?«

Wider Willen musste Rebekka lachen. Die alte Dame hatte einen noch größeren Dickkopf als sie selbst. Sie seufzte. »Na gut. Aber sobald wir in Kapstadt angekommen sind, geht jede von uns ihrer Wege. Sie werden nicht versuchen, mich dazu zu bringen, Taye zu sehen oder irgendein Treffen zu arrangieren!«

»Gut. Sie machen, was Sie wollen, während ich Taye und seinen Vater besuche. Ich kann es nicht mehr erwarten, endlich meinen Sohn kennenzulernen.«

Rebekkas Gesicht wurde weich. »Samuel wird außer sich sein vor Freude.«

Dorothea von Katten wurde ernst, und ein Anflug von Trauer umschattete ihre sonst so lebendig funkelnden Augen. »Ich hoffe, er kann mir verzeihen.«

»Er wurde Ihnen weggenommen, Frau von Katten! Sie waren ein hilfloses, junges Mädchen, das gerade eine schwere Geburt hinter sich hatte! Was also hätten Sie tun sollen, um es zu verhindern?«

»Sie haben recht. Und trotzdem denke ich, ich hätte vielleicht mehr um mein Baby kämpfen müssen ...« Tränen erstickten ihre Stimme, und Rebekka nahm tröstend die Hand der alten Frau in ihre.

»Ich wünschte, Iggy wäre noch am Leben. Ich hätte ihm gerne erklärt, warum ich damals einfach verschwunden war«, murmelte Dorothea von Katten, und Rebekka konnte den Schmerz der alten Dame förmlich spüren.

»Ich bin sicher, er hat gewusst, dass Sie ihn geliebt haben und nicht freiwillig gegangen sind. Immerhin hatte er Ihr gemeinsames Kind.«

Die alte Frau nickte und wischte sich über die Augen. Dann richtete sie sich auf und holte tief Luft. »Wir fliegen am ersten Dezember, und Sie würden mir einen großen Gefallen tun, wenn Sie sich um die Flugtickets kümmern könnten, Frau Winter. Ich fürchte, ich habe es nicht so mit dem Internet.«

Rebekka nickte. »Gerne. An welchem Tag soll denn den Rückflug sein?«

Frau von Katten blickte sie an, und zahllose Fältchen

bildeten sich um ihre Augen. »Buchen Sie vorläufig nur den Hinflug. Man muss die Dinge auch mal auf sich zukommen lassen.«

Und so stand Rebekka sechs Wochen später mit gepackten Koffern in ihrem Häuschen und sah sich um, ob sie auch nichts vergessen hatte. Um den Beo würde sich während ihrer Abwesenheit Therese kümmern. Die ältere Haushälterin hatte den vorlauten Vogel von Anfang an in ihr Herz geschlossen, und in Rebekka keimte der Verdacht, dass es deswegen war, weil das Tier ein bisschen Anarchie in ihr allzu angepasstes Leben brachte.

»Grüßen sie Tacke von mir«, hatte Therese noch freundlich zu Rebekka gesagt, als diese ihr eine Liste mit Leckerbissen gab, die Beo Lingen bevorzugte. Obwohl sie schmunzeln musste, weil Taye nicht übertrieben hatte, als er Thereses eigenwillige Namensgebung erwähnte, hatte Rebekka nur stumm genickt. Doch insgeheim hatte sie sich gewundert, ob Dorothea von Katten ihrer Haushälterin wohl den Grund ihrer Südafrikareise erzählt hatte. Aber vielleicht kannten die beiden Frauen sich auch einfach schon zu lange, um noch Geheimnisse voreinander zu haben. Immerhin hatte die adlige Dame vor ihrem Abflug auch ihre Tochter und Thomas Benning informiert, was sich im vergangenen halben Jahr alles ereignet hatte.

Rebekka war zwar vor Neugierde fast geplatzt, hatte aber wohlweislich abgewartet, bis Frau von Katten von selbst auf das Thema zu sprechen kam. Die alte Dame hatte keine Einzelheiten erzählt, nur so viel: »Meine Tochter war entsetzt, ihr Mann hat wie üblich geschwiegen. Nur Thomas hat mir später unter vier Augen gesagt, dass er mich versteht. Und mir viel Glück für die Reise gewünscht.«

Rebekka war beeindruckt und musste sich leicht beschämt eingestehen, dass sie den jungen Anwalt falsch eingeschätzt hatte. Vor allem, da er wohl immer gespürt hatte, dass er und sein Cousin Rivalen um Rebekkas Gunst gewesen waren, auch wenn beide Männer zum damaligen Zeitpunkt keine Ahnung von ihrer Verwandtschaft hatten.

»Ich hoffe, Ihr Enkel findet eine Frau, für die er genauso fühlt, wie Sie und Iggy füreinander«, sagte Rebekka herzlich, und sie meinte es ehrlich. Sie konnte es für Benning nicht sein. Vielleicht hätte ihre Liebe zu Taye einzigartig werden können, aber die Chance hatte sie vertan. Um nicht erneut an sein Gesicht zu denken, das zum Schluss so undurchdringlich war, mit Augen so kühl und ausdruckslos, als wären sie aus Glas, blickte Rebekka aus dem Fenster des Häuschens. In ein paar Minuten müsste das Taxi kommen, das die beiden Frauen zum Flughafen bringen würde.

Obwohl sie erst Anfang Dezember hatten, war in diesem Jahr schon der Frost gekommen. Am Morgen war das Gras weiß von Raureif, und Rebekka konnte ihren Atem als Rauchsäule aufsteigen sehen. Auch das Küchenfenster überzog heute eine hauchdünne, frostige

Schicht, deren Kristalle bizarre Formen bildeten. Einige sahen aus wie Farne, andere wie Korallen, die auf dem Meeresgrund wachsen. Rebekka beugte sich vor und hauchte an die Scheibe, um nach draußen sehen zu können. Und in diesem Moment roch sie es. Ein zarter, kaum wahrnehmbarer Duft, so kühl wie frisch gefallener Schnee und so klar wie Winterluft kurz vor Sonnenaufgang. Rebekka sog den Atem tief ein und musste lächeln, während ihr gleichzeitig Tränen in die Augen stiegen. Dorothea von Katten hatte recht gehabt, und endlich konnte ihn auch Rebekka riechen: den Duft von Eisblumen.

Kapstadt, Dezember 2016

Lieber Iggy,

heute habe ich es endlich fertiggebracht, zu Deinem Grab zu gehen. Mehr als eine Woche bin ich nun schon in Südafrika, dem Land, in dem Dein Sohn mit seiner Frau und Deinem Enkel lebt. Die Herzlichkeit, mit der ich aufgenommen wurde, hat mich überwältigt. Doch noch viel bewegender war es, nach siebzig Jahren endlich wieder mein Kind in die Arme schließen zu können. Samuel junior hat tatsächlich Dein Lächeln, Iggy, so wie ich es mir immer gewünscht habe, aber die Stirnpartie und die Augenbrauen, von denen eine sich ein wenig mehr in die Höhe schwingt als die andere – die hat er von mir. Als ich das gesehen habe, konnte ich gar nicht mehr aufhören zu weinen. Mein Sohn – nun selbst schon ein älterer Mann mit grauen Haaren, aber immer noch kräftig und aufrecht wie ein starker Baum – hat mich ohne Umschweife in die Arme genommen und gewiegt, als sei ich das Kind und nicht umgekehrt. Und ich glaubte, den Geruch seiner Haut wiederzuerkennen, wie damals, als er ein kleines Baby war, kaum drei Tage alt und ich ihn in den Armen gehalten habe. Und mit einem Schlag waren all meine Zweifel und Ängste, wir könnten uns für immer fremd bleiben, verschwunden. Und doch werden mir die vielen Jahrzehnte, in denen ich ihn nicht bei mir haben konnte, immer fehlen. Sie sind meine verborgene Wunde, mein Schmerz.

Die Tage sind so schnell vergangen wie ein Wimpernschlag. Samuel und seine Frau, mit ihrer hellen Haut und dem blonden Haar, das man bei vielen Bewohnern Kapstadts sieht, machten mir das Kennenlernen leicht, weil sie mir von Anfang an das Gefühl gaben, zur Familie zu gehören. Natürlich war auch Taye da, obwohl er längst in seinen eigenen vier Wänden wohnt. Dein Enkel ist ein wunderbarer junger Mann, Iggy. Und Samuel, der ja erst spät Vater wurde, ist sehr stolz auf ihn. Auch Taye hat Dein Lachen geerbt, und er erinnert mich mit seiner Unbekümmertheit und strahlenden Fröhlichkeit noch mehr an Dich als Samuel junior, auch wenn Tayes Haut viel heller ist als Deine und er die karamellfarbenen Augen seiner Mutter geerbt hat. Auch seine Fröhlichkeit hat er zwischendurch einmal verloren – nämlich dann, als das Gespräch auf Rebekka kam. Sie haben sich gegenseitig das Herz gebrochen, aber keiner will es zugeben. Dabei hätte ich den beiden genauso eine Liebe gewünscht, wie wir sie hatten. Nur länger und von Dauer. Nur wer so ein Gefühl wenigstens ein Mal erlebt hat, weiß, wofür es sich zu leben lohnt.

Ach, Iggy, ich wünschte so sehr, ich hätte Deine Briefe früher lesen können, die Samuel junior mir vor ein paar Tagen übergeben hat. Ich hätte so gerne gewusst, was aus dir geworden ist. Dann hätten wir uns vielleicht noch einmal, ein einziges Mal, begegnen können, und ich hätte in Deine Augen gesehen, Deine Hand genommen und gespürt, wie sich Deine Finger um meine schließen, so wie früher, wenn wir in den Jazzbars der Stadt saßen und unsere Hände fest ineinander verschränkt waren. » Dunkel und hell, wie die Klaviertasten«, hast Du immer gescherzt. Und für einige kostbare Stunden hat uns nichts trennen können.

Seitdem habe ich Dich immer in meinen Träumen gesucht – und jetzt finde ich Dich hier, auf dem Friedhof am Rande der Stadt, von dem aus ich einen Berg sehen kann, der » Lion's Head«, Löwenkopf, heißt. Ich blicke zu seinem Gipfel, weil ich mir vorstellen will, dass Deine Seele dort oben ist oder hinter einem Horizont, wohin das menschliche Auge nicht reicht. Denn ich kann Dich mir nicht hinter dieser marmornen Grabplatte vorstellen, in einer Urne, die nur noch Deine Asche enthält. Für mich bist Du nicht fort, und ich höre Dich meinen Namen sagen, auch wenn Deine Stimme nur mehr in meiner Erinnerung lebendig ist.

Lieber Iggy, ich bin überzeugt, dass wir uns in nicht allzu ferner Zeit wiedersehen. Noch bin ich nicht bereit, die Reise anzutreten, die Du bereits hinter Dir hast, und dorthin zu gehen, wo Du schon bist. Aber ich hoffe, dass Du auf mich wartest, wenn es so weit ist, und mich dann an der Hand nimmst. So wie Du es vor mehr als siebzig Jahren immer getan hast, sobald Du meiner ansichtig wurdest. Bis dahin denke ich jeden Tag an Dich, denn Du warst mein ganzes Leben lang in meinem Herzen. Ich liebe Dich.

Deine Thea

*

16

Tränendes Herz
(Lamprocapnos spectabilis)

»Lion's Head«, sagte der südafrikanische Guide und strahlte Rebekka an, während er auf einen spitzen Gipfel zeigte, der sich genau gegenüber dem Tafelberg befand, auf dem Rebekka stand. Die konnte nur nicken. Ihr Atem flog nach dem mehr als dreistündigen Aufstieg zu Kapstadts Wahrzeichen, und sie wischte sich den Schweiß von der Stirn. Zwar hätte sie die bequeme Seilbahn zum Tafelberg nehmen können, aber Rebekka hatte den Fußmarsch bevorzugt. Je mehr sie sich anstrengen musste, desto weniger konnte sie an Taye denken. Dass sie seit Tagen in derselben Stadt war wie er, vielleicht nur durch ein paar Straßenzüge von ihm getrennt, machte ihr ebensolche Angst, wie sie Sehnsucht verspürte. Daher hatte sie versucht, ihr Herz auszuknipsen wie eine Lampe, und war die vergangenen Tage stundenlang durch Kapstadt gestreift oder an den Stränden entlanggelaufen, bis sie abends völlig erschöpft ins Bett gefallen war.

Doch zu Rebekkas Verdruss machte das die Sache nicht besser. Egal ob sie die Pinguine am Strand besichtigte, oder über den historischen Marktplatz *Green Market* im Stadtzentrum schlenderte, mit seinem Trödelmarkt und den kleinen Cafés drumherum – Rebekka hielt dabei eigentlich nur Ausschau nach Taye. Tief in ihrem Inneren sehnte sie sich danach, ihm zu begegnen, doch ihr Stolz hatte sie bisher davon abgehalten, ihn anzurufen oder die alte Dame gar nach seiner Adresse zu fragen.

Insgeheim hoffte sie darauf, dass das Schicksal Tayes und ihren Weg kreuzen ließ. Doch Fortuna war launisch und wollte es Rebekka offenbar nicht zu einfach machen.

»Verdammt«, murmelte sie. Nicht einmal auf dem höchsten Berg war sie dem Gedanken an Taye entkommen.

Der Guide sah sie freundlich an. »Go back?«, fragte er in gebrochenem Englisch und deutete auf die Seilbahn. Der Abstieg war steil und nicht ungefährlich, daher nickte Rebekka und blickte noch einmal auf die Stadt hinunter. Irgendwo dort unten war Taye, aber sie würde ihn nicht suchen, denn er hatte ihr damals ziemlich deutlich gemacht, dass er von ihr nicht gefunden werden wollte.

Ein Windstoß fegte über den Tafelberg heran und fuhr durch die schmalen Sträßchen des Studentenviertels. Taye stieß einen leisen Fluch aus, als die unvermutete Böe ihm beinahe die Blätter seiner Praktikumsarbeit aus den Händen riss, die er heute zurückbekommen hatte – mit Bestnote. Doch Taye konnte sich nicht darüber freuen, und das ärgerte ihn.

Daran war nur Rebekka schuld, dachte er. Frau von K. – Taye fiel es immer noch schwer, die adlige Dame als seine Großmutter zu sehen, geschweige denn, sie mit »Grandma« anzusprechen – hatte Rebekka seit ihrer Ankunft nur ein Mal beiläufig erwähnt. Immerhin wusste er, dass sie die alte Dame nach Kapstadt begleitet hatte und nun irgendwo hier in der Nähe war. Vielleicht stand sie nur ein paar Meter von ihm entfernt in einem der Cafés oder kleinen Antiquitätenläden, ohne dass ihre Bahnen sich jedoch kreuzten. Zu seinem Ärger ertappte Taye sich dabei, dass er ständig an sie dachte – ja, dass er sich sogar öfter umsah, ob sie nicht vielleicht gerade hinter ihm aus einer Tür trat oder um die Ecke bog. Natürlich wusste er, dass Rebekka im gleichen Hotel wie Dorothea von Katten logierte, aber er hatte es bisher sorgfältig vermieden, auch nur in die Nähe zu kommen. Sein Stolz verbot ihm, den ersten Schritt zu machen, und er hatte nicht vor nachzugeben. Rebekka musste schon von sich aus kommen, wenn ihr noch etwas an ihm lag. Dass sie das bisher nicht getan hatte, traf Taye härter, als er zugeben wollte, obwohl er ahnte, wie sehr er sie bei ihrem letzten Treffen mit seinen Worten verletzt hatte. Aber schließlich hatte Rebekka es sich selbst zuzuschreiben, weil sie ihn erst zurückgewiesen und zu allem Überfluss auch noch verdächtigt hatte, ein Erbschleicher zu sein. Gereizt stemmte Taye sich gegen die verflixten Böen, die ihn immer wieder spielerisch in die Seite zu boxen schienen. »Lasst mich bloß in Ruhe«, murmelte er.

Müde und mit vom Wind zerzausten Locken kehrte Rebekka in ihr kleines, pittoreskes Hotel zurück. Sie sehnte sich nach einer Dusche und vollkommener Stille in ihrem gemütlichen Einzelzimmer. Nur nicht mehr nachdenken müssen, einfach schlafen. Doch Frau von Katten, die soeben aus dem Aufzug stieg, als Rebekka die Lobby betrat, machte der jungen Frau einen Strich durch die Rechnung.

»Frau Winter, ich habe beschlossen, die Gastfreundschaft von Samuel und seiner Familie nicht länger in Anspruch zu nehmen. Bitte buchen Sie den Rückflug für morgen.«

»Oh«, stammelte Rebekka, und unerklärlicherweise durchfuhr sie ein Gefühl der Panik. Doch sie nickte und versprach, sich gleich darum zu kümmern, wenn sie geduscht hatte. Die alte Dame schenkte ihr ein geschäftsmäßiges Lächeln, ehe sie das Hotel verließ und in ein wartendes Taxi stieg. Rebekka sah ihr nach und wartete auf die Erleichterung, weil ihr die Entscheidung, Taye doch noch zu treffen, nun abgenommen war. Doch was blieb, war das Gefühl, ihr Leben an sich vorbeiziehen zu sehen.

Beinahe gleichgültig ließ Taye am Handy die Glückwünsche seines Vaters zu seiner guten Arbeit über sich ergehen. So sehr ihm die Tätigkeit im Hospital Freude machte, immer wenn er nach Hause kam, war es, als hätte er seinen Geschmackssinn verloren: Alles erschien ihm schal und fade. »Übrigens«, sagte Samuel junior in diesem Moment, »deine Grandma fliegt morgen nach Deutschland zurück. Wir wollen heute Abend ein kleines Abschiedsfest für sie geben, und es wäre schön, wenn du auch kommst.«

Noch lange, nachdem sein Vater das Telefonat beendet hatte, starrte Taye auf sein Handy. Morgen um diese Zeit würde Rebekka verschwunden sein. Er wartete darauf, dass ihn diese Aussicht beruhigte, doch ihm war zumute, als würde er in ein schwarzes Loch stürzen.

»Bitte bestätigen Sie die Daten Ihres Flugs«, forderte die Onlineseite der Airline. Rebekkas Finger schwebten über der Tastatur ihres Laptops, als wären sie in der Luft festgefroren. Ihr Stolz und ihr Herz fochten einen harten Kampf miteinander aus. Einerseits schalt sie sich einen Schwächling, andererseits ahnte sie: Wenn sie jetzt auf »Okay« drückte, wäre danach nichts mehr in ihrem Leben in Ordnung. Impulsiv klappte sie das Laptop zu und überhörte den protestierenden Gong, mit dem sich das Programm automatisch schloss und womit alle Eingaben verloren gingen.

Sie nahm sich kaum Zeit, in ihre leichte Jacke zu schlüpfen, sondern warf die Tür ihres Hotelzimmers ins Schloss und stürmte die Treppe ins Foyer hinunter. Erst als sie auf der Straße stand und sich umsah, kam sie wieder zu Atem. Sie wusste zwar, in welchem Stadtteil Taye lebte, weil Frau von Katten es trotz Rebekkas Verbot nicht hatte lassen können, es einmal in einem Nebensatz zu erwähnen, aber die genaue Adresse kannte sie nicht. Die alte Frau war bisher nicht wiedergekommen, daher konnte Rebekka nicht fragen, wo sie Taye finden konnte.

Trotzdem winkte sie wild entschlossen ein Taxi herbei und ließ sich in das hauptsächlich von Studenten besiedelte Viertel namens *Observatory* fahren. Vielleicht war es ja sehr klein und es gab ein zentrales Wohnheim für Studenten, in dem sie – ähnlich wie vor ein paar Wochen in Deutschland – nach Taye fragen konnte.

Eineinhalb Stunden und eine Blase am linken Fuß später war Rebekka klar, wie naiv sie gewesen war. Ein Studentenwohnheim gab es hier nicht, die Bewohner des Viertels residierten in umgebauten Fabriklofts, viktorianisch anmutenden Häuschen oder mehrstöckigen Neubauten. In den Straßen pulsierte das Leben. Kaffeehäuser, Boutiquen und Kunstgalerien reihten sich aneinander, sodass Rebekka ihre Hoffnung, Taye hier finden zu können, nach einem ziellosen Streifzug aufgab.

Entmutigt lehnte sie sich an ein Straßenschild und ließ den Kopf hängen. Es war zu spät. Sie sollte besser ins Hotel zurückgehen, ihren Computer hochfahren und tun, was Dorothea von Katten ihr aufgetragen hatte. In diesem Augenblick fiel ihr Blick auf ein kleines Café gegenüber, dessen Hauswand in Ozeanblau gestrichen war, während die hölzerne Eingangstür in einem knalligen Orange leuchtete. Bestimmt hatten die außer Kaffee und Tee auch etwas Stärkeres auf der Karte stehen. Das konnte Rebekka jetzt brauchen, bevor sie die beiden Rückflugtickets buchte. Nach einem kurzen Blick nach rechts machte sie sich daran, die Straße zu überqueren.

Die Bremsen quietschten erbärmlich, als es Taye gerade noch gelang, den kleinen Motorroller zum Stehen zu bringen, ehe er die junge Frau rammte, die ohne einen Blick auf den Verkehr zu werfen über die Straße lief. Er blickte in ein Paar erschrockene grüne Augen.

»What the hell …«, fing Taye an, da merkte er, dass er diese Augen kannte. »Rebekka?«

»Taye?«, fragte sie überrascht, als der junge Mann, der sie auf seinem Motorroller beinahe umgefahren hätte, den Helm abnahm.

Er musterte sie finster. »Hast du schon einmal was von Linksverkehr gehört?«

Ein Anflug von Schuldbewusstsein huschte über Rebekkas Züge, dann aber stemmte sie die Hände in die Hüften und hob trotzig das Kinn. »Sind die Verkehrsregeln das Einzige, was dir zu unserem Wiedersehen einfällt?«

»Nein, ich bin außerdem froh, dass du in keinem Auto sitzt. Sonst würde ich mir jetzt ernsthaft Sorgen um mein Leben machen.«

Rebekka starrte Taye eine Sekunde lang fassungslos an, dann aber sah sie das Funkeln in seinen dunklen Augen und musste lachen. Mit einem Mal durchströmte sie eine ebenso heftige wie unvernünftige Freude, ihn zu sehen.

»Aber was machst du eigentlich hier?«

»Ich mache zufällig Ferien in dieser Stadt. Auf Anweisung *deiner* Großmutter, falls dir das entgangen ist.«

»Aber dein Hotel ist ziemlich weit weg von diesem Viertel.«

Rebekka spürte, dass sie rot wurde. »Ich bin rein zufällig hier. Du weißt schon – Sightseeing und so ...«

Taye zog die Augenbrauen hoch. »Rein zufällig, schon klar. Ich habe auch nichts anderes erwartet.«

Seine Stimme klang spöttisch, und Rebekka musterte ihn finster. »Du wusstest doch, wo ich wohne, und bist auch nicht vorbeigekommen. Warum sollte ich dich also sehen wollen?«

»Fein. Dann hätten wir das geklärt«, sagte Taye, setzte seinen Helm auf und trat die Maschine an.

»Taye, nein! Fahr nicht!«, rief Rebekka erschrocken.

Er stellte die Maschine wieder ab, zog den Helm vom Kopf und grinste breit. »Na also, geht doch.«

Rebekka schnappte nach Luft. »Du Schuft!«

Taye lächelte immer noch, aber es war ein zärtliches Lächeln. »Ich wollte dich auf die Probe stellen. Schließlich musste ich nicht umsonst die vergangenen Wochen ständig an dich denken.«

»Bei unserer letzten Begegnung in der Villa hast du gesagt, du willst mich nicht mehr sehen«, murmelte Rebekka, und der Schmerz flammte erneut in ihr auf.

»Nein, ich habe gesagt, dass ich glaube, die Sache zwischen uns hat keinen Sinn«, sagte Taye ernst. »Aber eigentlich wollte ich damals nur, dass du widersprichst und mir das Gegenteil beweist.«

Rebekka biss sich auf die Lippen. »Ich habe dich mit meinen Verdächtigungen verletzt. Du hast keine Ahnung, wie oft ich das inzwischen bereut habe.«

Taye starrte auf seinen Helm, den er in den Händen drehte. »Immerhin habe ich es dir mit gleicher Münze heimgezahlt – und es auch jeden Tag bedauert. Aber ich war zu gekränkt, um über meinen Schatten zu springen. Erst als ich erfahren habe, dass du morgen nach Deutschland fliegst, ist mir klar geworden, dass ich dich nicht noch einmal gehen lassen kann. Jedenfalls nicht für immer. Deswegen war ich mit meinem Roller gerade auf dem Weg zu deinem Hotel, ehe ich dich beinahe umgefahren hätte.«

Rebekka spürte, wie bei seinen Worten der harte, eisige Klumpen, den sie seit ihrer letzten Begegnung mit sich herumgetragen hatte, endlich schmolz. Auf ihrem Gesicht breitete sich ein strahlendes Lächeln aus. »Ich habe den Rückflug nicht gebucht. Als ich die Daten bestätigen sollte, habe ich das Laptop zugeklappt.«

»Einfach so?«

Rebekka nickte, und Taye musterte sie stirnrunzelnd. »Du machst vieles ›einfach so‹, was? Autos rammen, deinen Job kündigen, Frau von K.'s Anweisungen nicht befolgen ...«

Rebekka funkelte ihn an. »Was willst du damit sagen?«

»Dass du jetzt mit zu meinen Eltern kommst. Einfach so. Sie brennen nämlich darauf, dich kennenzulernen.«

»Ich soll ... aber das geht doch nicht einfach so«, stotterte Rebekka.

Taye lachte. »Meine Grandma ist auch da, und ich möchte meiner Familie nicht unter die Augen kommen, ohne dich im – wie sagt man, *Schleppseil?* – zu haben. Sie würden mich sonst killen, fürchte ich.«

»Schlepptau heißt das.«

»Siehst du? Ich brauche dich dringend, um mein Deutsch zu verbessern.«

»Nur dafür?«

»Nein«, sagte Taye und wurde mit einem Schlag ernst. »Ich brauche dich, um am Abend mit guten Gedanken einzuschlafen, um nachts von dir träumen zu können, und damit ich mit einem Lächeln aufwache. All das hat mir die vergangenen Wochen gefehlt.«

Rebekka schluckte. »Du hast mir auch gefehlt. Sehr«, gab sie zu. Sie suchte nach Worten, um Taye den Schmerz zu erklären, der sie begleitet hatte, da spürte sie, wie sich seine Arme um sie schlangen und sie so dicht an sich zogen, dass sie kaum mehr atmen konnte.

Eine gefühlte Ewigkeit blieben sie so stehen, als wären sie eins, bis Rebekka sich sanft löste und zu Taye aufsah. Ruhig erwiderte er ihren Blick, ehe er sich etwas zu ihr hinunterbeugte und sie unter dem verwaschenen Frühlingshimmel Südafrikas küsste.

Dann nahm er ihre Hand und zog sie zu seinem Motorroller. »Komm, ich habe einen zweiten Helm dabei!«

Rebekka blickte kurz zu ihrem Hotel zurück. »Meinst du, Frau von Katten ist sauer, weil ich nicht gebucht habe?«

Taye lächelte. »Ich glaube, sie hatte nie vor, morgen zurückzufliegen, Rebekka.«

Als er ihren überraschten Gesichtsausdruck sah, grinste er. »Die alte Lady ist gewitzter als du und ich zusammen. Dass du einen Flug buchen solltest, war wohl ihr letzter Versuch, dich dazu zu bewegen, mit mir zu sprechen. Ebenso wie der Anruf, den ich von meinem Vater erhalten habe mit der Einladung zum Abschiedsessen mit meiner Großmutter.«

Rebekka war noch immer sprachlos. »Woher willst du wissen, dass es nur eine List deiner Familie war?«

Tayes Zähne blitzten. »Weil meine Grandma eine Fahrt durch die Weinberge von Stellenbosch gebucht hat – übermorgen.«

Langsam sickerte die Erkenntnis bei Rebekka durch, und sie schüttelte den Kopf. »Eins muss man der alten Dame lassen: Für ihr Alter ist sie verdammt raffiniert.«

»Das liegt in der Familie.«

»Schade, dass die Gene bei dir noch nicht durchgeschlagen haben«, scherzte Rebekka. »Autsch!«

Taye hatte sie spielerisch in die Halsbeuge gebissen. »Willst du mich weiter reizen oder steigst du endlich auf die Maschine?«, fragte er gespielt streng, und Rebekka gab lachend nach und schwang sich auf den Soziussitz.

Die Arme um Tayes warmen Körper geschlungen, eng an ihn gedrückt, die Wange zwischen seine Schulterblätter gepresst, spürte Rebekka den milden Fahrtwind im Gesicht und schloss die Augen. Irgendwann würde die Fahrt zu Ende sein, ebenso wie ihr Aufenthalt in Tayes Heimat. Sie wusste nicht, ob sie noch einige Tage oder sogar mehrere Wochen bleiben würde. Möglicherweise würde sie sich doch noch einmal bei dem Fast-Food-Hersteller melden, für den sie mehr oder weniger unfreiwillig den Werbeslogan kreiert hatte, und fragen, ob man nicht einen Job in Südafrika für sie hätte. Vielleicht war der Aufdruck auf der Visitenkarte von diesem Hussmann ja ein Zeichen gewesen? Rebekka spürte, wie sie bei dieser Vorstellung lächeln musste. Zufall oder Schicksal waren lange Zeit Worte gewesen, die in ihrer Welt nicht vorkamen. Ebenso wie der Glaube, dass sie jemals die Liebe finden würde. Doch nun spürte Rebekka, dass das Gespinst aus Gefühlen zwischen Taye und ihr zwar noch zart war – aber es würde tragen. Und sie war sich sicher: Auch wenn sie zurück nach Deutschland flog, wäre das nicht das Ende einer Geschichte, sondern ein Anfang.

Dieser Augenblick jedoch gehörte nur Taye und ihr. Und was danach kommen würde, wusste nur der Wind, der über den Tafelberg kam und alle Gedanken an die Zukunft mit sich fortnahm.

ENDE

Pflanzen und ihre Symbolik

Alraune *(Mandragora):* Schicksal

Feuerdorn *(Pyracantha):* Leidenschaft

Heckenrose *(Rosa canina):* Respekt

Heidekraut *(Calluna vulgaris):* Einsamkeit

Knallerbsenstrauch *(Symphoricarpos albus):*
Der Name spricht für sich

Lavendel *(Lavandula angustifolia):* Geheimnis

Lilie *(Lilium):* Reines Herz

Löwenmäulchen *(Antirrhinum majus):*
Wankelmütigkeit

Mimose *(Mimosa):* Kraft

Nachtschatten *(Solanum):* Vertrauen

Rauschpfeffer *(Piper methysticum)*:
Hemmungslosigkeit

Römische Kamille *(Chamaemelum nobile)*: Trost

Stechpalme *(Ilex aquifolium)*: Frieden

Strandflieder *(Limonium)*: aufkeimende Liebe

Tränendes Herz *(Lamprocapnos spectabilis)*: Trauer

Vergissmeinnicht *(Myosotis)*: Erinnern

Zweiblättriger Blaustern *(Scilla bifolia)*: Verzeihen

Danksagung

An Anna Baubin vom Diana Verlag, die dieses Buch mit viel Herz und einem unbestechlichen Blick betreut hat, sowie an Alexandra Baisch für ihr sorgfältiges und konstruktives Lektorat.

An meine Agentin Anja Koeseling von Scriptzz, der ich für ihr Engagement und ihren Zuspruch nicht genug Blumen schenken kann.

An meine Herzensfreundin und Seelenschwester Monika, wie immer.

An Christine Meier, die nicht nur eine wunderbare Malerin ist, sondern mich zwei Sommer lang unter ihre Fittiche nahm und an ihrem Gartenparadies teilhaben ließ.

An die beiden Samtpfoten Franzl und Sissi, die durch ihr Schnurren oft meinen stressbedingt hohen Blutdruck gesenkt haben.

An Meike, der ich den Blick in eine alte Seemannstruhe – und auf Hunderte selbst geschnitzte Würfel verdanke.

Und zuletzt an die Menschen um mich herum, die mich stützen, inspirieren und an meiner Seite sind, wann immer ich sie brauche.

LEBEN.
LIEBEN.
LESEN.

der Liebesroman-Blog

**Besuchen Sie uns auf
www.herzenszeilen.de**